Absurdistão

Tradução:
Daniel Frazão/Maira Parula

Gary Shteyngart

Absurdistão

Título original
ABSURDISTAN

Copyright © 2006 *by* Gary Shteyngart
Todos os direitos reservados

Este livro é uma obra de ficção. Nomes, personagens, lugares e incidentes são produtos da imaginação do autor ou foram usados de forma ficcional. Qualquer semelhança com eventos ou localidades reais, pessoas, vivas ou não, é mera coincidência.

Tradução da edição brasileira publicada mediante acordo com a Random House, um selo da Random House Publishing Group, uma divisão da Random House, Inc.

Direitos para a língua portuguesa reservados
com exclusividade para o Brasil à
EDITORA ROCCO LTDA.
Av. Presidente Wilson, 231 – 8º andar
20030-021 – Rio de Janeiro – RJ
Tel.: (21) 3525-2000 – Fax: (21) 3525-2001
rocco@rocco.com.br
www.rocco.com.br

Printed in Brazil/Impresso no Brasil

CIP-Brasil. Catalogação-na-fonte.
Sindicato Nacional dos Editores de Livros, RJ.

S564a   Shteyngart, Gary, 1972-
          Absurdistão/Gary Shteyngart; tradução de Daniel Frazão e
        Maira Parula. – Rio de Janeiro: Rocco, 2008.

         Tradução de: Absurdistan.
         ISBN 978-85-325-2382-2

         1. Russos – Oriente Médio – Ficção. 2. Romance norte-americano.
        I. Frazão, Daniel. II. Parula, Maira. III. Título.

08.3213   CDD-813
                                                           CDU-821.111(73)-3

PRÓLOGO

De onde estou falando

Este é um livro sobre o amor. Dedico as próximas 336 páginas com aquela melosa afetividade russa que passa por amor verdadeiro ao meu Amado Papai, à cidade de Nova York, à minha doce e pobre namorada do South Bronx e ao Serviço de Imigração e Naturalização dos Estados Unidos.

Este também é um livro sobre o amor *demais*. Um livro sobre o que é ser passado para trás. Digo logo de uma vez: *eu fui passado para trás*. Eles me usaram. Eles se aproveitaram de mim. Eles me exploraram. Eles souberam na mesma hora que tinham encontrado o homem certo. Se é que "homem" é a palavra certa.

Talvez todo esse negócio de ser passado para trás seja genético. Estou pensando aqui em minha avó. Stalinista apaixonada, fiel colaboradora do *Pravda* de Leningrado até o Alzheimer levar o que restava de sua sanidade, ela escreveu a célebre alegoria de Stalin, a Águia da Montanha, dando um vôo rasante no vale para pegar três texugos imperialistas, representados pelo Reino Unido, a América e a França, cujos corpos pequeninos são feitos em pedaços pelas garras ensangüentadas do Generalíssimo. Em uma de minhas fotos de criança eu engatinho para o colo da vovó. E me aconchego nela. Ela se aconchega em mim. É o ano de 1972 e nós dois parecemos absolutamente insanos. Bem, olhe para mim agora, vovó. Olhe para o dente que me falta e o buraco em meu estômago. Olhe o que fizeram com o meu coração, esse quilo machucado de gordura pendurado em meu peito. Se o assunto é ser feito em pedaços no século 21, eu sou o quarto texugo.

Estou escrevendo isso em Davidovo, um pequeno vilarejo inteiramente povoado pelos chamados judeus montanheses nas proximidades da fronteira do norte da antiga república soviética do Absurdsvanï. Ah, os judeus montanheses. Em seu isolamento nas montanhas e com sua devoção tacanha ao clã e a Jeová eles me parecem *pré-históricos*, até mesmo pré-mamíferos, como um dinossauro sagaz em miniatura que uma vez arrastou-se pela Terra, o *Haimosaurus Rex*.

É início de setembro. O céu é de um azul estático e, por alguma razão, sua limpidez e infinitude me fazem lembrar de que estamos neste pequeno planeta redondo a caminho de um terrível vazio. As antenas parabólicas do vilarejo, assentadas nas cúpulas dos amplos presbitérios de tijolos vermelhos, apontam para as montanhas circundantes e seus picos coroados pelo branco alpino. A brisa suave do fim de verão acalenta minhas feridas e até o cão vadio que perambula ocasionalmente pelas ruas parece saciado e pacífico, como se fosse emigrar para a Suíça amanhã.

Os habitantes do vilarejo aglomeram-se em torno de mim, os idosos ressequidos, os adolescentes sebentos, os marginais do pedaço com suas tatuagens de prisões soviéticas nos dedos (velhos amigos do meu Amado Papai) e até o confuso rabino octogenário e caolho que agora chora no meu ombro, murmurando em seu russo rudimentar a honra de ter um judeu importante como eu no seu vilarejo, de como ele gostaria de me dar panquecas de espinafre e cordeiro frito e de achar uma boa esposa da região para montar em mim e bombear a minha barriga como uma bola de praia que precisa de ar.

Eu sou um judeu secular que não encontra conforto no nacionalismo nem na religião. Mas não me furto ao prazer de estar em meio a essa estranha extensão de minha raça. Os judeus montanheses me protegem e me acolhem, sua hospitalidade é irresistível, seu espinafre é suculento e absorve o alho e a manteiga batida e fresca.

E ainda assim quero alçar vôo.

Cruzar o mundo.

Aterrissar na esquina da 173 com a Vyse, onde ela está à minha espera.

O dr. Levine, meu psicanalista da Park Avenue, quase me tirou a idéia de que posso voar. "Vamos manter nossos pés no chão", ele gosta de dizer. "Vamos nos ater ao que de fato é possível." Sábias palavras, doutor, mas talvez você não esteja me ouvindo de verdade.

Não acho que posso voar como um gracioso pássaro ou um rico super-herói americano. Acho que posso voar do mesmo jeito que faço o resto das coisas – aos arrancos, com a gravidade a todo instante tentando me arrastar para a fina faixa negra do horizonte, com as pedras pontiagudas arranhando meu peito e o estômago, com os rios enchendo minha boca de água lamacenta e os desertos entupindo meus bolsos de areia, e a cada árdua subida poder me ver caindo de repente até o nada. Estou fazendo isso agora, doutor. Estou voando para longe do velho rabino que se agarra com frenesi à gola do meu casaco, por sobre a vegetação do vilarejo e os cordeiros pré-assados, por cima da saliência esverdeada de duas cadeias de montanhas em colisão que mantêm os pré-históricos judeus montanheses a salvo dos angustiados muçulmanos e cristãos dos arredores, por cima da nivelada Chechênia e da esburacada Sarajevo, sobre as represas hidroelétricas e o vazio mundo espiritual, sobre a Europa, essa maravilhosa *polis* na montanha com uma cintilante bandeira azul no alto das muralhas de sua fortaleza, sobre a calmaria letal e congelada do Atlântico, que acima de tudo gostaria de me afogar de uma vez por todas, voando sempre cada vez mais alto e finalmente para perto e mais perto da margem da pequena ilha...

Estou voando para o norte, na direção da mulher dos meus sonhos. Mantenho-me próximo ao chão, como você recomenda, doutor. Tento distinguir formas e lugares que já conheço. Tento recompor minha vida. E agora consigo avistar aquele lugar paquistanês na Church Street onde limpei a cozinha inteira, afogando-me em gengibre e mangas ácidas, lentilhas temperadas e couve-flor, enquanto os motoristas de táxi me incitavam e comentavam da minha gula com os seus parentes em Lahore. Agora estou em cima da pequena linha de prédios que seguem até o leste do Madison Park, a réplica do campanário da São Marcos de Veneza com extensão de um quilômetro, o teto dourado do New York Life Building, essas sinfonias de pedra, esses arranjos modernistas que os americanos devem ter gravado em rochas do tamanho de luas, essas últimas tentativas de uma imortalidade sem Deus. Agora estou em cima da clínica na 24, onde uma vez um assistente social disse que o meu teste de HIV dera negativo, fazendo-me ir até o banheiro para chorar de culpa pelos belos garotos magricelas cujos olhares assustados eu evitara na sala de espera. Agora sobrevôo a folhagem densa do Central Park, avistando as sombras projetadas pelas jovens matronas que passeiam com seus cachorrinhos orientais rumo à redenção comunitária do Great Lawn. O escuro rio Harlem passa voando por mim; contorno o teto prateado do lento e ruidoso trem do IRT e sigo para o norte, com o meu corpo cansado e fraco a implorar por um pouso. Agora estou sobre o South Bronx, não tenho mais certeza se estou voando ou caindo no asfalto com uma velocidade olímpica. O mundo da minha namorada se aproxima e me envolve. Estou ciente das verdades inexoráveis da Tremont Avenue – onde, segundo um gracioso registro de grafite, BEBO sempre AMA LARA, onde a fachada de néon do Brave Fried Chicken implora para que eu experimente o seu aroma gorduroso e suculento, onde o salão Adonai Beauty ameaça pegar os meus cabelos ondulados e penteá-los para cima, ateando fogo neles como a tocha alaranjada da Liberdade.

Passo como um gordo raio de luz pelas lojas baratas que vendem camisetas dos anos 1980 e moletons Rocawear falsificados, pela massa marrom dos conjuntos habitacionais que alertam ZONA DE OPERAÇÃO e QUEM ULTRAPASSAR ESTÁ SUJEITO À PRISÃO, por sobre a cabeça de garotos de gangue com bandanas e redes de cabelo que competem entre si com suas monstruosas motocicletas, por sobre meninas dominicanas de três anos de idade com vestidos e brincos de diamantes falsos, por sobre o quintal arrumado onde a lacrimosa Virgem afaga para sempre o rosário em torno do seu pescoço ruborizado.

Na esquina da 173 com a Vyse Avenue, na varanda de um conjunto habitacional entupida de pufes espalhados e balas de alcaçuz vermelhas, minha garota cobriu seu colo nu com apostilas da Hunter College. Abro caminho direto, sem desvios, até a generosidade dos seus seios caramelados pelo verão, ambos cobertos por uma plaquinha amarela que informa com letras maiúsculas que G É DE GANGSTA. E quando a cubro de beijos, quando o suor do meu vôo transatlântico faz com que ela se encharque da minha própria marca de sal e melado, sinto-me estúpido pelo meu amor por ela e pelo meu pesar por quase todo o resto. Pesar pelo meu Amado Papai, o verdadeiro "gangsta" de minha vida. Pesar pela Rússia, minha longínqua terra natal, e pelo Absurdistão, onde o calendário nunca passará da segunda semana de setembro de 2001.

* * *

Este é um livro sobre o amor. Mas também é um livro de geografia. O South Bronx pode ter poucas placas de sinalização, mas para onde quer que eu olhe, vejo a utilidade das setas que declaram VOCÊ ESTÁ AQUI.

Eu *Estou* Aqui.

Eu Estou Aqui ao lado da mulher que amo. A cidade se apressa em me localizar e me ratificar.

Como posso ter tanta sorte?

Às vezes mal dá para acreditar que ainda estou vivo.

ABSURDISTÃO

1

A noite em questão

15 DE JUNHO DE 2001

Eu sou Misha Borisovitch Vainberg, trinta anos de idade, um obeso de olhos pequenos e profundamente azuis com um belo nariz judeu que lembra a mais distinta raça de papagaio e lábios tão delicados que você gostaria de esbofeteá-los.

Nos meus últimos anos vivi em São Petersburgo, na Rússia, não por opção ou por vontade. A Cidade dos Czares, a Veneza do Norte, a capital cultural da Rússia... esqueçam tudo isso. No ano de 2001 a nossa São Leninsburgo tinha a aparência de uma fantasmagórica cidade do Terceiro Mundo, prédios neoclássicos afundados em canais atolados de lixo, grotescos barracos camponeses construídos com amianto e madeira compensada colonizando amplas avenidas com iconografia capitalista (anúncios de cigarros exibiam um jogador de futebol americano pegando um hambúrguer com uma luva de beisebol), e o que é pior, os nossos cidadãos inteligentes e depressivos foram substituídos por uma nova raça mutante vestida com uma estudada imitação do Ocidente, jovens mulheres em lycra justa com pequenos seios empinados que apontavam para Nova York e Xangai e homens com jeans pretos Calvin Klein falsificados que pendiam frouxos em volta de suas bundas caídas.

A boa notícia é que quando se é um gordão incorrigível como eu – 145 quilos, na última conferida – e filho do 1.238º homem mais rico da Rússia, São Leninsburgo inteira corre para servi-lo, pontes levadiças são baixadas para você e os belos palácios nas margens do canal empurram suas largas frisas em sua cara. Você é abençoado com o mais raro tesouro encontrado nessa rica terra de minerais. Você é abençoado com respeito.

Na noite de 15 de junho do catastrófico ano de 2001, eu conquistava muito respeito de amigos num restaurante chamado O Lar do Pescador Russo, na ilha de Krestovskiy, uma das ilhas verdejantes situadas no delta do rio Neva. Em Krestovskiy as pessoas ricas, como nós, fingiam viver em uma espécie de Suíça pós-soviética, arrastando-se pelas bem cuidadas ciclovias construídas ao redor das *kottedzhes* e *khauses* de nossas cidades e enchendo os pulmões com porções de uma atmosfera aparentemente importada dos Alpes.

O atrativo do Pescador é deixar que você pesque o seu próprio peixe de um lago artificial e depois, por cerca de cinqüenta dólares o quilo, a equipe da cozinha o prepara na brasa para você. Naquilo que mais tarde a polícia chamaria de "noite em questão", nós estávamos no pontão Desova do Salmão, gritando com os nossos criados e bebendo garrafas de vinho verde California Riesling enquanto nossos *mobilniks* Nokia tocavam com a urgência social que só se faz presente quando o Noites Brancas estrangula o horário noturno, quando os habitantes de nossa cidade arruinada permanecem acordados com o brilho rosado do sol do norte, quando o melhor que você pode fazer é beber com seus amigos até de manhã.

Deixe-me contar uma coisa: sem bons amigos, você pode muito bem se afogar na Rússia. Depois de décadas ouvindo o *agitprop* familiar dos nossos pais ("Morreríamos por você!", eles entoam), depois de ter sobrevivido à solidão criminosa da família russa ("Não nos abandone!", eles suplicam), depois da estúpida socialização que os nossos professores e gerentes de fábrica nos impingiram ("Vamos pregar o seu *khui* circuncidado na parede!", eles ameaçam), tudo o que resta é um brinde entre dois amigos fracassados em algum quiosque fedorento ao ar livre.

– À sua saúde, Misha Borisovitch.
– Ao seu sucesso, Dimitri Ivanovitch.
– Ao exército, à força aérea e à tropa soviética inteira... Vamos beber todas!

Sou modesto e inclinado à privacidade e à tristeza solitária, por isso tenho poucos amigos. Meu melhor parceiro na Rússia é um ex-americano que gosto de chamar de Aliosha-Bob. Nascido Robert Lipshitz no norte do estado de Nova York, essa pequena águia careca (sem um único fio de cabelo na cabeça aos 25 anos) viajou para São Leninsburgo oito anos atrás e transformou-se pela força do alcoolismo e da inércia em um bem-sucedido *executivo* russo rebatizado como Aliosha, dono da ExcessHollywood, uma empresa desenfreadamente lucrativa de importação-exportação de DVDs, e em namorado de Svetlana, uma jovem gata de São Petersburgo. Além de ser careca, Aliosha-Bob tem o rosto contraído, arrematado pelo cavanhaque vermelho, olhos azuis úmidos que enganam com suas quase-lágrimas e enormes lábios hesitantes que toda hora são limpos pela vodca. Certa vez, no metrô, um skinhead o descreveu como um *gnussniy zhid*, ou "judeu de aparência desprezível", e acho que a maior parte das pessoas o vê dessa maneira. Certamente foi como o vi quando o conheci uma década atrás como aluno da Accidental College, no Meio-Oeste americano.

Aliosha-Bob e eu temos um hobby interessante ao qual nos dedicamos sempre que possível. Pensamos em nós mesmos como os Cavalheiros que Gostam de Rap. Nossa preferência vai das *jams* descoladas de Ice Cube, Ice-T e Public Enemy aos ritmos contemporâneos sensuais do gueto tech, um híbrido da batida de Miami, faixas do gueto de Chicago e eletrônica de Detroit. O leitor moderno talvez tenha familiaridade com "Ass-N-Titties", do DJ Assault, provavelmente um trabalho *seminal* do gênero.

Na noite em questão, comecei os trabalhos com um rap de Detroit que eu curto nos dias de verão:

Aw, shit
Heah I come
Shut yo mouf
And bite yo tongue.

Com uma calça Helmut Lang rasgada e um casaco da Accidental College, Aliosha-Bob ensaiou seu rap:

Aw, girl,
You think you bad?
Let me see you
Bounce dat ass.

Nossas vozes irromperam dos quatro pontões do Lar do Pescador Russo (Desova do Salmão, Esturjão Imperial, Truta Caprichosa e Doce Gunelo) e percorreram todo o pequenino lago artificial, seja lá como se chame (Lago Dólar? Euro Poça?), até o estacionamento gratuito onde um dos funcionários idiotas acabara de dar uma amassada no meu Land Rover novo.

Pela estrada afora
Lá vem a vagaba
Boxeando o meu pau eu sei
Feito o Cassius Clay.

— Cante aí, Snack Daddy! — gritou Aliosha-Bob, usando o meu apelido da Accidental College.

Me chame de Vainberg
Que eu sou judeu
E cheiro todas
Com meu nariz hebreu

Bombeie até o talo
Gostosa
Tesuda
Po-po-zuda

Pode ser a Rússia uma nação de camponeses cansados enfiados numa modernidade desajeitada, sempre tem algum idiota que se empenha em cortar a nossa onda. E então um executivo perto de nós, um matador mediano e bronzeado ao lado da namorada pálida de alguma província entupida de bois e vacas, começa a falar:
— Ei, vocês, por que é que ficam cantando como estudantes de intercâmbio africanos? Vocês dois parecem tão cultos. — Em outras palavras, judeus de aparência desprezível. — Por que não declamam um pouco de Puchkin? Ele não tem uns belos versos sobre Noites Brancas? Isso seria mais apropriado à atmosfera.
— Mas se Puchkin estivesse vivo hoje, ele seria um rapper, cara — eu disse.
— É isso aí — acrescentou Aliosha-Bob. — Ele seria o M.C. Puch.
— *Fight the power!* — eu disse em inglês.
O nosso amigo amante de Puchkin olhou para nós. A propósito, é isso que acontece quando você não aprende inglês. Sempre perde as palavras.
— Que Deus as ajude, crianças — ele disse por fim, pegando a garota pelo bracinho e levando-a até o outro lado do pontão.

Crianças? Ele estava falando de *nós?* O que um Ice Cube ou um Ice-T faria nessa situação? Peguei o meu *mobilnik* para ligar pro dr. Levine, meu analista da Park Avenue, e contar que eu tinha sido insultado mais uma vez, que tinha sido ofendido por um camarada russo mais uma vez.

E então ouvi Timofey, o meu criado, badalando uma sineta especial. O celular caiu da minha mão, o amante de Puchkin e a namorada desapareceram do pontão, o próprio pontão flutuou para outra dimensão e até o dr. Levine com seu suave auxílio americano reduziu-se a um zumbido distante.

Era hora do rango.

Com um aceno lento, Timofey, o criado, estendeu-me uma bandeja de esturjões enegrecidos e uma garrafa de Black Label. Desabei sobre uma cadeira dura de plástico que girou e vergou debaixo do meu peso como uma escultura moderna. Debrucei-me no esturjão e o cheirei de olhos fechados, como se oferecesse uma silenciosa oração. Meus pés estavam juntos, grudados, meus tornozelos raspando um no outro em ansiosa expectativa. Preparei-me para a refeição da maneira usual: garfo na mão esquerda e a mão direita cerrando o punho no meu colo, pronta para socar qualquer um que ousasse roubar minha comida.

Mordi o kebab de esturjão e enchi a boca com suas bordas crocantes e queimadas e o interior macio e farinhento. Meu corpo tremia por dentro do enorme moletom Puma, meu heróico estômago girando em sentido anti-horário e meus dois peitos redondos batendo um contra o outro. Emergiram as imagens que a comida sempre me inspirava. Eu, meu Amado Papai e minha jovem mãe dentro de uma gruta navegando em um barco oco construído para lembrar um cisne branco, com uma triunfante música da era stalinista ecoando à nossa volta ("Aqui está o meu passaporte! E *que* passaporte! É o meu grande e vermelho passaporte *soviético!*"), as mãos molhadas do Amado Papai esfregando minha barriga e segurando meu short e as mãos macias e secas da mamãe alisando minha nuca, o coro de suas vozes roucas e cansadas dizendo "Nós te amamos, Misha. Nós te amamos, ursinho".

Meu corpo entrou num frenesi, se sacudindo como os religiosos se sacodem quando imergem na oração ao seu deus. Acabei o primeiro kebab e o seguinte, o meu queixo melado pela gordura do esturjão e meus peitos tremendo como se sufocados por sacos de gelo. Um outro naco de peixe caiu em minha boca, agora salpicado de salsa e azeite. Eu senti os odores do mar, meu pulso direito ainda fechava-se com os dedos cravados na palma da mão, meu nariz tocava o prato com o extrato de esturjão a cobri-lo, meu pequeno *khui* circuncidado queimava de felicidade com essa liberdade.

E então acabou. Acabaram os kebabs. Fui deixado com o prato vazio. Fui deixado sem mais nada à minha frente. Ah, pobre de mim. Onde eu estava agora? Um ursinho abandonado sem o seu peixinho. Joguei um copo d'água no rosto e limpei-me com um guardanapo que Timofey enfiara no meu moletom. Peguei a garrafa de Black Label e a comprimi nos meus lábios frios, deixando tudo derramar na minha barriga com um único giro de pulso.

À minha volta o mundo era dourado, o sol daquele fim de tarde projetava luz numa fileira de amieiros que balançavam; os amieiros inundavam-se de gorjeios de canários, esses companheiros com listras amarelas de nossas rimas infantis. Por um momento senti-me bucólico, meus pensamentos voltaram para o Amado Papai, que nasceu em um vilarejo e para quem a vida no campo devia ser prescrita, como se somente nesse tipo de vida – dormindo no estábulo, nu e feio, mas sóbrio – pudessem brotar os suaves tremores de felicidade que se espalhariam por seu inchado rosto aramaico. Eu bem que podia levá-lo ali, ao Lar do Pescador Russo. Compraria algumas garrafas geladas de Flagman, sua vodca favorita, e iria com ele até o pontão mais distante, pousaria o meu braço em torno dos seus ombros cheios de caspa, colocaria sua pequena cabeça de lêmure em minhas coxas e o faria compreender que, apesar de todas as decepções que causei a ele nos últimos vinte anos, nós ficaríamos juntos para sempre.

Ao me livrar da escravidão da comida, notei que a demografia do pontão Desova do Salmão mudara. Havia agora um grupo de jovens funcionários de escritório com blazers azuis, guiados por um bufão de gravata-borboleta que interpretava o papel de "pessoa divertida" e dividia a todos em times, colocando varas de pescar em suas frágeis mãos e orquestrando-os com um coro de "Pei-xe! Pei-xe! Pei-xe!". Que diabos estava acontecendo ali? Era o primeiro indício de uma classe média russa emergente? Será que todos aqueles idiotas trabalhavam para um banco alemão? Talvez eles tivessem MBAs americanos.

Enquanto isso todos os olhos fixavam-se em uma mulher mais velha, encantadora, usando um longo branco e pérolas negras de

Mikimoto que lançava um anzol no lago artificial. Era uma dessas mulheres misteriosas e elegantes que parecem ter saído do ano de 1913, como se todos os cachecóis vermelhos dos pioneiros e as túnicas camponesas de nossos estúpidos dias soviéticos jamais tivessem pousado em seus ombros delicados.

    Não morro de amores por essa gente, devo dizer. Como é possível viver fora da história? Quem é que pode alegar imunidade à beleza e à educação? Meu único consolo é que nem essa encantadora criatura nem os jovens funcionários do Deutsche Bank que agora gritavam em uníssono "Sal-mão! Sal-mão!" pegariam qualquer peixe saboroso naquele dia. Eu e o Amado Papai temos um acordo com o gerente do restaurante Lar do Pescador Russo – toda vez que um Vainberg pega um caniço, o sobrinho do dono veste uma roupa de mergulho, nada por baixo dos pontões e engancha os melhores peixes em nossos anzóis. Então, tudo o que a Czarina de Pérolas Negras conseguiria seria um salmão sem gosto e sem graça.

    Não se pode ignorar completamente a história.

Na noite em questão eu e Aliosha-Bob estávamos com três mulheres adoráveis: Rouenna, o amor de minha vida que viera do Bronx, Nova York, para uma visita de duas semanas, Svetlana, a beleza tártara de olhos negros do Aliosha-Bob, relações-públicas de uma cadeia de perfumarias da região, e Liuba, a esposa provinciana de 21 anos do meu Amado Papai.

    Devo dizer que eu estava ansioso por essas mulheres estarem ali juntas (e mais, tenho um medo generalizado de mulheres). Svetlana e Rouenna têm uma personalidade agressiva; Liuba e Rouenna já foram de uma classe baixa e sem refinamento; e, pelo fato de serem russas, Svetlana e Liuba manifestam sintomas de uma leve depressão originada em traumas de infância (cf. Papadapolis, Spiro, "É o *Meu* Pierogi: Conflito Transgeracional nas Famílias Pós-Soviéticas", *Anais de Psiquiatria Pós-Lacaniana,* Boulder/Paris, vol. 23, nº 8, 1997). Parte de mim ficava na expectativa de uma desavença entre as mulheres, ou aquilo que os americanos chamam de *fireworks*. Enquanto a outra parte torcia para que a piranha esnobe da Svetlana tomasse uma surra.

    Enquanto Aliosha-Bob e eu cantávamos um rap, a empregada de Liuba embonecava as garotas com maquiagem e batom numa cabana-vestiário do Pescador, e quando elas se juntaram a nós no pontão, fediam a um perfume cítrico falsificado (com um toque de suor de verdade), seus lábios delicados brilhavam com o crepúsculo do verão, suas vozes suaves levavam uma conversa interessante sobre o Stockmann, o badalado empório finlandês da Nevski Prospekt, a via principal de São Leninsburgo. Elas discutiam uma promoção de verão – duas toalhas felpudas finlandesas por vinte dólares, ambas caracterizadas por uma cor ocidental profundamente não-russa: laranja.

Quando ouvi a história da toalha cor de laranja, senti o departamento do meu meio-*khui* roxo e circuncidado ligeiramente endurecido. Aquelas nossas mulheres eram tão bonitas! Bem, não Liuba, a minha madrasta, obviamente, ela é onze anos mais nova do que eu e passava as noites se lamuriando de forma pouco convincente sob o tronco conífero do Amado Papai, cujo impressionante *khui* tinha aparência de tartaruga (adoráveis lembranças desse *khui* que balançava na banheira com minhas mãos curiosas de bebê tentando pegá-lo).

E eu também não estava excitado com Svetlana, apesar das lindas maçãs do seu rosto mongol, do seu suéter italiano colante e de sua indiferença profundamente calculada, a postura supostamente sexy da mulher russa educada; a despeito disso, preciso dizer, eu me recuso absolutamente a dormir com qualquer uma de minhas conterrâneas. Só Deus sabe por onde elas andam.

Então, isso me deixa com minha Rouenna Sales (pronuncia-se *Sa*-lez, com sotaque espanhol), minha garotinha do South Bronx, minha preciosidade de ossos largos, minha andorinha gigante e multicultural de cabelos ondulados vigorosamente puxados para trás por um lenço vermelho com seu nariz moreno lustroso em forma de pêra sempre carente de beijos e cremes.

– Acho – disse em inglês Liuba, minha madrasta, a Rouenna. – Achei – ela corrigiu. Estava tendo dificuldade com os tempos verbais. – Acho, achei... Acho, achei...

Racho, rachei... Racho, rachei...

– O que é que você está rachando, querida? – perguntou Svetlana, mexendo em seu caniço com impaciência.

Acontece que Liuba não seria desencorajada com tanta facilidade a se expressar numa língua tão bela e nova. Casada há dois anos com o 1.238º homem mais rico da Rússia, finalmente a pobre mulher compreendia o seu real valor. Um médico de Milão fora contratado recentemente para queimar as maliciosas sardas alaranjadas que rodeavam o seu corpo grosseiro, enquanto um cirurgião de Bilbao estava a caminho para extrair a gordurinha que oscilava em volta de suas fofas bochechas de adolescente (na verdade, a gordura a deixava mais simpática, como uma garota pobre do interior que acaba de sair da adolescência).

– Acho, achei – disse Liuba – aquela toalha laranja tão feia. Para mulheres é bonito lavanda, para homens, como o meu marido, Boris, azul-claro, para empregadas, preto, porque as mãos delas já estão sujas mesmo.

– Nossa, querida – disse Rouenna. – Você pegou pesado.

– O que é "pegou pesado"?

– Falando merda dos empregados. Que eles têm mãos sujas e coisa e tal.

– *Racho*... – Constrangida, Liuba baixou os olhos para suas mãos com duros calos provincianos. E sussurrou para mim em russo: – Diz a ela, Misha, que antes de conhecer seu pai eu também era pobre.

– Liuba era pobre em 1998 – expliquei para Rouenna em inglês. – Aí meu pai casou com ela.

– É mesmo, mirmã? – perguntou Rouenna.

– Você está me chamando de *irmã*? – sussurrou Liuba com sua doce alma russa trêmula. Largou a vara de pescar e abriu os braços. – Então, vou ser sua irmã também, Rouennachka!

– É só uma expressão afro-americana – expliquei a ela.

– É isso aí – disse Rouenna enquanto dava um abraço em Liuba, que retribuiu de maneira sóbria e chorosa. – Pelo que vejo, todos vocês, russos, não passam de um bando de negões.

– O que é que você está falando? – perguntou Svetlana.

– Não leve a mal – respondeu Rouenna. – Isso foi um elogio.

– Não é elogio! – gritou Svetlana. – É melhor se explicar.

– Calma, meu bem – disse Rouenna. – Só estou dizendo, você sabe... seus homens não conseguem emprego, todo mundo sai de carro para dar uns tiros quando está puto com alguém, as crianças têm asma e todos vocês moram em conjuntos habitacionais.

– Misha não mora em conjunto habitacional – rebateu Svetlana. – Eu não moro em conjunto habitacional.

– É, mas vocês são diferentes dos outros. Vocês são iguais aos GOs – disse Rouenna, fazendo um gesto de gueto com o braço.

– Nós somos o quê?

– São os gângsteres originais – disse Aliosha-Bob.

– Veja o Misha – continuou Rouenna. – O pai dele matou um empresário americano por uma merda qualquer, e agora ele não consegue a porra de um visto americano. Isso é *hardcore*.

– Não é só por causa do papai – sussurrei. – É o consulado americano. O Departamento de Estado. Eles me odeiam.

– O que é *hardcourt*? – perguntou Liuba, sem saber que rumo a conversa tomava e se ela e Rouenna eram ou não irmãs.

Svetlana jogou o anzol e virou-se para mim e para Aliosha-Bob com as duas mãos em sua desprezível cintura.

– É culpa de vocês – ela se enfezou em russo. – Com todo esse rap idiota de vocês. Com esse estúpido *guetto tech*. Não é de espantar que as pessoas nos tratem como animais.

– A gente só estava se divertindo – disse Aliosha-Bob.

– Se você quer ser russo – disse Svetlana para o meu amigo –, tem que pensar em que tipo de *imagem* quer passar. Todo mundo já está achando que somos bandidos e prostitutas. Temos que nos redefinir.

– Aceite minhas sinceras desculpas – disse Aliosha-Bob, com as mãos cobrindo simbolicamente o coração. – De agora em diante não vamos mais cantar rap na sua frente. Vamos trabalhar a nossa imagem.

– Caramba, mermão, o que é que vocês estão falando? – replicou Rouenna. – Falem em inglês.

Svetlana virou-se para mim com olhos ferozes e sem cor. Recuei e quase caí nas águas do pontão. Meus dedos já discavam o número de emergência do dr. Levine quando Timofey, o meu criado, correu apressado até nós, engasgando em seu próprio fôlego ácido.

– Ai, *batyushka* – disse ele enquanto fazia uma pausa para pegar ar. – Perdoe ao Timofey pela interrupção, senhor. Ele é um pecador como todo o resto. Mas, senhor, devo avisá-lo! A polícia está vindo aí. E eu temo que estejam atrás do senhor...

Não entendi muito bem o que ele queria dizer, até que um berro de barítono vindo do pontão Truta Caprichosa ao lado atraiu a minha atenção.

– Polícia! – gritava um senhor. Os jovens bancários com seus MBAs americanos, a velha czarina com suas pérolas negras e seu vestido branco, o executivo amante de Puchkin... todo mundo se dirigia ao estacionamento gratuito onde seus Land Rovers estavam estacionados. Três policiais grandões passaram por eles com chamativos chapéus azuis ornamentados pela magra águia russa de duas cabeças, seguidos pelo líder, um velho à paisana com as mãos nos bolsos, sem pressa.

Pelo que parecia, os tiras estavam andando diretamente na minha direção. Aliosha-Bob acercou-se para me proteger, pondo as mãos em minhas costas e em minha barriga como se eu pudesse capotar. Resolvi me manter firme. Que abuso! Em países civilizados, como o Canadá, um homem bem-sucedido e sua turma de pescaria são deixados em paz pelas autoridades, mesmo tendo cometido um crime. O velho à paisana que tinha o elegante nome de Beluga (como o caviar), conforme descobri mais tarde, empurrou o meu amigo para o lado com cuidado. Pôs o nariz a um centímetro do meu e me fez olhar para uma cara cinzenta de velho com olhos de pupilas amareladas e um rosto que na Rússia indica ao mesmo tempo autoridade e incompetência. Ele me olhava bastante emocionado, como se quisesse o meu dinheiro.

– Misha Vainberg? – ele perguntou.

– O que significa isso? – repliquei. Isso queria dizer: *sabe com quem está falando?*

– Seu pai acabou de ser morto na Ponte Levadiça – informou o policial. – Por uma mina terrestre. Um turista alemão filmou tudo.

2

Dedicatórias

Primeiro eu gostaria de me ajoelhar na frente da sede do Serviço de Imigração, em Washington D.C., para agradecer a esse órgão pelo seu trabalho bem-sucedido em favor dos estrangeiros de todos os lugares. Fui diversas vezes bem recebido pelos funcionários da Imigração na chegada ao Aeroporto John F. Kennedy, e cada vez era melhor que a anterior. Em certa ocasião um homem bem-humorado de turbante carimbou meu passaporte depois de dizer alguma coisa incompreensível. Em outra ocasião uma simpática senhora negra quase tão gorda quanto eu olhou admirada para os pneus de minha barriga e me deu um sinal de positivo com o polegar para cima. O que posso dizer? O pessoal da Imigração é justo e honesto. São os verdadeiros porteiros da América.

Meus problemas, no entanto, são com o Departamento de Estado americano e com o pessoal demente do seu consulado em São Petersburgo. Desde que retornei à Rússia uns dois anos atrás eles se negaram a dar o meu visto *nove vezes,* e em cada oportunidade mencionavam o recente assassinato do seu precioso empresário de Oklahoma cometido pelo meu pai. Tenho que ser franco: eu lamento muito pelo cara de Oklahoma e por sua família de bochechas rosadas, lamento por ele ter se colocado no caminho do meu pai e por ter sido encontrado na entrada da estação de metrô Dostoievskaia com uma expressão infantil de surpresa no rosto e desenhado na testa em vermelho o sinal de exclamação invertido, mas por *nove vezes* ouvi referências sobre sua morte e isso me fez lembrar do antigo e gutural provérbio russo: "Se morreu, morto está."

Este livro portanto é minha carta de amor aos generais que controlam o Serviço de Imigração e Naturalização. Uma carta de amor e uma súplica: *Senhores, deixem-me voltar!* Eu sou um americano preso em um corpo russo. Fui educado na Accidental College, uma venerável instituição do Meio-Oeste para jovens aristocratas de Nova York, Chicago e San Francisco, onde as virtudes da democracia são em geral debatidas na hora do chá. Fui um americano exemplar durante os meus oito anos em Nova York e contribuí para a economia gastando mais de dois milhões de dólares em serviços e equipamentos legalmente adquiridos, incluindo a coleira de cachorro mais cara do mundo (fui dono de dois poodles por um breve tempo). Namorei a minha Rouenna Sales – "namorar" não é o termo adequado, *resgatei-a* do pesadelo proletário do Bronx de sua juventude e coloquei-a na Hunter College, onde ela está estudando para ser secretária executiva.

Pois bem, estou certo de que todos do Serviço de Imigração e Naturalização são profundamente íntimos da literatura russa. Enquanto estiver lendo sobre minha vida e minhas lutas nestas páginas, você notará algumas semelhanças com Oblomov, o célebre senhor gordo que se recusa a se levantar do sofá naquele romance do século 19 com esse mesmo nome. Não tentarei induzir essa analogia (para início de conversa, não tenho energia para isso), mas posso sugerir outra possibilidade: o príncipe Michkin da obra *O idiota*, de Dostoiévski. Como o príncipe, eu sou uma espécie de bobo sagrado. Um inocente cercado de conspiradores. Sou um filhote dentro de um covil de lobos (somente o brilho azul-claro dos meus olhos impede que eu seja feito em pedaços). Como o príncipe Michkin, eu não sou perfeito. Nas próximas páginas você me verá esbofeteando ocasionalmente as orelhas do meu empregado ou me embriagando com Laphroaig. Mas você também será testemunha de minha tentativa de salvar uma raça inteira do genocídio, assim como me assistirá no papel de benfeitor das crianças miseráveis de São Petersburgo e fazendo amor com mulheres decadentes com a paixão infantil dos puros.

Como foi que me tornei esse bobo sagrado? A resposta está na minha primeira experiência americana.

Em 1990 o Amado Papai decidiu que o seu filho único devia estudar para ser um americano próspero normal na Accidental College, localizada no interior do país e longe das distrações mundanas da costa leste e da oeste. Na época papai estava apenas *engatinhando* na oligarquia do crime – as circunstâncias ainda não permitiam a pilhagem indiscriminada da Rússia – e já tinha faturado seu primeiro milhão em uma revendedora de carros de Leningrado que vendia muitas coisas deploráveis, mas felizmente nenhum carro.

Nós dois vivíamos sozinhos num apartamento pequeno e úmido nos subúrbios ao sul de Leningrado – mamãe havia morrido de câncer – e na maior parte do tempo nos mantínhamos fora do caminho um do outro, pois nenhum dos dois conseguia entender em que o outro estava se transformando. Certo dia eu me masturbava ferozmente no sofá, com minhas pernas abertas me fazendo parecer um linguado acima do peso cortado exatamente ao meio, quando papai irrompeu na sala vindo da rua gelada com sua cabeça escura e peluda sacudindo em cima do seu novo e macio casaco ocidental de gola rulê, e suas mãos tremiam pelo choque contínuo de mexer com tanto dinheiro verde americano.

– Larga essa coisa – ele disse, olhando emburrado para o meu *khui*. – Venha até a cozinha. Vamos ter uma conversa de homem para homem.

Odiei o tom do "homem para homem", pois isso me lembrava outra vez que mamãe estava morta e que não havia mais ninguém para me enrolar no cobertor na hora de dormir e dizer que eu ainda era um bom filho. Eu guardei o meu *khui* e com tristeza dissipei a imagem que me levava ao prazer (a bunda enorme de Olga Makarovna pendurada na cadeira de madeira à minha frente, meus colegas de turma cheirando a queijo de fazenda das punhetas e a galochas molhadas). Sentei à mesa da cozinha, na frente do meu pai, suspirando com a imposição como qualquer adolescente.

– Mishka – disse o meu pai –, em breve você estará na América para estudar matérias interessantes, dormindo com as judias locais e desfrutando a vida dos jovens. E quanto ao seu pai... bem, ele ficará sozinho aqui na Rússia, sem ninguém para se importar se ele está morto ou vivo.

Apertei o meu peito esquerdo endurecido com nervosismo, afunilando-o com um novo formato oblongo. Notei um pedaço perdido de casca de salame na mesa e me perguntei se poderia comê-lo sem papai perceber.

– Foi idéia sua que eu fosse para a Accidental College – eu disse. – Só estou fazendo o que você mandou.

– Estou deixando você ir porque o amo – replicou o meu pai. – Porque não existe futuro nesse país para um pequeno *popka* como você. – Ele pegou o dirigível flutuante que era a minha mão direita, a mão masturbatória, e segurou-a com firmeza entre as suas mãos pequenas. Os vasos capilares irregulares de sua bochecha se eriçaram em meio a um restolho acinzentado. Ele chorava baixinho. Estava bêbado.

Eu também comecei a chorar. Tinham se passado seis anos desde a última vez que o meu pai disse que me amava e quis segurar minha mão. Seis anos desde que eu deixara de ser um pálido anjinho em que os adultos faziam cócegas e que os valentões do colégio esmurravam para me tornar um judeu gigante e corado com mãos grandes e fofas e cara de mau. Eu estava com quase o dobro do tamanho do meu pai, o que muito surpreendeu a nós dois. Talvez houvesse algum tipo de gene recessivo polonês pelo lado de minha minúscula mãe. (Yasnawski era o nome dela de solteira, e daí?)

– Preciso que você faça uma coisa pra mim, Mishka – disse papai, esfregando os olhos.

Suspirei de novo e pus a casca de salame na boca com a minha mão livre. Sabia o que seria exigido de mim.

– Não se preocupe, papai, não vou mais comer – eu disse. – E farei exercícios com a bola grande que você comprou pra mim. Vou ficar magro de novo, eu juro. E vou estudar muito pra me tornar americano quando começar na Accidental.

– Idiota – disse papai, balançando seu narigão para mim. – Você *jamais* será americano. Será sempre um judeu. Como é que pode se esquecer de quem você é? E ainda nem partiu. Judeu, judeu, judeu.

Eu tinha ouvido um primo distante da Califórnia dizer que se pode ser americano e judeu ao mesmo tempo, e, para completar, homossexual praticante, mas não discuti.

– Tentarei ser um judeu rico – eu disse. – Tipo Spielberg ou Bronfman.

– Ótimo – disse o meu pai. – Mas existe outra razão para você ir para a América. – Ele exibiu um pedaço de planilha manchado, escrita com um inglês esquisito. – Vá nesse endereço assim que chegar a Nova York. Lá, encontrará alguns *hassidim*, e eles vão circuncidar você.

– Papai, não! – gritei, piscando freneticamente, a dor começava a nublar meus olhos, a dor de ter a melhor parte de mim tocada e manipulada e descascada como uma laranja. Desde que me tornei gigantesco eu acabei me acostumando com certa invulnerabilidade física. Os valentões do colégio deixaram de bater com a minha cabeça no quadro-negro para me sujar de giz enquanto gritavam "judeuzinho caspento!". (De acordo com a mitologia russa, os judeus sofrem de excesso de caspa.) Ninguém ousava mais me tocar. Ou melhor, ninguém queria mais me tocar.

– Tenho dezoito anos – argumentei. – Meu *khui* vai doer muito se o cortarem agora. E gosto do meu prepúcio. Ele balança.

– Sua mãe não deixou você ser circuncidado quando era pequeno – disse papai. – Isso podia chamar a atenção do comitê do distrito, era a preocupação dela. Eles poderiam dizer que você era "judeu demais". "Comportamento sionista." Ela tinha medo de todo mundo, menos de mim, aquela mulher. Sempre me chamava em público de "come-merda". E sempre me batia na cabeça com aquela frigideira. – Ele olhou na direção da prateleira do armário onde a temida frigideira esteve um dia. – Bem, agora você é responsabilidade minha, *popka*. E vai fazer o que eu mandar. É isso que significa ser homem. Significa ouvir o pai.

Minhas mãos tremiam no compasso das de papai e ambos estávamos cobertos de suor, o vapor subindo em quantidades invisíveis de nossas cabeças oleosas. Eu tentei me concentrar no amor que ele tinha por mim e no meu dever para com ele, mas uma pergunta persistia:

– O que significa *hassidim*? – eu quis saber.

– São o melhor tipo de judeu que existe – respondeu papai. – Um *hassid* só estuda e reza o dia inteiro.

– Então por que você não se torna um *hassid*? – perguntei.

– Agora eu tenho que trabalhar – ele retrucou. – Quanto mais dinheiro ganhar, mais certeza eu terei de que nunca ninguém irá machucá-lo. Você é a minha vida, sabia? Sem você eu cortaria minha garganta de uma orelha à outra. E tudo que lhe peço para fazer, Mishka, é que você se deixe cortar por esses *hassidim*. Você não quer me agradar? Eu o amava tanto quando você era pequeno e magro...

Eu me lembrava da sensação de quando o meu pequeno corpo era envolvido pelo dele, dos sábios olhos castanhos de águia que me comiam vivo e dos pêlos duros do seu bigode que provocavam uma grande erupção em minhas bochechas que permanecia por dias. Alguns engraçadinhos dizem que os homens passam a vida toda tentando voltar ao útero da mãe, mas não sou um desses homens. O bafo de vodca de papai no meu pescoço, os braços peludos e obstinados que me apertavam contra o seu peito, braços da espessura de um tapete, os aromas animalescos de sobrevivência e decadência – *isso* é o meu útero.

Alguns meses depois eu estava num táxi que rugia pelas aterrorizantes ruas do Brooklyn. Na União Soviética diziam que as pessoas de descendência africana – nós os chamamos de negros e negras – eram nossos irmãos e irmãs, mas para os judeus soviéticos recém-chegados da época eles eram tão assustadores quanto os exércitos de cossacos espalhados pelas estepes. No entanto, eu me apaixonei à primeira vista por essas pessoas de cor. Havia alguma coisa contagiosa, equívoca e totalmente soviética na visão de homens e mulheres desempregados espalhados por infindáveis varandas e gramados maltratados – era como se eles estivessem construindo todo um estilo de vida a partir da derrota, assim como os meus compatriotas soviéticos. O Oblomov dentro de mim sempre se fascinou pelas pessoas que estão prestes a desistir da vida, e em 1990 o Brooklyn era um paraíso oblomoviano. Isso sem mencionar o fato de que algumas daquelas jovenzinhas tão altas e firmes quanto um baobá eram as criaturas mais belas que eu já tinha visto na vida. Elas carregavam suntuosamente pelas ruas os seus seios em perfeito formato de cuia.

Aos poucos a vizinhança africana dava lugar a uma área latina igualmente maltratada, mas agradavelmente coberta pelo aroma de alho frito, e esta por sua vez dava lugar à terra prometida dos meus irmãos judeus – homens que zanzavam pelas vizinhanças com ninhos inteiros de esquilos na cabeça e cachinhos pendentes que esvoaçavam com o vento do início de verão e casacos aveludados que abrigavam o fedor precioso da estação. Contei seis garotinhos, provavelmente entre três e oito anos de idade, com loiras madeixas desalinhadas que os faziam parecer roqueiros, e eles corriam em torno de uma mulher muito cansada que se assemelhava a um pingüim enquanto descia a rua em passos miúdos com suas sacolas de compras. *Que porra de judia tem seis filhos?* Na Rússia você tem um, dois, talvez três, caso não ligue para abortos sucessivos e seja muito, muito promíscuo.

O táxi parou na frente de uma casa velha, mas grandiosa, cuja sacada afundava visivelmente em suas colunas frontais do mesmo jeito que um idoso afunda em seu andador. Um *hassid* jovem e simpático com ar de inteligente (sou parcial em relação a qualquer um que pareça meio cego) recebeu-me com um aperto de mãos e, mesmo sem saber se eu falava hebraico ou iídiche, começou a explicar o conceito de mitzvá, que significa "boa ação". Ao que parecia, eu estava prestes a fazer um mitzvá muito importante.

— Espero realmente que sim, senhor — eu disse com meu inglês engomado, mas imperfeito. — A dor de ter o pau cortado deve ser insuportável.

— Não é tão ruim — disse o meu novo amigo. — E você é tão grande que nem vai sentir! — Ao ver minha expressão ainda assustada, acrescentou: — De qualquer maneira, você vai entrar em cirurgia.

— Entrar? — repliquei. — Entrar *onde*? Ah, não senhor. Quero voltar imediatamente ao meu quarto de hotel.

— Venha, venha, venha — disse o *hassid*, ajustando os óculos de lentes grossas com o dedo indicador gasto. — Tenho uma coisa que eu sei que você vai gostar.

Eu o segui até os fundos da casa com a cabeça baixa. Depois da peculiar insipidez do apartamento soviético de um único quarto com refrigerador que estremecia no canto como um ICBM antes do lançamento, eu achei que aquela casa hassídica era uma verdadeira explosão de cores e luzes, principalmente pelas fotos do dourado Domo da Rocha de Jerusalém emolduradas em plástico e pelos travesseiros azuis amassados e bordados com pombos a gorjear. (Mais tarde, na Accidental College, ensinaram-me a baixar os olhos diante dessas coisas.) Por todo canto havia livros em hebraico com belas lombadas douradas que equivocadamente pensei serem traduções de Tchekhov e Mandelstam. O cheiro de trigo sarraceno de *kasha* e de roupa íntima usada deixava o lugar reconfortante e acolhedor. Enquanto seguíamos para os fundos da casa, alguns garotinhos brincavam entre os tocos de árvore das minhas pernas e uma jovem peituda de cabelo preso num lenço saiu do banheiro. Tentei pegar sua mão molhada para um cumprimento, mas ela saiu correndo aos gritos. Era tudo muito interessante e quase esqueci do doloroso motivo da minha visita.

Ouvi então um zumbido baixo e gutural, como o burburinho de uma centena de octogenários ruminando ao mesmo tempo. Aos poucos o zumbido tornava-se um coro de vozes masculinas que cantavam e soavam como...

— Um *humus tov*, um *tsimmus tov*, um *mazel tov*, um *tsimmus tov*, um *humus tov*, um *mazel tov*, um *humus tov*, um *tsimmus tov*, ei, ei, *Israel*.

Eu reconheci vários termos: *mazel tov* é uma forma de felicitação, *tsimmus* é um prato de cenouras amassadas açucaradas, e Israel, claro, é um pequeno país de predominância judaica na costa mediterrânea. Não conseguia entender o que todas essas palavras estavam fazendo juntas. (Na verdade, mais tarde descobri que não eram essas as palavras da canção.)

Passamos sob um arco baixo e entramos no anexo aos fundos da casa que estava cheio de jovens adultos de chapéu de feltro segurando canecas de plástico e fatias de pão de centeio e picles. Eles logo me deram uma caneca igual, com tapinhas em minhas costas enquanto diziam *mazel tov!*. E depois apontaram para uma velha banheira com pés de garras colocada no meio do recinto.

– O que é isso? – perguntei ao meu novo amigo com óculos de lentes grossas.

– Um *tsimmus tov*, um *mazel tov* – ele entoou enquanto me conduzia para a frente.

Vodca não tem cheiro, mas em pouco tempo um russo de dezoito anos notou que a banheira estava realmente cheia dessa substância com pedaços flutuantes de cebola.

– *Agora* você se sente em casa? – gritavam os felizes *hassidim* para mim enquanto eu bebia na caneca de plástico, tendo picles azedos como acompanhamento. – Um *tsimmus tov*, um *humus tov* – entoavam os homens, abrindo os braços e levantando os pés, com os olhos incrivelmente azuis ébrios e em chamas por trás de seus trajes pretos.

– Seu pai nos disse que talvez você precise beber um pouco de vodca antes do *bris* – explicou o *hassid* líder. – Então, decidimos fazer uma festa.

– Festa? Onde estão as garotas? – perguntei. Minha primeira piada americana.

Os *hassidim* riram com nervosismo.

– Ao seu mitzvá! – gritou um deles. – Hoje você vai fazer um pacto com *Hashem*.

– O que é isso? – eu quis saber.

– Deus – eles sussurraram.

Eu bebi o equivalente a várias canecas, impressionado com o sabor que as cebolas acrescentavam à mistura, e a idéia de fazer um pacto com Deus ainda não descia com tanta facilidade como a bebida. O que Deus tem a ver com isso? Eu só queria que o meu pai me amasse.

– Talvez seja melhor que vocês me levem para o meu hotel, senhor – balbuciei. – Eu posso dar os dezessete dólares que estão no meu bolso. Por favor, diga ao meu pai que já fui operado. Ele nunca mais olhou aqui embaixo, agora eu sou muito gordo.

Os *hassidim* não engoliram a minha sugestão.

– Você também tem que pensar na gente – eles afirmaram. – É um mitzvá para nós.

– Vocês também vão cortar o pau?

– Vamos redimir os cativos.

– Que cativos?

– Você é um cativo da União Soviética. Faremos de você um judeu. – E eles então me ajudaram com muitas outras vodcas aceboladas, até que literalmente o quarto tremeluziu com o rodopio dos chapéus e da transpiração que fluía.

– Ao mitzvamóvel! – gritaram os mais jovens em uníssono, e logo eu me vi envolvido por diversos casacos aveludados, aninhando pelas camadas externas de minha própria raça, enquanto era gentilmente conduzido até a hassídica noite de verão, onde a lua de face amarela também exibia cachinhos dos dois lados e os grilos cantavam com a profunda e melodiosa linguagem dos nossos ancestrais.

Fui posto no banco macio de uma van americana, alguns jovens ainda me importunando com vodcas que eu bebia obediente, já que, para os russos, recusar é falta de educação.

– Estamos voltando para o hotel, senhor? – perguntei enquanto a van avançava loucamente pelas ruas movimentadas.

– Um *humus tov*, um *mazel tov* – entoavam meus companheiros para mim.

– Vocês querem redimir os cativos! – eu disse em inglês com dificuldade em meio a lágrimas. – Olhem para mim! Eu sou cativo! De vocês!

– Então agora você será redimido! – A lógica prosseguiu com uma caneca de vodca estendida na minha cara.

Acabei sendo deixado na iluminada sala de espera de um pobre hospital municipal onde bebês latinos choravam por leite enquanto meus companheiros espremiam-se contra um muro de lamentações improvisado, os rostos pálidos avermelhados com as preces.

– Seu pai vai ficar muito orgulhoso – sussurrou alguém no meu ouvido.

– Olhe só que homem corajoso você é!

– Dezoito anos, velho demais pra cortar o pau – sussurrei de volta. – Todo mundo sabe disso.

– Abraão tinha 99 anos quando fez o *bris* com suas próprias mãos!
– Mas ele é um herói bíblico.
– E você também é! De agora em diante o seu nome hebreu será Moshe, que significa Moisés.
– Meu nome é Misha. É o nome russo que minha adorável mãe me deu.
– Mas você *é* como Moisés, você está ajudando a conduzir os judeus-soviéticos para fora do Egito. – Eu quase sentia o cheiro de plástico da caneca pressionada nos meus lábios. Eu bebi como o alcoólatra adolescente em que acabei me transformando. Ofereceram um pedaço de pão de centeio, mas o afastei com um safanão. Em seguida eu me vi em cima de uma maca, usando uma espécie de vestido com as costas para a frente, até que a maca se deteve e batas verdes aglomeraram-se em torno de mim; minhas calças foram bruscamente arriadas por duas mãos frias.
– Papai, faça-os parar! – gritei em russo.
Colocaram uma máscara na minha cara.
– Conte de trás para a frente, Moisés – disse uma voz americana.
– *Nyet!* – falei, mas é claro que ninguém podia me ouvir. O mundo se partia em pedaços e não conseguia se remontar. Quando acordei os homens de chapéu preto rezavam em cima de mim e não pude sentir nada debaixo das dobras de carne cuidadosamente amassadas que formavam a linha da minha cintura. Ergui a cabeça. Eu vestia um roupão verde de hospital com um buraco arredondado na região de baixo, e lá, entre os travesseiros macios de minhas coxas, jazia inerte *um inseto roxo esmagado*, com sua concha de quitina liberando fluidos e a dor dilacerante da pele atenuada pela anestesia.

Por alguma razão meus companheiros viram no meu vômito um sinal de melhora, limparam meu queixo, deram risadas e disseram *mazel tov* e *tsimmus tov* e *ei, ei, Israel*.

A infecção instalou-se naquela noite.

3

Quem matou o Amado Papai?

Quem fez isso? Quem foi que matou o 1.238º homem mais rico da Rússia? As mãos de quem estão manchadas com o sangue de um mártir? Eu digo de quem: Oleg, o Alce, e seu primo sifilítico, Zhora. Como nós sabemos? Todo o episódio foi filmado por Andi Schmid, um turista de dezenove anos, de Stuttgart, Alemanha.

Na noite em questão, Herr Schmid calhou de estar circulando num iate pelas imediações da Ponte Levadiça de São Petersburgo, curtindo um MDMA, uma droga sintética, e uma musiquinha *house* que ecoava das caixas de som enquanto filmava uma gaivota russa atacando um adolescente inglês, um garoto orelhudo com cara de peixe ao lado de sua pálida e adorável mamãe.

– Nunca vi uma gaivota tão agressiva como aquela – disse Herr Schmid no dia seguinte para mim e para os inspetores da polícia; ele resplandescia à nossa frente com uma calça felpuda de lã grossa e uma camiseta com os dizeres PHUCK STUTTGART, seus óculos quadrados da Selima Optique emanando uma penumbra de inteligência em torno de seus olhos jovens e entorpecidos. – Ela ficou *mordendo* o coitado do garoto – protestou Schmid. – Na Alemanha os pássaros são mais amigáveis.

Assistimos no vídeo de Schmid a uma gaivota branca como a neve abrindo o seu bico sangrento enquanto levantava vôo para outro ataque a uma família britânica, os ingleses implorando piedade à gaivota e a tripulação do barco apontando e rindo dos estrangeiros... Agora nós vemos os colossais píeres de pedra da Ponte Levadiça seguidos por postes de ferro. (Certa vez, nos anos 1980, nos bons tempos da Perestroika de Gorbatchov, eu e papai fomos pescar na Ponte Levadiça. Pegamos uma perca que se parecia com papai. Daqui a cinco anos, quando os meus olhos estiverem embaçados de vida russa, eu também vou parecer com a perca.)

Em seguida Schmid dá uma panorâmica com a câmera para mostrar São Petersburgo na noite quente de verão, o céu iluminado por um falso cerúleo, as grossas muralhas da Fortaleza de Pedro e Paulo banhadas por luzes douradas, o Palácio de Inverno ancorado como um navio oscilando suavemente em perpétuo crepúsculo, o casco escurecido da cúpula da igreja de Santo Isaac oficiando os procedimentos... Ah! O que foi mesmo que Mandelstam escreveu? "Leninsburgo! Não quero morrer agora!"

E agora, enquanto a gaivota mergulha em seu rasante predatório, soltando um grasnado peculiar de pássaro eslavo, vemos um jipe Mercedes 300 M-Class – aquele que parece uma versão futurista e arredondada dos jipes militares soviéticos que costumavam arrastar papai para a cela dos bêbados – passando na ponte, seguido por um daqueles antigos sedãs Volga blindados que por alguma razão me lembram o tatu americano. Olhando de perto, é quase possível avistar a cabeça de abóbora amarela do papai dentro do Volga, uma linha de cabelo grisalho delineia uma assinatura infantil no alto de sua careca... Ah, meu pai, meu *papochka* morto, assassinado, meu mentor, meu provedor, meu companheiro de molecagens. Papai, você se lembra de quando prendíamos o cachorro anti-semita do vizinho num engradado de leite e nos revezávamos fazendo xixi em cima dele? Se pelo menos eu pudesse acreditar que agora você está num lugar melhor, naquele "outro mundo" do qual falava sem parar quando acordava de manhã, seus cotovelos nadando em suco de arenque na mesa da cozinha, mas certamente nenhum de nós sobrevive após a morte, não existe *outro mundo*, exceto Nova York, e os americanos não me darão o visto, papai. Estou preso neste país horrível porque você matou um empresário de Oklahoma, e tudo o que posso fazer é me lembrar de como você era; celebrar a vida de um quase santo, esse é o fardo de seu filho único.

Está bem, de volta ao vídeo. Aí aparece aos solavancos o segundo jipe Mercedes sobre a Ponte Levadiça, o último veículo no comboio do papai, e agora avistamos uma motocicleta com duas pessoas que ultrapassa o jipe, o corpo redondo do sifilítico Zhora (que ele morra de sífilis exatamente como Lenin!) é visível atrás do penteado à Pompadour dos anos 1950 de Oleg, o Alce... A motocicleta aproxima-se do Volga e a mina terrestre, ou pelo menos um cilindro escuro que deve ser uma mina terrestre – quer dizer, alguém realmente *viu* uma mina terrestre? Nossa família não é daquele tipo que sai para brigar na Chechênia com os garotos de olhos azuis –, a mina terrestre é atirada no teto do Volga. Cinco quadros depois um *clarão* desvia a atenção da gaivota dos ingleses encolhidos de medo e o teto do Volga explode (como ficamos sabendo mais tarde, junto com a cabeça do papai), seguido por uma nuvem de fumaça insignificante... *Bum.*

E assim, em muitas palavras, eu fiquei órfão. Que eu seja confortado entre os que pranteiam em Sião e Jerusalém. Amém.

4

Rouenna

Quando me formei na Accidental College com todas as honras que podiam conceder a um judeu-russo e gordo, como muitos jovens, eu decidi que devia me mudar para Manhattan. Educação americana à parte, eu ainda era um cidadão soviético por natureza, afligido por um tipo de gigantomania stalinista, de modo que, quando olhei para a topografia de Manhattan, fixei naturalmente a minha atenção nas Torres Gêmeas do World Trade Center, aqueles gigantes emblemáticos de 110 andares que reluziam um dourado pálido ao sol da tarde. Eram como uma promessa cumprida do realismo socialista, ficção científica infantil ampliada quase ao infinito. Pode-se dizer que fiquei apaixonado por elas.

Como logo descobri que não podia alugar um apartamento no World Trade Center propriamente dito, resolvi me instalar no andar inteiro de um arranha-céu da virada do século nas proximidades. O meu apartamento tinha uma surpreendente vista da Senhora Liberdade, de um lado, e, do outro, do World Trade Center, que ocultava o resto do horizonte. Eu passava as minhas noites pulando de uma extremidade a outra de minha folha de nenúfar: quando o sol descia sobre a estátua, as Torres Gêmeas transformavam-se em um fascinante tabuleiro de janelas acesas e apagadas, e após umas tragadas no baseado elas pareciam uma pintura viva de Mondrian. E como um complemento do meu elegante apartamento *art déco*, consegui um estágio numa instituição de arte financiada pela generosidade de um banco poderoso. A coisa toda foi arranjada por meio do serviço de emprego da Accidental College, especializado em encontrar estágios socialmente animadores e de baixíssima remuneração para rapazes e moças. E então, toda manhã, por volta das dez, com minha beca adornada de medalhas brilhantes do Departamento de Estudos Multiculturais (meu curso) da Accidental College, eu percorria três quarteirões até o arranha-céu filigranado do banco e trabalhava no meu ofício de arquivamento por algumas horas.

Meus colegas achavam que eu era um tanto ou quanto excêntrico, mas nada comparado com o jovem que se vestia como um hamster durante o almoço e chorava feito louco no banheiro por exatamente uma hora e quinze minutos (aluno da Accidental, não é preciso dizer mais nada). Sempre que surgia a sabedoria de um sonolento Gargântua russo tagarelando pelos quartos já apertados, eu simplesmente tinha que dizer alguma coisa como "Malevitch!" ou "Tarkofski", com o brilho refletido das façanhas dos meus conterrâneos reluzindo nas minhas medalhas de Estudos Multiculturais.

O hamster acabou sendo demitido.

A vida para os jovens universitários americanos é uma festa. Sem o compromisso de ter que sustentar a família, eles vivem dando festas animadas nos terraços, onde conjeturam longamente a respeito de suas peculiares infâncias eletrônicas e às vezes beijam uns aos outros na boca e no pescoço. Minha vida também era igualmente doce e livre de complexos, com uma única necessidade pendente: eu não tinha namorada, nenhuma garota étnica, gostosa e trabalhadora para me tirar do sofá, nenhuma polinésia exótica para preencher com marrons e amarelos a minha vida monocromática. Então, nas noites de fim de semana eu me arrastava por esses terraços onde os alunos da Accidental College reuniam-se com alunos de outras faculdades, as conversas formando uma rede mordaz de fatos privilegiados e especulações que cobria de Napa Valley até Gstaad. Eu me aquecia com essas informações, fazendo comentários espirituosos, piadas absurdas, mas o meu verdadeiro propósito era mais convencional: a procura de uma mulher que me aceitasse pelo que eu era; aceitasse cada pedaço de mim, aceitasse o inseto esmagado e roxo entre as minhas pernas.

Nenhuma preenchia a vaga, mas eu era querido ao meu modo.

– Snack Daddy! – gritavam os caras e as meninas enquanto eu subia a escada estreita até o terraço. Naquela época as garotas bebiam baldes de champanhe de canudinho e os rapazes emborcavam litros de cerveja, limpando a boca com a parte de trás de suas gravatas finas. Tentávamos ser "urbanos" ao máximo sem nos tornarmos uma caricatura, nossos olhos passeando rapidamente pelas constelações sombrias dos conjuntos habitacionais pressionadas contra os horizontes distantes. Eu me mantinha ao lado da mesa de petiscos e deixava a minha gordura assentar-se em camadas protetoras em torno de mim enquanto enfiava uma enorme cenoura numa tigela de creme de espinafre. As garotas me consideravam um confidente seguro, como se meu peso me tornasse um tio querido. Levavam baldes de champanhe aos meus lábios junto com reclamações sobre seus ex-namorados, os acanhados jovens *schlemiels* que também eram meus melhores amigos, mas que seriam prontamente traídos por mim em troca de um beijo ocidental com gosto de creme de espinafre.

Empanturrado de champanhe, eu voltava sozinho para o meu loft em Wall Street, tirava a roupa e me espremia contra as janelas; as luzes da cidade bruxuleavam dentro de mim. De vez em quando eu ecoava o lamento das profundezas do mar Ártico, criado especialmente para o meu exílio. Envolvia o que restara do meu *khui* e gritava pelo meu pai a oito mil quilômetros ao leste e ao norte. Como é que pude abandonar a única pessoa que realmente me amou? O rio Neva fluía lentamente do golfo da Finlândia; o Nilo, do seu delta; o Hudson, de alguma fonte americana próspera; e eu fluía do meu pai.

Sentindo-me só, eu falava em voz alta com as Torres Gêmeas do World Trade Center que apelidara de Lionia e Gavril, implorando a esses dois ícones monstruosos que me fizessem mais parecido com eles: esguio, olhos vítreos, calado e invencível. Às vezes, um helicóptero passava no céu e eu me ajoelhava e implorava para ser resgatado – içado para cima dos terraços festivos e dos guarda-chuvas enfeitados que se estendiam até uma paisagem secreta, uma Nova York invertida cujos prédios enterravam-se com firmeza no solo, e as torres de água e os telhados de mansarda atingiam o centro da terra do mesmo jeito que eu gostaria de atingir o meio das coxas suadas das minhas antigas colegas de classe... aquelas garotas infinitamente inteligentes e imperturbáveis esculpidas nas pedras macias da Califórnia e no calcário romano, que sopravam mais inspiração à minha vida do que todas as pálidas ofertas marxistas da biblioteca da Accidental College juntas.

E então um dia a sorte sorriu para mim. Eis como aconteceu. Durante os meus intervalos de almoço, eu costumava levar uns sanduíches de frango à parmegiana e um pote de calda de caramelo até um bar na Nassau Street; aos pouco familiarizados com essa parte de

Manhattan, ela segue paralela à Lower Broadway até uma quarta dimensão não-identificada, uma parte Melville, duas partes Céline. Lá, eu acabava a minha refeição com algumas doses de vodca enquanto conversava com o meu amigo da hora do almoço, um judeu de meia-idade de Long Island, corretor da Bolsa, que tinha desistido há muito tempo de encontrar calor humano ou despertar amor de uma mulher. Seu nome era Max, é claro.

Esse bar tinha um atrativo, e um atrativo bastante eficaz – as garçonetes não vestiam nada além de biquínis. Se você pedisse uma tequila cara, elas derramavam suco de limão em seus decotes generosos, salpicavam um pouco de sal em cima e o convidavam para lamber a mistura (depois disso você mandava a sua dose para dentro). Hoje, essa "dose corporal" já faz parte do jogo de sedução dos americanos, mas naquela época parecia uma depravação para mim e para Max.

Certa tarde nós estávamos nos divertindo com alguns outros depravados de Wall Street, pedindo a duas garçonetes loiras que se beijassem, o que elas faziam às vezes por uma boa gorjeta, quando uma nova integrante da equipe chegou arrastando uma palmeira artificial às costas (era uma temática tropical). Eu atraí a atenção dela na mesma hora.

– Puta merda! – Ela largou a palmeira e fez um movimento engraçadinho, como se esfregasse os olhos. – É o paizinho!

– Seja boazinha com Misha – rosnou uma das garçonetes para ela.

– É a regra número um da casa. – Riu uma outra com escárnio. Eu era conhecido porque dava gorjetas generosas e porque uma vez financiei um aborto. Embora as garçonetes fossem do Bronx e não tivessem instrução, elas me tratavam como uma criança inocente, ao contrário do tratamento das garotas do terraço da Accidental College, que me viam como um sábio e velho europeu. Na minha visão os pobres têm uma sabedoria muito própria.

– Fiquem frias, garotas – disse a recém-chegada para as colegas enquanto tirava o jeans e revelava seu sexo firmemente marcado como um revólver no coldre. – Eu gosto desse cara.

– Acho que ela gosta de você – sussurrou Max no meu ouvido, gotículas de sua saliva alfinetando suavemente o meu rosto. Pôs as mãos no balcão e tombou a cabeça em cima delas. Ele geralmente terminava o almoço se sentindo mal.

– Oi – eu disse para a jovem.

— Oi, grandão — ela disse. — Gosta deles? — Ergueu os seios com os polegares e, depois disso, eles de alguma forma conseguiram se levantar sozinhos, como tímidos animais que saíam de trás de um cipreste. — Te fazem suar, meu senhor?
— Muito — respondi. — Mas os meus também são muito bons, minha senhora. — Sacudi meus peitos e esfreguei os mamilos com força. Como de costume, as outras garçonetes riram. — Leve Misha pra trás do balcão! — gritou uma delas.
— O senhor é uma peça! — disse a garçonete novata. Aproximou-se por trás de mim e puxou o meu cabelo. — Mas quando eu estiver atrás do balcão, garotão, você não deve é tirar os olhos dos *meus* peitos. Não preciso de concorrência.
— Ai — reagi. Ela estava me machucando. — Só estava brincando.
Ela parou de puxar meu cabelo, mas não o largou, a palma de sua mão tocava na primeira dobra do meu pescoço. Seu hálito era horrível — leite azedo, álcool farmacêutico, cigarros, podridão pós-industrial. Mas era bonita de um jeito pobre. Ela me lembrava uma adorável manequim cor de azeitona que vi na vitrine de uma loja. O jeito daquela manequim se curvar casualmente sobre uma mesa de bilhar, com o taco na mão, sugeria que sabia muito mais de sexo do que qualquer mulher em Leningrado, até mesmo as prostitutas do Hotel Outubro Vermelho. Do mesmo modo, minha nova amiga demonstrava estar por dentro de todo tipo de informação. Seu rosto era largo, bonito e arrematado por pequenos olhos castanhos mestiços; seu semblante estava um pouco acinzentado pela falta de sol e vitaminas e tinha uma barriga redonda que parecia uma quase gravidez (de comida processada, não de criança) excitante. Seus seios eram fartos.
— Você é judeu? — ela me perguntou.
Max despertou tão logo ouviu a palavra "judeu".
— O quê? O quê? — ele falou. — O que você disse?
— Sim, sou um judeu não-ortodoxo — respondi com orgulho.
— Eu sabia — disse a garota. — Um rosto totalmente judeu.
— Espere um minuto, espere um minuto... — murmurou Max.
— Olhe só que cara linda você tem — continuou a garota. — Adoro esses olhinhos azuis, paizinho, e esse sorriso grande e gordo... ah, *bobo*! Se perdesse alguns quilos, você poderia ser um desses astros gordos do cinema. — Ela estendeu a mão para tocar no meu queixo e

me curvei para beijar sua mão, contrariando as leis não-expressas do bar.

– Meu nome é Misha – eu disse.

– Meu nome aqui no bar é Desiree – ela disse –, mas vou revelar o meu nome verdadeiro. – Inclinou-se para a frente com seu hálito de fast-food e sacudiu-me para fora de minha existência anti-séptica na Accidental College, jogando-me no mundo dos vivos. – É Rouenna.

– Oi, Rouenna – eu disse.

Ela deu um tapa no meu rosto.

– Aqui no bar você me chama de Desiree – ela retrucou, furiosa.

– Desculpe, Desiree – falei. Nem senti a dor, de tão tomado que estava pela perspectiva de saber o seu nome verdadeiro. A certa altura um cliente chamou-a para lamber o sal e o suco de limão no decote dela. Não conservei a imagem de como ele enfiou o nariz coberto de acne entre os seios dela, nem do ruído molhado que ele fez, mas lembro de como ela se mostrou majestosa ao se levantar e limpar a sujeira com um papel úmido.

– Vocês, garotos judeus, precisam de um pouco de Manischewitz entre esses peitos? – ela gritou para mim e para Max.

– Espere um minuto, espere um minuto – disse Max.

– Ah, relaxe, cara – disse Rouenna para Max. – Já estive em quinze bar mitzvahs.

– Você é judia? – perguntou Max.

– Não – disse Rouenna. – Mas tenho amigos.

– Então, você é o quê? – disse Max.

– Metade porto-riquenha e metade alemã. Metade mexicana e irlandesa. Mas fui criada como dominicana.

– Católica, então – rebateu Max, satisfeito por ela não ser judia.

– *Éramos* católicos, mas aí os metodistas apareceram e nos deram comida. Então, somos como... tá, agora somos metodistas.

Aquela discussão teológica quase me fez chorar. Na verdade, eu já estava chorando, e a essa altura felizmente as lágrimas caíam aos borbotões entre as minhas pernas, onde o inseto esmagado e roxo registrava a sua presença. Metade porto-riquenha. E metade alemã. E metade mexicana e irlandesa, e tudo isso e muito mais.

O turno dela acabou e levei-a pela rua para visitar o meu gigantesco apartamento e, com o ridículo estilo russo, na mesma hora eu disse que a amava.

Acho que ela não me ouviu, mas ficou impressionada com o meu estilo de vida.

– Caramba, grandão – disse Rouenna com uma voz rouca que ricocheteava pela sala do tamanho de um hangar. – Até que enfim me dei bem. – Olhou para a minha pequena coleção de obras de arte. – Por que você bota todas essas pirocas gigantes pela casa?

– Essas esculturas? Ah, eu acho que elas fazem parte de algum motivo brancusiano.

– Você queima a rosca?

– Eu o quê? Ah, não sou não. Mas tenho vários amigos homossexuais.

– O que disse?

– Homossexuais...

– Meu Deus, homem. Você é de que planeta? – Ela riu e socou com força a minha barriga. – Só estou brincando – disse. – Estou te sacaneando pra me entrosar com você, só isso.

– Continue brincando – falei, sorrindo e esfregando a barriga. – Eu gosto de brincar.

– Onde cê dorme, grandão? Se incomoda se eu continuar chamando você assim?

– Na faculdade eles me chamam de Snack Daddy. Essas escadas vão dar na minha cama.

Minha cama era uma espécie imponente de prancha sueca que acomodava com resistência o meu corpo *à la carte*, mas grunhiu de maneira patética quando eu e Rouenna rolamos por cima dela. Eu queria declarar novamente que a amava, dessa vez com detalhes, mas no mesmo instante ela me beijou na boca e acariciou meus peitos e minha barriga com as duas mãos. Então, desabotoou minhas calças, liberando uma lufada de ar incubado e choco. Ela recuou e me olhou com pesar. *Ah, não,* pensei. Mas tudo o que disse foi...

– Você é um amor.

– Sou? – Deitei por inteiro na cama. Eu suava e ria de vergonha.

– Um destruidor de corações – ela disse.

– Não sou não – repliquei. – Nunca estive com uma garota. Na faculdade só consegui algumas punhetas. E tenho 25 anos, quase.

– Você é um homem muito, muito bom, é isso que você é. Você me trata como uma rainha. Eu vou ser a sua rainha, tá legal, Snack Daddy?

– Hã-hã.

– Mostre o que você tem pra mamãe. – Ela começou a puxar com força a vela inflada de navio que eu usava como cueca.

– Não, por favor – falei, cobrindo minhas partes íntimas com as duas mãos. – Eu tenho um problema.

– Seu garoto é grande demais pra mim? – perguntou Rouenna. – Nunca é grande demais para mamãe. – Tentei fazer algum comentário sobre o entusiasmo dos *hassidim* e de seus representantes mal remunerados do hospital público, os açougueiros de Crown Heights. Digame, por favor, quem em sã consciência circuncida uma criança adulta e gorda de dezoito anos numa sala de cirurgia que cheira a mofo e arroz frito?

Lutei com toda a minha força, mas Rouenna venceu. Rasgou minha cueca em duas partes. Timidamente, o inseto esmagado e roxo encolheu a cabeça para dentro do pescoço.

Um olhar desavisado pensaria que a cabeça do *khui* tinha sido desenroscada de sua posição habitual e depois de novo enroscada por gente tão incompetente que agora se inclinava com um ângulo de cerca de trinta graus para a direita, enquanto aparentemente a cabeça do *khui* e ele próprio se fixavam apenas em tiras de pele e linha. Cicatrizes roxas e vermelhas formavam um sistema rodoviário completo dos testículos até a ponta, enquanto a parte inferior estava tão estripada pela infecção pós-operatória que sua pele macia e tesa era como um monte de sacos de lixo vazios flutuando ao vento. Acho que a comparação com o inseto esmagado e roxo funcionava melhor quando o meu *khui* ainda se cobria de sangue na mesa de operação. Agora a minha genitália parecia mais um iguana espancado.

Rouenna curvou-se e a suave superfície de sua barriga redonda alisou o meu *khui*. Achei que ele só poderia ser tocado dessa maneira, mas estava enganado. Ela inclinou-se de boca aberta e soprou-o por um tempo. Meu *khui* levantou e insinuou-se para ela na expectativa de uma abertura. *Pare!*, disse a mim mesmo. *Você é uma criatura repugnante. Você não merece isso.*

Mas Rouenna não abocanhou o meu *khui*. Ela o revirou, encontrou o ponto mais repelente debaixo dele – uma vívida evocação do bombardeio de Dresden – e lhe deu um único e silencioso beijo durante os 389 segundos seguintes (um relógio à vista ajudou-me a contar).

Meus olhos viajaram da escura cabeleira de Rouenna, passaram pelas pirocas brancusianas alinhadas nas paredes do apartamento e saíram pelos janelões.

Flutuei sobre a cidade, olhando com generosidade em todas as direções. Os promontórios e penhascos imprudentes do Queens e do Brooklyn, fatias de indústria, quadriláteros de tijolos marrons das varandas dos apartamentos; as fanáticas esperanças de classe média de uma Nova Jersey quase escura expondo sua resignação para a noite; o contorno atapetado de Manhattan afundando no horizonte plano, as grinaldas de luz amarela – pronunciadas, extensas – formadas pelas fachadas dos arranha-céus, as grinaldas de luz amarela – bruxuleantes, difusas – formadas pelos prédios esparramados, as grinaldas de luz amarela – em desvios, oportunistas – formadas pelos faróis das caravanas de táxis: grinaldas de luz amarela em seus arranjos horizontais e verticais que formam um lugar de descanso final para as esperanças acumuladas de nossa civilização.

E eu digo ao meu pai: *Desculpe, mas essa sensação de flutuar, essa cidade amarela aos meus pés, esses lábios cheios em torno do que sobrou de mim, isso é a minha felicidade, papai. Isso é o meu pierogi.*

E aos generais encarregados do Serviço de Imigração e Naturalização que lêem com paciência esse relato da garota mestiça do Bronx e do russo obeso eu pergunto: *Em que outro país nós teríamos encontrado auxílio juntos? Em que outro país teríamos sequer existido?*

E depois de me ajoelhar com meus joelhos gordos, eu digo aos generais da Imigração: *Por favor, senhores.*

Digo-lhes como uma criança: *Por favor, por favor, por favor...*

5

Um luto feliz

De volta do Lar do Pescador Russo, meu coração se partiu com a notícia da morte de papai e me espremi no banco de trás do Rover com Aliosha-Bob, chorei em seu pescoço e esfreguei o nariz em seu moletom da Accidental College. Ele envolveu a minha cabeça com os dois braços e acariciou os delicados cabelos em volta da careca. De longe a cena podia parecer a de uma jibóia estrangulando um roedor, mas na realidade era apenas o meu amor extravasando em cima de um amigo querido. Aliosha exalava um cheiro de alguma coisa compassiva naquela noite – suor pegajoso de verão, sabor forte de peixe aliviado pelo álcool – e eu me peguei querendo beijar seus lábios feios. "*Nu, ladno, nu, ladno*", ele dizia isso que pode ser traduzido por "vai ficar tudo bem" ou "pronto", ou, se você é um tradutor menos caridoso, "já chega".

Para ser franco, não chorei pelo meu pai, mas pelas crianças. A caminho de casa passamos pela esquina da Bolshoi Prospekt, onde no inverno anterior tive um pequeno colapso nervoso pelo mais estúpido dos motivos. Eu tinha avistado uma dúzia de alunos do jardim-de-infância que tentavam cruzar a avenida, embrulhados numa coleção elegante de casacos disformes, seus *shapkas* caíam de suas pequenas cabeças, seus pés enfiados em galochas monstruosas e gastas. Um garoto e uma garota, um atrás do outro, hasteavam gigantescas bandeiras vermelhas como sinal de alerta de sua passagem aos motoristas. Uma linda professora estava pronta para ajudá-los a tomar a direção certa. Sabe-se lá por que – lembrança primitiva, súbita reprise da minha consciência atordoada, compaixão evolutiva de um homem grande por tudo o que é pequeno –, chorei pelas crianças naquele dia.

Pequeninos, querubínicos, eslavos, eles se mantinham ao lado da grande Bolshoi Prospekt com aquelas estúpidas bandeiras vermelhas, as caras infladas produzindo pequenas nuvens de vapor semelhantes a pequenos pensamentos infantis que lutavam em meio a um frio monumental. Os carros seguiam passando por eles, o Audi do homem rico e o Lada do homem pobre. Ninguém parava para deixá-los atravessar. Enquanto esperávamos o sinal abrir para nós, desci o vidro da janela e me debrucei, pestanejando como uma grande tartaruga do norte no frio, na tentativa de ler o semblante dos garotos. O que vi eram sorrisos? Dentes novos e delicados, mechas de cabelo loiro que despontavam de uma fortaleza de chapéus e agradecidos e inconfundíveis sorrisos que se acompanhavam das risadas disciplinadas das crianças de Petersburgo. Somente a professora – calada, ereta, orgulhosa como só uma mulher russa que ganha trinta dólares por mês consegue ser – mostrava-se consciente do futuro coletivo que esperava pelos seus serviços. O sinal abriu e Mamudov, meu motorista, zuniu em frente com a típica ferocidade dos chechenos, e olhei para trás, na direção das crianças, onde avistei o garoto que acenava a bandeira vermelha com força enquanto dava o seu primeiro passo cauteloso para atravessar a Bolshoi Prospekt, como se fosse 1971 e não 2001, e como se a bandeira que empunhava ainda fosse o símbolo de uma superpotência. E me perguntei: *eu poderia mudar a vida dessas crianças se desse 100 mil dólares para cada uma? Elas aprenderiam a se tornar seres humanos até atingir a adolescência? O vírus da nossa história seria encurralado pelo coquetel de humanismo do dólar? Elas se tornariam de alguma forma as Crianças de Misha?* Mesmo com essa dádiva, eu não conseguia ver nada de positivo nelas. Uma interrupção temporária do alcoolismo, da devassidão, da doença cardíaca e da depressão. As Crianças de Misha? Esqueçam. Faria mais sentido fazer sexo com a professora e depois comprar-lhe uma geladeira.

E, para falar a verdade, foi por isso que chorei enquanto voltava do Pescador. Chorei pelas crianças de algum jardim-de-infância nº 567, e pela minha própria impotência e conivência com tudo que me cercava. Acabei me prometendo que também choraria pelo falecido papai.

Por fim, chegamos em casa e comecei a tomar Ativan, três miligramas de cada vez, acompanhado de Johnnie Walker Black. Foi uma boa idéia. As duas substâncias potencializaram uma à outra – os ansiolíticos deixaram-me mais bêbado e o Black dissipou meu pânico. O que de fato aconteceu é que no fim adormeci.

Quando acordei, eu estava deitado em cima de Rouenna, a única garota conhecida grande o bastante para suportar o meu peso. Ela roncava tranqüilamente, sua vagina volumosa grudada na minha barriga. Aliosha-Bob entrou no quarto, seguindo o som das risadas e da televisão que vinha do andar inferior.
– Ei, Snack – disse Aliosha-Bob. – Checando o microfone, amigão? – Olhou com ardor minha Rouenna nua e desmaiada na cama, ou melhor, no divã. Meu quarto favorito foi projetado para lembrar o escritório do dr. Levine, o meu analista de Nova York, com duas cadeiras de couro preto Barcelona em frente a um divã Mies van der Rohe, igual ao divã onde eu deitava cinco vezes por semana até minha gordura aderir às suas reentrâncias. Eu tinha conseguido encontrar réplicas das fotografias coloridas de tendas sioux penduradas nas paredes do dr. Levine, embora não tivesse uma cópia do desenho brilhante que se vê em cima do divã, um africano apunhalado na *Pietà*.
Aliosha-Bob acariciou os meus belos cachos.
– O capitão Beluga quer falar com você, amigo – ele disse. – Desça para o café.
Café? Já era de manhã? Do lado de fora da janela o céu estava amarelo de cansaço, parecendo carvão de turfa, o que me deixou com vontade de comer os ovos fritos servidos num restaurante do Brooklyn. Não falei nada. Imaginei que eu era um paciente de hospital e despenquei em cima do meu amigo. Deixei que Aliosha-Bob me guiasse até o piso inferior; passamos pelos seis quartos vazios do piso superior com intermináveis telhas de zinco e paredes cor de salmão e descemos as curvas da escada de ferro adornada com serpentes e maçãs que pouco antes tinha sido instalada por mim com um bizarro gesto bíblico.
Os judeus não precisavam cumprir um período de luto pelos parentes mortos? Eu lembrava nitidamente de papai me fazendo sentar numa caixa durante uma semana quando minha mãe morreu, depois cobrimos cada espelho do apartamento. Isso obedecia à tradição, acho eu, e ainda mais, evitávamos olhar para os nossos próprios *punims* gordos e chorosos. No fim vendemos os espelhos junto com a máquina de costura americana e os dois sutiãs alemães de minha mãe. Ainda lembro de papai parado na frente do nosso prédio com o sutiã branco no ar, e depois o rosa, em suas mãos trêmulas enquanto as mulheres da vizinhança subiam para inspecionar as mercadorias.

A era Ieltsin ainda estava a dez anos de distância, mas papai já planejava tornar-se um oligarca.

Minha sala no andar inferior estava cheia de russos. Suponho que é o que se tem quando se vive na Rússia. Timofey, o meu criado, e alguns policiais inexperientes faziam torta de carne de veado na cozinha. Além de cantarem as canções militares de suas missões no Afeganistão, eles passavam cantadas em Ievgenia, minha cozinheira gorda. Andi Schmid, o alemão que havia registrado os últimos momentos do meu pai, filmava a si mesmo arrastando-se pelo chão de tábua corrida com uivos frenéticos para o estúpido terrier de Liuba Vainberg. A viúva propriamente dita ainda estava desmaiada no quarto de hóspedes do piso inferior, chapada com uma megadose de Halcion e MDMA, a droga sintética do nosso visitante alemão.

Minha aparição não deixou ninguém animado. Bem que o filho do morto também podia estar morto. A TV transmitia o noticiário da manhã, o ministro da Energia Atômica contava a sua piada favorita de Chernobil, aquela do porco-espinho careca. Somente o capitão Beluga se levantou para apertar minha mão.

– Meu coração está cheio de pesar – ele disse. – Seu pai era um grande homem.

– Se morreu, morto está! – gritou um dos policiais da cozinha.

– Cala a boca, Nika, ou te acerto a cara! – berrou Beluga. – Perdoe ao Nika – ele disse. – Meus rapazes são uns *hooligans* uniformizados, não passam disso. – Ele curvou-se um pouco, com as mãos no coração. O jeito dele me fazia lembrar um dos camponeses astutos de Gogol, um sujeito que sabe quando paparicar seu senhor, mas que também sabe quando imitar os modos das pessoas educadas. Bem diferente de Timofey, meu criado, que achou que seria inteligente se conseguisse um queijo holandês ou uma camiseta onde pudesse se debruçar com o ferro a vapor Daewoo que ganhou de mim no Ano-novo.

– Quem pode esquecer – disse o capitão Beluga – que o seu querido pai matou aquele americano estúpido? Ah, se a gente pudesse matar todos eles! Agora, dos alemães eu gosto. São muito mais civilizados. Olha só esse simpático e jovem Andi fingindo que é cachorro. Continue, filho! O que é que o cachorrinho diz? Ele diz *gav, gav*!

– Desculpe interromper – disse Aliosha-Bob. – Mas qual é o motivo de sua presença aqui, capitão Beluga? Por que não deixa Misha com o luto dele?

– Estou aqui a serviço – retrucou o capitão. – Vim falar de um crime terrível que abalou o nosso mundo. É com muita satisfação que anuncio a solução do mistério da morte de seu pai, Misha. Ele foi morto por Oleg, o Alce, e Zhora, seu primo sifilítico.
– Ah! – exclamei, mas não estava surpreso. Meu pai e Oleg, o Alce, tinham sido amigos e confederados. Construíram um cemitério para os Novos Judeus Russos, conhecido pelo projeto de túmulos que retratavam o último modelo do Mercedes sobreposto por uma espécie de menorá balístico. E também iam construir uma cadeia de lanchonetes americanas na Nevski Prospekt. Eles destruíram completamente o interior de vários palácios turísticos do século dezenove e o decoraram com batatas fritas infláveis e garrafas de Pepsi gigantes. Mas quando os investidores começaram a sentir o cheiro suarento de rosbife banhado em óleo e vinagre, papai e Alce entraram em guerra, instigados por alguns contadores e homens de suas relações.

Era hora de dizer alguma coisa do fundo do coração.

– Os bandidos devem ser punidos – eu disse baixinho enquanto erguia o meu punho grande e fofo.

– É uma maneira de encarar a coisa – disse o capitão Beluga. – Mas há outra maneira. Oleg, o Alce, é amigo de infância do governador de São Petersburgo. Ambos freqüentaram a academia de xadrez. Eles possuem propriedades vizinhas no lago Como. As esposas vão à mesma pedicure e os filhos estudam no mesmo internato na Suíça. O Alce jamais será processado.

– Mas uma gravação prova que ele matou o pai de Misha – argumentou Aliosha-Bob.

– Essa gravação pode desaparecer – replicou o capitão Beluga, fazendo o contorno retangular do vídeo com o dedo indicador e sacudindo as mãos em seguida.

– E o alemão com a câmera? – perguntou Aliosha-Bob, apontando para o cinegrafista Andi Schmid, que tirara a camiseta PHUCK STUTTGART e examinava meticulosamente os próprios mamilos. – Ele é uma testemunha.

– O alemão pode desaparecer – disse o capitão Beluga. Ele traçou o contorno esguio de um teutônico com o dedo indicador e de novo sacudiu as mãos.

– Isso é ridículo – disse Aliosha-Bob. – Não se pode simplesmente fazer um alemão inteiro desaparecer.

– Existem oito milhões, e todos eles se parecem bastante.

O último comentário nos levou a um breve silêncio.

– Talvez eu tenha que discutir o assunto com um advogado – eu disse por fim.

– Um *advogado*! – O capitão Beluga riu. – Caro rapaz, onde você acha que estamos? Stuttgart? Nova York? Seu pai está morto. É uma tristeza para você. Mas talvez não totalmente. Todo mundo sabe que você não quer assumir os negócios do seu pai. Você é sofisticado e melancólico. Então, faremos o seguinte. Um acordo com Oleg, o Alce. Ele assume todo o ativo do seu pai pelo valor de mercado de 25 milhões de dólares e ainda paga mais três milhões pelo crime que cometeu. Vinte e oito milhões no total. Você e Oleg apertam as mãos. E chega de sangue.

Aliosha-Bob olhava dentro dos olhos do capitão com um asco americano que eu não via fazia anos. Cuspiu na própria mão para se igualar às nossas classes mais baixas.

– Quanto é que Oleg, o Alce, está lhe pagando? – ele quis saber.
– E quem é que aprovou o assassinato de Boris Vainberg? Você ou o governador?

– Minha comissão é de quinze por cento – respondeu o capitão Beluga, dando de ombros. – É a comissão padrão no mundo todo. Quanto à segunda pergunta, por que falar de coisas desagradáveis que podem estragar a nossa amizade?

Timofey saiu da cozinha com um prato de cogumelos *pelmeni*. Eu sabia que a intenção de Tima era acalmar os meus nervos com comida, mas não sentia fome e languidamente atirei um sapato no meu criado. Assim que o sapato acertou a têmpora dele, tive uma visão clara de minha morte (ataque cardíaco, naturalmente) aos 41 anos num trem veloz a caminho de Paris, com uma elegante mulher européia discando freneticamente o celular e restos de comida do trem amontoados entre as minhas pernas. Ah, pobre de mim. Ah, pobre ursinho. Eu não queria morrer! Mas o que podia fazer?

– Eu me sinto mal no mundo em que vivo – sussurrei. – Talvez inicie um programa de auxílio a crianças de jardim-de-infância com uma parte dos 28 milhões. Podemos chamá-lo de Crianças de Misha.

Pela primeira vez desde que conheci o capitão Beluga ele me observou com genuína piedade. Virou-se para Aliosha-Bob, que suava em silêncio, sua cabeça careca brilhava e os olhos piscavam de raiva inútil como um semáforo.

– Não esquente a cabeça com idéias – disse-lhe Beluga. – Não há a quem recorrer. Em Petersburgo, só existe uma estrutura de poder. Boris Vainberg era parte dela. Até que um dia ele deixou de ser, por opção própria. As conseqüências eram previsíveis.

– Vai dormir, Snack Daddy – disse-me Aliosha-Bob. – Vou conversar mais um pouco com o capitão.

Fiz como ele sugeriu. De volta ao meu quarto, grudei o rosto na axila perfumada de Rouenna. Meio adormecida, ela levantou uma parte gorda do meu ombro até ficar em posição de babar no meu braço. Beijei seu nariz lustroso com uma urgência enlouquecida, como um pássaro que puxa minhocas para os filhotes.

– Ai, que bom – emitiu Rouenna entre dois resmungos ininteligíveis.

– Eu te amo – sussurrei em inglês.

Enquanto isso, meu criado colocava a boneca Cheburashka de minha infância no divã de nogueira onde o dr. Levine costumava avultar atrás de mim, na Park Avenue. Cheburashka, estrela da TV infantil soviética, criatura fofa, morena e assexuada que sonhava entrar para os Jovens Pioneiros e construir uma Casa da Amizade para todos os animais solitários da cidade, analisava-me com grandes olhos lacrimosos. Suas orelhas ainda maiores balançavam com o vento de verão, esforçando-se para captar o meu lamento.

Em uma semana Rouenna me deixaria para concluir os estudos de verão na Hunter College de Nova York. E eu seria abandonado sem nada.

6

O Amado Papai baixa sepultura

Não lembro muito bem do funeral. Um grande número de judeus esteve presente, isso posso afirmar. Um dos grandes *kibbutzniks* da maior sinagoga da rua Lermontov disse que o maior desejo de papai era que eu casasse com uma judia. E apontou para uma delas – alta e magra com olhos grandes e úmidos e boca carnuda e suculenta –, parada ao lado da sepultura aberta, com um punhado de gardênias contra o peito. Era o tipo de judia-russa que ficaria triste o ano todo, e que seria capaz de dizer de mil formas diferentes como a vida é coisa séria.

– É bonita – concordei –, mas já tenho a minha amiga americana. – Pousei a cabeça no ombro de Rouenna. Ela vestia sua minissaia de luto que realçava a cintura e a bunda, lembrando a todos de como chegamos à existência. Ergueu a mão para endireitar o meu solidéu azul, uma imagem da fachada moura da sinagoga esculpida ao fundo. A favorita de papai.

– Quando você estiver pronto para uma mulher de verdade, procure-me no *shul* – disse o judeu. – Não há razão para ficar sozinho no mundo.

– Ora, não estou sozinho – retruquei. Coloquei o braço em volta de Rouenna e apertei-a junto a mim, mas ele não engoliu.

– Não perca tempo, filhinho! – ele referiu-se à judia triste. – O nome dela é Sarah, seus pretendentes são muitos. – O judeu acercou-se de Liuba, a viúva do meu pai, para limpar o narizinho dela.

Liuba estava um caco, o cabelo loiro geralmente solto estava preso em seu delicado crânio, a blusa preta transparente rasgada no tradicional sinal judaico de luto (desde quando *ela* pertencia à tribo?), os braços erguidos para o céu como se implorasse ao Senhor para também levá-la. Seus uivos queriam dizer que "ninguém no mundo [seria capaz] de amá-la como [o Amado Papai]" e ela se deixava cair nos braços dos companheiros de pranto.

Papai queria ser enterrado junto à mamãe, sepultada no velho cemitério ao sul, a parte miserável da cidade. O cemitério fazia limite com uma estação do subúrbio, os trilhos servindo de cama aos primeiros *alkashy* semiconscientes da manhã que tentavam sugar a última gota de cerveja Golden Barrel da garrafa da véspera, a plataforma com dois vagões de carga virados, um deles exibia a legenda pintada POLI e o outro, MEROS.

As sepulturas tinham sido depredadas com precisão. Saquearam até mesmo as letras gravadas em dourado no túmulo de minha mãe. Eu mal podia ler IULIA ISAKOVNA VAINBERG, 1939-1983, sem falar na harpa dourada que papai acrescentou em seguida, talvez uma alusão à vasta cultura de minha mãe. (Ao contrário das sepulturas vizinhas, pelo menos a dela não estava coroada com a suástica dos vândalos locais.) Ah, minha pobre *mamochka*. A carne macia atrás do lóbulo de sua orelha, perfeita para ocultar o nariz quente de uma criança. Suéter cinza rasgado no cotovelo, apesar do ratatá de sua máquina de costura americana. Viveu de 1939 a 1983. De Stalin a Andropov. Que época patética para se viver.

Se ao menos ela tivesse me visto lá em Nova York. Ficaria orgulhosa de mim. Eu a levaria a uma loja de roupas comum e compraria um suéter de classe média com alguma cor brilhante nova para ela. Isso fazia parte da beleza de minha mãe – ela não precisava de botox nem de sapatos enfeitados com penas de marabu, não como todo esse lixo dos novos russos visitantes. Quando se é culto, ser da classe média basta.

Nesse meio-tempo o altivo sol do norte assumia a posição do meio-dia e fazia o seu melhor para ferver nossos solidéus. Na Rússia até o sol tem inclinações anti-semitas. Lufadas de vento com cheiro de alguma coisa soviética e desagradável – polímeros? – nos cobriam com papéis de doce que voaram da lata de lixo de um conjunto habitacional das cercanias que, como tantas outras coisas, estava parcialmente destruído e parcialmente incendiado. Eram papéis pegajosos com chocolate e cuspe que grudavam como sanguessugas, tornando-nos propagandas ambulantes de delícias locais como SNEAKERS e TRI MUSHKETEERS.

Era um funeral *shtetl*, como um improviso de música *klezmer* sem os instrumentos musicais. Muito choro e simulações de ataques cardíacos, a pressão de rostos jovens nos peitos velhos.

– Conforte a criança! – gritou um idiota, apontando para mim.
– O pobre órfão! Que Deus o proteja!
– Estou bem! – gritei, gesticulando desanimado para o nervoso pranteador, sem dúvida um dos meus parentes idiotas. Todos enfiavam cartões de visita no meu bolso na esperança de uma possível esmola (papai não tinha deixado nada para eles), perguntando-se por que eu era tão diferente dos outros e por que não me tornara amigo dos meus primos insensatos ou das minhas jovens sobrinhas vagabundas e sobrinhos predatórios, que circulavam pela Nevski nas noites de sexta com seus baratos jipes russos Niva, tentando pegar garotas desnutridas de roupas justas e sintéticas ou jovens proletários com cabelos pingando brilhantina. Fiquei impressionado com a quantidade de Vainbergs jovens e velhos que ainda assombravam a Terra. Durante os anos 1930 e 1940 Stalin matou metade da minha família. Talvez a metade errada.

Meu criado seguia-me a dois passos atrás de mim, carregando uma bolsinha de couro onde guardava dois empanados de porco com galinha da conhecida loja gastronômica Ielisseiev, um vidro de Ativan e uma garrafinha de Johnny Walker Black, caso eu me sentisse fraco e começasse a tremer. Os meus únicos amigos, Aliosha-Bob e Rouenna, estavam juntos em um canto, sua relativa beleza ocidental e os gestos tranqüilos davam a eles um ar de estrelas do cinema americano. Passei metade do funeral indo na direção deles, mas era constantemente assediado pelos suplicantes.

A já mencionada turma da sinagoga se fazia presente, velhos de mãos trêmulas, olhos úmidos e barrigas grandes e flácidas – várias menções a respeito de papai como consciência moral de nossa cidade no Neva, um pilar humano que sustentava a sinagoga Lermontov como um Atlas hebreu enlouquecido. E, por falar nisso, lá está a judia triste ao lado da sepultura! A quietude de Sarah! Com gardênias perto do coração! *Perto do fundo do seu coração!*, pois nenhum coração bate mais forte (ou mais rápido) do que o coração de um judeu! Ah, que casal nós formaríamos! O renascimento da comunidade judaica de Leninsburgo! Por que devo ficar sozinho, mesmo que seja por mais uma hora? Pegue esse dia de tristeza, Misha, e faça dele um dia de renovação! Escute os mais velhos! Mostre aos porcos sem coração que fizeram isso com seu pai, mostre a eles que...

Bem, o único problema de uma atitude como essa é que Oleg, o Alce, e Zhora, seu primo sifilítico, os porcos sem coração em questão, tinham sido realmente *convidados* para o funeral do Amado Papai. Depois que Aliosha-Bob o convenceu de que eu só podia sobreviver na Europa com no mínimo 35 milhões de dólares, o capitão Beluga resolveu levá-los como sinal de uma reaproximação amigável entre nós. Na verdade, Oleg, o Alce, alto e de rosto pálido, e seu primo rosado e horizontal – as silhuetas de ambos se assemelhavam grosseiramente com as de Dom Quixote e Sancho Pança – caminhavam na minha direção para expressar condolências, meus parentes idiotas abrindo passagem em silêncio, intimidados pelo zelo homicida de Oleg e Zhora, pelo fato de que tinham feito com Boris Vainberg o que cada um desses parentes sonhava em fazer havia tempo.

Recuei enquanto agarrava um papel de doce com minhas mãos grandes e fofas, mas logo eles estavam à minha frente.

– Seu pai era um grande homem – disse Oleg, o Alce, endireitando o penteado para trás com nervosismo, o seu único chifre, uma marca registrada. – Era um homem correto. Um líder. Amava o seu povo. Ainda tenho aquele artigo de 1989 de uma revista americana sobre ele, aquele artigo onde ele dança segurando uma garrafa de bebida contrabandeada. Qual era o título? *"Sabá Shalom* em Leningrado". Sabe, nem sempre foi fácil entre nós, mas as nossas desavenças eram sempre brigas entre irmãos. Acho que de certa maneira todos nós somos um pouco responsáveis pela morte dele. Então, eu e Zhora vamos pedir cem *shtukas* para a sinagoga. Talvez eles comprem algumas Toras extras ou algo assim. Vamos chamar isso de Fundo Boris Vainberg de Renascimento Judaico.

Um *shtuka* era *alguma coisa*, ou mil dólares, a unidade de medida básica no universo do meu falecido pai. Cem *shtukas* não eram muito, uma semana de prostituição na Riviera. Baixei os olhos para os meus caros sapatos alemães, ambos cobertos por uma fina camada iridescente. Que porra é essa? Provavelmente os malditos polímeros que flutuavam na ferrovia. Solicitei que fossem doados pelo menos mil *shtukas,* um milhão de dólares, para o Crianças de Misha.

– Olhe, cada um de nós vai dar duzentos *shtukas* – disse Zhora, o sifilítico, cutucando um dente de trás com o dedo mindinho, como se fosse o porco-espinho careca de Chernobil do qual faziam piada na televisão. – O cantor solista disse que a sinagoga precisa de uma arca nova. É onde eles colocam as Torás depois que acabam de cantar.

Fiquei lá ouvindo os assassinos do meu pai. Oleg e Zhora eram da geração de papai. Os três perderam o pai por conta da Grande

Guerra Patriótica. Todos foram criados por homens que tinham conseguido fugir da guerra, homens violentos e austeros de segunda categoria que as mães deixaram entrar em suas casas por uma brutal solidão. Parado diante desses homens da geração do meu pai, eu não podia fazer nada. Diante de suas mãos duras e do ranço de cigarro e vodca, só me restava dar de ombros com um sentimento de satisfação e cumplicidade somado ao medo e ao nojo. Esses infames governavam o nosso país. Para sobreviver no mundo deles, é preciso usar muitos chapéus – algoz, vítima, espectador omisso, eu podia interpretar um pouco de cada um.

– Como está a saúde? – perguntei para Zhora, o sifilítico.

Ele coçou a virilha.

– Ah, sabe como é, melhora e depois piora. Todo dia tem alguma coisa nova. O segredo é perceber o primeiro sinal. Tem uma nova clínica de doenças venéreas na Moskovski Prospekt...

– Se você não quiser terminar como o Zhora, é melhor agasalhar o seu *gherkin* – disse Oleg, o Alce, com solicitude paternal. Rimos em silêncio. – A propósito, como é que anda a situação do seu visto? – ele perguntou. – Agora que o seu pai se foi, acho que você vai ter mais sorte com o consulado americano. Até as piores tragédias costumam trazer alguma coisa positiva.

– Olhe, se você for a Washington, diga ao meu filho pra parar de se meter com garotas latinas e se concentrar nos estudos – disse Zhora. – Espere um instante! Vou lhe dar o e-mail dele na universidade. – Estendeu-me um papel onde se lia zhora2@georgetown.edu escrito em um floreado cirílico. – Diga praquele pequeno *popka* que não aceito nada menos que o curso de direito de Michigan.

Rimos de novo, a voltagem espinhosa da fraternidade atravessava o nosso triunvirato, deixando-me um pouco chocado.

– Tem uma piada engraçada sobre três judeus... – comecei a falar, mas fui interrompido por um grito cerimonioso e provinciano:

– Assassinos! Animais! Traidores! – berrava Liuba na frente da sepultura aberta. – Vocês acabaram com o meu Boris! Acabaram com o meu príncipe!

Antes que pudéssemos notar do que se tratava, ela correu na direção de Oleg, e o primo, seus braços magros se agitando como um moinho de vento ao passar pelos grandes e patriarcais Vainberg e por toda a sua pequena prole com seus permanentes dourados e suas mochilas de couro. Ruiva, manchada de lágrimas e com lábios rosados e delicados de criança, o rosto de Liuba mostrava-se estranhamente jovem, tão jovem que lhe estendi a mão por instinto, já que esse tipo de juventude não sobrevive por muito tempo na nossa Leninsburgo; uma juventude que é queimada como as maliciosas sardas alaranjadas que um dia contornaram o nariz dela.

– Liuba! – gritei.

O capitão Beluga agiu rápido, abrigando a pobre viúva debaixo de seu blazer e afastando-a com cuidado da multidão do funeral na direção dos trilhos com seus vagões lustrosos virados. Ele entoava mantras confortadores que cobriam o choro de Liuba ("Está tudo bem... são os nervos"), mas pude ouvir as últimas palavras abafadas dela:

– Ajude-me, Mishen'ka! Ajude-me a estrangulá-los com minhas próprias mãos!

Dei-lhe as costas e olhei para Sarah, a bela judia, a prenda do nosso povo, que oferecia uma coleção de seus sorrisos mais tristes e também algo suave e pálido que florescia em suas mãos. Gardênias.

Já era hora de enterrar papai.

7

Rouenna na Rússia

VISITA AO GUETO, PARTE II

— Não viajei isso tudo até a porra da Rússia para ver pintura a óleo, Snack — disse Rouenna. Estávamos no Hermitage, diante da tela *Bulevar Montmartre em Tarde de Sol*, de Pissarro. O vôo de Rouenna seria no dia seguinte e achei que talvez ela quisesse dar uma olhada no inigualável patrimônio cultural de nossa cidade.

— Você não quer pintura...? — balbuciei. Tínhamos passado cinco anos nos amando em Nova York e eu ainda não fazia idéia de como reagir às esquisitices da mente de Rouenna, mente que na minha imaginação se afigurava como um belo girassol maduro açoitado por uma tempestade de verão. — Você não gosta do impressionismo do fim do século dezenove? — perguntei.

— Vim aqui pra ficar com você, playboy — ela retrucou.

Trocamos um beijo: um cara de 145 quilos com uma calça de moletom Puma velha e uma mulher morena de sutiã apertado. Eu podia sentir os guardas *babushka* chiando com indignação racial e estética, mas isso só fez com que eu beijasse Rouenna com mais vontade enquanto passava minha mão grande e fofa nas suas costas curvadas e no rego do seu lindo traseiro.

Ouvimos uma tosse cheia de catarro e sofrimento.

— Tenham compostura — disse a voz de uma velha.

— O que foi que essa bruxa disse? — perguntou Rouenna.

— Os velhos jamais nos entenderão — suspirei. — Nenhum russo jamais conseguirá isso.

— Então, vamos, Snack?

— Vamos.

— Vamos nos aconchegar em casa.

— Isso aí, minha pequena.

Durante as duas semanas de Rouenna aqui eu tentei mostrar um retrato da vida de São Leninsburgo em 2001. Comprei um barco a motor com um capitão e passeei com ela pelos canais e desvios da nossa Veneza do Norte. Diante dos palácios espetaculares, com uma cor pastel desbotada mais apropriada para South Beach que para o sul do Círculo Ártico, ela deixava escapar alguns "ooohs" e "carambas" e "uaus". Mas como a maioria das pessoas pobres, era mais uma economista e antropóloga dedicada que turista.

– Onde estão os negões? – ela quis saber.

Presumi que se referia às pessoas humildes.

– Estão por toda parte – respondi.

– Mas onde estão os negões *mesmo*?

Eu não queria levá-la para os subúrbios distantes, onde, segundo dizem, a população sobrevive praticamente de água de chuva e batatas cultivadas em casa, de modo que fomos até a parte mais baixa do rio Fontanka, a área semi-industrial que nossos avós chamavam de Kolomna. Apresso-me a traçar uma imagem da nossa região para o leitor. O rio Fontanka sempre varrido pelo vento e a linha curva de seu horizonte do século dezenove interrompida pelo topo pós-apocalíptico do Hotel Sovietskaia, o hotel rodeado por fileiras simétricas de conjuntos habitacionais amarelecidos e inundados; os conjuntos habitacionais, por sua vez, rodeados de barracos de zinco e, em ordem aleatória, uma loja de CDs piratas, um Cassino Mississippi local ("A América É Longe, mas o Mississippi É Pertinho"), um quiosque que vende latões industriais de salada de siri e uma típica barraca síria que cheira invariavelmente a vodca derramada e repolho estragado e a uma espécie de desumanidade vaga e desenfreada.

– É disso que estou falando – disse Rouenna, olhando em volta e respirando fundo. – South Bronx. Fort Apache. Morrisania. A porra da América, Misha. E você diz que essas pessoas são comuns?

– Acho que sim – eu disse. – A verdade é que não falo muito com pessoas comuns. Eles me olham como se eu fosse algum tipo de aberração. Quando entro no metrô de Nova York e o pessoal vê o meu tamanho, eles me respeitam.

– É porque você parece um astro do rap – retrucou Rouenna me dando um beijo.

– É porque eu *sou* um astro do rap – rebati, sugando seus lábios.

– Tenham compostura. – Jogou em nossa cara um *babushka* que passava.

* * *

Rouenna estava familiarizada com a morte violenta, de modo que, quando explodiram papai na Ponte Levadiça, ela soube ser durona e não me deixou sucumbir de melancolia.

– Você tem que reagir, cresça e pule fora disso, assim – ela disse, segurando firme o meu queixo e estalando os dedos da outra mão.

– Como pipoca de cinema – comentei sorrindo. – Crescer e pular fora!

– O que acabei de dizer? Você ligou para o seu psiquiatrazinho?

– Ele estará durante todo o mês numa conferência no Rio.

– Pra que então você paga esse idiota? Tá bem, garotão. Eu mesma vou te endireitar. Tira tudo. Mostra o que você tem pra mamãe.

Abri o zíper do meu moletom Puma e deixei tudo vazar de uma vez. Deitei no divã Mies van der Rohe e me ajeitei na minha posição analítica com dificuldade. O meu pescoço é muito gordo e por isso sofro de terríveis apnéias durante o sono – roncos inacreditavelmente altos e falta de ar constante. Isso piora quando deito de barriga para cima, ou quando Rouenna dorme comigo, ela me empurra para o lado com uma de suas coxas musculosas por instinto e, inconsciente, giro a minha gordura por instinto. Uma câmera noturna talvez registrasse algo semelhante a um balé aquático pós-moderno.

– Vira – disse Rouenna. Virei de barriga para baixo. – Muito bem.

Ela pousou as mãos no que chamo de minha "corcunda tóxica", um montinho escuro e macilento de carne parada e má circulação, um monumento ao sedentarismo cultivado durante os dois anos do meu exílio russo, o repositório de toda a minha raiva, uma espécie de anticoração nas costas que faz a minha tristeza pulsar. Quando ela se pôs a massagear e a contornar essa corcunda intratável com seus dedos firmes, eu comecei a gorjear, humilde e deleitado...

– Ah, Rowie. Não me deixe. Ah, Rowie. Ah, querida. Não vá.

A tristeza jorrou da minha corcunda tóxica e vazou pelas extensas veias enterradas como cabos transatlânticos em meu corpo. Lembrei do rosto manchado de lágrimas da minha mãe quando em certo verão ela se perdeu de mim na estação ferroviária de Ialta e pensou que eu tinha sido raptado e devorado pelos ciganos vigaristas.

"Eu me mataria se alguma coisa acontecesse com você", minha mãe dizia. "Me jogaria do precipício." Claro que mamãe sempre mentia pra mim, da mesma forma que as mães das sociedades violentas fazem para proteger os filhos do sofrimento desnecessário. Mas naquela ocasião senti que estava falando a verdade. Ela se mataria. Sua vida dependia da minha. Aos nove anos eu previ a morte dos meus pais (hospital do câncer, uma bola de fogo) e enterrei esse pressentimento no fundo do meu estômago outrora pequeno.

– Você não está respirando direito, querido – disse Rouenna. A idéia da solidão iminente fez com que sentisse um osso de galinha atravessado em minha garganta. Eu perdia lentamente o oxigênio. – Faça como eu. – Rouenna inspirou devagar, prendeu o ar e depois soltou tudo na minha orelha esquerda. A presença maciça do creme azedo e da manteiga da dieta russa dera um outro ar ao seu hálito. Seus seios presos por uma espécie de bandana larga de verão eram uma presença reanimadora face à carne morna e suada que se acumulava em torno da minha corcunda tóxica como o sopé do monte Etna.

– Eu te amo muito – eu disse. – Te amo com todas as minhas forças.

– Também te amo – ela rebateu. – Você vai conseguir passar por isso, baby. Você tem que ter fé.

Fé era uma de suas especialidades. O dúplex apertado da família de Rouenna entre a Vyse e a 173, no Bronx, era uma explosão de Madonas de cerâmica cor de azeitona que cuidavam de meigos Meninos Jesus, da mesma forma que as quinze mulheres reprodutoras da grande família sustentavam os seus recém-nascidos Felícias e Romeros e Clydes. Por todo lado havia leite materno e deferências e a silenciosa devastação americana. No final dos anos 1970 Rouenna ainda era bebê e o edifício onde eles moravam em Morrisania foi incendiado por causa do seguro. Certa tarde apareceu um bilhete anônimo ameaçador debaixo da porta e, à noitinha, os "executores" chegaram para retirar a fiação elétrica e o encanamento do apartamento. A mãe de Rouenna envolveu-a com um cobertor para protegê-la do vento de inverno, e ao cair da noite o edifício da família juntou-se ao desfile de chamas que iluminavam a costa norte do rio Harlem. Fortalecidas pela submissão calada dos pobres, elas marcharam até um abrigo para os sem-teto que fora recomendado por outros parentes em circunstâncias parecidas. Alguns metodistas acabaram ganhando a confiança dessas mulheres com alimentação. Arranjaram um emprego de varredora de rua para a mãe de Rouenna e colocaram uma de suas mais jovens e mais ágeis avós para vender sorvete numa esquina (os homens da família tinham fugido já fazia tempo). Elas foram ajudadas pelos metodistas no preenchimento de petições para o novo alojamento do governo, que pouco a pouco revitalizava o Bronx. Nos anos 1990 a família de Rouenna ascendeu ao nível de classe média baixa, suas humildes mas crescentes conquistas materiais mundanas disparando na frente de sua apagada psicologia urbana. E então eu apareci, o "tio russo rico enviado por Deus" que ficou muito interessado no desenvolvimento da filha da família. Elas mal sabiam quem é que estava salvando quem.

– Sei que você está muito triste pelo seu pai – disse Rouenna enquanto massageava a minha corcunda –, mas é preciso que se diga que ele não o tratava bem.

– Ele não me amou o bastante? – perguntei.

– Ele arrastou você pra Rússia e depois matou o cara de Oklahoma, e agora quem não pode sair daqui é você. Minha família pode ser fodida, mas pelo menos a gente cuida um do outro. Quando contei pra minha mãe que você é judeu e não metodista, a reação dela foi tipo "desde que ele a trate bem".

– Na Rússia é diferente. – Beijei a mão de Rouenna, que estava debaixo do meu queixo. – Aqui o filho só é uma extensão dos pais. A gente não pode pensar ou agir de maneira diferente da deles. Tudo o que a gente faz é para deixá-los orgulhosos e felizes.

– Pode ser – disse Rouenna. – Por que simplesmente não faz o que fará *você* se sentir orgulhoso e feliz e deixa o seu falecido pai descansar?

– E o que seria isso, querida?

– Você quer me comer?

– Eu quero lavar roupa.

Como todos os garotos judeus criados na Rússia, todas as minhas necessidades mundanas (com exceção de uma) ficavam a cargo de minha mãe, mas a mudança de Rouenna para o meu colossal loft em Wall Street levou-me a uma nova experiência – a máquina de lavar roupa. A princípio, eu insisti que uma lavadeira profissional deveria lavar nossas meias e roupas íntimas, mas com Rouenna aprendi que isso era uma coisa simples, metódica e agradável que podia ser feita por conta própria. Ela me ensinou tudo a respeito de temperaturas, detergentes e de como tratar as peças "delicadas". Depois que a máquina de secar parava de girar, enrolávamos nossas meias. Ela fazia bolinhas perfeitas com minhas meias e, quando voltávamos para casa, eu sentia um grande prazer em desenrolá-las e vestir um par limpo e quentinho. Sempre associei meias lavadas em casa a democracia e supremacia da classe média.

Levei Rouenna até o porão. Estavam lavando roupa lá. Timofey, meu criado, supervisionava uma nova e jovem empregada enquanto ela arrumava os meus moletons e as minhas cuecas de grife.

– Sim, é assim que a gente faz aqui – assentiu Timofey com sabedoria para a empregada. – É assim que o patrão gosta. Lara Ivanovna, você é uma boa menina.

Corri atrás dos empregados, ameaçando jogar o meu sapato na cabeça deles (é uma pequena pantomima que faço com o meu pessoal; eles parecem se divertir).

– Obrigado por ter enviado os amaciantes pelo correio, Rowie – eu disse. – Aqui não tem dos bons. Não me canso desse "aroma fresco de ar livre".

Rouenna olhava o painel de controle da nova máquina de lavar que eu mandara trazer de Berlim.

– Como é que isso funciona, garotão?
– As instruções estão em alemão.
– Dããã, posso ver que em inglês é que não estão. Mostre, não fale.
– O quê?
– Mostre, não fale.
– Como assim?
– Isso é uma coisa que o professor Shteynfarb sempre diz no meu curso de redação criativa. Tipo, em vez de falar sobre alguma coisa, você simplesmente mostra.
– Você está fazendo um curso de redação com *Jerry Shteynfarb*?
– Você o conhece? Ele é incrível. Disse que eu tenho uma voz realmente autoritária. E você tem que ter voz autoritária para escrever uma boa ficção.
– Ele disse *o quê*? – Derrubei o detergente no meu pé esquerdo suado. A corcunda tóxica disparou um jato de desespero pelo meu corpo, enchendo a minha boca com um gosto de remédio ruim. Na mesma hora vi Rouenna e Shteynfarb juntos na cama.

Vou dar aqui uma idéia desse tal de Jerry Shteynfarb. Estudou comigo na Accidental College, é um perfeito imigrante russo americanizado (veio para os Estados Unidos com sete anos de idade) que conseguiu usar credenciais russas duvidosas para ascender até o departamento de redação criativa da Accidental e para dormir com metade da faculdade nesse processo. Após a formatura ele se deu bem escrevendo um romance, um lamentozinho triste sobre sua vida de imigrante, o que para mim parece o estilo de vida mais sortudo que se pode imaginar. Acho que o romance se chama O *pícaro russo* ou algo assim. Naturalmente, os americanos adoraram.

– Você tem algum problema com o professor Shteynfarb? – perguntou Rouenna.

– O que digo é que você deve tomar cuidado. Ele tem a reputação em certos círculos de Nova York de ser bastante promíscuo. Dorme com qualquer uma.

– E eu sou "qualquer uma"? – Rouenna fechou com violência a tampa da máquina de lavar.

– Você é especial – sussurrei.

– Bem, o professor disse que tenho uma história real pra contar, não essa porcaria típica dos branquelos ricos que se divorciam em Westchester. Eu estou escrevendo uma história sobre como o nosso prédio em Morrisania foi incendiado.

– Pensei que estava estudando para ser secretária – comentei. – Uma poderosa secretária executiva.

– Estou expandindo a minha mente, exatamente como você me *disse* pra fazer – disse Rouenna. – Não quero ser apenas instruída, eu quero ser inteligente.

– Mas Ro...

– Nada de "mas", Snack. Estou cansada de ver você agindo como se soubesse o que é melhor pra mim. Você não sabe porra nenhuma. – Para se fazer entender, ela cobriu a minha boca com a mão. – E então, que merda esse alemão aí está dizendo?

Afastei a mão dela e limpei cuidadosamente a minha saliva com o lenço. Eu queria *mostrar* – não *dizer* – para ela o quanto a amava, mas me senti impotente e fraco, cheio de palavras e não muito mais que isso.

– *Kalt* significa frio, e *heiss* significa quente – expliquei.

Ela apertou o botão e a máquina de lavar começou a chacoalhar com diligência. Olhou dentro dos meus olhos azuis.

– Claro que amo você, idiota – ela disse. E com um salto sem esforço de alguém ainda jovem, ela se ergueu nos atarracados dedos dos pés, segurou-me pelas orelhas e sem nenhuma pressa me mostrou como.

8

Só terapia pode salvar Vainberg

Nas duas semanas que se seguiram à partida de Rouenna eu fiquei deitado no meu divã Mies van der Rohe, sem nada mais para fazer senão esperar pela volta do dr. Levine de sua conferência no Rio de Janeiro. Certa tarde, como se planejando minha vingança pelo possível *amour fou* de Rouenna pelo maléfico Jerry Shteynfarb, eu deixei que duas estudantes universitárias asiáticas que faziam um censo me cavalgassem por cerca de cinco minutos cada. Eram de alguma província esquimó esquecida por Deus, mas tinham um perfeito cheiro russo de endro e suor. Que multiculturalismo! Até as nossas asiáticas são russas. O formulário do censo era mais chocante ainda. Ao que parece, agora vivemos num país chamado "Federação Russa".

Julho chegou e me dei conta de que seria o aniversário de dois anos de meu internamento na Rússia. Dois anos? Como passou esse tempo? Cheguei em julho de 1999, aparentemente para uma visita de verão ao meu pai, completamente alheio ao fato de que ele estava prestes a matar um empresário de Oklahoma para levar dez por cento de uma criação de nútrias. Mas isso não é toda a verdade. Quando comprei minha passagem, tive o pressentimento de que levaria muito tempo para voltar a Nova York.

Isso costuma acontecer com os russos. A União Soviética acabou e as fronteiras estão tão livres e abertas para a passagem quanto sempre estiveram. E mesmo assim, quando um russo se desloca entre os dois universos, continua a sensação de imutabilidade, a impossibilidade lógica de um lugar como a Rússia existir às margens do mundo civilizado, de Ann Arbor, em Michigan, dividir a mesma atmosfera com Vladivostok, digamos assim. É como os conceitos matemáticos que nunca entendi na escola: *se, então*. *Se* a Rússia existe, *então* o Ocidente é uma miragem; por outro lado, *se* a Rússia não existe, *então* e só *então* o Ocidente é real e tangível. Não é de espantar que os jovens falem em "atravessar o cordão" quando se referem a emigrar, como se a Rússia fosse cercada por um vasto cordão sanitário. Ou você fica na colônia de leprosos ou sai para o grande mundo e talvez espalhe suas doenças para outros.

Lembro de quando voltei. Um dia chuvoso de verão. O avião da Austrian Airlines inclinou a asa esquerda e pela janelinha tive o primeiro vislumbre da minha terra natal depois de ter vivido quase dez anos nos Estados Unidos.

Sejamos precisos: a Guerra Fria teve um lado vencedor e um perdedor. E o lado perdedor, como qualquer outro da história, teve suas terras arrasadas, seu ouro espoliado, seus homens forçados a cavar valas em grandes cidades longínquas, suas mulheres recrutadas para servir ao exército vitorioso. Da janela do avião eu vi a derrota lá embaixo. Subúrbios desertos e cobertos de vento. A superfície cinzenta de uma fábrica cortada em duas por alguma força inominável, suas chaminés precariamente curvadas. Um círculo de prédios dos anos 1970, cada qual afundando no átrio circular que os separava, como um bando de velhos conversando.

A derrota era visível no semblante dos rapazes de AK-47 que guardavam o terminal internacional dilapidado, aparentemente para os ricos passageiros de nosso vôo da Austrian Airlines. Derrota no Controle de Passaportes. Derrota na alfândega. Nos homens tristonhos do meio-fio com seus Ladas amassados que imploravam para nos levar até a cidade por alguns trocados, derrota. Mesmo assim, no rosto do Amado Papai, seco como ameixa, estranhamente sóbrio, com um brilho vil familiar, havia algo assim como uma incumbência de vitória. Ele fez cócegas na minha barriga e deu um safanão viril no meu *khui*. Apontou com orgulho para o comboio de Mercedes pronto para nos levar até o seu *kottedzh* de quatro andares no golfo da Finlândia.

– Nada mal esses novos tempos – ele disse. – Como uma história de Isaac Babel, mas não tão engraçada.

Por suas atividades sionistas dissidentes em meados dos anos 1980 (principalmente por ter seqüestrado e depois urinado no cachorro anti-semita do nosso vizinho na frente do prédio da KGB de Leningrado), meu pai foi sentenciado a dois anos de prisão. Era o melhor presente que as autoridades puderam lhe dar. Os meses que papai passou na cadeia foram os mais importantes de sua vida. Como todo judeu-soviético, ele estudou para ser engenheiro mecânico em uma das universidades de segunda da cidade e ainda assim era um proletário ardiloso por natureza, não muito diferente dos seus novos companheiros de cela de pescoço oleoso e nariz cabeludo. Em seu elemento, papai assumiu o discurso de bandido. Maquinou tudo quanto é tipo de trambique que envolvia cigarros na prisão. Transformou migalhas de pão em sapato engraxado e sapato engraxado em vinho. Contrabandeou exemplares da *Penthouse*, grudou as páginas centrais nas costas de um presidiário com quadris femininos e o alugou à hora. Quando o Amado Papai saiu da prisão, aconteceram duas coisas: Gorbatchov acabou com grande parte daquele incômodo e infrutífero comunismo com lingeries e televisores vagabundos, e o Amado Papai conheceu todo tipo de gente que precisava conhecer em sua reencarnação como oligarca russo. Todos os georgianos, tártaros e ucranianos com aquele espírito empreendedor tão venerado pelo consulado americano. Todos os inguchétios, ossetianos e chechenos indiferentes à violência pública que gerou a conhecida e explosiva Rússia de hoje. Esses homens eram capazes de distribuir porrada, estrangular prostitutas, falsificar formulários da alfândega, roubar caminhões, explodir restaurantes, abrir fábricas de armamentos, comprar canais de TV, concorrer ao Parlamento. Ah, eles eram *kapitalists*, sem dúvida. Quanto a papai, ele também tinha coisas a oferecer. Uma boa cabeça de judeu e as habilidades sociais de um alcoólatra.

E mamãe estava morta. Ninguém mais para bater na cabeça dele com uma frigideira. Sem mamãe, sem poder soviético, sem nada pelo que lutar – ele podia fazer o que quisesse. Do lado de fora dos portões da prisão, um chofer com um sedã Volga o aguardava, daquele tipo que costumava transportar os *apparatchiks* soviéticos. E parado à sombra do Volga, com as mãos nos bolsos da calça e lágrimas gordas e adoráveis nos olhos, o seu gigantesco filho circuncidado.

O aniversário de dois anos do meu próprio aprisionamento na Rússia passou sem cerimônia. Julho passou em questão de dias; as Noites Brancas não eram mais brancas, o descolorido céu noturno deu lugar a uma paleta de genuíno azul, a loucura sazonal dos meus empregados – seus gritos luxuriosos e freqüentes acasalamentos – se reduziu. E eu ainda não tinha saído da cama. Esperava pelo meu analista.

No dia em que finalmente o dr. Levine voltou do Rio, a viúva Vainberg ligou para mim, pedindo uma audiência, sua voz uma harmonia de tristezas e pavores:

— O que faço, Misha? — choramingou Liuba. — Me ensine a fazer o shivá para os mortos. Como é o costume judaico?
— Você está sentada numa caixa de papelão? — perguntei.
— Estou sentada numa torradeira quebrada.
— Serve. Agora cubra todos os espelhos. E é melhor não comer carne de porco por alguns dias.
— Estou completamente sozinha — ela disse com uma voz enfraquecida e automática. — Seu pai se foi. Preciso de uma mão masculina para me guiar.
Esse tipo de conversa antediluviana me deixava ansioso. Mão masculina? Jesus Cristo. Mas aí lembrei de Liuba no enterro do meu Amado Papai tentando avançar em cima de Oleg, o Alce. Fiquei triste por ela.
— Onde você está, Liuba?
— No *kottedzh*. Os malditos mosquitos estão me matando. Ai, Misha, tudo me lembra o seu pai. Como esse candelabro judaico de sete velas e as caixinhas pretas que ele usava enroladas em volta dos braços. O judaísmo é tão complicado.
— É complicado, sim. Perdi metade do meu *khui* por causa dele.
— Você pode me visitar? — ela perguntou. — Comprei umas toalhas laranja.
— Tenho que descansar um pouco, *sladkaia* — eu disse. — Talvez daqui a uma semana ou duas.
Ah, Liuba. O que seria dela? Tinha 21 anos. O auge de sua beleza já passara. E como a chamei? *Sladkaia?* Minha querida?
Timofey chegou se arrastando, com um débil sorriso servil suspenso em sua fisionomia carrancuda.
— Eu lhe trouxe outro vidro de Ativan da clínica americana, *batyushka* — ele disse, brandindo uma grande sacola de remédios. — Sabe, o patrão do Priborkhin também estava deprimido e não saía da cama, mas depois de tomar um pouco de *Zoloftushka* e *Prozakchik*, ele foi correr com os touros na Espanha!
— Não entendo nada desses inibidores de serotonina seletiva — retruquei. — Acho que por enquanto vou me limitar aos ansiolíticos.
— Só quero ver *batyushka* sorrindo e atirando o sapato em mim com vontade — disse Timofey, arqueando o máximo que sua frágil coluna permitia.
Liguei para o dr. Levine do meu *mobilnik*. Nossas consultas começavam às cinco da tarde, horário de São Leninsburgo, o que

significava manhã na Park Avenue, com seus vigorosos gramados americanos circundando a paisagem, a procissão de carros escuros levando os bem-sucedidos até o centro da cidade, todos elegantemente vestidos e sem sangue nas mãos. Ou pelo menos não muito sangue.

Imaginei o dr. Levine – o rosto semita bronzeado pela praia de Ipanema, a barriga perfeitamente arredondada pelo consumo criterioso de churrasco e feijão-preto – olhando por cima do divã de couro à sua frente; o viva-voz ligado, o consultório cercado pelas fotografias das coloridas tendas sioux, talvez sugerindo um atalho para um "self" melhor, essa barraquinha apertada dentro do meu coração.

– Estou me sentindo pés-si-mo, doutor – uivei pelo meu *mobilnik*. – Um monte de sonhos com o meu pai e eu remando num barco pelo Mississippi, e depois damos no Volga e em um rio africano. Outras vezes sonho que estou comendo *pierogi* e o meu falecido papai está dentro dele. Como se eu fosse um canibal.

– O que vem à sua mente em relação a isso? – perguntou o dr. Levine.

– Sei lá. Meu criado diz que eu devia começar a tomar uns tranqüilizantes.

– Vamos esperar mais ou menos uma semana antes de pensar na sua receita. – A voz humana do dr. Levine estalava em meus ouvidos pela distância incompreensível entre o aqui e o lá. Eu queria me aproximar e abraçá-lo através do espaço, mas isso é papo de transferência. A verdade é que tínhamos uma rígida Regra de Sem Abraços em nossos encontros. – Como estão as crises de pânico? – ele perguntou. – Você está tomando o Ativan?

– Estou, doutor, mas andei mal! Misturei com álcool, e não devia ter feito isso, não é?

– Não devia mesmo. Você não pode misturar Ativan com álcool.

– Pois é, fiz mal!

Silêncio. Eu quase podia ouvi-lo limpando o seu delicado e protuberante nariz. O pobre coitado tem alergia no verão – sua única fraqueza. O dr. Levine está com cinqüenta e poucos anos, mas, como muitos americanos da mesma classe social, ele tem o peito definido de um jovem atlético de 25 anos e um traseiro firme, talvez até ligeiramente feminino. Não sou homossexual, ainda assim sonhei várias vezes que comia apaixonadamente a bunda dele; meu corpanzil em cima daquele corpinho, minhas mãos acariciando aquele rosto de barba grisalha.

– Seu desejo é que eu diga que você está mal? – disse o dr. Levine com toda calma pelo telefone. – Seu desejo é que eu afirme que você é responsável pela morte do seu pai?

– Caramba, não é isso – rebati. – Quer dizer, de certa maneira sempre torci pra que ele morresse... Claro, entendi o que você disse. Claro, merda, é isso... sou um mau filho, muito mau.

– Você não é um mau filho – replicou dr. Levine. – Acho que parte do seu problema nos últimos dois anos é que você realmente não faz nada do seu tempo. Você não tem sido produtivo como era em Nova York. E obviamente a morte do seu pai não ajuda em nada.

– É – eu disse. – Pareço o Oblomov, aquele personagem que nunca sai da cama. Que tristeza.

– Eu sei que você não quer ficar na Rússia – disse o dr. Levine –, mas até que descubra um modo de sair, é preciso aprender a lidar com a situação.

– Hã-hã – murmurei enquanto abria o outro vidro de Ativan.

– Tente se lembrar de como você ficava me dizendo que Moscou é bonita quando estava aqui em Nova York...

– Na verdade é São Petersburgo.

– Isso – disse o dr. Levine. – São Petersburgo. Por que então você não começa a sair para uma caminhada? Admire um pouco toda essa beleza que você ama. Tire um tempo para relaxar e se distrair com outra coisa que não sejam os seus problemas.

Pensei em passar um dia nos agradáveis Jardins de Verão, chupando picolé debaixo da estátua beligerante de Minerva. Eu devia ter comprado muito mais sorvetes quando Rouenna estava aqui, embora consumíssemos pelo menos cinco por dia. Se ao menos a tivesse tratado melhor, talvez ela não tivesse dormido com aquele desgraçado do Jerry Shteynfarb, talvez ela tivesse ficado comigo na Rússia.

– É isso mesmo – eu disse. – É isso que tenho que fazer... Exatamente isso. Vou vestir minha roupa de caminhada agora mesmo. – E então, antes que viesse a reprimir a transferência, eu extravasei: – Eu te amo de verdade, doutor...

E depois comecei a chorar.

9

Um dia na vida de Misha Borisovitch

Não fiquei muito nos Jardins de Verão. Todos os bancos na sombra estavam ocupados; fazia um calor abusivo, as avós devotas que passavam com seus netinhos me usavam para ilustrar quatro dos sete pecados mortais. E minha Rouenna, com suas brincadeiras e seu desgosto por tudo que fosse clássico ("Essas estátuas não têm bunda, Misha"), não estava ali por perto.

– Pro *khui* com isso – falei para Mamudov, meu motorista checheno que me fazia companhia num banco próximo. – Vamos ver se o Aliosha está no Águia da Montanha.

– Ele não passa um dia sem o seu pequeno kebab de carneiro – opinou Mamudov com amargura a respeito do meu amigo americano.

Fomos de carro até a ponte Trotski, o rio Neva estava agradável e agitado naquele dia de verão, um panorama de ondulações cinzentas e de traiçoeiras gaivotas. Aliosha-Bob encontrava-se realmente sentado atrás de uma mesa de madeira gasta no Águia da Montanha, perseguindo uma garrafa de vodca com um prato de pimenta em conserva, repolho e alho. Nos abraçamos e nos beijamos três vezes, ao estilo russo. Fui apresentado aos homens que o acompanhavam, ambos funcionários da ExcessHollywood, sua empresa de importação-exportação de DVDs: Ruslan, o Executor, um homem de cabeça raspada e expressão fatalista que cuidava da segurança da empresa, e Valentin, o jovem diretor de arte e web designer recém-formado na Academia de Belas-Artes.

– Bebemos pelas mulheres – disse Ruslan. – Aliosha se queixa de que Sveta caçoa da competência dele na cama, ameaçando deixá-lo se ele não se mudar para Boston e lhe der uma vida confortável no elegante Back Bay.

– É triste, mas é verdade – disse Aliosha-Bob. – Ao mesmo tempo Ruslan disse que a mulher dele o traiu com um sargento da milícia e que achou manchas nas meias e nas calcinhas dela.

– E tem mais, quando eles se b-b-b-b-beijam – balbuciou Valentin com timidez –, sai um cheiro forte e suspeito da boca da mulher.

– E quanto ao nosso amigo Valentin – disse Ruslan, o Executor, apontando para o artista. – Ele já tem idade para saber o que é um coração partido. Apaixonou-se por duas prostitutas que trabalham na Alabama Father, uma boate de striptease na ilha de Vasilevski.

– Bem, então às mulheres! – dissemos todos, erguendo nossos copos.

Como se atraída por nosso brinde, uma linda garota georgiana com pêlos nos braços deixou outra garrafa de vodca na minha frente e alguns kebabs de carneiro torrados em nossos pratos. Pensativos, mastigamos a cartilagem com lascas de cebola estalando em nossos dentes. O sol se punha no canal que cruzava aquele decrépito restaurante, passando pelo perturbador zoológico da cidade, onde os orgulhosos leões do Serengeti do passado já não vivem melhor que os nossos pensionistas e pelas pastagens verdejantes da União Européia.

A tristeza típica dos homens russos caiu sobre nós.

– Por falar em mulheres – comentei –, eu acho que Rouenna, a minha garota do Bronx, está trepando com Jerry Shteynfarb, um escritor emigrante.

– Lembro desse cara de fuinha – disse Aliosha-Bob. – Uma vez o vi em Nova York, depois que ele escreveu o tal do *Pícaro russo*. Ele se acha o Nabokov judeu.

Ruslan e Valentin riram com a idéia de que pudesse existir alguém assim.

– Acho que eles não deviam deixar os jovens expostos ao Shteynfarb – continuei. – Principalmente em lugares como a Hunter College, onde os alunos são pobres e impressionáveis.

Bebemos pela vida difícil dos pobres impressionáveis e pelo fim do imperialismo americano representado por Jerry Shteynfarb. Valentin, o artista, era o que mais se mostrava possuído por tais sentimentos enquanto batia o copo e lançava olhares na direção do céu. Era um cara magro e pálido com a expressão grave do intelectual eslavo. Apresentava todos os sinais distintivos: cavanhaque amarelecido, olhos injetados, cabelo de porco-espinho, dentes detrás tortos, nariz batatudo, óculos escuros de trinta rublos de um quiosque qualquer do metrô.

– Você não gosta do imperialismo americano, não é? – perguntei-lhe.

— Sou m-m-monarquista — ele balbuciou.

— Humm, é um posicionamento muito popular entre os jovens de hoje — eu disse enquanto pensava: *Oh, nossa pobre intelectualidade despossuída, por que nos incomodamos em ensinar literatura e artes plásticas para eles?* — E quem é então o seu czar favorito, meu jovem? — indaguei.

— Alexandre I. Não, espere... o segundo.

— O grande reformador. Ora, isso é muito bom. E quem são essas suas amigas putas?

— Fazem o papel de mãe e filha — explicou o artista. — Tem gente que se empolga com mãe e filha se tocando. Elas são da província de Kursk. São muito cultas. Elizaveta Ivanovna toca acordeão e Liudmila Petrovna, a filha, é capaz de citar os principais filósofos.

O uso que ele fazia dos patronímicos das mulheres era estranhamente comovente — eu logo me dei conta do que ele queria fazer. Antes de tudo, é o único caminho que os nossos jovens Raskolnikovs podem seguir.

— Vou salvá-las! — ele disse, e eu logo percebi que ele não o faria.

— Suponho que você se importe mesmo é com a filha — comentei.

— As duas são como uma família para mim — disse Valentin. — Se você as conhecesse, veria como não conseguem viver uma sem a outra. Elas são como Naomi e Ruth.

Bebemos dois tragos em rápida seqüência, um para Naomi e outro para Ruth. O clima oscilava entre a beligerância e o sentimentalismo. Eu flutuava entre uma conversa e outra.

— Fodam-se todos — disse a certa altura Ruslan, o Executor, mas eu não estava bem certo a quem ele se referia. — Que todos eles sejam jogados debaixo do trem! Não me importo nem um pouco! — A garota georgiana se aproximou com mais carneiro e grossas fatias de *khachapuri,* um pão caseiro recheado de ricota. Bebemos à Geórgia, o belo, insubmisso e pobre país da garota, e ela quase se atirou em nossos pescoços aos abraços, gritando de vergonha e gratidão.

E uma nova leva de garrafas de vodca, uma garrafa para cada homem.

— Isso é castrador — disse Aliosha-Bob com o tom dramático que ele passou a usar na Rússia. — Como é que ela pode fazer isso comigo? O que mais posso lhe dar? Já dei tudo o que existe no meu coração. Por que ela não pode me amar do jeito que eu sou? O que ela acha que vai encontrar em Boston?

Bebemos pelo coração de Aliosha-Bob. Bebemos pela sua masculinidade. Bebemos por seu queixo fraco de judeu e pela bola de bilhar que era a cabeça dele. Expirávamos os vapores venenosos que fluíam em nossas entranhas, um arco-íris alcoólico flutuava acima de nossas cabeças enquanto o sol poente transformava a torre da Fortaleza de Pedro e Paulo em um ponto de exclamação flamejante. Bebemos pelo sol poente, o nosso silencioso conspirador. Bebemos por aquele ponto de exclamação dourado. Bebemos pelos santos Pedro e Paulo.

E uma outra leva de garrafas de vodca, uma garrafa para cada homem.

– Por que é que o meu site não pode se chamar www.ruslan-o-executor.com? – disse Ruslan. – Por que é que tem que ser ruslan-o-algoz.org?

– Porque já existe ruslan-o-executor.com – respondeu Valentin com cuidado.

– Mas o Executor *sou eu*. Conheço esse Ruslan, o algoz. Ele mora com a mãe ao lado do metrô de Avtovo. É um joão-ninguém. Agora todo mundo vai achar que eu sou ele. Não serei mais contratado para fazer o serviço sujo. E serei humilhado.

Bebemos pela renovação das forças de Ruslan e pelos seus punhos firmes. Bebemos pela sua infância sofrida. Bebemos pelo seu site.

E uma outra leva de garrafas de vodca, uma garrafa para cada homem.

– Eu gostaria que a Rússia fosse forte – disse Valentin – e que a América fosse fraca. Aí, sim, erguerríamos a cabeça. Aí a minha Ruth e a minha Naomi poderiam caminhar pela Quinta Avenida e cuspir onde bem quisessem. Ninguém ousaria mais bater nelas ou fazer com que se bolinassem. – Bebemos pela Rússia, pela restauração de sua força. Bebemos mais uma por Naomi e por Ruth. E bebemos pela possível derrocada da América, o que até mesmo para Aliosha-Bob com seu belo passaporte americano acabaria acontecendo no devido tempo.

– Por falar na América – disse Aliosha-Bob –, ouça, Mishen'ka... – Em vez de terminar a frase, ele segurou a cabeça com estupor alcoólico.

– O que é, Aliosha? – Toquei em sua mão. Mas o meu amigo tinha caído no sono. Seu pequeno corpo não podia mesmo agüentar

tanta vodca quanto o meu corpanzil. Esperamos alguns minutos até que ele se recompusesse, o que fez com um ímpeto.
— Arumph! — ele exclamou. — Ouça, Mishka. Eu tomei um drinque com o Barry, do consulado americano, e perguntei ao imbecil... — A cabeça dele tombou de novo. Fiz cócegas em seu nariz com a salsa. — Eu perguntei ao imbecil se ele poderia conseguir um visto dos Estados Unidos para você agora que seu pai já está morto.

Minha corcunda tóxica pulsou de esperança, mas também como um aviso de que a vida só traz decepção. Arrotei discretamente atrás de minha mão, preparando-me para secar a lágrima que viria, fosse a notícia boa ou má.

— E? — murmurei. — O que ele disse?
— Nada feito — balbuciou Aliosha-Bob. — Eles não deixariam o filho de um assassino entrar no país. E esse cara de Oklahoma que morreu também tinha conexões políticas. A nova administração adora o pessoal de Oklahoma. Eles querem fazer de você um exemplo.

A lágrima não rolou. Mas a raiva abriu caminho pelas minhas narinas, que emitiram um baixo e sonoro silvo. Peguei a outra garrafa de vodca e joguei-a contra a parede. Ela se espatifou com um reluzente espetáculo de luz e claridade. A clientela do Águia da Montanha calou-se, algumas cabeças raspadas brilharam com o suor do meio de verão, os homens mais ricos olharam para os seus guarda-costas com sobrancelhas erguidas e os guarda-costas olharam para os punhos. O gerente georgiano do restaurante saiu do escritório e, quando percebeu que era eu, curvou-se respeitosamente na minha direção, fazendo um sinal para que a garçonete levasse outra garrafa para mim.

— Calma, Snack — disse Aliosha-Bob.
— Se você quer fazer alguma coisa útil, atire uma garrafa nos americanos — disse Ruslan, o Executor. — Mas, antes, esvazie a garrafa. Faça com que todos queimem até a morte. Não me importo!
— América, eu quero. — Abri outra garrafa e, contrariando todas as normas de etiqueta, entornei direto na garganta. — Nova York, Rouenna. Enrabá-la. Empire State Building. Mercearias coreanas. Restaurantes vegetarianos. Lavanderias. — Eu consegui me levantar. A mesa girava ao meu redor em uma fantasia de cores e texturas; pedaços de carneiro lançados aos cuspes, gemas de ovo pingando em tortas de queijo, ensopados borbulhando em óleo de girassol e sangue. Como um fim de tarde pôde ficar tão violento? Quem eram

aqueles cretinos à minha volta? Por onde olhava, eu só via fracasso e desânimo. – Eles querem dar um exemplo? – falei. – Eu *sou* o exemplo. Sou o melhor exemplo de uma pessoa boa, amável e honesta. E vou mostrar isso a eles agora! – Saí cambaleando na direção de Mamudov e do meu Land Rover.

– Não vá! – gritou Aliosha-Bob. – Misha! Você não está em condições!

– Não sou homem? – urrei o popular refrão do Amado Papai. E para Mamudov, o meu motorista, eu disse: – Leve-me até o consulado americano.

Os generais do Serviço de Imigração e Naturalização americano certamente já tinham visto de tudo. Imigrantes mexicanos perseguidos pelos coiotes ao longo do Rio Grande. Negros africanos enfiados em contêineres de navios para entrar furtivamente no país e depois vender óculos escuros em Battery Park para poder mandar comida aos filhos no Togo. Balsas repletas de hispânicos seminus, desidratados e famintos se lavando nas praias de Miami e implorando pelo asilo (sempre me perguntei por que não levam junto um bom suprimento de água engarrafada e de comida para uma viagem tão longa). Mas será que eles já tinham visto uma pessoa rica e instruída empalando-se no mastro da bandeira americana? Será que já tinham visto alguém com suficientes dólares na carteira para comprar uma dúzia de sonhos americanos prostrar-se diante deles só pela chance de ver as ruas do Brooklyn mais uma vez? Será que já tinham conhecido algum europeu culto que preferisse a fúria americana à trufa belga? Esqueçam os mexicanos, os africanos e tudo isso. De certa maneira a minha história americana é a mais constrangedora de todas. É o elogio definitivo a uma nação mais conhecida pela barriga que pelo cérebro.

Enquanto seguíamos de carro pela rua Furshtatskaia, Mamudov explicava que me deixaria na entrada do consulado e ficaria rodando pelo quarteirão (não se permite que carros civis estacionem nas proximidades do espaço sagrado dos americanos).

– O senhor não parece bem, Excelência – disse Mamudov. – Por que não tira um cochilo em casa? A gente leva uma garota asiática do bordel e o Ativan da clínica americana. Do jeito que o senhor gosta.

– Pro *khui* com as garotas asiáticas – respondi, chutando a porta para abri-la. – Por acaso não sou homem, Mamudov?

Lá fora constatei a atmosfera constrangedora que ocorre sempre que um consulado do Ocidente é forçado a se estabelecer em uma rua imunda do Terceiro Mundo, quando os nêutrons e elétrons locais não podem se misturar à descarga positiva do Ocidente. Eu me senti repelido por um vento invisível e quase caí no chão. Mas a bandeira americana em cima do pórtico do consulado trouxe-me uma onda amigável de coragem. Atravessei a rua e acerquei-me de dois bru-tamontes russos, um deles com o corte de cabelo ao estilo César (pa-ra disfarçar a entrada acentuada) e o outro, um porta-aviões, ambos com cerca de três vezes o meu tamanho, gordos de tanto trigo-sarraceno e lingüiça barata, em seus uniformes com as cores da bandeira americana nos ombros.

– Podemos ajudá-lo? – disse o porta-aviões enquanto eu cambaleava na direção do quadro de anúncios onde as Regras de Humilhação para os candidatos russos ao visto diziam em inglês oficialesco: *As leis americanas pressupõem intenção de imigração por parte de cada não-imigrante que solicita o visto. Cabe ao solicitante o ônus da prova para refutar este pressuposto.* Em outras palavras: *Vocês todos são prostitutas e bandidos, então pra que solicitar?*

– Podemos ajudá-lo? – repetiu o porta-aviões. Seu rosto exibia uma única e longa rachadura da testa ao queixo, como se o tivessem jogado muitas vezes no chão quando pequeno. – Esse lugar não é pra você, amigo. O consulado está fechado. Se manda.

– Quero ver o *chargé d'affaires* – eu disse. – Sou Misha Vainberg, filho do famoso Boris Vainberg, que mijou no cachorro em frente ao prédio da KGB durante o governo soviético. – Encostei-me na parede do prédio do consulado de braços abertos, expondo a palidez da minha barriga tal como um filhote demonstrando impotência diante de um cachorro maior. – Meu pai foi um grande dissidente. Maior que Sharanski! No dia em que os americanos souberem o que ele fez pela liberdade religiosa, erguerão uma estátua para ele em Times Square.

Os dois seguranças trocaram um sorriso largo. Agora não se pode mais espancar um judeu na Rússia em caráter oficial, então é preciso aproveitar a oportunidade quando ela aparece. Você tem que bater nos judeus pela Igreja ou pela pátria, ou se arrependerá pelo resto da vida. O cara com o corte de cabelo estilo César contraiu as dobras do pescoço em provocação.

– Se não se retirar imediatamente, terá problemas com a gente.

– É melhor você ir ao consulado israelense – sugeriu o porta-aviões. – Terá mais sorte por lá, tenho certeza.

– Mala! Estação de trem! Israel! – César entoou o conhecido mantra russo que instiga os judeus a deixarem o país. O porta-aviões pegou o refrão e eles compartilharam um momento divertido.

– Vocês vão ver só quando eu falar com o *chargé d'affaires* que dois anti-semitas estão fazendo a guarda do consulado – explodi com a saliva alcoólica salpicando no meu queixo. – Vão trabalhar no consulado de Yekaterinburgo; preparem então os agasalhos, seus fodidos.

Levei um tempo para entender que estava sendo espancado. Eu olhava uma mulher que batia um tapete na janela e achei que esses baques é que ressoavam na quietude da rua. Para ser justo com os meus algozes, tanto Porta-Aviões quanto César eram uns garotos russos fortes, determinados e furiosos nos seus vinte e tantos anos de idade. Mas enfiar porrada em mim não era uma atividade que podia ser feita de qualquer maneira, isso requeria trabalho árduo e algum grau de esperteza. Não dá para simplesmente bater no meu estômago e no meu peito, achando que vou me desmilingüir como uma massa chinfrim.

– Ooooh. – O meu gemido expressou uma incompreensão alcoolizada. – O que está acontecendo comigo?

– Vamos bater no fígado e nos rins dele – sugeriu César enquanto limpava a testa suada.

Eles começaram a visar esses delicados órgãos, mas com pouco resultado. Os pneus da barriga também eram atingidos. Toda vez que um punho acertava a minha gordura, eu me limitava a cambalear e virar para o lado, ora deparando-me com Porta-Aviões, ora com César. E aproveitava cada breve momento para contar um pouco da minha vida:

– Estudei multiculturalismo na Accidental College...

Um gancho de esquerda no fígado.

– Minha mãe me deu o nome de Misha, mas os *hassidim* me chamam de Moisés...

Jab de direita no rim esquerdo.

– Estou fundando uma instituição de caridade para crianças pobres, que se chama Crianças de Misha...

Um direto no fígado.

– Rouenna beijou embaixo do meu *khui*...

Seqüência de golpes nos rins.

– Eu sou um americano melhor do que a maioria dos americanos legítimos...
Murro no baço.
– Fiz análise pra trabalhar a questão do meu peso...
Murro no fígado.
– Quando me mudei pra Nova York, eu achei que podia morar em Williamsburg...
Palavrões ofegantes à minha volta e o fedor plebeu do excesso de esforço. Fiquei triste pelo fato de que aqueles sujeitos aprisionados em seus estúpidos uniformes americanos protegiam exatamente as pessoas que eles mais deviam odiar. Todos nós morreríamos juntos naquela porra de cidade idiota de vidraças congeladas e pátios asquerosos. Teríamos nossos túmulos vandalizados, nossos nomes seriam cobertos de suásticas e cocô de passarinho, e nossas mães apodreceriam ao lado com suas frigideiras. Que razão havia naquilo tudo? O que nos separava do inevitável?
– Vocês deviam mirar na garganta e na espinha – balbuciei para os meus agressores. – Se baterem na minha corcunda, talvez eu morra na hora. De qualquer forma, pra que ficar vivo quando sempre se está nas mãos de alguém?
Os seguranças se abaixaram devagar na calçada e me arrastei para me juntar a eles, solidariamente ofegante. Eles envolveram minhas costas com as mãos e nós três ficamos ligados dessa maneira.
– Por que você quer apanhar? – perguntou Porta-Aviões. – Você acha que somos animais? Não gostamos de ferir ninguém, seja lá o que você pense.
– Tenho que ir pra América – eu disse. – Estou apaixonado por uma garota linda do Bronx.
– Aquela famosa de bunda gostosa? – César quis saber.
– Não, o nome dela é Rouenna Sales. Só é famosa na rua *dela*. Mandei-lhe uma dúzia de e-mails esta semana e não tive resposta. Ela está sendo perseguida por um metido a besta que tem cidadania americana. Um escritor.
– É um bom escritor? – perguntou César enquanto pegava um cantil e o passava para mim.
– Não. – Bebi um gole.
– Ora, por que então se preocupa? Uma garota esperta não sairia com um escritor ruim.
Porta-Aviões apertou-me contra ele.

– Não se desespere, irmão – ele disse. – Podemos não ter nada aqui neste país, mas nossas mulheres têm uma alma boa e gentil. E são capazes de amá-lo mesmo quando você é um bêbado preguiçoso ou quando dá uma surra nelas de vez em quando.

– E mesmo que você seja gordo – insinuou César. Tomamos algumas biritas. Até onde os meus novos companheiros pensavam, eu não era mais um judeu parasita e sim um sujeito confiável. Um alcoólatra.

– Amo a Rússia do meu jeito – desabafei. – Se pelo menos eu pudesse fazer alguma coisa por este país sem parecer um imbecil.

– Você disse alguma coisa a respeito das Crianças de Misha – lembrou Porta-Aviões.

– Como posso consolar jovens corações quando o meu próprio está inconsolável? Acabei de perder o meu querido pai. Eles o explodiram na Ponte Levadiça.

– Que tristeza – disse César. – Meu pai foi atropelado por um caminhão que transportava pão.

– O meu despencou de uma janela no ano passado – disse Porta-Aviões. – Do segundo andar, mas ele caiu de cabeça. *Kaput*. – Nós três emitimos em coro um som de pesar profundo com o nariz, a garganta e os lábios, como se sugássemos tragicamente o macarrão de uma panela de ferro. Lentamente o som desceu a rua parando em cada porta do caminho e infiltrando desespero em cada casa.

– Temos que nos levantar – eu disse. – Preciso sair daqui. E se um dos patrões americanos de vocês aparecer na rua? Ele despediria os dois.

– Pro inferno com eles – retrucou César. – Estamos conversando com o nosso irmão aqui. Morreríamos pelo nosso irmão.

– Já basta a vergonha que sentimos por ter que usar a bandeira americana em nossas mangas – disse Porta-Aviões. – Você nos fez lembrar de que nosso país é digno. Eles podem surrar a Rússia mil vezes que ela nunca vai sucumbir. Talvez se abaixe na calçada como nós... para um drinque... Mas a Rússia nunca vai sucumbir.

– Me ajudem, irmãos! – O meu grito não queria dizer nada, exceto que precisavam me ajudar a ficar de pé, mas eles o interpretaram no sentido de uma luz espiritual. Colocaram-me de pé, espanaram meu moletom Puma, massagearam os pontos doloridos que tinham espancado e deram três beijos no meu rosto. – Se vocês tiverem filhos que precisem de botas de inverno ou de qualquer outra coisa – eu disse –, apareçam na Bolshoi Prospekt, perto da Petrogradskaia, nº 74. É só dizer que querem falar com o filho de Boris Vainberg, todos me conhecem. Darei tudo que vocês quiserem.

– Se algum *mudak* tentar machucá-lo por causa de sua religião ou caçoar do seu peso, fale com a gente que nós quebramos a cara dele – afirmou César.

Fizemos um outro brinde à nossa amizade com o cantil e depois cambaleei pela rua na direção do meu carro. Um vento leve me impulsionava e me guiava para a frente, limpando a poeira do meu pescoço e retirando os pontos de sangue da minha mandíbula. O dia passava da umidade insuportável ao ilusório prazer de verão, tal como a violência contra mim dera lugar à piedade e à compreensão. Só peço um eventual adiamento da sentença.

– Falou com os americanos? – perguntou Mamudov.

– Não – respondi enquanto massageava a flacidez contundida em torno dos meus rins. – Mas conversei com alguns russos e eles fizeram com que eu me sentisse bem de novo. Nós temos grandes conterrâneos, não acha, Mamudov? – Meu motorista checheno não disse nada. – Para o Águia da Montanha – falei. – Talvez Aliosha-Bob e os amigos dele ainda estejam lá. Quero beber um pouco mais!

Aliosha-Bob e Ruslan, o Executor, tinham acabado de sair, mas Valentin, o artista, ainda zanzava por lá; avidamente ele dava cabo do repolho azedo de todo mundo e enchia a bolsa surrada com as sobras de pão de queijo georgiano.

– Como é que você está, irmãozinho? – eu disse. – Aproveitando este dia lindo?

– Vou visitar minhas amigas na Alabama Father, a boate de strip – respondeu Valentin, acanhado.

Acho que ele se referia às putas mãe e filha.

– Olhe, posso levar você, Naomi e Ruth para jantar! – sugeri. – Podemos ir ao Ninho da Nobreza.

Embora aparentemente bem alimentado pelos rublos de Aliosha-Bob, o monarquista bateu palmas.

– Jantar! – ele exclamou. – Muito cristão de sua parte, senhor!

A Alabama Father estava quase vazia naquela hora do dia, apenas quatro membros embriagados do consulado holandês haviam desmaiado nos fundos, ao lado da mesa vazia da roleta e da máquina importada de rum-e-Coca. Apesar da ausência de público, Elizaveta

Ivanovna e a filha, Liudmila Petrovna, as amigas especiais de Valentin, dançavam em volta de dois mastros no palco improvisado ao som da superbanda americana Pearl Jam.

A diferença de idade entre as duas amigas do artista não era tão óbvia como eu imaginara; na verdade, mãe e filha lembravam duas irmãs, uma delas talvez dez anos mais velha que a outra, com seios nus caídos e uma única dobra que os separava da barriguinha. A mãe compartilhava com Liudmila a teoria de que o mastro era como um animal selvagem que tinha que ser agarrado com as coxas para não escapar. A filha, como todas as filhas, dava de ombros para a mãe dizendo "*Mamochka,* eu sei o que estou fazendo, assisto a filmes especiais quando você está dormindo...".

– Você é uma burra – disse a mãe, embalando-se ao som da furiosa banda de rock americana. – Como pode ser minha filha?

– Meninas! – gritou Valentin. – Minhas queridas... boa-noite pra vocês!

– Oi, garoto! – entoaram mãe e filha em uníssono. Ambas colocaram a mão no tapa-sexo e se contorceram com um vigor especial para deleite do artista.

– Meninas... – disse Valentin –, apresento-lhes Mikhail Borisovitch Vainberg. Um homem muito bom. Já bebemos hoje pela derrocada da América. Ele está sempre por aí com o seu Land Rover.

As mulheres avaliaram os meus sapatos caros e pararam de se contorcer. Saíram do mastro e se espremeram em mim. O ar em volta encheu-se rapidamente com o cheiro de esmalte e de esforço leve.

– Boa-noite – eu disse enquanto passava a mão na minha juba encaracolada, pois costumo ficar um pouco tímido com prostitutas. Mas confesso que foi bom sentir a pele quente delas em mim.

– Por favor, vamos todos pra nossa casa! – gritou a filha, esfregando a dobra superior da minha calça com um dedo curioso. – Cinqüenta dólares por hora para os dois. Você pode fazer tudo que quiser, pela frente e por trás, mas sem machucar, por favor.

– Melhor ainda, vamos pra *sua* casa! – sugeriu a mãe. – Imagino que você tenha uma bela casa na margem do rio Moika... ou num daqueles maravilhosos prédios stalinistas da Moskovski Prospekt.

– Misha é filho de Boris Vainberg, um famoso empresário falecido recentemente – anunciou Valentin. – Ele se ofereceu para nos levar a um restaurante chamado Ninho da Nobreza.

– Nunca ouvi falar – disse a mãe –, mas soa maravilhoso.

– Fica na casa de chá do Palácio Iussupov – eu disse com ar pedante, sabendo que o palácio onde o maluco do Rasputin foi envenenado não impressionaria muito as mulheres. Valentin esboçou um sorriso com ar histórico e tentou se aninhar na filha, que o agraciou com um beijo casto na testa.

O Ninho da Nobreza é realmente um bom lugar. Em geral não permite a entrada de prostitutas ou de pessoas de baixa renda como Valentin, mas devido à minha reputação o gerente cedeu na mesma hora.

Já não é mais segredo que São Petersburgo é um lugar atrasado e perdido à sombra de Moscou, nossa covarde capital que não passa de uma megalópole de Terceiro Mundo à beira de uma espetacular extinção. E mesmo assim o Ninho da Nobreza é um dos restaurantes mais divinos que já vi – pingando mais ouro do que a cúpula da igreja de Santo Isaac, coberto do chão ao teto com pinturas de nobres mortos. E mesmo assim, contrariando as expectativas, o Ninho da Nobreza de alguma maneira herda os excessos do passado com o resplendor majestoso do Palácio de Inverno.

Eu sabia que um sujeito como Valentin ficaria feliz. Para gente como ele, este restaurante é uma das duas Rússias que eles conseguem entender. Para gente como ele, ou é o mármore e a malaquita do Hermitage ou então um apartamento comunitário caindo aos pedaços no distrito de Kolomna.

As piranhas do Valentin choraram diante do menu. A excitação e luxúria que sentiam pelo dinheiro eram tamanhas que nem sabiam falar o nome dos pratos. Tinham que se referir a eles pelo preço.

– Vamos dividir o de dezesseis dólares para a entrada e depois pedirei o de 28 dólares, e você pode dividir o de 32 dólares... Está bem assim, Mikhail Borisovitch?

– Pelo amor de Deus, peçam o que quiserem! – falei. – Quatro pratos, dez pratos, o que é o dinheiro quando se está entre irmãos e irmãs? – E para completar o clima da noite, eu pedi uma garrafa de Rothschild, de 1.150 dólares.

– Falemos um pouco mais de sua arte, irmãozinho – eu disse para Valentin. Eu estava em meu momento Dostoiévski. Queria redimir todo mundo à minha vista. Todos podiam ser Crianças de Misha, cada prostituta e cada intelectual de cavanhaque amarelecido.

– Vejam só... – disse Valentin às amigas. – Agora vamos falar de arte. Não é legal, garotas, sentar num belo lugar e dissertar como cavalheiros sobre grandes temas? – Um leque de emoções, que iam da desconfiança inata com a gentileza à homossexualidade latente, percorria a face rubra do artista. Ele pôs a mão sobre a minha e deixou-a ali por um bom tempo.

– Valia está bolando uns *sketches* legais pra gente – disse-me a mãe –, e também está montando nossa página na internet. Teremos uma página com nossos serviços, sabia?

– Olhe, mãe, acho que é o de dezesseis dólares! – gritou Elizaveta Ivanovna com a chegada de duas travessas de *pelmeni* acompanhando carne de veado e siri, ambas cobertas por imensas tampas de prata. Os garçons, um rapaz e uma moça, dois belos jovens, entreolharam-se e contaram *um, dois, três* e, depois, um de cada vez, ergueram as tampas para exibir os terríveis tira-gostos que ocultavam.

– Estamos conversando como cavalheiros sobre arte – disse Valentin.

A noite avançou conforme o esperado. Fomos de carro até o meu apartamento sob um confuso céu de verão – no alto o azul profundo do mar do Norte seguido pelo cinza indeterminado do rio Neva e ao fundo uma faixa brilhante de um laranja moderno pendendo como uma névoa fluorescente nas torres do Almirantado e da Fortaleza de Pedro e Paulo.

Ao longo do caminho nos revezamos em acertar o motorista com galhinhos de bétula, uma forma ostensiva de estimular a circulação dele, mas a verdade é que é impossível terminar a noite na Rússia sem bater em alguém.

– Até parece que estamos numa carruagem antiga – disse Valentin –, batendo no motorista porque ele está indo muito devagar... Mais rápido, motorista! Mais rápido!

– Por favor, senhor – pediu Mamudov –, já é difícil dirigir nessas ruas sem ser açoitado.

– Nunca fui chamado de "senhor" – Valentin comentou maravilhado. – Vamos lá, seu salafrário! – ele gritou, açulando outra vez o motorista.

Levei-os ao meu apartamento, um fantástico refúgio *art nouveau* construído em 1913 (em geral conhecido como o último bom ano na história da Rússia) com piso de cerâmica branca e vistosas janelas envidraçadas que capturavam e refletiam o resto da luz noturna. Em cada aposento que passavam Valentin e as prostitutas eram acometidos por um suave acesso, com o jovem web designer monarquista sussurrando "Então é assim que é... então é assim que eles vivem".

Levei-os à minha biblioteca, as estantes rangiam com os livros do meu falecido pai, os textos reunidos dos grandes rabinos, os *Regulamentos bancários das ilhas Cayman em três volumes* e o popular *101 descontos de imposto*. Os empregados irrompiam com garrafas de vodca. Enquanto Elizaveta Ivanovna falava que tocaria o acordeão para nós, Valentin a instigava a citar os grandes filósofos, mas quando finalmente apresentou-se um acordeão e abriu-se um exemplar de Voltaire, meus convidados adormeceram um em cima do outro. Valentin com seu grande nariz de batata enfiado no decote substancial de Liudmila Petrovna e seus braços em torno dos quadris dela como se dançassem uma valsa noturna.

Eu nunca tinha visto um homem chorar enquanto dormia.

10

O porquinho russo

Deixei os meus convidados de lado e entrei na minha réplica do consultório do dr. Levine; peguei o meu laptop debaixo do divã Mies van der Rohe e mandei um e-mail para Rouenna:

> *oi belezinha. é o misha. Fico pensando por que vc não me escreve há tanto tempo. esta noite me diverti com uns amigos russos (lembra de como nos divertíamos?). vc ia gostar dessas garotas, são do tipo gueto. lembro de como enrolávamos nossas meias na lavanderia. saudades.*
> *muito amor (verdade)*
> *misha vulgo snack daddy vulgo porquinho russo*
>
> *ps.: espero que esteja bem na faculdade. alguém especial na sua vida? conte-me tudo*
>
> *ps. 2: de repente vc podia vir a p-burgo p/o natal. vc + eu podíamos nos divertir?!*

Eu estava prestes a mandar para dentro a minha cerveja da noite com três miligramas de Ativan quando uma nova mensagem surgiu na tela. Soltei um gritinho feliz quando vi o remetente de além-mar: rsales@hunter.cuny.edu. Pensei em salvar a mensagem para o dia seguinte, sabendo que não conseguiria dormir com as palavras de Rouenna alojadas como balas dundum no meu cérebro.

Tanto no estilo quanto no conteúdo a mensagem de Rouenna era chocante. As abreviaturas que costumávamos usar para "conversar" por e-mail tinham desaparecido. Rouenna tentava escrever como uma jovem americana instruída, mas a grafia e a gramática eram tão arbitrárias quanto qualquer coisa na esquina da 173 com a Vyse.

Querido Misha.
Primeiro, sinto muito por ter demorado tanto para responder suas cartas tão amáveis para mim. Você é um bom Namorado e devo tudo a você, meu curso na hunter, minhas consultas no dentista, todas as minhas Esperanças e Sonhos. Quero que você saiba que o amo e nunca vou te descartar. Segundo, desculpe estar escrevendo esta carta logo depois da tragédia com seu pai. Sei que de fato isso o afetou psicologicamente. Quem não ficaria Triste quando alguém tão próximo é morto como um cão?
Misha, eu estou saindo com o professor Shteynfarb. Por favor, não se aborreça comigo. Sei que você não gosta dele, mas ele tem me ajudado muito, não é apenas um "ombro para chorar", mas uma Inspiração. Ele trabalha tanto, sempre escrevendo, ensinando e indo a conferências em miami e trabalhando até tarde porque alguns alunos têm emprego ou filhos durante o dia. O professor Shteynfarb tem uma vida dura por ser imigrante e por isso ele sabe o que é trabalho duro. Todos os alunos gostam dele porque ele nos leva a sério. E, sem ofensa, você nunca trabalhou de verdade ou fez alguma coisa porque é muito rico e essa é UMA GRANDE DIFERENÇA entre nós.
O professor Shteynfarb diz que tenho problemas de auto-estima porque ninguém na minha família me encorajou a mostrar minha inteligência, e eles só pensam em como se virar, em como evitar encrenca e em cuidar dos filhos. Eu disse a ele o que você fez, digo que você me disse para eu estudar e ir para a hunter e que você disse a minha mãe e minhas avós e irmãos e irmãs e primos e tios e tias para não gritarem comigo nem falar sobre todos os Erros que cometi no passado, como trabalhar no bar dos peitos.
Ele disse que é verdade, mas que você sempre me viu da posição do Opressor Colonizador. No fundo você sempre me olhou com ar superior. Tentei conversar muitas vezes com você sobre os meus Escritos quando eu estava na rússia, mas você nunca parecia escutar. Era sempre você, você, você. Você me ignora que nem a minha família e isso podia acabar ferindo a minha auto-estima. O professor Shteynfarb também disse que é errado você jogar o sapato no seu empregado (desculpe, mas concordo com ele). Ele também disse que é errado quando você e seu amigo alosha tentam fazer o rap de vocês e fingem que são do gueto porque isso também é Colonizador. Ele me deu um livro de Edward Said, que é superdifícil, mas vale a pena.

O professor Shteynfarb está organizando uma antologia de textos de imigrantes e diz que minha história sobre como botaram fogo na nossa casa em morrisania vai ser a pizza de resistência do livro inteiro. Eu te amo muito, Misha. Não quero te magoar. Sempre sonho com seus braços em torno de mim e seu kui *estranho na minha boca. (Eu disse* kui *para o professor Shteynfarb, e ele disse que as mulheres russas nunca usam palavras tão feias, e que eu era indecente mesmo, há, há, há!) Mas vamos encarar os fatos, você está na rússia e eu estou na América, e eles nunca vão deixar você sair, então pra todos os efeitos não estamos juntos de verdade. Se você quiser parar de pagar os meus estudos na hunter eu vou entender, mas terei que voltar a trabalhar no bar dos peitos. Espero que você ainda me ame, me queira bem e que não machuque mais a minha auto-estima.*
Amor & Abraços & Grandes Beijos Molhados
Sua Rouenna

PS: Só quero que você saiba que o negócio com o professor Shteynfarb foi mútuo e que ele não estava tentando dar em cima de mim nem em nenhuma das garotas da classe. Ele diz que se sente mal por estar numa posição de autoridade em relação a mim, mas que de certa maneira somos iguais porque eu cresci na pobreza e ele é um grande imigrante.

Fechei cuidadosamente o laptop e depois de algum tempo o atirei longe, acertando a reprodução de umas das fotografias das tendas do dr. Levine. Coloquei um travesseiro no rosto porque não queria ver e em seguida tapei os ouvidos com os braços porque não queria ouvir. Mas não havia nada para ser visto ou ouvido – o quarto estava em silêncio, exceto pelo zumbido do meu laptop ferido. Passei pela biblioteca onde o artista Valentin e as prostitutas espalhavam-se um em cima do outro, com garrafas vazias de vodca repousadas aos seus pés.

– Eu sou o homem mais generoso do mundo – falei em voz alta ao olhar os russos adormecidos, seus estômagos estavam entupidos pela comida cara que eu havia comprado para eles. – E qualquer mulher que não entenda isso é uma piranha imbecil e mal-agradecida.

Desci ao porão e lá encontrei o meu criado, Timofey, dormindo no colchão sujo ao lado da minha prezada máquina de lavar roupa alemã. Suas mãos repousavam angelicais debaixo de sua grande cabeça. Ele roncava; o fio do ferro de passar Daewoo que ele ganhou de mim no Ano-novo estava bem enrolado em uma de suas pernas para impedir que outro empregado o roubasse. Pensei em jogar um sapato nele, mas achei melhor empurrá-lo cuidadosamente com o pé.

– Levanta, levanta, levanta – resmunguei. – Acorda, Timofey. Acorda!

– Por favor, me perdoa, *batyushka* – murmurou Timofey por instinto, saindo do sono profundo. – Timofey não passa de um pecador como todos os outros.

– Vá fazer umas tortas. – Inclinei-me sobre o corpo dele com dificuldade e isso o fez levantar os braços, assustado. Ele balbuciou sem entender nada. E tentei explicar: – Torta de carne, torta de repolho, torta de carne de veado. Não quero que você pare de fazer tortas, está ouvindo? Pouco importa o que tenha na geladeira, quero comer agora mesmo. Não me decepcione, Timofey.

– Sim, *batyushka*! – exclamou Timofey. – Tortas, tortas, tortas. – Ele se levantou do colchão e saiu correndo em círculos pelo porão cavernoso, acordando os empregados e comandando-os escada acima. A casa tremeu de comoção. Como de costume, emergiu uma crise e os empregados começaram a confidenciar suas frustrações entre si. Ievgenia, minha cozinheira gorda, batia em Anton, seu marido de casamento consensual, o qual por sua vez descontava na nova empregada, a bela Lara Ivanovna. Voltei para o meu quarto de análise e peguei o laptop. Timofey já tinha colocado na mesa uma lata de patê de salmão pela metade e um tubo de alcachofras. Enchi a boca com mãos trêmulas enquanto o e-mail de Rouenna era cuspido pela impressora.

Shteynfarb. Agora eu conseguia enxergá-lo: um homenzinho feio, de lábios ressecados, um moicano de cabelo preto esculpido pela alopecia adolescente, com bolsas escuras de lagarto sob os olhos; tudo no jeito dele era artificial, risadas idiotas e credulidade fácil. Ele deve ter emprenhado metade da sua classe de redação, a metade que não tinha sido derrubada de imediato. A maior conquista da vida de Rouenna era manter-se longe da gravidez em sua idade avançada de 25 anos. Era a única mulher da família que não tinha filhos, e suas tias e *abuelas* e primas gozavam disso de maneira impiedosa. E agora até isso estava em perigo. Assim que Shteynfarb fizesse um filho nela, viria o resto. Depois que uma garota ganhava barriga na 173, ela continuava grávida até a menopausa.

Reli a mensagem. Quem tinha escrito aquilo não era a minha Rouenna. A determinação desaparecera. O humor e a raiva. O amor que ela dava não apenas de forma incondicional, mas também com a reserva da mulher pobre. Rouenna alegava que Shteynfarb estava restaurando a "auto-estima" dela. Mas pela primeira vez desde que a tinha conhecido, ela se mostrava completamente servil e destruída.

Timofey trouxe a primeira torta fumegante de carne e repolho, e de repente o quarto ardeu com o calor e o alimento. Lambi os beiços, juntei os pés, fechei a mão direita e engoli a torta em três mordidas. Depois, voltei à mensagem, circulando algumas frases com uma caneta vermelha e escrevendo minhas respostas na margem:

O professor Shteynfarb tem uma vida dura por ser imigrante e por isso ele sabe o que é trabalho duro.

Mentira, Rouenna. Shteynfarb é um impostor de classe média alta que foi para os Estados Unidos quando criança e agora brinca de imigrante profissional. Talvez ele só esteja usando você como material de inspiração. Nós dois temos muito mais em comum. Você mesma disse isso, Rowie. A Rússia *é* um gueto. E só estou vivendo melhor aqui, só isso. Quem não viveria melhor no gueto se pudesse?

No fundo você sempre me olhou com ar superior.

Desde a primeira noite em que a conheci, quando você beijou a minha coisa com tanta ternura, não houve outra mulher em minha vida. Tenho muito orgulho de você pela sua força e porque não cede à pressão e tenta melhorar sua vida tornando-se secretária executiva. Mesmo em um dia ruim você vale mais do que dez mil Jerrys Shteynfarb, e ele sabe disso.

O professor Shteynfarb disse que é errado você jogar o sapato no seu empregado.

Por que você não pede ao professor "*Shitfarb*" para lhe explicar o conceito de "relativismo cultural"? Quando se vive nesse tipo de sociedade, de vez em quando a gente tem que jogar o sapato.

Se você quiser parar de pagar os meus estudos na hunter eu vou entender, mas terei que voltar a trabalhar no bar dos peitos.

É claro que não vou parar de pagar os seus estudos. Fui eu que fiz você parar de trabalhar no bar dos peitos, lembra? Tudo que é meu é seu, tudo, sem exceção, meu coração, minha alma, minha carteira, minha casa. (Resolvi terminar minha resposta com uma súplica ao personagem imaginário favorito de Rouenna.) Só lembre de uma coisa, Rouenna, seja lá o que fizer, isso é entre você e Deus. Então, se quiser me magoar, siga em frente. Mas sabendo que Ele vê tudo o que você faz.

Larguei minha caneta vermelha. Eu lembrava do aviso escrito à mão por uma das sobrinhas de Rouenna na porta do apartamento de sua família: PROIBIDO FUMAR PROIBIDO XINGAR PROIBIDO JOGAR DENTRO DESTA CASA JESUS TE AMA. Gostávamos de sentar no banco desconjuntado de um jardim cheio de mato atrás do conjunto habitacional de Rouenna, onde nos dedicávamos um pouco ao que ela chamava de "comer fora" enquanto lindas crianças morenas corriam ao redor tomadas pela felicidade do verão, gritando umas com as outras: "Quando eu sair, sua *puta*, vou quebrar a porra da sua cara, eu juro, *carajo*."

Eu pagaria o preço que fosse por mais uma noite de julho na esquina da 173 com a Vyse, por mais uma chance de beijar Rouenna e envolvê-la em meus grandes braços. *Sempre sonho com seus braços em torno de mim e seu* kui *estranho na minha boca*.

Meu laptop apitou para chamar atenção. Fiquei com medo de receber outras más notícias de Rouenna, mas era uma mensagem de Liuba Vainberg, a viúva do meu pai:

Caro Mikhail Borisovitch,

Aprendi a usar a internet porque soube que é a sua maneira preferida de comunicação. Estou solitária. Seria um prazer recebê-lo para um chá e um zakuski *amanhã. Por favor, diga-me se pode vir, e se puder, mandarei minha empregada comprar carne de manhã. Se recusar, não o culpo. Mas talvez você se comova com uma alma perdida.*

Respeitosamente,

Liuba

E foi assim que acabou acontecendo entre nós. Estávamos ambos solitários e perdidos.

11

Liuba Vainberg me convida para o chá

Liuba morava na rua do antigo Palácio do Senado, onde um maravilhoso aglomerado de palácios em cor pastel aloja-se à beira do rio Neva. O rio Neva é o mais cortês possível nesse lugar, fluindo com majestosa determinação e batendo na mureta de granito com mil línguas espumantes.

Por falar em língua, Liuba tinha preparado um dos seus mais celebrados sanduíches de língua de carneiro, saborosos e picantes, carregados na raiz-forte e mostarda temperada e guarnecido com uma porção de groselha em conserva. Ela preparou o sanduíche para mim no estilo americano, com duas fatias de pão, em vez de uma. Pedi rapidamente o segundo e logo o terceiro, para seu grande prazer.

– Ah, mas quem é que cuida da sua dieta em casa? – ela me perguntou de maneira equivocadamente polida, como se reconhecendo o fato de que eu tinha trinta anos.

– Hummm-hummm – resmunguei com aquela suave língua se dissolvendo na minha (*é como transar com um carneiro, pensei*). – Quem cozinha pra mim? Ora, Ievgenia, é claro. Lembra da minha cozinheira? Aquela redonda e rosada.

– Bem, agora quem cozinha pra mim sou eu – disse Liuba, orgulhosa. – E quando Boris estava vivo, eu sempre supervisionava a dieta dele. Existem outras coisas para se preocupar além do paladar, sabe. Você tem que pensar em sua saúde, Misha! A língua de carneiro, por exemplo, é conhecida por possuir minerais que proporcionam energia e virilidade. É muito saudável, principalmente se alterná-la com bacon canadense, que faz bem à pele. Minha empregada só compra o melhor na Ielisseiev. – Ela fez uma pausa e me olhou de cima a baixo, entretida com o diâmetro de minha barriga e com a minha conhecida capacidade de me tornar amigável sob pressão. – Talvez eu precise aparecer em sua casa pra cozinhar pra você – ela acrescentou. – E você também será sempre bem-vindo aqui pra comer comigo.

A morte transforma as pessoas. Claro que mudei um pouco depois da decapitação do Amado Papai, mas Liuba estava realmente irreconhecível. Não é segredo que de muitas formas papai a tratava como uma filha – muitas vezes ela o chamava de *papochka*, "paizinho", enquanto improvisava uma dança do ventre na mesa da cozinha ou tocava uma punheta supostamente discreta nele durante a soporífera apresentação de *Giselle* no Teatro Mariinsky (ela achava que eu cochilava na cena da colheita da uva, mas eu não tinha tanta sorte).

Mas depois que o nosso *papochka* faleceu, Liuba passou a cuidar da própria vida, e com muito aprumo. Até sua dicção havia melhorado. Não era mais o Novo Russo desleixado dos seus amigos idiotas, com uma fala provinciana arrastada, influenciada pela linguagem dos marginais e entremeada com estrangeirismos. Agora sua fala era mais reservada, nivelada e deprimida, como a dos nossos cidadãos mais cultos e sem dinheiro.

Eu também fiquei inspirado pela escolha do seu vestuário. O estilo Leather Liuba desaparecera; em lugar do couro, ela usava blusa e saia de brim presas por um grande cinto de plástico vermelho com uma enorme fivela tipo texana. Era muito Williamsburg, Brooklyn, contemporâneo.

– Deixa que eu limpo seu queixo – ela disse, esfregando o suco de grapefruit duplo com seus três longos dedos cheirando a mostarda.

– Obrigado – eu disse. – Nunca aprendi a comer direito. – O que é verdade.

– Sabe, comprei um edredom laranja da Stockmann – ela disse, virando-se para soltar a respiração. Farejei o frescor de uma boca jovem com um forte hálito de menta inglês e o odor sulfúrico da língua de carneiro por trás. Ela sorriu e suas duas bochechas se abriram como as bochechas da Europa Oriental, e invadiram o adorável território mongol, enquanto seu nariz fino distendeu-se até a inexistência. Apesar da corrente ininterrupta do ar-condicionado central, este que vos escreve sentia a face quente e uma certa transpiração nas axilas. A saia dela estava tão justa em seu corpo que, quando Liuba se virava, via-se o rego proeminente que se formava entre as bochechas de sua *zhopa*. Enquanto isso, a conversa a respeito do edredom laranja confortava e ao mesmo tempo intrigava.

– Quer ver? – ela perguntou. – Está no quarto. – E acrescentou rapidamente: – Minha preocupação é que não tenha ficado bom.

– Tenho certeza que ficou – eu disse, sentindo um inesperado choque de apreensão ética. Isso foi seguido pela imagem do cavanhaque autoritário de Jerry Shteynfarb aninhando-se entre as coxas ardentes de Rouenna. A apreensão ética evaporou. Segui Liuba.

Passamos pelos aposentos principais, uma espécie de galeria dedicada a um escandaloso mobiliário italiano, com tantas superfícies espelhadas e lustradas que pude captar a visão devastadora de minhas nádegas caídas e o halo do pequeno, embora crescente, ponto de minha calvície. A pintura a óleo feita por meu pai, retratando o sábio e grisalho Maimônides com o que parecia ser uma nota de dez rublos saindo do bolso, completava o recinto. Do lado de fora das janelas as clássicas e graciosas linhas do edifício Doze Colégios projetadas sobre o Neva forneciam um contraponto necessário.

– Estou jogando tudo fora – disse Liuba, apontando o conjunto de monstruosidades de mogno polido possivelmente intituladas Aurora Napolitana ou algo do gênero (a Brighton Beach de Nova York abriga *depósitos* cheios dessa merda, caso o intrépido leitor se interesse). – Se você tiver tempo – ela continuou –, podemos ir de carro até o IKEA em Moscou, para conseguir alguma coisa em tecido escocês.

– O que você está fazendo é muito saudável, Liubochka – eu disse. – Todo mundo devia tentar ser o mais ocidental possível. Aquela velha discussão entre ocidentalistas e eslavófilos... não é bem uma discussão, não acha?

– Se você diz. – Ela abriu a porta do quarto. A princípio, tive que desviar o olhar. Seu edredom era a coisa mais *laranja* que já vi desde a biblioteca da Accidental College, que provavelmente foi construída em 1974 pela Associação Americana de Produtores de Cítricos. Era... Não achei a palavra certa. Um sol inteiro explodia no quarto de Liuba, deixando o rastro de seu brilho para que ponderássemos.

– Você virou uma mulher moderna – falei, entrando no quarto com alguns movimentos difíceis.

– Sinta como é macio. – Liuba posicionou-se ao meu lado. – Parece o poliéster americano dos anos 1970, mas a textura é de algodão. Tenho que achar uma boa lavanderia a seco. Senão vai perder o laranja.

– Isso não pode acontecer – acrescentei. – Você realmente tem algo aqui. – Vi em cima da cômoda uma fotografia emoldurada do

Amado Papai mostrando um túmulo com a forma de um celular Nokia gigante no cemitério dos Novos Russos Judeus; seus olhos vivazes sorriam sacrilegamente.

— Espere, tem mais — ela anunciou. Correu até o banheiro e voltou com duas toalhas cor de laranja. — É disso que você e Svetlana falaram no Lar do Pescador Russo! — ela disse. — Como pode ver, ouço tudo o que você fala!

Olhei de soslaio para as toalhas e uma forte dor de cabeça começou em algum ponto da minha testa.

— Talvez você pudesse misturar o laranja com alguma outra cor ocidental — sugeri. — Limão, talvez.

Liuba mordeu o seu macio lábio inferior.

— Talvez — ela assentiu. Indecisa, olhou as toalhas em suas mãos. — É difícil entender essas coisas, Misha... Às vezes acho que sou uma idiota... Ah, escute *isso*! — Ela ligou um pequeno aparelho de som com um toquezinho de sua unha pintada. Logo reconheci "I'm Busting My Nut Tonight", uma maravilhosa balada urbana romântica de Humungous G. Ela riu e cantou acompanhando o emocionante refrão R&B, enquanto movimentava as mãos na frente do peito, numa triste simulação russa de um *jamming* lento. — *I'm baaaasting my nut tonight/Your pusseeeee feels so tight* — cantou com voz cansada, mas hospitaleira.

— Uhhhh, uhhhh — murmurei com o refrão. — Uhhhh, merda — completei.

— Sei que você e Aliosha adoram essa música — disse Liuba. — Deixo-a tocando sem parar. É muito melhor que techno e pop russo.

— Se o assunto é música popular — falei com a autoridade de um diplomado em estudos multiculturais –, você devia ouvir principalmente o hip-hop da Costa Leste e o techno do gueto de Detroit. Devemos rejeitar categoricamente a música européia. Inclusive o chamado house progressivo! Você me ouviu, Liuba?

— Categoricamente! — ela disse. E me olhou com seus olhos cinzentos suaves e vazios, as mãos pousadas sobre o seu colossal peito. — Mikhail. — Usou meu nome formal, o que, desde que passei a me entender por gente, geralmente significava que algum tipo de castigo estava por vir. Olhei-a, na expectativa. — Me ajude a me converter ao judaísmo — ela acrescentou. Deixou cair o edredom laranja, comprimiu as pernas franzinas contra a barriga e me deu aquele olhar inquisitivo típico dos jovens. Havia uma certa ternura, um calor em minha barriga, e percebi que a sensação começava a se espalhar para baixo. Olhei-a ao meu lado... a pequena Liuba e sua saia de brim superjusta, com aquelas duas bolas duras da sua *zhopa* se esfregando na parte externa da minha coxa branca. Tive que me concentrar na conversa. O que ela dizia? Judeus? Conversão? Eu tinha muito a dizer nessa questão.

– Virar judeu não é uma boa idéia – assegurei a ela, meu tom grave parecendo que ia virar um besouro de esterco. – Seja lá o que pense do judaísmo, Liuba, no fim não passa de um sistema codificado de ansiedades. É uma forma de controlar as pessoas que já são nervosas e más. Uma proposta derrotista para todos os envolvidos; judeus, seus amigos e, no fim, até seus inimigos.

Liuba não se convenceu.

– Você e seu pai são as duas únicas pessoas decentes em minha vida – ela disse. – E quero me ligar aos dois com algo substancial. Pense só como seria ótimo se rezássemos para o mesmo Deus – ela virou a cabeça loira desgrenhada na direção das axilas – e compartilhássemos uma vida.

Deixei de lado a segunda parte da frase por um tempo, já que todas as mentiras e evasões do mundo não apagariam a súplica queixosa e impossível de Liuba dos meus ouvidos cheios de cera. Tratei então de pelo menos acabar com as ilusões em relação à primeira parte.

– Liuba – eu disse com a minha voz mais velada (e mais detestável) –, você tem que entender que Deus não existe.

Ela virou para mim sua face rosada e sorriu gratuitamente, agraciando-me com a visão de 31 dentes encapados (um incisivo proeminente fora retirado no último verão, depois que ela subestimou a força de uma noz).

– É claro que Deus existe – ela replicou.

– Não, não existe – rebati. – Na verdade, a parte de nossa alma que reservamos a Deus é uma espécie de espaço negativo onde residem nossos piores sentimentos, nossa inveja, nossa raiva, nossas justificativas para a violência e o rancor. Se você está mesmo interessada no judaísmo, Liuba, devia ler com atenção o Antigo Testamento. Devia prestar uma atenção especial no personagem do Deus hebreu e no completo desrespeito que Ele tem por tudo que é democrático e multicultural. Acho que o Antigo Testamento confirma bastante o que digo, página por página.

Liuba riu da minha pequena tirada.

– Acho que você acredita em Deus do seu jeito – ela comentou. E acrescentou: – Você é um homem engraçado.

Ah, a petulância da juventude! A tranqüilidade do seu jeito de falar! Quem era ela, *Liuba*, a garota que meu pai resgatara de uma fazenda comunitária alguns anos antes, toda coberta de merda de porco e de feridas? A adolescente soturna que ele adotou como a filha que gostaria de ter tido no meu lugar – magra, leal e sem um torturante *khui* roxo para espancar. Sempre vi Liuba como uma versão contemporânea da Fenechka de *Pais e filhos,* de Turgueniev, a dona de casa camponesa, obtusa e limitada que cai nos braços de Kirsanov, o pequeno nobre gentil, a ser interpretado na versão cinematográfica pelo Amado Papai. Minha capacidade de interpretar mal as pessoas é realmente impressionante. Liuba não era Fenechka. Estava mais para uma Anna Karenina moderna, ou Natasha, aquela garota idiota do *A guerra e a outra coisa*.

– Ei – ela disse. – É minha parte preferida da música. Quando Humungous G... como é que se diz? Quando ele *cospe*?

– Quando Humungous G cospe as rimas – eu disse.

Liuba ficou de pé na cama, cantava, com as mãos fazendo movimentos urbanos frenéticos e os quadris rebolando como os das férteis estudantes universitárias:

Seexty-inch plasma screen
Bitch, you never seen
Such mad expensive shit
Poot my fingers on your clit
Uh, sex in the Lex
Check my dzhenuine Rolex
Vaiping cum off your tits
I'm busting phat beats
Right past yo'shoulder
It's over
Now go coook for my kids.

– Muito bom – falei. – Seu inglês está melhorando.

– E outra coisa ótima do judaísmo é que ele é antigo. Boris me disse que pelo calendário judeu estamos no ano 5760!

– Isso não vai parar, não é? – comentei. – Mas o que é o passado, Liuba? O passado é sombrio e distante, enquanto o futuro só pode ser suposto. O presente! Isso é algo em que se pode acreditar. Se você quer saber, Liuba, só o momento presente é sagrado.

As palavras têm conseqüências, pois nessa hora Liuba saltou da cama, desabotoou o cinto texano e, num momento olímpico, arrancou a roupa de brim, revelando sua *pizda* crespa e castanha, a barriga dura e seu rosto longo, pálido e oval – por um instante manteve-se parada, nua, à minha frente.

Fitava furtivamente uma parte qualquer de mim, meu abdômen, digamos, com as mãos na cintura. Depois de um tempo baixou o olhar ainda mais, até que ele caísse nos seus próprios seios, duas pequenas bolsas brancas que jaziam pacíficas sobre suas costelas bronzeadas.

Segurou um seio, apertou e em seguida fez o mesmo com o outro.

– Bem, é assim que é. – Ela deu de ombros. – Estou morrendo de tesão por você.

Fiquei parado ali, a meio metro daquela jovem russa, tentando pensar em quem eu era exatamente e se a simpatia podia se disfarçar em excitação ou o contrário. Não faltava razão para ambas as coisas. Liuba tinha o corpo esguio e atlético (principalmente para alguém que não fazia nada o dia todo), só maculado pela existência de uma pele reluzente e dura que ia de uma costela até o órgão genital, onde um parente seu tinha tacado fogo quando ela tinha doze anos. O Amado Papai sempre proclamou que aquela era a parte do corpo que ele beijava com mais delicadeza, mas era difícil dissipar essa simples imagem – os lábios de peixe do meu pai tocando a cicatriz de Liuba, sua cotidiana raiva temperada pela compaixão – da minha imaginação já prejudicada.

As coisas estavam se desenrolando de um jeito que fazia com que eu me sentisse periférico. Liuba deitou-se outra vez na cama, com as pernas balançando no ar, sua *pizda* era uma penugem castanha aconchegante cravada no meio das pernas.

– Tenho que me preparar – ela disse. Então pegou um tubo de plástico e espremeu alguma coisa nos dedos com um ruído desagradável. Depois enfiou os dedos dentro dela. – Assim fica mais fácil pra mim – explicou.

Seria falta de educação se eu ficasse simplesmente sentado, olhando. Comecei a tirar minha cueca, a fim de exibir para Liuba o meu meio-*khui* roxo, meu iguana espancado. Neste país é uma grande ofensa não fazer amor com uma mulher nua, mesmo que seja da família. Fui então compelido a agir como homem, mas na realidade já fazia tempo que eu tinha atravessado o teto e flutuado sobre os telhados ocres de Leninsburgo, a superfície dourada do Almirantado e o amplo azul-escuro do golfo da Finlândia, onde eu achava que a essência da minha falecida mãe pairava num limbo feliz e culto acima da topiaria de um dos palácios de verão dos czares (embora, como já disse, nenhuma parte de nossa personalidade sobreviva após a morte).

Enquanto isso, com um movimento repentino, o meu volúvel genital se avolumava posicionando-se para o amor, uma prova de que não é preciso estar presente para consumar o ato sexual. Notei que Liuba tinha posto "Busting My Nut Tonight" no modo *repeat* e que a mensagem urbana de Humungous G me ajudava a me concentrar na tarefa à frente. *Esporrar quando?* Ora, hoje à noite, é claro. Engatinhei no edredom laranja na direção de Liuba, levando-lhe o meu *khui*.

– Meu *khui* – anunciei com tristeza.

– Claro, seu *khuichik* – ela disse enquanto inclinava a cabeça para ter uma visão melhor.

– Agora já pode ser tocado – sussurrei e deixei o meu *khui* maligno ser puxado pela mão fria de Liuba. Virei-o para o lado de modo que ela pudesse ver a grande cicatriz na parte de baixo, a massa de pele presa em ângulos improvisados como os fragmentos do para-choque de um carro após uma colisão de frente.

– Ai, o que houve? – perguntou Liuba.

Respirei fundo e contei a minha história com uma única e longa frase, divagando apenas na explicação da palavra "*mitzva*móvel".

Ela pôs a coisa roxa na boca para me calar. Não importa quantas vezes aconteça, sempre me surpreendo quando vejo a boca molhada de uma mulher segurar com firmeza o meu *khui*.

– Humm – ela murmurou.

– O quê? – falei.

Ela tirou o *khui* da boca.

– Tem um gosto bom – disse. – Você é bem limpo.

– Bem, não estou preocupado com o gosto – comentei.

– Deite em cima de mim – ela disse.

Obedeci. Seu corpo estava frio debaixo do meu e nem mesmo o interior da *pizda* atingia a temperatura ambiente, provavelmente porque Liuba tinha se lubrificado demais com alguma espécie gelada de gel. Eu deslizava para fora e me irritava, mas usava a irritação para penetrá-la com toda força. Do meu ponto de observação na tradicional posição papai-e-mamãe, eu mal podia identificar o contorno dos pequenos seios eslavos de Liuba. Seus olhos estavam fechados e parecia que ela mexia os quadris da esquerda para a direita ao som da batida de Humungous, que não era o ritmo que eu tinha em mente.

– Ou a gente dança ou a gente fode – reclamei.

Ou dançar ou foder. Isso era puro Amado Papai. Eu até que tinha aquele imbecil sotaque de gângster de Odessa que ele usava quando achava que estava sendo delicado.

– Desculpe – ela disse, passando a mexer os quadris de um jeito mais confortável, de cima para baixo, e agarrou os seios para ressaltá-los. Obediente, mergulhei em seus mamilos eretos com meus grandes dentes americanos e depois ergui a cabeça para olhá-la. Ela tremia ao ritmo de nosso esforço silencioso (é impossível suportar meu peso) e seus olhos úmidos miravam o teto. Apertou a minha bunda, talvez para me encorajar. Era como se quisesse dizer alguma coisa. Para que eu tivesse compaixão por ela. Mas é difícil saber o que dizer quando o seu *khui* está bem no fundo da jovem esposa do seu pai.

Então, em vez disso, tentei ser gentil. Olhei a pele do seu nariz, onde certa vez vagou um bando de sardas alaranjadas de adolescente. A cirurgia de remoção não fora perfeita, de modo que eu podia ver a imagem conservada dos pontos alaranjados queimados por baixo da membrana superficial da pele. Beijei as manchas, o último legado de sua infância, e flagrei um sorriso forçado de Liuba. Com cuidado, toquei a pele enrijecida queimada pelo seu parente. Tinha uma consistência de celofane quente, era assustador.

– Ai – ela resmungou. – Faz cócegas. Vai demorar pra acabar?

– Desculpe – sussurrei. Eu suava em cima dela. O quarto empestado e tropical impregnava-se com o odor de um corpo masculino doente que repentinamente entrava em ação.

– Está tudo bem – ela disse. – É esse lubrificante...

– Não, é culpa minha – falei. – Estou tomando muitos remédios, então fica difícil... Oh! Ah, espera, Liubochka! Ufa!

E acabou. Desengatei de Liuba e olhei o meu pau molhado. Faltava um dos testículos. Aparentemente, subira para o meu abdômen.

– Porra, Liuba – eu disse. – Falta um ovo aqui. Porra, porra, porra.

– Não ficou satisfeito comigo – ela disse.

Cutuquei um pouco o saco, temendo que a inexistência de Deus estivesse se vingando freudianamente de mim. O testículo desceu. Minhas mãos tremiam. Humungous G ainda cantava "I'm Busting My Nut Tonight". Nunca na vida achei o hip-hop tão detestável. E ainda havia algo a mais a ser considerado. Liuba. O ato sexual. A impiedosa natureza.

– Que merda – falei. – Não usei *prezervatiff.*

– É segunda-feira – disse Liuba. – Nunca engravido nas segundas.

Ela construiu um refúgio nas franjas do edredom e afundou a brancura do corpo na sua fortaleza alaranjada com muitos suspiros pós-coito, preparando-se para um bom cochilo da tarde. O que ela disse? Nada de gravidez nas segundas. Maravilha. Mas por que Humungous G continuava tagarelando? Fui até o aparelho de som e bati nele com minha mão grande e fofa, mas o filho-da-puta do urbanóide gordo não calou a boca.

– Não ficou satisfeito comigo – repetiu Liuba, desligando o som com o controle remoto. – Boris costumava fazer um som especial. Como se estivesse feliz.

– Fiquei, foi muito bom – retruquei. Tentei pensar de uma perspectiva orientada para as metas, exatamente como ensinam na Accidental College. – Gozei dentro de você.

Olhei a foto do meu pai que exibia alegremente o túmulo parecendo um celular da Nokia, três dentes de ouro da era soviética cintilando ao sol, um cacho de cabelo preto caindo em sua testa feito um ponto de interrogação invertido. Senti que perdia o escasso controle da minha consciência e me enfiei na cama. Liuba bocejou alto e exalou outra vez o odor da língua de carneiro, o que logo me fez lembrar de cada russo que já tinha conhecido – meus falecidos avós que me levavam para passear no carrinho de bebê à beira do rio Neva, e até mesmo Timofey, meu fiel criado, que naquela hora me esperava com o Land Rover no mesmo lugar onde eu costumava passear no carrinho de bebê. Todos já haviam saboreado uma língua de carneiro pelo menos uma vez na vida. Que loucura!

– Vamos dormir um pouco – ela disse. – Nossa cama é muito confortável. É como estar no Marriott de Moscou.

Nossa cama era realmente muito confortável. A *zhopa* de Liuba se esfregava em mim por trás, do jeito que Rouenna se esfregava em mim quando eu não conseguia dormir em noites de ansiedade. Achei que

Liuba queria que eu abraçasse seu corpinho. Seus cabelos tinham um ranço artificial, como nunca vi. Imaginei-a uma mulher nos seus trinta anos de cabelos tingidos com a popular tonalidade de água-marinha e com a mesma postura inclinada de muitas de nossas *babushkas* prematuras. Será que ela estaria viva até lá?

— Tomara que a gente faça muito amor junto, paizinho — ela sussurrou.

Tentei dormir, mas não havia nada com que sonhar, exceto as bobagens típicas do Leste Europeu de um homem que navega pelo mundo numa garrafa de Fanta inflável em busca da felicidade. Um pensamento, porém, persistia e não se dissiparia:

Isso não foi muito inteligente, Misha.

Fechavam-se as cortinas da minha consciência, cinzentas e cravejadas de dourado como o fim de um dia de verão em nossa vagabunda Veneza do Norte.

Não muito inteligente, seu arremedo de Édipo papa-madrasta.

12

Tudo tem limite

Duas horas depois, do lado de fora do quarto, os empregados de Liuba dormiam, como a patroa deles. Suas orelhas comprimidas contra a porta; até no estupor noturno eles tentavam ouvir o som de nossa cama que rangia.

– Salafrários – rosnei para aquela confusão de corpos de olhos remelentos. – Gostam de ouvir a patroa de vocês fodendo, não é? Que o diabo os carregue! Bem, já chega! Tudo tem limite, vocês sabem disso!

Lá na rua, Timofey e Mamudov, meu motorista, sentados no capô do Land Rover, bebiam vodca, abraçados como os bêbados, ouvindo o jogo do Spartak contra o Zenit a todo volume nos alto-falantes.

– Alô, senhores! – gritei para eles em inglês. – Querem ouvir uma coisa? Vou dizer! Tudo tem limite!

E saí pela rua como um travesti ensandecido sacudindo as mãos e os quadris. Passei pelo Cavaleiro de Bronze, a estátua de Pedro, o Grande, o imbecil de cabelos cacheados, em cima de uma pedra íngreme, que galopou para o norte e abandonou a cidade arruinada que ele encontrou na costa distante da Finlândia, deixando para nós, os que não têm um passaporte da União Européia, só o rabo de sua égua gorducha de bronze.

– Tudo tem limite! – gritei para um grupo de convidados de um casamento que posavam embaixo de Pedro, magricelas de 21 anos que não faziam idéia do terror vazio que servia o resto de suas existências.

– Urra, gringo! – berraram para mim completamente embriagados, erguendo garrafas de vodca.

Uma das avós do grupo tomava conta do carro dos recém-casados, um microssedã Lada amassado coberto de fitas azuis e brancas.

– Também acho isso – ela disse euforicamente através dos seus dois dentes. – Tudo tem limite. Mas a cada ano vejo que estou errada!

– Alegre-se, *babushka*! – gritei. – Em breve as coisas vão mudar. Haverá limites! Para tudo!

– Sim, limites ou campos de concentração – disse a avó. – Seja como for, estou feliz.

A essa altura Timofey e Mamudov me seguiam com o Land Rover. Timofey se debruçava pela janela e gritava:

– Volte, patrãozinho! Tudo vai ficar bem! Vamos à clínica americana. Dr. Iegorov, o seu favorito, tem horários disponíveis hoje. Acabou de chegar uma nova remessa de Celexa.

Virei-me com uma das mãos na cintura e um punho gigantesco no ar.

– Será que você não entende, caro Timofey, que tudo tem limite? – gritei. – Que não sou só um animal ocidentalizado aculturado que se pode chutar na cara?

– Entendo sim! – berrou Timofey. – Entendo sim! O que mais o senhor quer?

Eu, no entanto, queria mais. Ora, eu sempre quis mais. Segui pela rua com minhas coxas gordas batendo uma na outra, até que cheguei à confeitaria verde do Palácio de Inverno. Um de seus prédios menores ostentava o cartaz AS NOITES BRANCAS DO ANO TRAZIDAS ATÉ VOCÊ PELA DAEWOO. Parei e senti o cheiro de gasolina barata e alcatrão queimado, o ar pesado de uma metrópole de Terceiro Mundo situada equivocadamente a cinco mil quilômetros ao norte, mas sem o rico aroma de bode assado e bolos de mel.

Não conseguíamos reproduzir direito nem mesmo o fedor evocativo da pobreza.

Virando-me para a Ponte Levadiça, contei três postes de ferro, até que cheguei à pista de asfalto onde meu pai foi executado. Não havia nada lá. Só um fluxo de velhos Ladas trafegando com um solitário Land Rover por último.

– *Batyushka*, volte! – Eu ouvia o grito de Timofey ao longe. – Não há motivo para pânico! Tem Ativan aqui no carro. Ativan!

Sentei ao lado do terceiro poste. O horizonte da cidade me sufocava; as fortalezas, os domos e as espirais eram feitos para pessoas menores do que eu ou para maiores. Mas me entenda: eu estava em busca de algo no meio disso. Em busca de uma vida normal.

– Tudo tem limite – anunciei para o aglomerado de Ladas que passavam com seus abatidos ocupantes. – Tudo tem limite – sussurrei para um adolescente que se contorcia num furgão polonês que servia de ambulância municipal; a sirene enguiçada soando o alarme errado, era mais um canto fúnebre que um alerta.

Timofey saiu do Land Rover e correu na minha direção com dois vidros de remédio em cada mão. Peguei meu *mobilnik* e liguei para Aliosha-Bob. Era noite de segunda-feira e eu sabia que ouviria a cacofonia do Club 69 do outro lado da linha.

– *Yo!* – Aliosha gritou no meio da barulheira.

O Club 69 é uma boate gay, mas todos que podem bancar os três dólares de consumação – em outras palavras, o rico um por cento de nossa cidade – aparecem por lá em algum momento da semana. Deixando o homossexualismo de lado, este lugar é sem dúvida o mais normal da Rússia, sem valentões de baixo nível com casacos de couro, sem skinheads de coturnos, só gays amigáveis e as donas de casa ricas que os adoram. Isso me lembra daquela conhecida expressão que os americanos expatriados diziam a respeito de *bagels* e *cream cheese:* sociedade civilizada.

Aliosha-Bob e sua Svetlana estavam sentados debaixo de uma estátua de Adônis, vendo um capitão de submarino tentando vender sua jovem tripulação para um grupo de turistas gays alemães. Sem graça, os garotos de dezessete anos procuravam esconder a nudez, enquanto o capitão, bêbado, gritava para que eles largassem suas preciosas mercadorias e "as sacudissem como um cachorro molhado". Acho que a sociedade civilizada também tem seus limites.

– Tenho que sair da Rússia – eu disse para Aliosha-Bob. – Tudo tem limite.

– É, tá certo – ele assentiu. – Mas por que exatamente agora?

Vislumbrei meu futuro com Liuba. Escolhendo móveis escoceses no IKEA de Moscou. Sendo chamado de paizinho enquanto trepava com ela. O jantar sob a grande pintura a óleo de Maimônides; a refeição ao lado do olhar inquisitivo em preto-e-branco de papai. Futuramente dois filhos ricos e infelizes: um garoto de cinco anos com roupa de gângster Dolce & Gabbana, e sua irmã caçula perdida entre acessórios de couro de crocodilo. À nossa volta empregados aos risinhos, infra-estrutura falida, avós lamurientas... Rússia, Rússia, Rússia...

Mas como explicar tudo isso para Aliosha-Bob? São Leninsburgo era o seu playground. Seu sonho de bêbado realizado.

– Você quer fugir porque comeu a Liuba hoje? – perguntou Svetlana.

– Isso é verdade? – Aliosha-Bob quis saber. – Você trepou com a esposa de Boris Vainberg?

– Vê em que tipo de cidade nós vivemos? – comentei. – Trepei com ela três horas atrás. Nunca deveríamos dar *mobilniks* para nossos empregados. Deve ser a fofoca do dia na internet de hoje.

– Concordo com você, Misha – disse Svetlana. – Você *devia* partir. Vivo dizendo pra esse idiota – apontou para Aliosha-Bob – que também temos que sair daqui. Na Universidade de Boston tem um mestrado de relações públicas de um ano. Eles têm um laboratório de estudos onde você pode trabalhar como contador para sociedades sem fins lucrativos da região. Eu poderia trabalhar para o Balé de Boston! Seria culta, inteligente e ganharia um salário respeitável. Mostraria aos americanos que nem toda mulher russa é prostituta.

– Ouviu isso? – disse Aliosha-Bob. – O Balé de Boston. E o que há de errado com o nosso Kirov? Foi bom o bastante para Barishnikov, não foi?

– Você quer é passar a vida toda aqui, Aliosha – rebateu Sveta –, porque na América é um joão-ninguém.

– Shh! Olhe quem está aqui – disse Aliosha-Bob. – O assassino.

O capitão Beluga limpava sua cara grisalha com a manga da camisa Armani verde e caminhava na direção de nossa mesa. Parecia mais velho do que estava no enterro de papai, suas orelhas caíam como folhas de repolho.

– *Alô*, irmãos – ele disse enquanto desabava no banco. – Sveta. Como vai, gracinha? *E aí*, pelo que vejo, nós todos somos aficionados no Club 69. E qual é o problema? É um bom negócio ser bicha. Às vezes gosto de um garotinho ao meu lado. Eles têm menos pêlo que minha esposa. São mais femininos também. Ei, Serioja. – Acenou para um querubim jovem de tanga de couro que servia vodca de um balde. – Bote aqui, meu bom rapaz.

– Bem, meu Aliosha não é pederasta – disse Svetlana. – Só vem ao Club 69 pela atmosfera. E pra fazer contatos.

– Oi, Serioja – falei para o garoto amigável. – Como vai a vida, meu chuchu?

— Serioja, o número um, o verdadeiro amor para sempre, sou todo seu — disse Serioja em inglês enquanto me lançava um beijo profissional.

— Serioja vai pra Tailândia com um sueco rico — anunciou o capitão Beluga ao mesmo tempo que Serioja sorria com a timidez de um mico albino. Abriu a vodca e nos serviu, cem miligramas para cada um. — É melhor tomar cuidado com as baratas de lá — disse Beluga. — Elas são deste tamanho... — Ele abriu os braços e nos agraciou com suas axilas suadas.

— Cirrus, Europay, ATM, caixas eletrônicos... Superdólar, por que você está sozinho? — disse Serioja. Ele saracoteou a bunda em nossa direção e se foi.

— Bom rapaz — afirmou Beluga. — Podíamos pegá-lo à força. Eles são tão limpos aqui. Higiene. Moralidade começa com higiene. Olhe os alemães.

Olhamos para um bando de turistas alemães de meia-idade que jogavam cédulas de marcos para nossos conterrâneos adolescentes, trazendo-nos ondas de uma civilização avançada. Ouvimos uma grande ovação vinda lá de baixo. O show estava para começar — canções pioneiras de nossa juventude urradas por drag queens musculosas com insígnias soviéticas. Achei isso extremamente nostálgico.

— Gostaria de poder sair deste país estúpido como o Serioja — eu disse.

— E por que não pode? — inquiriu Beluga.

— Os americanos não me dão o visto, alegando que papai matou um cara de Oklahoma. E a União Européia não deixa nenhum Vainberg entrar.

— Ach — resmungou Beluga. — Por que se mudar para o Ocidente, meu rapaz? As coisas vão melhorar para o nosso povo, espere só. Mais cinqüenta anos, prevejo, a vida aqui vai ficar melhor ainda que na Iugoslávia. Sabe, Misha, viajei pela Europa. As ruas são mais limpas, mas falta a *alma* russa. Você me entende? Você não pode simplesmente sentar ao lado de um cara em Copenhague e olhá-lo nos olhos enquanto toma um trago e depois... *puf!*... os dois são irmãos para sempre.

— Por favor... — falei. — Eu quero... eu quero...

— Ora, é claro que você *quer* — disse o capitão. — Que tipo de jovem seria se não *quisesse*? Compreendo você implicitamente. Nós, velhos, também já fomos jovens, não se esqueça!

— Sim — acompanhei a lógica dele. — Sou jovem. Por isso eu quero.

— Então, deixe-me ajudá-lo, Misha. Veja só, venho da República do Absurdsvanï, terra do petróleo e das uvas. Absurdistão, como gostamos de chamar. Sou russo de sangue, mas também conheço a maneira de ser do infame povo svanï, aqueles canalhas fortes do Sul, aqueles Cretinos do Cáucaso. Bem, um dos meus amigos de lá é consultor na embaixada belga. Um europeu de muito estudo e várias propriedades. E me pergunto se ele poderia conseguir sua cidadania no reino belga por uma pequena quantia...

— Isso parece uma boa idéia — disse Aliosha-Bob. — E aí, Misha? Se você conseguir um visto belga, poderá viajar pelo continente todo.

— Talvez Rouenna viesse morar comigo — eu disse. — Talvez eu possa tirá-la de Jerry Shteynfarb. A Bélgica tem muito chocolate e batata frita, não é?

— Podemos pegar um vôo para o Absurdistão semana que vem — disse Aliosha-Bob. — Tenho uma filial da ExcessHollywood lá. Tem um vôo Aeroflot sem escala na segunda.

— *Não* vou voar pela Aeroflot — falei para o meu amigo. — Não quero morrer agora. Vamos pegar a Austrian Airlines via Viena. Fica tudo por minha conta.

Imaginei-me sentado num animado café belga enquanto assistia a uma mulher multicultural de tanga comendo salsichão. Essas coisas acontecem em Bruxelas? Lá em Nova York acontece o tempo todo.

— E então, Beluga — disse Aliosha-Bob ao capitão. — Quanto é que vai custar o passaporte belga de Misha?

— Quanto vai custar? Nada, nada. — O capitão Beluga fez um aceno. — Bem, quase nada. Cem mil dólares para o meu amigo belga, e cem mil para mim como pagamento pela apresentação.

— Meu criado tem que ir comigo — falei. — Preciso de um visto belga de trabalho para o meu Timofey.

— Vai levar seu criado? — disse Aliosha-Bob. — Você é mesmo um tremendo ocidental, conde Vainberg.

— Vá pro *khui* — retruquei. — Queria ver se você lava suas próprias meias, como lavei as minhas em Nova York com minha namorada proletária.

— Rapazes — interferiu o capitão Beluga. — O visto de trabalho é muito simples. Outros vinte mil para mim e vinte mil para o monsieur

Lefèvre da embaixada belga. Você ficará amigo de Jean-Michel com muita rapidez. Ele gosta de passear com os nativos em seu Peugeot.
– O dinheiro do Oleg, o Alce, já foi transferido pra conta internacional do Misha? – perguntou Aliosha-Bob.

– Misha tem cerca de 35 milhões de dólares no Chipre – respondeu Beluga, olhando por cima de suas unhas amarelecidas; obviamente, não muito impressionado com o restante da fortuna acumulada pelo Amado Papai, um longo rastro de fábricas falidas, de concessões de gás natural apropriadas indevidamente, da tão falada VainBergAir (uma empresa aérea sem aviões, mas com muitas aeromoças), e, é claro, do infame cemitério para os Novos Judeus Russos.

Aos meus ouvidos também não soava como muito dinheiro, para ser franco. É só fazer os cálculos. Eu tinha trinta anos e a expectativa oficial de vida do homem russo é de 56 anos, portanto a probabilidade era de que eu tivesse uns 26 anos mais de vida. Trinta e cinco milhões divididos por 26 dá aproximadamente um milhão e trezentos e cinqüenta mil dólares por ano. Não era muito em termos europeus, mas dava para sobreviver. Diabos, na minha juventude em Nova York eu só dispunha de uns insignificantes 200 mil dólares por ano, mas não tinha um empregado para manter e muitas vezes me privava de certos prazeres (nunca tive um balão para voar ou um bangalô em Long Island).

Mas quem se importa com minha pobreza! Pela primeira vez em uma eternidade uma corrente de puro prazer percorreu o meu fígado avariado e subiu até os meus pulmões inchados. Liberdade à vista.

Lembrei das minhas escapadas de infância para Leningrado, a viagem de verão anual de trem até a Criméia. Lembranças preciosas do pequeno Misha debruçando na janela do vagão, o solo russo passando pelos trilhos do trem, um tremor ocasional fustigando o rosto curioso de Misha. Eu sempre sabia que o verão se aproximava quando mamãe vinha com meu chapéu-panamá amarrotado e cantarolava uma melodia improvisada para mim:

Misha, o Urso
Está saindo do covil
Do desespero do inverno
O bastante ele já viu

Sim, já tive bastante disso, *mamochka*! Sorri e solucei com um trago. Havia alguma coisa de estranhamente encantadora na perspectiva de ainda estar vivo, sabendo que na semana seguinte eu acompanharia o corcel de bronze de Pedro, o Grande. Realizaria cada sonho de todo jovem russo instruído. Atravessaria *o cordão*.

– Você tem que fazer o seguinte – disse o capitão Beluga. – Assim que chegar no Absurdistão, vá até o Park Hyatt Svanï City e fale com Larry Zartarian, o gerente. Ele vai tomar todas as providências necessárias. Você será belga num piscar de olhos.

– Bélgica – disse Sveta pensativamente. – Você é um cara de muita sorte.

– Você é uma grande prostituta cosmopolita – rebateu Aliosha-Bob –, mas eu te amo.

– Você é um traidor da pátria, mas o que fazer? – acrescentou o capitão Beluga.

Refleti sobre essas palavras e fiz um brinde a mim mesmo.

– Sim, o que fazer? – eu disse. – Tudo tem limite.

Os copos tilintaram. Meu futuro estava traçado. Bebi a vodca e me senti elevado. É claro, depois que tudo passou, agora eu posso lhe dizer: eu estava errado a respeito de tudo. Família, amizade, sexo, o futuro, o passado e até o presente, meu esteio... errei até a respeito disso.

13

Misha, o Urso, levanta vôo

Reuni os empregados de minha casa e comuniquei-lhes que estavam dispensados dos meus serviços. Na mesma hora começaram a chorar nos seus aventais, puxando os cabelos.
— Não têm alguma província pra onde ir? — indaguei. — Já não se cansaram da vida na cidade grande? Sejam livres! — O problema, como ficou evidente, é que eles estavam sem dinheiro e tinham sido esquecidos pelos parentes provincianos; em pouco tempo estariam desabrigados e famintos, e depois enfrentariam o terrível inverno russo. Por isso, dei cinco mil dólares a cada um e todos se atiraram no meu pescoço e choraram.

Emocionado com minha própria generosidade, chamei Svetlana e o artista Valentin, que ainda acampavam na minha biblioteca com Naomi e Ruth.
— Estou começando um projeto de caridade chamado Crianças de Misha — eu disse. — Investi dois milhões de dólares para ajudar as crianças da minha cidade natal.

Eles me olharam de rabo de olho.
— São Petersburgo — esclareci.

Continuaram sem nenhuma reação.
— Sveta — eu disse —, você mencionou que gostaria de trabalhar para uma organização sem fins lucrativos. É sua chance. Será a diretora-executiva. Providencie a vinda de vinte assistentes sociais progressistas de Park Slope, Brooklyn, e faça-os trabalhar com as nossas crianças mais irrecuperáveis. Valentin, você será o diretor artístico, ensinará aos jovens a se redimirem com o web design e também fará um trabalho social clínico. O salário de vocês será de 80 mil dólares por ano (para que o leitor tenha uma noção a respeito, a média do salário anual em Petersburgo é de 1.800 dólares).

Sveta pediu para falar comigo em particular.

— Fico muito honrada — ela disse —, mas acho que é idiotice confiar uma responsabilidade dessas ao Valentin. Sei que trabalha para o Aliosha e está montando um website para ele, mas afora isso é um homem muito supérfluo, não acha?

— Nós todos somos muito supérfluos — retruquei, parafraseando Turgueniev. Apertei a mão dela, beijei três vezes o rosto choroso de Valentin, disse adeus às suas prostitutas e em seguida chamei o meu motorista pela última vez. Era manhã de segunda-feira, a população de Petersburgo ainda cuidava da ressaca coletiva e a cidade se mostrava especialmente bonita sem o elemento humano. Os palácios da Nevsky Prospekt se espanavam e arqueavam seus dosséis lascados em minha direção, como se querendo me dar um adeus adequado; os canais fluíam romanticamente e tentavam ultrapassar uns aos outros; a lua baixava e o sol se erguia, evidenciando a configuração noturna e diurna da Terra, mas nada disso podia me comover. "Em frente, nenhum passo atrás", disse comigo mesmo lavando as mãos quanto à criação de Pedro, o Grande. Estacionamos naquele aeroporto ridículo, uma fortaleza monstruosa de cor bege onde os turistas ocidentais sofrem com maneiras diferentes de abuso, um pequeno reduto cagado e mais apropriado para Montgomery, no Alabama, que para uma cidade de cinco milhões de almas. Na alfândega ocorreu um triste incidente, quando Slava, o filho de Timofey, chorou no pescoço do pai.

— Vou escrever pra você, filho — disse o meu criado enquanto acariciava a cabeça careca do jovem. — Encontro você em Bruxelas e seremos felizes juntos. Leve o meu ferro de passar Daewoo.

— Não preciso de nenhuma Bruxelas — replicou Slava cuspindo na própria mão. Pelo tom que pronunciou o nome da capital belga, estava claro que nunca tinha ouvido falar dessa cidade. — Só preciso do meu pai.

Eu me identificava com ele — eu também precisava do meu pai.

O avião da Austrian Airlines abriu timidamente as portas. Geograficamente Petersburgo encontra-se a um vôo de apenas quarenta minutos da cidade ultramoderna de Helsinque, na Finlândia, o baluarte do Norte da União Européia. Embarcamos e, depois que o avião oscilou pela pista e levantou vôo, baixamos o olhar na direção das estranhas silhuetas de fábricas desativadas que se acocoravam lá embaixo. Cogitei elaborar uma despedida adequada para a nação que cuidara de mim com leite azedo e seios frígidos, e que por tanto tempo me acalentara com seus braços duros e sardentos. Mas a Rússia já tinha ficado para trás antes que nos déssemos conta.

Eu e Aliosha-Bob desfrutávamos a primeira classe, e Tymofey, a classe econômica. Ainda era de manhã e nos limitávamos a um Irish coffee e um lanche ligeiro com salmão escocês e crepes. Apertando o estômago com as duas mãos, eu deslizava a minha corcunda tóxica pelo grande assento e suspirava de prazer. Não acredito que alguém já tenha se animado tanto pelo fato de voar sobre a Polônia num Airbus. Com uma faca de manteiga eu desafiei Aliosha-Bob para um duelo de brincadeira; ficamos batendo talheres por algum tempo, meu amigo visivelmente feliz com a minha alegria, mas acho que os outros passageiros da primeira classe não estavam satisfeitos com nossa exuberância. Já naquela hora do dia alguns executivos de multinacionais digitavam em laptops com uma das mãos, passando Nutella nos crepes com a outra, enquanto murmuravam para os companheiros ao lado que seria melhor fragmentar a diminuta indústria russa e trocar favores com algum fundo mútuo americano.

Então vi o *hassid*.

Contenha-se, disse comigo mesmo, sabendo que no fim não seria possível segurar minha língua. Ele tinha trinta e poucos anos de idade, barba crespa e muitas espinhas, como todos os *hassidim*, e seus olhos eram vermelhos e redondos como moedas. Não usava o chapéu tradicional, apenas um chapéu de feltro elegante debaixo do qual despontava um solidéu em forma de lua crescente. Fiquei em dúvida se ele realmente podia pagar por uma passagem de primeira classe, esse cidadão da Eterna *Shtetl*. Mas talvez houvesse algum tipo de mutreta. Com essa gente, nunca se sabe.

Uma aeromoça curvava-se diante do *hassid*, tentando convencê-lo a aceitar um prato *kosher* de fígado de galinha grelhado preparado especialmente para ele. O *hassid* não parava de piscar os olhos com a visão dos peitos da jovem aeromoça austríaca, mas quanto ao fígado, não dava o braço a torcer.

– *Brecisa* ser legítima – ele disse de um jeito severo e fanhoso. – Há *buintos* tipos de *gosher*.

– Fique tranquilo, senhor, é *kosher* – insistiu a aeromoça. – Muitos judeus comem. Sempre os vejo comer.

– *Breciso* de *brovas* – gemeu o *hassid*. – Onde está a *brova*? E a confirmação? Tem que ter a *subervisão* de um rabino. Se mostrar a *brova*, eu como. – A aeromoça acabou se retirando e, quando se foi, o cretino hassídico tirou de uma bolsa preta de veludo uma lata de atum, um pouco de maionese e uma fatia de matzá. Lambendo os beiços gordos, ele curvou os ombros e com algum esforço abriu a tampa da lata de atum. Depois, como um Baruch perdido numa interminável prece, o *hassid* concentrou-se em misturar a maionese e o atum, agitando-os levemente. Fiquei a observá-lo por uns quatrocentos quilômetros de espaço aéreo, ele misturava a maionese e o atum e depois espalhava cuidadosamente no matzá quebradiço. Toda vez que a gentil aeromoça passava com sua bunda teutônica, ele escondia a sua criação. "Um traseiro austríaco firme", parecia dizer a si mesmo, "não combina com meu atum *kosher*."

Eu estaria sendo preconceituoso se dissesse que tive gana de matá-lo? Será que, como judeu, eu devia deixar certos sentimentos bem guardados no meu gordo coração ao contrário do que faz um não-judeu? O desprezo por esse homem com quem eu não compartilhava nada mais que um filete de DNA seria ódio a mim mesmo?

O *hassid* baixou a boca até a barba para murmurar algumas palavras de agradecimento ao seu Deus pela patética generosidade e mordeu o atum de lata e seu santificado pão. Só de imaginar aquele peixe barato misturado com saliva já deixou o meu estômago quase embrulhado. Por estar a quatro fileiras de distância do *hassid*, eu não sentia seu cheiro pungente, mas a mente cria seus próprios odores. Eu não podia mais ficar calado.

– *Fräulein* – chamei a aeromoça, que marchou em minha direção com um sorriso de classe executiva nos dentes da frente. – Aquele senhor *hassid* está me incomodando muito – falei –, e gostaria que lhe pedisse para largar aquela comida nojenta. Isso aqui é a primeira classe. Eu paguei por um ambiente civilizado, não por uma viagem à Galícia no ano de 1870.

Ela ficou boquiaberta. Mantinha as mãos na frente do corpo para se proteger. Notei seus pequenos quadris apertados no uniforme: sexy, de um jeito infantil.

– Senhor – sussurrou a aeromoça –, os passageiros têm permissão para trazer alimento ao avião. Isso é em respeito à religião deles, tudo bem?

– Eu sou judeu – eu disse, mostrando minhas mãos grandes e fofas. – Tenho a mesma religião daquele homem. Mas jamais faria uma refeição como a dele na primeira classe. Isso é barbarismo! – Elevei a voz e o *hassid* girou o pescoço para me olhar. Tinha uma

aparência suarenta e olhos úmidos, como se tivesse acabado de sair do recinto de orações.
– Não esquenta, Snack Daddy – disse Aliosha-Bob. – Acalme-se.
– Não vou me acalmar não – disse para o meu parceiro. E em seguida para a aeromoça: – Sou um defensor do multiculturalismo mais do que qualquer um neste avião. Aquele homem é que cometeu a forma mais hipócrita de racismo quando recusou o fígado de galinha. Ele é que está cuspindo na cara de todos nós! Principalmente na minha.
– Lá vem você – murmurou Aliosha-Bob. – É só ficar num cenário ocidental que começa a fazer cena.
– Isso não é fazer cena – rosnei. – Você vai saber quando eu fizer *mesmo* uma cena.
A aeromoça se desculpou pelo inconveniente e disse que chamaria uma autoridade superior. Logo apareceu um homossexual austríaco alto, dizendo que era o chefe dos comissários de bordo ou algo assim. Expliquei o incômodo de minha situação.
– Isso é de fato muito incômodo. – O comissário de bordo baixou os olhos e começou a falar: – Nós somos...
– Austríacos – interrompi. – Sei disso. Está bem. Eu o absolvo de sua terrível culpa. Mas isso não diz respeito a você e sim a nós. É o judeu bom contra o judeu mau. É o consenso contra a intolerância e, ao defender esse *hassid*, você perpetua o seu próprio crime de ódio.
– *Gom* li... cen... ça – disse o *hassid*, ficando de pé, deixando ver uma constituição hassídica de quase dois metros. – Não *bude* deixar de ouvir...
– Por favor, sente-se – disse o comissário de bordo. – Estamos cuidando disso.
– Sim, claro, proteja o *hassid* – falei enquanto me levantava e esbarrava nele com minha barriga. – Se é assim que conduz a primeira classe, vou me sentar na classe econômica com o meu criado.
– *Senhor*, seu lugar é *aqui* – afirmou a aeromoça. – O senhor pagou por ele. – Enquanto isso, o comissário de bordo agitava as delicadas mãos para indicar que eu tinha que me retirar do seu reino dourado. Aliosha-Bob ria de minha tolice, tamborilando na cabeça em alusão ao fato de que eu não estava bem.
E ele estava certo: eu não estava bem.
– Deixei de ser homem por sua causa. – Cuspi no *hassid* quando passei pela fileira dele. – Você roubou o que havia de melhor em

mim. Roubou o que importava. – Antes de sair, virei e me dirigi aos passageiros da primeira classe: – Camaradas judeus que possivelmente estejam aqui, cuidado com os mitzamóveis. Cuidado com a circuncisão tardia. Cuidado com a fé fácil. Os *hassidim* são diferentes de nós. Nem queiram saber. – Com essas palavras, puxei a cortina para a classe econômica. Não quero correr o risco de humanizar aquele *hassid* da primeira classe descrevendo em detalhes o horror medieval estampado em seu pálido rosto, o cíclico e interminável terror que tanto deturpa o nosso povo.

No apertado corredor da classe econômica, perto de um banheiro fedorento, em meio a cores destoantes ali colocadas para fazer os pobres se sentirem melhor em relação à viagem, encontrei uma poltrona ao lado do meu Timofey.

– O que está fazendo, *batyushka*? – ele sussurrou. – Por que está aqui? Este lugar não é para você! – De fato, era difícil achar um consenso entre a minha circunferência e o conceito austríaco de assento econômico; acabei com o traseiro sentado onde deviam estar as minhas costas, as palmas das mãos pressionando a poltrona da frente.

– Estou aqui pelos meus princípios – disse ao meu criado, dando um tapinha em sua velha cabeça esponjosa de cabelos crespos e femininos. – Estou aqui porque um *yid* tentou me desonrar.

– Existem judeus e existem *yids* – Timofey retrucou. – Todo mundo sabe disso.

– Hoje em dia não é fácil ser civilizado – eu disse. – Mas ficarei bem. Olhe pela janela, Tima. Talvez essas montanhas sejam os Alpes. Você gostaria de ver os Alpes um dia? Poderia ir com seu filho para um pequeno piquenique.

Uma descrença transcendental apoderou-se do semblante de Timofey e só pude sentir pena dele. E pena de mim também. No avião havia pena o bastante para nós dois.

14

A Noruega do Cáspio

Aterrissamos no aeroporto de Viena e atravessamos o terminal principal envidraçado, onde os aviões sempre partiam na hora certa. Seguimos até um problemático anexo reservado a vôos para cidades ainda-não-prontas para a Europa, como Kosovo, Tirana, Belgrado, Sarajevo e minha São Leninsburgo natal. Aquele pequeno prédio não tinha ponte de embarque; dois ônibus vieram nos buscar, um para os passageiros da primeira classe e da classe executiva e o outro para o resto de nós. Pela minha janela vi as maquinações do ardiloso *hassid* para ser o primeiro a embarcar no ônibus da primeira classe, ele se agarrava à bolsa de veludo que guardava o atum como se carregasse diamantes que certamente vendia para viver. Uma vergonha.

Desci as escadas e respirei o ótimo ar da União Européia antes de ser transportado para o terminal impregnado de fumaça de cigarro onde os meus outros confrades iugo-soviético-mongóis aguardavam com tristeza seus vôos de volta à Tartária. Tentei chegar ao terminal principal, mas você tinha que passar pelo balcão da imigração com o característico passaporte ocidental para poder comprar cigarros sem tarifa alfandegária ou cagar no mais novo modelo de privada austríaca. Em breve, muito em breve, eu teria meu passaporte belga. Não tão breve assim, devo dizer.

Na espera pelo vôo seguinte Aliosha-Bob passou horas rindo da minha campanha anti-*hassid* e fazendo cachinhos atrás da minha orelha. Eu tentava me livrar, mas ele era mais rápido. Na hora em que os passageiros começaram a embarcar no nosso vôo para Svanï, ele já tinha espiralado uma boa parte dos meus cabelos.

Anunciaram o vôo e a maioria das pessoas de pele azeitonada no terminal disparou na direção do portão, e logo uma massa de homens de bigode com suas lindas esposas morenas, cada qual com suas sacolas do Century 21, o famoso empório de pechinchas de

Nova York, cercavam aos empurrões a pobre tripulação da Austrian Airlines. Era o meu primeiro contato com a população do Absurdistão – uma recriação fiel das filas soviéticas para salsichas, combinadas com o instinto natural dos bazares orientais.

– Senhoras e senhores, acalmem-se! – eu gritava ao mesmo tempo que era empurrado por alguns jovens peludos, aparentemente usando o meu corpo para se impulsionarem para a frente da fila. – Vocês acham que os assentos do avião vão acabar? Pelo amor de Deus, estamos na Áustria!

Já a bordo os absurdistaneses começaram a abrir seus muitos pacotes, exibindo laços elegantes para as esposas e trocando de sapatos no corredor. Essas travessuras da primeira classe não me perturbaram tanto quanto o *hassid* o fizera no último vôo, talvez porque ele fosse um conterrâneo, ao passo que em São Petersburgo a única chance de se conhecer um absurdistanês é no mercado, quando se quer achar uma bela flor em pleno inverno ou um mangusto exótico para criar. Não pretendo denegrir os absurdistaneses, ou seja lá como se chamem. São os representantes mais preparados e inteligentes de uma antiga cultura mercantil que, aliada à grande quantidade de petróleo que cobre a sua orla, explica por que é o país mais bem-sucedido da antiga República Soviética, considerado a Noruega do Cáspio.

Virei-me para a janela, a fim de ver o percurso do avião pelas curvas do Danúbio, as tranqüilas casas austríacas de telhados pontiagudos e piscinas nos jardins dando lugar a conjuntos habitacionais que circundavam o robusto castelo da Bratislava, na Eslováquia, que por sua vez deu lugar à melancólica arquitetura de Budapeste (consegui até avistar o prédio *fin de siècle* do Parlamento do lado de Peste e o antigo reduto do poder austro-húngaro do lado de Buda), que acabou se rendendo a um tipo de paisagem balcânica destruída pela guerra, cidades de formas orgânicas aleatórias, pontes esburacadas e casas arruinadas de telhados alaranjados agrupadas desordenadamente como bancos de coral.

– Estou dando um passo atrás só para dar dois à frente – consolei-me. Enquanto o Ocidente recuava no fuso horário, a aeromoça, para compensar, servia uma salada fresca de codorna como primeiro prato; o cardápio de bebidas também oferecia algumas surpresas agradáveis, principalmente na categoria dos vinhos do Porto.

– Sentirei sua falta, Snack – disse Aliosha-Bob, bebendo um cálice de um Fonseca de quarenta anos. – Você é o meu melhor amigo.

– Já estou sentimental demais – suspirei.

– A Bélgica lhe fará bem – disse o meu amigo em inglês, a língua que falávamos quando estávamos sozinhos, nossa língua de passatempo. – Lá não há nada pra fazer. Ninguém para brigar. Pode pirar menos. Poderá controlar as emoções. Não *acredito* que realmente tenha começado esse negócio de Crianças de Misha e contratado Valentin e Svetlana para administrar.

– Lembra do lema da Accidental College? *Você acredita que uma pessoa possa mudar o mundo? Nós também.*

– Mas a gente não zombava desse lema *todo santo dia*?

– Acho que estou amadurecendo – falei de modo presunçoso. – Talvez eu faça doutorado em estudos multiculturais lá em Bruxelas. Isso pode me deixar mais apresentável aos generais da Imigração.

– De que diabos você está falando?

– Eles adoram multi...

– Shhhh – sussurrou Aliosha-Bob levando um dedo aos lábios. – É hora de fazer silêncio, Misha.

O avião se aproximava de Svanï. A luz do anoitecer revelava um terreno montanhoso esverdeado contornado por bolsões de deserto, os quais por sua vez eram ocupados por bolsões de algo parcialmente líquido que lembrava as desventuras gástricas de um homem doente. À medida que descíamos, a batalha entre montanha e deserto tornava-se mais pronunciada, o deserto pontuado por lagos iridescentes ocasionalmente circundados de abóbadas azuis que podiam ser gigantescas mesquitas ou pequenas refinarias de petróleo.

Só depois de algum tempo é que notei que tínhamos chegado à costa de uma grande bacia de água e que a paisagem parda e alcalina do corroído deserto, agora retocada por uma faixa cinza opaca, na realidade era o mar Cáspio. Um conjunto de torres de perfuração de petróleo amarrava o litoral e o deserto, enquanto grandes plataformas de petróleo mais próximas do mar interligavam-se umas às outras por tubulações e em alguns pontos pelas rotas marítimas onde navios petroleiros deixavam rastros de vapor amarelado.

Descemos rapidamente na direção desse apocalipse. Aparentemente, eu tinha subestimado não apenas os limites do mar, como também a profundidade do céu da região, que desmoronava com a nossa investida, como se adivinhasse que outro avião abarrotado de dinheiro chegava da Europa e que logo os dólares e euros cairiam como flocos de neve sobre a classe dominante.

Quando o avião aterrissou, os caipiras da classe econômica aplaudiram, o que era típico do Terceiro Mundo, comemorando a segurança do pouso, enquanto os da primeira classe se limitavam a manter as mãos sobre as pernas. Passamos por um cartaz. Três adolescentes modernos – uma beleza ruiva, uma beleza asiática e um jovem negro com *dreadlocks* (uma beleza feminina à sua maneira) – nos examinaram com belos olhos críticos e inexpressivos. BEM-VINDOS A SVANÏ, o cartaz da BENETTON estampava.

Para enquadrar-se na temática progressista, o terminal de desembarque tinha passado por uma reforma e agora assemelhava-se a uma tenda pós-mongol feita de vidro fumê, chapas de aço e alguns canos expostos – um design genérico promovido pelas nações ricas em minerais que oscilava entre o exotismo oriental e o anonimato ocidental. Lá dentro a atmosfera metálica e fria era tomada pelo aroma dos expositores de perfumes e pelas lojas que distribuíam baguetes recém-assadas com os mais refinados iogurtes; pequenas bandeiras dos países do mundo e uma bandeira gigantesca da Microsoft Windows NT pendiam flacidamente dos telhados para nos fazer lembrar que éramos os cidadãos globalizados que adoram viagens e computadores.

Mas os cidadãos absurdistaneses ainda não estavam acostumados com a nova ordem mundial. Apesar das armadilhas da modernidade circundante, apressavam-se aos gritos em seu dialeto incompreensível até o Controle de Passaportes, esbarrando uns nos outros com as sacolas do Century 21. Aliosha-Bob tinha um passaporte absurdistanês que lhe dava direito ao embarque preferencial, ao passo que eu e Timofey éramos obrigados a esperar numa fila interminável de estrangeiros para tirar as fotos de nossos vistos.

A ajuda estava a caminho. Logo me vi envolvido por um grupo de gordos de camisas azuis com dragonas do tamanho de um tijolo nos ombros que esquadrinhavam minha figura com cálidos olhos sulistas. Para a sua informação, sou um tipo de obeso *atraente*, minha cabeça é proporcional ao tronco e o resto da minha gordura se distribui de maneira uniforme (exceto pelo meu traseiro murcho). Por outro lado, como a maioria das pessoas com excesso de peso, aqueles camaradas absurdistaneses lembravam grandes tendas ambulantes, cabecinhas grudadas em enormes circunferências. Um deles tinha uma câmera presa ao peito.

– Com licença – ele disse em russo, a língua oficial do antigo império soviético. – Qual a sua nacionalidade?
Ergui com tristeza o meu passaporte russo.
– Não, não. – O gorducho riu. – Quero dizer *etnia*.
Entendi o que ele quis dizer.
– Judeu – respondi, apontando meu nariz.
O fotógrafo pôs a mão no coração.
– Fico muito honrado – ele disse. – O povo judeu tem uma história longa e pacífica em nossa terra. São nossos irmãos, e quem for inimigo deles, também é nosso inimigo. Em sua estada no Absurdisvanï, minha mãe será sua mãe, minha esposa, sua irmã, e sempre haverá água no meu poço para você beber.
– Ora, obrigado – falei.
– Um judeu não tem que esperar em filas para tirar foto. Farei isso imediatamente. Sorria, senhor!
– Por favor, do meu criado também – eu disse.
– Sorria, criado!
Timofey suspirou irritado. Recebi duas pequenas fotos.
– Acabei de falar que minha mãe era como sua mãe, não é? – disse o fotógrafo. – Bem, infelizmente *nossa* mãe está no hospital com o fígado doente e uma ferida infeccionada na orelha esquerda. Seria possível...
Eu estava com diversas notas de cem dólares à mão para esse tipo de eventualidade e dei uma delas ao fotógrafo.
– Agora vamos para a fila do formulário do visto – ele disse. – Ora, veja! Um amigo meu quer falar com você.
Um gordo ainda mais gordo do que ele com um bigode desgrenhado e uma carreira de dentes podres veio na minha direção.
– Acho que somos parentes. – Ele apontou para a minha barriga.
– Diga-me, qual a sua nacionalidade?
Expliquei. Ele pôs a mão no coração e disse que o povo judeu tinha uma história longa e pacífica no Absurdistão e que qualquer inimigo meu também era inimigo dele, e que a mãe dele era minha mãe, e a esposa, minha irmã. E que também havia água em seu poço para eu beber.
– Por que um judeu teria que esperar na fila para o formulário do visto? – ele se perguntou. – Aqui! Pegue um!
– Você é muito gentil – falei.

– E você é muito judeu. No melhor sentido da palavra. – Daí ele disse que minha irmã (a propósito, esposa dele) sofria de gastrite e vaginite. Os duzentos dólares que lhe dei seriam importantes no tratamento médico dela. – Agora você precisa ir para a fila de processamento. Mas, veja! Um amigo meu vai ajudá-lo!

Aproximou-se um gordo mais velho e a pele em torno dos seus olhos era um couro devido a uma vida inteira de apnéia do sono. A sua respiração era um ronco. Levei tempo para descobrir que ele tentava se comunicar comigo em russo. Só percebi na parte da água do poço para eu beber e que um judeu não tinha que esperar na fila de processamento.

– Vou ajudá-lo nisso – roncou o homem enquanto pegava uma caneta e desdobrava a temida solicitação de visto de quatro folhas. – Sobrenome.

– Vainberg – eu disse. – Escreve como se fala. Ve...

– Sei como se escreve – disse o velho. – Nome próprio.

Falei qual era. Ele escreveu e depois olhou para o que tinha escrito. De viés, examinou cuidadosamente a combinação de "Vainberg" e "Mikhail". Olhou meu corpo e meus suaves lábios vermelhos.

– Você é filho de Boris Vainberg? – ele perguntou.

– O falecido Boris Vainberg – respondi com os olhos marejados de respeito. – Foi atingido por uma mina terrestre na Ponte Levadiça. Uma câmera registrou tudo.

O velho assoviou para os seus amigos.

– É o filho de Boris Vainberg! – ele gritou. – É o Pequeno Misha!

– Pequeno Misha! – seus amigos gritaram de volta. – Urra! – Eles pararam de tirar dinheiro de estrangeiros atordoados e vieram se sacudindo na minha direção, com as sandálias batendo no mármore falso. Um deles beijou minha mão e pressionou-a no seu coração.

– É a cara do pai.

– Cuspido e escarrado, e também tem lábios grossos.

– E testa grande também. Esse aí pensa em tudo.

– Um típico Vainberg.

– O que está fazendo aqui, Pequeno Misha? – perguntaram-me. – Veio pelo petróleo?

– Pelo que mais viria? Pela paisagem?

– Para ser franco... – comecei a falar.

– Sabe, Pequeno Misha, uma vez o seu pai vendeu um parafuso de oitocentos quilos para a KBR! Ele era uma espécie de subempreiteiro. Vendeu por cinco milhões! Rá-rá!

– O que é KBR? – perguntei.
– Kellogg, Brown & Root – disseram em uníssono os meus novos companheiros, chocados porque eu não conhecia a tal instituição. – É a subsidiária da Halliburton.
– Ah! – exclamei. Mas o meu lábio superior franzido traía a minha ignorância.
– A companhia de petróleo americana – eles disseram. – A unidade KBR da Halliburton controla metade do país.
– E meu pai passou a perna neles? – perguntei animado.
– E como! Ele realmente deu um jeito judeu nos caras.
– Meu pai era um grande homem – eu disse suspirando. – Mas não estou aqui pelo petróleo.
– O Pequeno Misha não quer assumir os negócios do pai.
– Ele é sofisticado e melancólico.
– Isso mesmo – eu disse. – Como sabem disso?
– Somos gente do Oriente. Sabemos de tudo. E o que não sabemos, pressentimos.
– Vai comprar a cidadania belga de Jean-Michel Lefèvre no consulado belga? Vai ser belga, Pequeno Misha?
Olhei apreensivo para os lados, desejando que Aliosha-Bob estivesse por perto para me orientar.
– Talvez – respondi.
– Homem esperto. Não é bom ter um passaporte russo.
– Alguma vez o seu pai mencionou a turminha aqui do aeroporto? – o homem mais velho quis saber.
Os outros me olharam com expectativa, suas barrigas voltadas para a minha como se tentassem travar amizade. Por instinto, eu sempre procuro deixar todos à minha volta felizes, então tentei agradar-lhes:
– Ele disse que um bando de vigaristas gordos roubava ocidentais lá na Imigração – eu disse.
– Somos nós! – eles berraram. – Urra! Boris Vainberg lembrou de nós! – O homem mais velho mandou que os outros devolvessem o dinheiro tirado de mim. Prontamente, eu e Timofey tivemos nossos passaportes carimbados com uma dúzia de formatos e padrões bizarros e fomos conduzidos através da Imigração e da alfândega até à luz do sol, onde Aliosha-Bob e seu motorista nos esperavam.
O calor absurdistanês me envolveu como se eu estivesse dentro de um forno ligado. Acabou com o resto de umidade na minha boca,

as chamas invisíveis na fissura entre os meus peitos secavam o suor e a umidade. Minhas glândulas sudoríparas pulsavam, mas não faziam frente às exigências de um corpo de 145 quilos. Eu estava pegando fogo. Quase desmaiei antes de ser enfiado por Timofey no sedã alemão que nos aguardava. *Deus me ajude*, pensei quando senti o arcondicionado. *Que me ajude a sobreviver neste inferno do Sul.*

A princípio, não me interessei nem um pouco por aquele país que se parecia bastante com o que eu tinha imaginado. Esgotado. A paisagem se resumia a lagos de água marrom cercados de esqueletos de torres de perfuração e modernas refinarias. Arame farpado por todo lado, com ameaças de morte para quem atravessasse a rodovia. Furgões ostentando o logotipo da Kellogg, Brown & Root faziam a curva na frente do nosso carro e os motoristas buzinavam como maníacos. Mesmo com as janelas do carro abertas, o Absurdistão cheirava a sovaco suado de orangotango.

Cochilei um pouco, o banco de couro fazia bem à minha corcunda. Passamos por uma igreja de encantadora simplicidade oriental, aprumada e compacta, como se construída com um único bloco de pedra.

– Eu achei que este país fosse muçulmano – falei para Aliosha-Bob.

– Cristão ortodoxo – ele explicou.

– Não brinca. Sempre os imaginei ajoelhados diante de Alá.

– São dois grupos étnicos, os sevos e os svanïs. Ambos cristãos. Aquela igreja ali é svanï.

– Como é que você sabe, professor?

– Você conhece a cruz ortodoxa típica. – Ele desenhou uma cruz no ar: ☦. – Bem, essa é a cruz svanï. Já a haste inferior da cruz dos sevos é invertida. Assim. – Ele desenhou uma cruz diferente no ar: ☦.

– Isso é bem imbecil – eu disse.

– Você é que é bem imbecil – ele rebateu. Ficamos tirando sarro um do outro por um tempo, com Aliosha-Bob imobilizando dolorosamente uma de minhas pernas entre os seus dois cotovelos pontiagudos.

– O patrão sofre de dor nas pernas – Timofey avisou ao meu amigo, que gentilmente se afastou de mim.

– O patrão sofre de um monte de coisas – disse Aliosha-Bob.

Olhei pela janela e vi um outdoor anunciando um projeto imobiliário chamado STONEPAY. Um Aston Martin estava estacionado na entrada circular de uma mansão de concreto e vidro. Uma bandeira canadense revoava no pórtico da mansão como um símbolo da estabilidade.

Seguiu-se um outro outdoor mostrando três morenas siliconadas seminuas, cobertas de ouro, encostadas nas pernas de um negro com uniforme de penitenciária. PERFUMARIA 718: O AROMA DO BRONX EM SVANÏ CITY.

Suspirei alto e desviei o olhar, aninhando a cabeça no meu braço.
– Que foi agora? – perguntou Aliosha-Bob.
– Nada.
– É por causa da Perfumaria 718? – ele insistiu. – Ainda está pensando na Rouenna e no Jerry Shteynfarb, não é?

Sentados no carro, em silêncio, observamos a paisagem iridescente que borbulhava e cozinhava à nossa frente. Sensibilizado com minha dor, Timofey cantou uma canção que fez para celebrar a minha nova nacionalidade. Só me lembro dessa estrofe:

Meu doce batyushka, *gentil* batyushka,
Para a Bélgica ele irá...
Meu doce batyushka, *brilhante* batyushka,
E na neve belga brincará...

A cidade de Svanï agarrava-se preguiçosamente a uma pequena cadeia de montanhas. Subimos por uma estrada e nos afastamos da curva cinzenta do mar Cáspio, até que chegamos a uma avenida chamada Bulevar da Unidade Nacional. Parecia que estávamos na principal via de Portland, no Oregon, Estados Unidos, onde passei algumas semanas de minha juventude. Passamos por lojas de inconfundível refinamento, se bem que de curiosa procedência – um outlet que vendia os pesadelares produtos do conglomerado americano da Disney, um empório de café expresso chamado Caspian Joe's (imitação verde-berrante de uma famosa rede americana), as populares lojas americanas Gap e Banana Republic exibindo-se lado a lado, a já mencionada Perfumaria 718, repleta de aromas do Bronx, e um pub temático irlandês chamado Molly Malloy's, oculto atrás de heras importadas e de um gigantesco trevo irlandês.

Depois do Molly, o bulevar dava num desfiladeiro de arranha-céus de vidro recém-construídos que ostentavam logotipos das corporações ExxonMobil, BP, ChevronTexaco, Kellogg, Brown &

Root, Bechtel e Daewoo Heavy Industries (Timofey grunhiu de alegria diante dos fabricantes do seu amado ferro de passar), e por fim arranha-céus idênticos do Radisson e do Hyatt que se encaravam em lados opostos de uma praça varrida pelo vento.

O saguão do Hyatt era um interminável átrio onde executivos de multinacionais zumbiam de um canto a outro com a exasperação faminta das moscas no último prato do fim de verão. Para todo lado que se olhasse, havia nichos de comércio especializado com mesas de plástico e cadeiras amontoadas embaixo de placas com estranhos dizeres, como HAIL, HAIL BRITANNIA – O PUB. Um desses nichos era um troço com iluminação dourada chamado RECEPÇÃO. Lá, um garoto sorridente de origem aparentemente escandinava dirigiu-se a nós com o inglês suave das faculdades de administração:

– Bem-vindos ao Park Hyatt Svanï City – ele disse sorrindo. – Meu nome é Aburkharkhar. Em que posso ajudá-los, senhores?

Aliosha-Bob pediu uma suíte na cobertura para nós dois e um quartinho atrás da piscina para Timofey. Um elevador envidraçado nos fez subir quarenta andares através do átrio ensolarado e o que vi em seguida era uma feliz paródia ocidental da casa moderna, com tampos de mármore em tudo, das mesas e criados-mudos até a pia do banheiro e a mesa de café. Por um segundo achei que estava de fato na Europa, murmurei a palavra "Bélgica" e caí de joelhos. Deleitando-me com a sensação do carpete de pelúcia roçando nos meus peitos e embalando minha barriga, eu disse adeus ao mundo que despertava.

15

Golly Burton, Golly Burton

Rouenna me apareceu em sonhos. Estava num campo relvado de outono, iluminada ao fundo por um sol fraco, as madeixas de seu cabelo escuro quebradiço alternavam entre o loiro e o castanho. Em vez de sua costumeira celebração a tudo que é justo e curto, vestia um simples macacão azul que deixava o corpo pouco à mostra. Sua pele tinha uma tonalidade rosada infantil que me fez desconfiar que já estava grávida de Shteynfarb. Ao longe um letreiro em néon entre duas árvores de bétula bruxuleava com diferentes palavras. EVROPA. E AMERIKA. E RASHA.

Rouenna me estendeu uma maçã verde reluzente.
– São oito dólares – disse.
– Não vou pagar oito dólares por uma maçã – repliquei. – Não está sendo legal comigo, Rouenna.
– É a melhor maçã do mundo – ela afirmou. – Tem gosto de pêra. – Ela falava com a pronúncia culta do Meio-Atlântico, seu rosto estava radiante, embora impassível, como se tivesse enriquecido repentinamente. Trouxe a maçã para perto do meu peito e esta flutuou de sua mão. Um ar seco de ar-condicionado roçou meu rosto e fez meus dentes tremerem. Olhei em volta, tentando localizar a origem do frio, mas só vi um tapete sem-fim de grama amarela.
– Estou tentando cortar o excesso de gordura – eu disse. – Chega de gordura parcialmente hidrogenada. De hoje em diante só vou comer comida leve. Vou perder peso. Você vai ver.
– Oito dólares – ela insistiu.
Enfiei a mão dentro do coração, puxei exatamente oito dólares e estendi para ela. Nossas mãos mal se tocaram.
– O que devo fazer pra você me amar de novo? – perguntei.
– Dê uma mordida – ela disse.
O frescor da maçã inundou a minha boca, como se eu estivesse mordendo a cor verde. Senti gosto de pêra, como o prometido, mas

também de água-de-rosas, de vinho branco e da face suave de minha bela mãe. O céu da boca congelou, aturdido, como se um cubo de gelo invisível o tivesse acertado. Eu tentava falar e só emitia soluços. Quis abraçar Rouenna, mas ela ergueu a mão para me impedir.
– Seja homem – ela disse.
Solucei mais um pouco, balançando os braços à minha frente.
– Me deixe orgulhosa – ela falou.

Acordei com poças de saliva escorrendo pelas bochechas. Ainda estava no chão do apartamento do Hyatt, com os braços abertos como Jesus no fim da vida.
– Te virei de costas – disse Aliosha-Bob. – Você estava engasgando.
Aparentemente, era manhã do dia seguinte, a suíte em madeira e mármore inundava-se de luz e parecia que vivíamos dentro de uma caixa dourada. Timofey estava no meu quarto, arrumando meus velhos moletons Puma e minha coleção de ansiolíticos. Aliosha-Bob já tinha desfeito a sua mala, pôs tudo no guarda-roupa de um jeito cuidadosamente americano, as roupas de baixo e camisetas meticulosamente dobradas em quadrados.
– Tem uma mensagem pra você do Zartarian, o gerente do hotel – ele disse. – É o cara que o capitão Beluga indicou pra você.

Caro e respeitável Misha Vainberg,

Estamos felizes por ter se hospedado conosco no Park Hyatt Svanï City. Seu pai nos admirava muito. E agora que está morto, nosso navio encalhou. Por favor, vá até o saguão quando for possível e mande chamar o seu fiel criado, Larry Sarkisovitch Zartarian.

Li a nota em voz alta para Aliosha-Bob, imitando o sotaque carregado do gerente do hotel com uma pitada de crueldade infantil.
– Quando é que vou me tornar belga? – perguntei.
– Vá falar com Zartarian – disse Aliosha-Bob enquanto me empurrava porta afora.
Tão logo pisei no corredor, fui abordado por uma beleza alta e bronzeada de lábios elétricos, com uma camisola colante que descia até a calcinha sexy.
– Golly Burton! Golly Burton! – ela disse. – Você Golly Burton? – Ela me cutucou com um dedo audacioso. Seu rosto estava tão empoado quanto um *donut* americano.

– Ahn? – murmurei.
– Golly Burton? KBR? Trinta por cento de desconto pra você. – Ela agarrou minha mão e colocou-a em sua testa molhada. – Uuufa, estou bem quente pra Golly Burton. Trinta por cento de desconto. Está tão aceso, senhor. Talvez tenha acabado de trepar.
– Não estou entendendo esse "Golly Burton" – falei em russo. – Quer dizer Halliburton? Trinta por cento de desconto pra Halliburton?
A mulher cuspiu no chão.
– Você é russo – ela rosnou. – Seu russo gordo imundo! Não me toque! Russo nojento! – Afastou-se batendo seus insuportáveis saltos altos.
– Isso é racismo, senhorita! – gritei às suas costas. – Volte e se desculpe, sua crioula estúpida...

Desci como um Ícaro no elevador envidraçado e dourado do meu apartamento na cobertura até o movimentado saguão do hotel, onde prontamente os comerciantes locais me venderam um barbeador Gillette Mach3, uma garrafa de cerveja turca e uma caixa de camisinhas coreanas. Ao ouvir o nome Misha Vainberg, a recepcionista conduziu-me até o escritório de Larry Zartarian. Ele saltou de sua mesa e com as duas mãos fez uma fricção suarenta em uma de minhas mãos grandes e fofas.

– Agora o nosso humilde hotel tem um convidado à altura do nome Hyatt – ele disse com um sotaque russo apresentável.

O gerente armênio (deduzi isso pelo sobrenome dele) me lembrava Vladimir Girshkin, um ex-colega de faculdade. Girshkin era um judeu-russo que emigrara para os Estados Unidos aos doze anos e que talvez tenha sido o último emigrante russo admirável na Accidental College, um nítido contraste com o filho-da-puta do Jerry Shteynfarb. Como Girshkin, Zartarian era baixinho e nada atraente, quase careca, o que compensava com um cavanhaque vergonhosamente espesso. A gentileza nervosa de Zartarian dava impressão de que ele tinha uma mãe eternamente sofredora que morava debaixo de sua mesa e lustrava seus sapatos, dando nós duplos nos cadarços. Esse tipo de filhinho de mamãe, perdido e supereducado, está sempre titubeando por um corredor com duas saídas distantes, uma que diz INTELECTUAL HESITANTE e a outra, VIGARISTA. A última vez que tive notícias de Vladimir Girshkin, pela revista de ex-alunos da Accidental College, ele estava com um negócio de pirâmide em algum lugar da Europa Orien-

tal. Gerenciar o Park Hyatt Svanï City talvez não fosse uma ocupação diferente.
— Sente-se, sr. Vainberg, sente-se. — O armênio me empurrou para um suntuoso sofá de couro. — O quarto está do seu agrado? Posso mandar colocar lá uma otomana?
Grunhi em assentimento e olhei em volta. O escritório era dominado pelo retrato a óleo de um senhor de cabelos brancos bem penteados que oferecia um bolo de estranho formato a alguém que parecia ser seu filho gordo de bigode. Os dois sorriam dissimuladamente para o espectador, como se o convidassem a dividir o bolo. Duas cruzes ortodoxas avultavam ao fundo, com os pés virados em direções opostas, e o logotipo da Kellogg, Brown & Root flutuava entre elas em meio a uma bruma turva e sobrenatural. Fui obrigado a mugir de espanto.
— Esse velho é o ditador aqui da região — explicou Larry Zartarian. — Seu nome é Georgi Kanuk. Está dando o Absurdistão de presente a Debil, o filho dele, pelo seu aniversário de trinta anos. A KBR completa a trindade. Pai, Filho e Halliburton Santa.
— Então, o bolo representa o país — eu disse. A torta disforme estava realmente crivada de velas no formato de perfuradoras petrolíferas. A julgar pela evidência apresentada, a República do Absurdistão lembrava um pássaro selvagem mergulhando a cauda no mar Cáspio. — O que tudo isso significa? — perguntei.
— Georgi Kanuk, o ditador, está para morrer — informou-me Larry Zartarian. — Estão preparando as pessoas para uma dinastia de família. Kanuk e seu filho Debil se valem da persuasão svanï, e os sevos não estão satisfeitos com isso.
— Esclareça-me uma coisa — falei. — Os sevos são os que têm os pés de Cristo na direção errada, não é?
— Sevos, svanïs, todos não passam de ignorantes estúpidos — disse o gerente, agora com um perfeito inglês americano. — Não é à toa que são chamados de Cretinos do Cáucaso.
— Você não vai perguntar qual a minha etnia?
— Para nós dois está claro quem somos — ele disse enquanto apontava seu grande nariz na direção do meu nariz igualmente proeminente.
Ofereci minha cerveja turca, mas Zartarian recusou educadamente, tamborilando o dedo no relógio para mostrar que um homem ocidental não bebe durante o dia.

– Como aperfeiçoou o seu inglês? – perguntei-lhe.
– Tive sorte – disse o gerente. – Nasci na Califórnia. Fui criado em Glendale.
– Então você é americano! – eu disse. – Um armênio-americano. Sua vida deve ser mesmo agraciada. Mas como terminou *aqui*?
Zartarian suspirou e pôs as mãos na cabeça.
– Fiz hotelaria na Cornell – ele disse. – Foi a única universidade da Ivy League em que consegui entrar. Minha mãe me obrigou. Eu só pensava em trabalhar no cinema, como todo mundo.
A história de Zartarian foi interrompida pelo ruído de porcelana quebrando do lado de fora da janela, acompanhado pelos gritos femininos de um dialeto da região.
– Meu Deus, odeio a indústria da hospitalidade – ele disse. – O trabalho nunca termina e os hóspedes do Hyatt são uns grandes cretinos, exceto você. Eles me discriminam porque meus pais eram desta parte do mundo e aprendi russo na escola. Acabei sendo o gerente mais jovem do mundo que o Hyatt tem. Por que será que tudo isso teve que acontecer comigo?
– Sou completamente solidário a você – falei, abrindo a cerveja turca para molhar minha boca seca e suja. – Eu também sou amaldiçoado pela criação que tive. Mas pelo menos sua mãe deve estar orgulhosa.
– Orgulhosa? – Ele massageou as têmporas. – Ela mora na suíte embaixo da minha. Não me deixa sair de sua vista. Meus nervos estão em frangalhos.
Recomendei psicanálise ao gerente do hotel, mas concordamos que o Absurdistão não era o melhor lugar para se achar um bom lacaniano.
– Sinto muita falta de Los Angeles – ele disse. – Tenho um Z4 Beamer conversível na garagem lá embaixo, mas em que droga de lugar se pode dirigi-lo? Dentro do Cáspio?
Lembrei de um negócio que estava me aborrecendo, uma ofensa contra mim.
– Larry, por que as prostitutas deste hotel não dormem com russos?
– Elas têm um contrato não-oficial de prestação de serviços com a KBR, Misha. Tem tanto dinheiro envolvido nisso que agora todas as minhas garotas são exigentes. "Chega de russos sujos", elas me dizem. "Chega de chineses, chega de indianos. Ou Golly Burton ou voltamos pra nossas cidades."

— A diretoria do Hyatt não se importa com a prostituição? As prostitutas ficam circulando pelos corredores.
— Estou de mãos atadas – disse Larry Zartarian. – Veja o que enfrento. Uma antiga cultura mercantilista. Halliburton. É o relativismo cultural, Misha. É Chinatown.
— Só fiquei um pouco ofendido, só isso. Me agrada pensar no Hyatt como um espaço multicultural. E logo aqui uma prostituta me chama de russo sujo. Onde está o respeito?
— Ouça, Misha, já somos quase amigos. Se importa se eu lhe perguntar algo pessoal? Por que dormiu com Liuba Vainberg? Todo mundo sabe que você é sofisticado e melancólico. Mas *trepar* com a esposa de Boris Vainberg? Por que fez isso?
— Como sabe disso? – Tirei um vidro de Ativan de minha pochete com um grito. – Por Deus!
— Todo mundo sabe tudo de você, Misha. Seu pai era lendário por aqui. Vendeu um parafuso de oitocentos quilos para a KBR, lembra?
Abri o Ativan e dois comprimidos rolaram pela minha garganta com a cerveja.
— Definitivamente esse não é o meu ano – murmurei. – Para ser franco, por mim o mundo inteiro que vá pro inferno.
Larry se aproximou e acariciou minha mão no braço do sofá.
— Sua sorte vai mudar – ele disse. – Falei com o capitão Beluga. Vamos conseguir sua cidadania belga hoje mesmo. Talvez Rouenna se mude com você para Bruxelas, se tratá-la bem. Leve a sério o que ela escreve, caramba. Você sabe como nós, americanos, somos quando se trata de se expressar.
— Tem razão – eu disse.
— Vá ao Beluga Bar – ele disse. – Seu amigo Aliosha-Bob está jantando com Josh Weiner, da embaixada americana.
— Esse nome me é familiar – falei.
— Em alguns minutos um carinha aqui da região vai aparecer. Nós o chamamos de Sakha, o Democrata. Trabalha para uma organização local de direitos humanos. Um hambúrguer de peru com fritas para ele e você será apresentado ao Jean-Michel Lefèvre, do consulado belga. Depois do almoço saia com ele do hotel e garanto que até o final do dia você será belga.
Apertei a mão de Larry Zartarian.
— Você é um bom homem – eu disse. – Não me esquecerei de sua generosidade.

– Por favor, me mande um e-mail quando estiver em Bruxelas – disse Zartarian. Ele girou as mãos pelo perímetro do escritório, com monitores barulhentos de computador e pilhas de documentos oficiais que amareleciam, provavelmente requisições de ajuda dos absurdistaneses.

– Você não faz idéia de como sou infeliz – ele afirmou.

16

Liberdade já!

O Beluga Bar transpirava na beira da piscina. Recrutaram uns funcionários do Hyatt para jogar cubos de gelo na piscina e compraram ventiladores portáteis gigantescos para deleitar os corpos suados com rajadas giratórias de salvação. De um lado da piscina, os hóspedes carecas do hotel se empanturravam com pratos de esturjão e hambúrgueres recém-grelhados. Do outro lado, as prostitutas do Hyatt instaladas em espreguiçadeiras verdes abanavam umas às outras com exemplares abandonados do *Financial Times* e de vez em quando ganiam o nome de sua corporação americana favorita, Golly Burton, para os homens do petróleo que jantavam do outro lado da piscina. Em resposta eles gritavam palavras inglesas de afeto incompreensíveis, na maioria das vezes com um acentuado sotaque escocês. Mesmo com meu conhecimento perfeito da língua inglesa, eu não conseguia entender como uma mulher podia ficar lisonjeada por ser chamada de "bird".

Aliosha-Bob estava sentado ao lado de um jovem de calça cáqui e camisa pólo listrada que esquadrinhava com olhos incrédulos um grande cardápio do Hyatt, seus dedos percorrendo a coluna dos preços. Sua amargura gélida me era familiar e por alguma razão me lembrava uma fenda da era do gelo que se rasgava no arboreto da Accidental College. À medida que me aproximava da mesa, eu tentava lembrar o nome dele, mas sem resultado. Esses americanos de uma elite vagabunda e afrescalhada me são completamente indistinguíveis.

– Josh? – eu disse. – Josh Weiner?

Weiner ergueu os olhos na direção de minha sombra gigantesca.

– Snack Daddy? – ele disse. – Puta merda! Bob acabou de me dizer que você estava aqui. Qual é a boa, *Big Bird*?

– Turma de 94, não é? – perguntei. – Você tinha um *bong* de quase dois metros. Como é que se chamava mesmo a sua casa?

– A Fabulosa Casa do Gueto – disse Weiner. Batemos as palmas das mãos e os punhos fechados num cumprimento urbano. Depois fingimos atirar um no outro com um revólver imaginário.
– Lembra de como os calouros esfregavam sua barriga no início do ano para dar sorte? – ele disse. – Se importa se eu der uma esfregadinha agora, Snack?
Claro que me lembrava muito bem dessa cerimônia de esfregar a barriga. A humilhação daquelas mãozinhas brancas que casualmente acariciavam a minha bolsa do amor no refeitório. Como eu implorava para que todos os Noahs e Joshes e Johnnys parassem com aquilo.
– Prefiro que não faça – falei. – Meu analista diz que isso reforça certos padrões de comportamento. Uma volta à infância, essas coisas. Eu me sinto violentado com isso.
– Hã-hã – murmurou Weiner. – Ei, Snack, acabei de perguntar ao Bob se vocês ainda têm contato com Jerry Shteynfarb. Eu me amarrei no *Pícaro russo*. É tão engraçado. E cheio de *pathos* também. Exatamente como eu gosto. O cara mandou bem.
A menção do meu rival somada à esfregação na barriga acabaram com a generosidade do meu humor.
– Ouvi dizer que você está no *Departamento de Estado* – joguei na cara de Weiner. A cadeira do jovem diplomata quase escorregou sob seu corpo esguio da Costa Leste. A diplomacia não era uma opção de carreira aceitável na Accidental College, para onde um número surpreendente de estudantes se dirigia, a fim de plantar aspargos orgânicos na costa do Oregon. Mesmo durante os anos de faculdade Weiner apresentava tendências doentias, como escrever a coluna de esportes do *Accidental Herald*, o jornal da faculdade, um tipo de trabalho que só imigrantes sem noção e totalmente ambiciosos assumiriam.
– Ei, calma aí, cara. – Weiner riu e coçou o topete que raleava. – Se acha que sou um vendido, confira a minha conta bancária. Merda.
Continuei a olhá-lo com os meus olhos azuis mais cruéis.
– Então vamos falar de política, cara – disse Aliosha-Bob para mudar de assunto. – O que se comenta pelas ruas absurdistanesas é que os sevos vão se emputecer se o filho imbecil do Georgi Kanuk assumir o poder. Qual é a posição oficial dos Estados Unidos nessa questão?
– Ainda não temos certeza – admitiu Josh Weiner enquanto pilhava uma tigela de amêndoas defumadas gratuitas. – Temos um pe-

queno problema. Não há ninguém em nossa equipe que fale realmente algum dos dialetos nativos. Quer dizer, tem um cara que fala *um pouco* de russo, mas ainda está aprendendo o tempo futuro. Vocês dois são desta parte do mundo. Sabem o que vai acontecer depois que Georgi Kanuk morrer? Mais democracia? Menos?

– Só sei dizer que, em qualquer espécie de transformação social que possa haver neste país, as pistolas serão sacadas – afirmou Aliosha-Bob. – É só pensar na rebelião otomana de 1756 ou na sucessão persa de 1550.

– Ora, não consigo pensar tão para trás – disse Josh Weiner. – Aquilo foi antes, e isso é agora. Nossa economia é globalizada. Não interessa a ninguém afundar o navio. Vejam as estatísticas, rapazes. O PIB absurdistanês subiu nove por cento no ano passado. Os campos petrolíferos Figa-6 Chevron/BP entrarão em operação em meados de setembro. Isso dá, tipo, 180 mil barris por dia! E não é só petróleo. O setor de serviços também está crescendo. Já viram a nova Tuscan Steak and Bean Company no Bulevar da Unidade Nacional? Já experimentaram a sopa *ribollita* e o *crostini misti*? Este lugar tem um capital de reinvestimento primário, caras.

– E esse negócio dos sevos e svanï? – perguntei. – Larry Zarpatian disse...

– Ah, pro inferno com os pés de Cristo. Esse pessoal é pragmático. "Que se foda, me pague" é como eles agem. E por falar em pragmatismo, aí vem o meu amigo democrata.

Um homem baixinho de nariz adunco vinha ao nosso encontro. Por um instante achei que olhava uma cópia exata do meu falecido pai em seus dias sem brilho de pré-oligarquia. Olhos castanhos inteligentes, barba de bode, dentinhos amarelos. Provavelmente um pobre acadêmico ex-soviético nos seus quarenta anos, casado com uma mulher que sofria de sopro no coração, pai de duas crianças inteligentes e curiosas de pés chatos.

– Senhores, apresento-lhes Sakha, o Democrata – disse Josh Weiner. – Edita o brilhante jornal *Gimme Freedom!*. É um dos nossos pequenos projetos aqui.

– Perdoe o meu atraso, sr. Weiner. – Sakha ofegava, agarrando sua vistosa gravata cor de laranja. – Espero que ainda não tenham comido. Estou cheio de fome.

– Vamos fazer os pedidos agora – disse Aliosha-Bob. – Sr. Sakha, esse é Misha Vainberg, meu amigo da faculdade.

– Os judeus têm uma história longa e pacífica em nossa terra – disse Sakha levando uma mão trêmula ao coração. – São nossos irmãos, e quem for inimigo deles também é nosso inimigo. Em sua estada no Absurdsvanï, minha mãe será sua mãe, minha esposa, sua irmã, e sempre haverá água no meu poço para você beber.
– Obrigado – eu disse. – Gostaria de poder retribuir, mas minha querida mãe está morta e minha garota fugiu com um idiota.
– É uma maneira de falar daqui – explicou-me Josh Weiner. – Na verdade isso não quer dizer nada. – O meu olhar indicava que não éramos do mesmo planeta.
Chamamos o garçom e pedi três omeletes de esturjão e um Bloody Mary.
– Posso pedir o meu *cordon bleu* de frango com tomate, picles e batata frita, sr. Weiner? – perguntou Sakha, o Democrata. Estendeu o cardápio para o jovem diplomata. – É um prato especial... aqui... debaixo do *cordon bleu* simples.
– Só o *cordon bleu* simples – disse Weiner aborrecido. – Estão cortando a verba dos democratas. Não podemos mais arcar com pratos especiais.
– Eu pago suas batatas fritas, sr. Sakha – falei.
– Oh, obrigado, sr. Vainberg! – exclamou Sakha, o Democrata. – É tão bom quando se vê um jovem interessado no pluralismo.
– Como consegue fazer seu trabalho tão importante de estômago vazio? – eu disse. Notei que Josh Weiner mordia o lábio inferior na minha direção, ameaçando-me com o ativismo de sua gélida amargura.
– E qual a sua profissão? – Sakha quis saber de mim.
– Sou um filantropo – respondi. – Administro uma obra de caridade em Petersburgo chamada Crianças de Misha. É meu presente ao mundo.
– Você tem um grande coração – disse o meu novo amigo. – Isso é muito raro hoje em dia.
– Sakha acabou de chegar de um fórum democrata, em Nova York – disse Josh Weiner –, e foi lá que comprou essa bonita gravata laranja. Nós é que providenciamos passagens e hospedagem para cinco noites num hotel quatro estrelas. Presumo que a gravata tenha sido por conta própria. Claro que isso não estava no orçamento.
– É uma gravata muito boa – disse Aliosha-Bob. – Qual marca? Zegna?

– Comprei no Century 21 – assentiu Sakha, satisfeito. – O nome verdadeiro da cor é castanho eqüestre. Dizem que originalmente o povo svanï criava cavalos. Sabiam que nossos arqueólogos encontraram um pote de barro na região de Grghangxa datado de 850 a.C., que mostra um homem da região domando um pônei? Com minha gravata agora eu também posso dizer que sou um cavaleiro! Claro, senhores, só estou brincando. Rá-rá.

– Você é svanï? – perguntei.

– Sevo – disse Sakha, o Democrata. – Mas não faz diferença. Svanï, sevos, somos o mesmo povo. Essas distinções só são úteis para a classe dominante...

– Como assim, sr. Sakha? – perguntei.

– Para poder reprimir melhor o povo! – ele respondeu. Mas em vez de esclarecer melhor, o democrata passou os quinze minutos seguintes olhando ansioso na direção da cozinha. Finalmente, a comida chegou. Depois de guardar metade das batatas fritas na maleta, "para as minhas três garotinhas", Sakha deu cabo do *cordon bleu* de frango antes que eu tivesse terminado a primeira das três omeletes de esturjão. Os picles ficaram por último, ele saboreava cada pedaço embebido com os olhos marejados de prazer. – Não tem comida mais deliciosa no mundo – ele disse. – Igual à do Arby's, o restaurante americano. Não é todo dia que se pode desfrutar de batatas fritas como essas.

Olhei com ar de vitória para Josh Weiner.

– O prazer foi meu – falei.

– Sakha, seu verme, olha só, por que não dividimos um cheesecake – sugeriu Josh Weiner. – E pedimos café pra dois.

– Tenho uma idéia bem melhor – repliquei. – Sakha, por que não vai até a sorveteria lá dentro e come tudo a que tem direito? Diz que é pra colocar na minha conta. Suíte de Misha Vainberg.

– Se as minhas meninas me vissem agora – sussurrou Sakha consigo mesmo quando saiu para saborear seus petiscos.

– Crianças de Misha – disse Josh Weiner enquanto olhava a atmosfera pesada que pairava no ar acima de nós como uma pilha de creme coagulado. – Inacreditável *pra caralho*. É assim que vive, não é, Vainberg? É assim que foge da realidade todo dia, não é, cara? E quando se vê confrontado por ela, basta assinar um cheque.

Terminei minha última omelete, mastigando com gulodice porções deliciosas dos ovos absurdistaneses sem hormônio ao mesmo tempo que inspirava o frescor salgado do esturjão.

– Pelo menos ajudo as pessoas – sussurrei.

Ficamos sentados sem dizer uma única palavra até que Sakha retornou com uma mistura que lembrava uma fragata parada em cima de um porta-aviões.

– Dispensei a banana – ele disse enquanto me passava a conta. – Posso comer banana em qualquer lugar. Tem pedacinhos de biscoitos recheados.

– Coma, coma – eu disse puxando a manga da camisa dele. – Quero vê-lo feliz. – Depois que ele acabou de sorver o sundae e suas diversas caldas, o grupo levantou-se para debandar. Eu e Josh Weiner mal nos entreolhamos quando fizemos a típica saudação urbana (*high-five*). Nem mesmo atiramos um no outro com o revólver imaginário em despedida, o que era impensável para um graduado em estudos multiculturais e um ex-residente da Fabulosa Casa do Gueto. Por tudo isso, não foi um dia digno de muito orgulho para a Accidental College.

– Venha comigo – disse-me Sakha, o Democrata, quando o meu ex-colega de faculdade se afastou. – Já busquei seu criado no quarto dele atrás da piscina. Monsieur Lefèvre nos aguarda atrás do McDonald's no território svanï.

– Onde fica isso? – perguntei, mas Sakha já se dirigia ao saguão.

17

O Congo Belga do rei Leopoldo

Seguimos de carro pelo Bulevar da Unidade Nacional com seus arranha-céus multinacionais e cadeias de lojas até uma ampla plataforma natural de onde se tinha uma visão panorâmica da cidade. Reluzindo com o orgulho de um intelectual sabe-tudo, Sakha, o Democrata, pediu para que eu saísse do carro e desfrutasse a paisagem com ele. Tão logo saímos do SUV americano que exibia o logotipo do Hyatt, Timofey, meu criado, correu na minha direção e abriu um guarda-sol em cima de mim como se eu fosse um governante africano que chegava ao aeroporto. O guarda-sol não ajudou. O suor escorria do meu corpo em camadas de água e vapor, me dando um cheiro de hambúrguer.

Olhamos a cidade abaixo.

– Veja, sr. Vainberg! – disse Sakha. – Já viu algo tão lindo assim? Talvez não combine com sua Petersburgo natal, ou com sua amada Jerusalém, já que é judeu, mas de qualquer forma... essas montanhas, o mar, o conjunto arquitetônico erigido ao longo dos séculos... Não faz seu coração estremecer?

Meu coração, porém, não estremecia. A capital absurdistanesa parecia um Cairo em miniatura que desmoronou e virou montanha rochosa. Três assentamentos se sobressaíam na montanha, pequenas bandejas de humanidade abraçavam-se à hostilidade da rocha, interligadas por uma estrada tortuosa. No alto, o território internacional abrigava os arranha-céus multinacionais, as embaixadas e as principais lojas (por exemplo, Staples, Hugo Boss, a Perfumaria 718, Ferragamo, a *megastore* Toys "R" Us). Mais embaixo, o território svanï, o lar tradicional dos svanï, maioria da população, onde um famoso mercado de controles remotos usados ocupava uma parte do quarteirão muçulmano crivado de minaretes que se edificara atrás de uma muralha fortificada.

— Eu sabia que tinha muçulmanos aqui! — exclamou Sakha. — Muçulmanos vivem no Oriente. É fato.

Por fim, o território sevo, o lar tradicional dos sevos, minoria da população, constituído de mansões *art nouveau* construídas para os barões do petróleo da virada do século, que formavam uma rede definida em torno daquilo que mais tarde se chamou Vaticano Sevo.

— Oooh, essa coisa parece um polvo! — exclamei para Sakha. Uma ampla cúpula branca com um conjunto de oito arcos espalhava-se em todas as direções, o que pelo menos na minha mente lembrava uma pálida criatura marinha de tentáculos despontando na praia. Uma cruz seva de seis metros de altura reluzia na cabeça do polvo, com o pé voltado para a direção errada.

Ao lado do Vaticano Sevo uma esplanada seguia na direção de um pequeno porto que rapidamente dava lugar aos verdadeiros negócios da cidade. E aqui se tornou óbvio que a cidade não era mais do que uma nota de rodapé para o que de fato inserira sevos e svanïs primeiro na República Soviética e depois no perverso Estado moderno. *O Absurdistão era o mar Cáspio e o Cáspio era o petróleo abundante.* As torres de perfuração começaram assim que o último pingo de humanidade escoou. O petróleo se recusava a conceder à cidade até mesmo o menor dos respeitos; negava aos seus habitantes o direito de olhar para as águas e enxergar seu próprio reflexo. As modestas torres de construção soviética, reles caçambas amarelecidas pela ferrugem no mar devastado, logo se renderam às gigantescas plataformas petrolíferas ocidentais, com luzes de alerta que piscavam em construções de trinta andares e uma vastidão flutuante que traçava um segundo horizonte, rivalizando com os arranha-céus do território internacional. Com seus três assentamentos descendentes, a cidade de Svanï seguia na direção do Cáspio, enquanto o Cáspio se virava com um tapa de ondas entupidas de óleo.

— Não olhe tanto para a indústria de petróleo — disse Sakha que seguia o meu olhar. — Olhe a cidade. Imagine o mar inteiramente despoluído de petróleo e a cidade erguendo-se impávida.

Desviei o olhar das instalações petrolíferas na direção dos territórios sevos e svanï abaixo de mim. Sussurrei "Imagine", a popular canção de John Lennon. E me *imaginei* sobrevoando a cidade de helicóptero e usufruindo as muitas belezas arquitetônicas naturais com seus floreios dramáticos, mas as hélices seguiram rumo ao noroeste, até que atingiram o limite sul da ilha de Manhattan e esparramaram a sombra do helicóptero sobre as ruas asfaltadas do centro e do *midtown*, e depois riscaram os frontões e as janelas do Edifício Dakota, no Central Park, onde um dia o sr. Lennon viveu e morreu.

Depois me vi num trem IRT rumo ao norte, na direção da East Tremont Avenue, no Bronx. Era inverno, o aquecimento estava no talo e meu casaco de pele de coelho fazia o suor se acumular entre a segunda e a terceira dobras do meu pescoço, que juntas formavam uma grade de carne. Sentia a água fria escorrendo pela barriga e irrigando os pêlos crespos da minha virilha. Eu estava quente e frio, ansioso e apaixonado. Os cidadãos nos trens que se dirigiam para a periferia de Nova York excediam em muito o peso da população branca que zanzava pelo centro. Esses meus colegas gorduchos estóicos e multiculturais vestiam casacos inflados que podiam salvar um astronauta de se asfixiar no espaço. Encostados nas portas para se equilibrar, mastigavam asas de galinha e rabada frita, cuspindo os ossos e a gordura em sacos plásticos. Quem eram esses Atlas de Amsterdam Avenue? Esses Calígulas de Cypress Hills? Se não tivesse tanta frescura em enfiar a mão na gordura, eu me juntaria a eles no consumo de pequenos mamíferos embrulhados no plástico em meio ao brilho desoxigenado do trem 5.

E as garotas! Oh, como me impressionavam. Cada uma tinha um pouco da minha Rouenna – um nariz de pelúcia, uma sobrancelha raspada de gangsta, um lábio inferior grosso que brilhava debaixo de uma camada de gloss –, todas gritando e rindo com os colegas de escola no dialeto do Bronx que só agora eu começava a entender. Era fevereiro e as jovens podiam estar vestidas com casacos pesados, mas de alguma forma, de um jeito cálido e sulista, elas estavam seminuas e jogavam na minha cara o osso púbico, com a racha em forma de Y de suas bundas. E de vez em quando, satisfazendo grande parte de minhas fantasias, surgiam rijas e carnudas axilas, e eu apertava os olhos para identificar um rastro de pêlo duro e raspado, o fantasma do que fora um grande tufo, já que sou da escola que associa pêlos de axilas a sexo desenfreado.

Na parada da 149 com a Terceira Avenida eu já vislumbrava o sol tênue de inverno, com seus raios nas escadas da estação. Um segundo depois saímos do túnel do metrô e o Bronx nos rodeava, o vagão recebendo tanta luminosidade que parecia que um segundo sol entrara em atividade.

Fiquei boquiaberto com as chaminés retangulares coroadas por caixas-d'água redondas; os altos prédios dos conjuntos habitacionais que formavam robustas consoantes ("L" e "T" em caixa alta); a estranha fileira de casas em estilo Tudor que devem ter saído de um pitoresco subúrbio inglês; a longínqua torre gótica que denotava épocas acumuladas de um ensino público falido; o aroma pungente e emocionante de chiclete de cereja e de xampu barato; o velho de óculos escuros e fones de ouvido que embarcava na Freeman Street e cantava (em grande parte) por prazer "Ain't no use/Cain't help myself"; as jovens muçulmanas de vestidos amarelos fluorescentes e lenços cinza na cabeça que por segurança se agrupavam perto da cabine do maquinista; a vida de milhares de pessoas cujos apartamentos ficavam ao nível dos olhos de quem passava de trem, como uma pintura moderna de Edward Hopper; os jovens assistentes sociais latinos que sublinhavam com tristeza um livro didático sobre prisioneiros reincidentes; as saídas de incêndio recém-pintadas de azul-celeste que davam vida a tijolos *art déco* desbotados debaixo delas; a catástrofe urbana que é a Cross Bronx Expressway (e as pilhas de lixo acumulado em volta); a mulher de 160 quilos (minha saudosa companheira de viagem) que entrava na 174, e principalmente o top por baixo do casacão onde se lia HOT 'N' SEXXXY; a criança inquisitiva (toda sobrancelhas e dentes pequenos) que não tirava os olhos do livro em meu colo (*A Hazard of New Fortunes,* de William Dean Howells) e me perguntava: "Que cê tá lendo, *papi?*"

Saí do meu devaneio de Nova York tão rápido quanto uma vez entrara nas perigosas "novas fortunas" de risco do meu Amado Papai. Sakha não parava de falar e gesticular. Tentei acompanhá-lo para voltar ao país em torno de mim, para me conectar com o mundo que agora habitava e do qual não podia sair. Senti necessidade de dizer alguma coisa inteligente, como freqüentemente se faz na companhia de intelectuais:

– Quer dizer que os sevos vivem no assentamento sevo e os svanïs, no seu próprio assentamento? – eu disse.

– Originalmente, sim. A geografia da cidade nos separou durante a Guerra dos Trezentos Anos da Secessão da Cruz, e isso retardou os conquistadores otomanos, persas e russos. Mas nos últimos dois séculos as pessoas vivem na maioria das vezes onde bem entendem. Na era soviética, metade da população se casava com gente de fora do seu grupo. Agora as distinções entre nós não têm mais sentido.

– *Você* mora no assentamento sevo? – perguntei. Eu quase não prestava atenção no que ele dizia. Uma parte minha ainda estava no trem 5 com a mulher *HOT 'N' SEXXXY*, mas dissipei essa parte.

– Ora, não. – Sakha deu uma risada. – Sou um democrata muito pobre. Não posso bancar a vida nos assentamentos. Moro em Gorbigrado. – Ele apontou para um morro distante e deserto de pedras alaranjadas (o que eu achei que era) que se projetava na direção da baía, com uma tonalidade que me lembrava o tão celebrado Grand Canyon, no Arizona.

– Você mora sozinho num morro de pedra? – falei.

– Olhe um pouco mais – ele disse. Quando apertei os olhos, protegendo o rosto do sol, identifiquei um formigueiro lotado de milhares de prédios amarelecidos da era Khrushchov junto ao que parecia uma grande quantidade de moradias possivelmente construídas com aniagem e lona. – São as *favelas* de Gorbigrado – explicou Sakha. – É o lar de mais da metade da população da cidade. Batizadas depois de Gorbatchov, o homem que o povo da região *ainda* culpa por tudo o que aconteceu.

– Então este país *não é* rico? – eu disse. – E o petróleo?

– O Index de Desenvolvimento Humano das Nações Unidas nos coloca logo abaixo de Bangladesh. Em relação à mortalidade infantil...

– Ora, vocês são pobres – falei. – Não fazia idéia.

– Bem-vindo à Noruega do Cáspio.

– Sr. Sakha, eu gostaria de abrir uma filial das Crianças de Misha aqui. Gostaria de ter mais dinheiro e tempo para gastar.

– Você é um homem muito bom – ele disse. – Você e Josh Weiner tiveram realmente uma educação inestimável na Accidental College.

– *Acha que uma pessoa pode mudar o mundo?* – falei em inglês. – *Nós também*.

– O que é isso?

– O lema das Crianças de Misha.

– Gostaria que também fosse meu lema – ele disse. Suspirou com as mãos nos quadris, um gesto nada acadêmico e de fato surpreendente. – Não posso reclamar, sr. Vainberg – acrescentou. – Os americanos nos ajudam de verdade. Máquinas de xerox, uso gratuito das linhas de fax depois das nove da noite, desconto na maionese Hellmann's, cinco mil exemplares gratuitos do *An American Life*, de Ronald Reagan. Sabemos como é a democracia. Lemos a respeito. Já fomos ao Century 21. Mas como concretizá-la *aqui*? Até porque, francamente, sr. Vainberg, assim que o petróleo secar, quem no mundo vai saber que sequer existimos?

Pensei em dizer que de um jeito ou de outro ninguém sabia que eles existiam, mas julguei que seria falta de tato.

– Talvez fosse melhor transferir suas filhas para a Bélgica – falei.
– Eu pagaria as passagens delas.

– Você é prestativo e sincero – ele disse e, contrariando as regras do homem caucasiano, virou-se e soluçou choroso com seu nariz em forma de foice.

– Não se pode escolher onde se vai nascer – retruquei e imediatamente me senti um babaca por ter dito isso.

Sakha desviou o olhar do horizonte crivado de torres de perfuração para a minha figura transpirante.

– Com calor, sr. Vainberg? – Ele pôs a mão no meu ombro suado. – Vamos voltar para o carro. Monsieur Lefèvre nos espera ao lado da lixeira do McDonald's.

Assenti. Mas quando nos viramos na direção do carro, Sakha olhou mais uma vez para a cidade abaixo.

– Já contei que antes o Vaticano Sevo era coberto de ladrilhos hexagonais folheados a ouro que o cã de Bukhara nos deu como tributo, e que o motivo hexagonal representa as seis grandes cidades do antigo povo sevo?

– Acho que já falou, sim – eu disse.

– E falei o nome de cada uma das seis cidades? – ele perguntou.
– Talvez tenha esquecido.

– Falou, sim, sr. Sakha – afirmei. – Seu país tem uma história muito bonita. Entendo isso.

Sakha assentiu e segurou sua gravata Zegna laranja.

– Tá certo, vamos – ele disse.

Saímos do território internacional na direção do território svanï como se deixássemos a jovial Portland, no Oregon, para ir a Cabul. Os hotéis Hyatt e os falsos bares irlandeses haviam desaparecido. Agora o cenário comercial se limitava a homens de meia-idade que fumavam e fofocavam em torno de táxis estacionados. À margem da economia, rapazes e meninos zanzavam com baldes de sementes de girassol enroladas em cones de papel cuja porção era vendida por cinco mil absurdes (cerca de cinco centavos americanos, como descobri mais tarde).

O McDonald's ficava em uma praça proeminente que na era soviética deve ter tido sua cota de desfiles de Primeiro de Maio, mas que se tornou um mercado especializado de controles remotos usados. Caminhamos em meio a hordas de potenciais compradores que apontavam os controles de segunda mão para o céu, como se tentassem desligar o sol em chamas. Acima da pilha reluzente de controles remotos havia um enorme mural de Georgi Kanuk e seu filho, Debil, dançando juntos no heliporto de uma plataforma de petróleo da Chevron no meio do mar. Um homem gordo de fraque e gravata-borboleta parado ao lado deles escrevia em um antigo pergaminho com bico-de-pena. Seu bigode era tão caprichado quanto os do ditador e do filho, e ostentava uma incongruente cabeleira africana.

– Quem é esse? – perguntei.

– Alexandre Dumas – disse um velho vendedor de controles remotos. – Visitou o nosso país em 1858. Chamou o povo svanï de "a Pérola do Cáspio". Adorou nossos bifes secos e nossas mulheres molhadas. Foi roubado e passado pra trás pelos comerciantes *sevos*. Da terra deles não gostou nem um pouco.

Olhei para Sakha, que se limitou a dar de ombros.

– É uma velha história svanï – ele disse.

– E qual a sua nacionalidade? – o vendedor de controles remotos começou a perguntar, mas Sakha me empurrou para o nosso destino.

Entramos no McDonald's impregnado de aroma de carne, onde fregueses famintos me olharam como uma personificação do estilo de vida fast-food.

– Pessoalmente, simpatizo mais com o movimento *slow-food* – anunciei em voz alta para uma família que dividia o menor hambúrguer do McDonald's em seis partes, para que todos pudessem ter um gostinho. Pobres coitados. Viviam às margens do mar Cáspio, cercados de esturjões deliciosos e frescos e tomates selvagens, e mesmo assim iam ao McDonald's. Anotei mentalmente para conferir a dieta das Crianças de Misha. Com sorte, os assistentes sociais progressistas de Park Slope já teriam chegado em São Petersburgo e começado a trabalhar com os pequeninos.

– Olha, é aquele democrata! – alguém gritou. – Ei, democrata, compra um milkshake pra mim? Acredito em tudo que você diz.

Um eslavo alto e sisudo no final da adolescência, com um ar oficial em seu uniforme do McDonald's, aproximou-se com um sorriso homossexual que lhe daria reputação no Club 69 de Petersburgo. Seu crachá o classificava em cirílico como um *Dzhunior Manadzher.*
– Senhor – ele disse. – Veio para ver monsieur Lefèvre?
– Certamente não vim aqui pra comer essa comida assassina – respondi.
– Por favor, me acompanhe – disse o gerente júnior. – Enquanto isso, o sr. Sakha e seu criado podem saborear um cheeseburger de cortesia. Não, sr. Sakha, *divida* o cheeseburger, só isso.

Ele me conduziu por um corredor de banheiros que exalavam um cheiro insuportável de detergente industrial, passando por uma foto emoldurada da California Pacific Coast Highway até uma porta que dava para um pequeno beco sem saída onde o lixo do McDonald's era estocado em grandes sacos de plástico. Levei um tempo para localizar Jean-Michel Lefèvre, do consulado belga, deitado em cima de um colchão sujo, com as mãos agarradas às laterais do colchão como se ele fosse Jonas depois de cuspido pela baleia.

– Monsieur Lefèvre está indisposto – disse o russo esguio. – Vou pegar alguma coisa pra ele beber.

– Misha – gritou o belga do colchão. – Traga vodca – ele disse em russo.

– Falou comigo? – perguntei.

– Eu também me chamo Misha – disse o garoto, deixando-nos sozinhos.

O belga ergueu-se um pouco para poder me olhar melhor.

– *Mother of God* – ele disse em inglês. – Você é grande. Maior que na foto do capitão Beluga. Nunca vi coisa tão grande.

– Sou um homem grande, sim – falei. Já Lefèvre era loiro e franzino, provavelmente no início da meia-idade, barba por fazer, olhos vermelhos, bronzeado pelo sol, pela água e pela areia absurdistanesa. Seja lá o que tivesse acontecido de horrível com ele, deve ter acontecido de maneira rápida e irreversível.

– Então – ele sorriu de maneira afetada –, quem quer ser belga?

– Eu quero – respondi. Será que tentava fazer alguma piada? – Paguei 240 mil dólares para o capitão Beluga. Isso deve comprar a minha cidadania e um visto de trabalho para o meu criado. Tudo tem que estar em ordem.

– Humm-humm. – O belga esticou uma das mãos para cima e deixou-a pender de modo indolente. – Todo mundo quer ser belga. Bem, eu não quero ser belga, não senhor. Quero ser um zapatista mexicano ou um montenegrino. Algo mais impetuoso. – Ele bocejou e coçou toda a extensão branca do nariz. Notei que seus óculos escuros jaziam quebrados aos seus pés.

Misha, o gerente júnior do McDonald's, voltou com uma garrafa de vodca Flagman e um copo de papel do McDonald's. Esvaziou a vodca no copo, inclinou com cuidado a cabeça de Lefèvre e entornou a bebida em sua boca. Afora alguns engasgos, o álcool acabou atingindo a corrente sangüínea do diplomata belga, deixando-o rapidamente avermelhado.

– O que você é? – disse Lefèvre enquanto Misha limpava seu rosto com um chapéu de papel do McDonald's. – O que faz?

– Sou um filantropo – respondi. – Tenho um projeto de assistência social chamado Crianças de Misha.

– É algum tipo de pedófilo?

– O quê? – quase gritei. – Como ousa? Que horror! A vida inteira eu quis ajudar crianças.

– Achei isso porque você é gordo e ofegante...

– Pare de me insultar. Conheço os meus direitos.

– Ainda não é belga, amigo – ele rebateu. – Só estou brincando. Tivemos um problema aqui na Bélgica com pedofilia. Um grande escândalo. Até o governo e a polícia estão sugeridos.

– Envolvidos – corrigi.

– Achei que você devia saber mais a respeito de sua nova nação antes de assinar. Alguma outra coisa que queira saber?

Ponderei a respeito de todas as coisas que queria saber da Bélgica. Não havia muitas.

– Aqui teve aquela rainha Beatriz, não é? – perguntei.

– Isso foi na Holanda.

– E vocês tiveram uma história vergonhosa no Congo. O Leopoldo de vocês era um monstro.

– Agora ele é o seu Leopoldo, Vainberg. *Nosso* Leopoldo. Nosso Leopoldo, terror dos negros. – Lefèvre esticou-se no colchão, pegou um envelope oficial e jogou na minha direção, mas o papel caiu em cima de uma lata de lixo reciclável. O outro Misha o trouxe para mim.

Tentei enfiar a minha mão grande e fofa lá dentro, sem resultado. Rasguei o envelope e puxei um passaporte belga roxo.

Abri. Embaixo de um holograma desbotado do que imaginei ser o Palácio Real belga, via-se uma cópia granulada da minha foto da Accidental College, as agonias de um rapaz de 22 anos com excesso de peso já pendendo do meu queixo.
— Visite o www.belgium.be, para mais informações sobre a Bélgica — disse Lefèvre. — Lá também tem algumas informações em inglês. É melhor saber pelo menos o nome do primeiro-ministro atual. Às vezes perguntam isso na Imigração.
— Isso parece tão real — eu disse.
— É real — retrucou o diplomata. — De acordo com os registros oficiais, você se naturalizou belga no verão passado, em Charleroi. Obteve asilo político, fugido da Rússia. É um simpatizante da Chechênia ou algo assim. Um judeu simpatizante da Chechênia, esse é você.

Encostei o nariz no passaporte esperando sentir o cheiro da Europa — vinho, queijo, chocolates, mexilhões, Bélgica, em vez do das batatas fritas do McDonald's. Mas só senti o reflexo dos meus odores — dia quente, homem cansado, esperança temperada com esturjão.
— Isso é muito bom — falei.
— Não é muito bom não — disse Lefèvre.
— Ora, é muito bom pra mim — repliquei. Eu tentava ser positivo, como fazem nos Estados Unidos o tempo todo.

O diplomata sorriu. Acenou para que o outro Misha lhe desse a vodca no copo de papel do McDonald's. Entre um gole e outro, ele começou a cantar o hino da minha nova terra natal:

O Belgique, ô mère chérie,
A toi nos coeurs, à toi nos bras,
A toi notre sang, ô patrie!
Nous le jurons tous, tu vivras!
Tu vivras toujours grande et belle
Et ton invincible unité
Aura pour devise immortelle:
Le roi, la loi, la liberté!

Em cada palavra que dizia em francês ele olhava bem dentro do vazio azul de meus belos olhos com caretas e gargalhadas que insinuavam os fracassos de que eu sabia que seria capaz. Fiquei firme, ouvindo. Até que falei:
— Sabe de uma coisa, sr. Lefèvre...

– Hein? – ele murmurou. – O que foi?
– As pessoas se machucam – eu disse.
Pela primeira vez mostrando-se surpreso, o diplomata franziu os lábios finos.
– Quem se machuca? – ele perguntou. – Do que está falando?
– Todo mundo se machuca – repeti. A despeito dos problemas logísticos associados ao meu peso, abaixei-me até o chão e estendi a mão para pegar o copo de vodca na mão dele. Lefèvre se aproximou e por um instante nossas mãos se tocaram, a dele tão suada e vulgar quanto a minha. Peguei o copo e derramei um pouco de vodca no meu novo passaporte.
– O que está fazendo? – gritou o diplomata. – É um passaporte da UE!
– Na Rússia, quando alguém se forma na faculdade, derrama vodca no diploma para dar sorte.
– Sim, mas esse passaporte é da União Européia! – repetiu o diplomata, inclinando-se para trás no colchão. – Você pagou milhares de dólares por isso. Não vai querer que fique cheirando a vodca.
– Faço o que bem entender! – gritei, minha raiva de repente acompanhando o som de talheres e louça quebrada às minhas costas. Olhamos para o McDonald's, sabendo que lá só tinha coisas de plástico e de papel.
– O que é que esses idiotas estão fazendo agora? – disse Lefèvre.
Inúmeras mulheres de meia-idade gritavam a plenos pulmões dentro do McDonald's. Quase que simultaneamente ao rugido feminino juntou-se um complemento mais distante, provavelmente vindo do assentamento sevo abaixo. Um estranho deslocamento de som nos cercou, como se as camadas de ar tremeluzente e sulfúrico do calor de verão incorporassem uma qualidade acústica.
– Merda – disse Lefèvre ao mesmo tempo que as latas de lixo reciclável começavam a sacudir com violência, o que me fez achar que não se tratava apenas de gritos femininos. – Puta que pariu – ele acrescentou.
Sakha saiu correndo do McDonald's, suas mãos tremiam com os resquícios amarelados de um cheeseburger, sua gravata Zegna se manchara com um rastro de ketchup. Ele tentava falar, mas só conseguia balbuciar e gemer com impotência intelectual. Foi preciso que Misha, o gerente júnior do McDonald's, esclarecesse a situação:
– O avião de Georgi Kanuk acabou de ser derrubado pelos rebeldes sevos – ele disse.

18

Para a estação do Hyatt

— Minha previsão é de que todos nós vamos morrer aqui no Absurdistão — disse Lefèvre.
Um solitário MiG-29 fazia um buraco na estratosfera em cima de nós, girando de modo alarmante sobre a tigela cinzenta que era o Cáspio. O território svanï tremia em sua vigília.
— Somos belgas — gritei para o diplomata, brandindo o meu novo passaporte. — Quem ia querer nos ferir?
— Minha previsão é de que antes de isso acabar, estaremos todos mortos — repetiu Lefèvre.
— Que diabos, Jean-Michel? — disse Misha, o gerente júnior. — Você garantiu que não haveria guerra civil até agosto. Falou que tudo estaria calmo em julho. Que receberíamos o dinheiro de Vainberg e iríamos embora. E que pegaríamos um avião para Bruxelas na semana que vem.
— Não vamos a lugar algum — retrucou o diplomata. — Já devem ter fechado o aeroporto.
— Como isso pôde acontecer? — gritou o gerente júnior erguendo com raiva uma das mãos e colocando a outra na cintura. — E o trem luxuoso da American Express que passa pela fronteira? Aquele que cobra cinco mil dólares pela viagem. Por que cancelariam isso?
— Tenho certeza de que está tudo acabado — afirmou Lefèvre. — Mentiram pra mim.
— Quem mentiu pra você? — perguntou o gerente júnior.
— Todo mundo — respondeu Lefèvre. — Sevos, svanïs, Golly Burton...
Virei-me para Sakha, que parecia tão descartado quanto um papel de hambúrguer.
— O que está havendo, Sakha? — perguntei. — Não atiram em belgas, atiram?

– Vainberg – interrompeu Lefèvre –, você tem que fazer uma coisa importante.

– Estou sempre pronto para fazer coisas importantes! – exclamei, me pondo de pé.

– Tem que levar o democrata para o Hyatt, imediatamente. Deixe-o sob a proteção de Larry Zartarian. Ele não está a salvo aqui fora.

Meu coração batia como o de uma donzela apaixonada. Eu estava em êxtase e ao mesmo tempo enlouquecido. *Acha que uma pessoa pode salvar um democrata? Eu também.*

– Estou com um jipe do Hyatt lá na frente – falei. – E o senhor, monsieur Lefèvre, vai ficar bem? Posso fazer alguma coisa pelo senhor?

– Apenas se mandar daqui – ele disse. – Todo mundo se machuca, Misha. Mas alguns se machucam mais do que outros.

– O quê?

– Se manda, Gargântua! Vá!

O vozerio de mulheres e crianças choramingando impregnava a formalidade do McDonald's, os homens contribuindo com um fluxo indigno de imprecações como *blyad,* ou "piranha", xingamento russo para todas as ocasiões. A clientela se escondera debaixo de mesas quadradas gordurosas e atrás do balcão, como se no meio de um assalto. Mascotes do McDonald's em cartolina – um palhaço americano assustado e algo parecido com uma bolha roxa – tornaram-se escudos "humanos" pelas mãos de inúmeros clientes armados.

– Eles acham que isso aqui é um espaço multinacional – disse Sakha. – Acham que estarão seguros aqui. Só as embaixadas, o Hyatt e o Radisson é que são seguros.

– Sim, sim! – falei sem mesmo saber se concordava, mas desfrutava cada segundo daquilo. – Vou levá-lo para o Hyatt, sr. Sakha. Tem a minha palavra de Vainberg.

Lá fora descobrimos a razão da barulheira inicial de louça quebrada e talheres. O mercado de controles remotos usados era pulverizado sob o passo da infantaria pesada que avançava. Avistei um comboio de tratores atarracados equipados com aríetes e me dei conta de que eram tanques soviéticos T-62, seguidos por uma fileira de veículos de transporte BTR-152 blindados e igualmente obsoletos e por uma floresta de canhões antiaéreos que despontavam para fora das escotilhas. (Na minha infância, o Exército Vermelho era uma das minhas principais obsessões pré-masturbatórias.)

Placas de circuito, baterias e lâmpadas infravermelhas choviam em cima de nós em jorros de civilização devastada. Na tentativa de salvar as mercadorias, os vendedores de controles remotos jogavam os modelos mais procurados em sacos de estopa e disparavam em ziguezague em meio aos veículos lentos rumo à relativa segurança do teatro em estilo mouro ao lado do McDonald's. Do seu mural, Alexandre Dumas baixava os olhos sobre eles em silêncio, registrando tudo em seu códice.

A barulheira da artilharia pesada reverberava pela cidade. Eufórico, eu procurava por nuvens de fumaça que indicassem uma zona de guerra, mas o céu estava inteiramente tomado por um sol traiçoeiro. Era hora de fazer alguma coisa máscula e americana.

– Vamos, vamos, vamos, filhos-da-puta! – berrei para Sakha e Timofey enquanto os empurrava na direção do nosso carro. O alarme do jipe tinha disparado e a janela traseira estava parcialmente estilhaçada, mas pelo que parecia o imponente logotipo do Hyatt assustara os saqueadores locais. – Você tem que dirigir essa coisa. – Empurrei Sakha para o banco do motorista. – Não faço a mínima idéia de como fazer isso e muito menos meu criado.

Sakha ofegava. Apontava para o seu *mobilnik* e acenava na direção de Gorbigrado, talvez tentando dizer que queria telefonar para a família. Enfiei a mão na minha pochete e puxei um vidro de Ativan.

– O que é isso? – Sakha chiou. – Raiz de valeriana?

– Claro que não – falei. Enchi a mão de comprimidos de Ativan, introduzi em sua boca e a entupi com quase um copo inteiro de Coca-Cola. – Isso faz efeito imediato – menti. – Respire, sr. Sakha, respire. Quer ouvir uma canção ocidental relaxante? *My name is Luka* – cantei. – *I live on the second floor.*

– Pare – disse Sakha. – Por favor, pare de cantar. Preciso ter pensamentos positivos. Quero ver minhas meninas de novo.

Um T-62 que trafegava começou a girar o canhão em nossa direção, como uma criancinha tentando fazer amigos.

– Dirija! – gritei para Sakha.

Saímos desgovernados pelo estacionamento do McDonald's até uma rua lateral parcialmente destruída. Varandas destroçadas gemiam debaixo de lavanderias, moradores aterrorizados observavam pelas janelas, televisões por todos os lados cacarejavam para anunciar na língua nativa o desastre iminente. O rádio tocava *O lago dos cisnes* de Tchaikovski, um claro indício de que as coisas estavam bem piores do que aparentavam. Passamos disparados por um bando de gatos aterrorizados e desviamos para uma rua estreita dominada pela face de pedra de uma igreja svanï.

Os soldados tinham formado um posto de controle na estrada que levava ao território internacional. E nos vimos no final de um longo engarrafamento de Zhigulis e Ladas. Os carros à frente eram revistados por jovens baixos e magricelas de bigode preto e espesso com uniformes onde pontuava a palavra russa *soldat* (soldado). Granadas pendiam de seus cintos. Alguns usavam sandálias de praia cor-de-rosa.

– Se perceberem que sou um democrata importante, eles me matarão – disse Sakha. – O filho de Georgi Kanuk é pior que o pai. Ele comanda as forças especiais. Suas mãos estão sujas de sangue. Vai querer vingança pela morte do pai.

– Você está comigo – eu disse. – Sou um Vainberg. Um belga. Um judeu. Um homem rico. Você está me levando para o Hyatt. Somos gente importante, Sakha. Acredite em si mesmo.

– Vou ligar pra minha família – ele disse, puxando o telefone. Começou a chorar assim que a ligação se completou. Falava na língua nativa com algumas partes em russo. – Levou as meninas para a ExcessHollywood? – soluçou. – Elas pegaram o *Toy Story 2*? Diga que estarei em casa amanhã e que vamos assistir juntos. Ou elas podem ir para o Hyatt e assistiremos no telão de Larry Zartarian. Será que preferem assim? Oh, minhas doces macaquinhas. Não as deixe sozinhas. Não pode perdê-las de vista. Eu devia saber que isso aconteceria. Devia ter aceitado aquela bolsa de estudos em Harvard. Já ouvi Josh Weiner demais.

– Já chega – ordenei. – Limpe os olhos e desligue o telefone. Está quase na nossa vez. Seja forte!

Um soldado adolescente bateu em nossa janela. Ele olhou meus peitos grandes e depois o trêmulo Sakha e o meu ignorante Timofey, tentando compreender o nosso estranho grupo.

– Qual a sua etnia? – ele berrou para o democrata, impregnando o carro com o fedor de alho e álcool misturado ao odor familiar de algo pubiano e masculino. Sakha começou a gemer inutilmente para ele. O soldado o ignorou, enfiou uma garra longa e escura por dentro de sua camisa e puxou uma pequena cruz dourada presa por uma corrente. Verificou a posição da haste inferior e jogou a cruz seva na cara de Sakha. – Saia do carro, *blyad* – ele disse.

– Sou belga – gritei, acenando com meu passaporte. – Sou cidadão belga. Estamos indo para o Hyatt. Esse carro é do Hyatt. E ele é meu motorista. Sou um homem muito importante, um judeu.

O soldado suspirou.

– O povo judeu tem uma história longa e pacífica em nossa terra – ele recitou. – Minha mãe será sua mãe...

– Esqueça a minha mãe por um segundo – falei. – Sabe quem era o meu pai? Boris Vainberg.

– Sou obrigado a conhecer cada judeu do país? – argumentou o soldado. Ele ergueu o Kalashnikov e habilmente introduziu-o por dentro do nó da gravata Zegna de Sakha. Um líquido familiar escorreu por dentro da calça do pobre homem até o sapato. Seu corpo reluziu de vermelhidão por dentro da roupa crespa de algodão. Era bem possível que estivesse tendo um ataque cardíaco.

Em contrapartida, nunca me senti tão controlado.

– Você não sabe quem foi Boris Vainberg? – gritei para o soldado. – Ele vendeu o parafuso de oitocentos quilos para a KBR.

– O senhor é da KBR? – ele perguntou.

– Golly Burton, Golly Burton – gritou Timofey do banco traseiro.

O soldado abaixou a arma.

– Por que não disse logo? – Ele nos olhou com olhos tristes e infantis, resignado com a perspectiva de uma última derrota. – Saiam daqui, senhores – ele disse com uma saudação indolente.

Sakha conseguiu ligar o carro e seguimos lentamente até o território internacional na traseira de um veículo blindado. O democrata tinha parado de chorar e agora se limitava a jorrar pequenos jatos de urina, com as mãos enterradas no volante e os olhos acompanhando a bateria antiaérea instalada logo à nossa frente.

– Uau! – exclamei em inglês. Virei-me para o meu criado. – Viu isso, Timofey? Conseguimos. Salvamos uma vida. Como é que se diz no Talmude? Aquele que salva uma vida, salva o mundo inteiro. Não sou religioso, mas meu Deus! Que conquista! Como está se sentindo, Sakha?

Sakha não conseguia expressar as palavras de gratidão que eu merecia. Ele só respirava e dirigia. Decidi lhe dar um tempo. Eu já estava escrevendo uma mensagem eletrônica para Rouenna, comentando as façanhas do dia. O que foi que ela disse naquele sonho da maçã de oito dólares? *Seja homem. Deixe-me orgulhosa.* Feito.

O Bulevar da Unidade Nacional estava apinhado de veículos blindados BTR-70 de oito rodas, com carcaças semelhantes a botes conhecidas por quem assiste à BBC World. Alguns tanques faziam a proteção da estratégica e importante loja da Benetton e da Perfumaria 718. Absurdistaneses esguios de camisetas enfiadas em calças jeans pretas armados apenas com *mobilniks* no coldre zanzavam pelo bulevar, prometendo infligir sexo anal e outras coisas mais aos soldados bêbados que vez por outra os ofendiam.

Nas proximidades dos arranha-céus do Hyatt e do Radisson nos deparamos com uma massa de pedestres que aos empurrões gritavam e seguiam na mesma direção. Estavam cercados pelos soldados, que rasgavam seus documentos e tiravam suas cruzes à força. Os militares davam cascudos na cabeça do povaréu e acariciavam as menininhas com um prazer risonho. No centro da ação um jovem soldado tentava arrancar a corrente do pescoço de uma matrona enquanto lhe esbofeteava a boca.

– Ladrão! – berrava a mulher. – Socorro, cidadãos! Ladrão! – Por algum motivo eu e Timofey ríamos nervosamente da luta daquela gorda. Isso nos fazia lembrar de algo profundamente soviético: o ser humano sendo lentamente desapossado de sua dignidade na frente dos outros.

Em respeito ao logo do Hyatt em nosso jipe, os soldados nos acenavam e a multidão batia nas laterais do veículo na esperança de obter uma passagem segura até o hotel.

– Infelizmente, primeiro temos que salvar nossa própria pele – eu disse para Sakha.

O democrata assentiu e não disse nada. Enquanto manobrávamos na entrada circular de carros do Hyatt, ele gritou duas palavras sem sentido, girou o volante para a esquerda com violência e lentamente nos conduziu para o lado camuflado de um BTR-70. Os air bags inflaram à nossa frente. Asfixiado de branco, rocei minhas bochechas gordas pelo náilon inflado e cambaleei para fora do jipe. Um oficial correu ao nosso encontro, seguido por uma fileira de soldados. E acabei entendendo o que Sakha tinha gritado. Duas palavras. *Coronel Svyokla.*

Nos romances produzidos durante os anos dourados da literatura russa, alguém que se chamasse Svyokla seria parecido com uma *svyokla*, o que significa que ele seria vermelho como uma beterraba. Mas na era da produção moderna, a cabeça do coronel Svyokla lembrava uma pêra gigante geneticamente modificada, esférica e carnuda, com a pele ressecada e enrugada. Ele não tinha o cavanhaque democrata de Sakha nem o bigode do Oriente Médio que brotava nos lábios dos seus soldados. Parecia um daqueles dignos anciãos do Cáucaso que costumam bebericar conhaque armênio no fundo dos cassinos de São Petersburgo na companhia de alguma mulher, ignorando o provincianismo tumultuado das roletas e pistas de dança.

– Misha Vainberg – o coronel Svyokla me cumprimentou. – Quanta honra. Minha mãe será sua mãe...

Enquanto ele conversava comigo, Sakha era arrancado do jipe do Hyatt pelos soldados. Não esboçava resistência, era simplesmente arrastado pela força coletiva dos militares, com sua cabeça escura balançando num mar de camuflagem.

– Eu trabalhava para Boris, seu pai, como consultor petrolífero aqui da região – disse o coronel Svyokla, despenteando audaciosamente o meu cabelo. – A morte dele foi uma terrível tragédia. Uma grande luz se extinguiu para o povo judeu. Minhas condolências.

Na outra extremidade do hotel, sob uma placa onde se lia CUIDADO: HOMENS TRABALHANDO, um grupo de homens alinhava-se na linha de tiro. Mantinham-se parados com funesta resignação; as gravatas pendiam frouxas dos pescoços, os pêlos dos braços brilhavam debaixo de mangas curtas e alguns olhos estavam fechados de tão inchados, possivelmente por conta dos disparos dos rifles.

– Foi uma tentativa de golpe dos sevos – explicou o coronel. – Cuidaremos disso em alguns minutos. Volte para o hotel, Misha.

Saí o mais rápido que o meu peso permitia e irrompi de supetão no saguão gelado do Hyatt. Aliosha-Bob e Larry Zartarian me abraçaram e nos jogamos no chão de mármore.

– Você tem que... Você tem que... – eu balbuciava enquanto me arrastava por cima deles, minhas mãos subiam e desciam como se eu estivesse nadando na direção de um farol distante.

– Não há nada... Não há nada... – ambos replicavam. – Não há nada que se possa fazer.

Avistei Josh Weiner no meio de um grupo de funcionários de empresas petrolíferas bebendo a cerveja da tarde.

– Josh – eu disse. – Josh, me ajude. Eles pegaram Sakha.

O diplomata olhava fixamente para as palmas das mãos colocadas à sua frente. Ele virou cuidadosamente as mãos para cima sem desviar o olhar.

– Josh! – chamei. Timofey me alavancou com o peso de seu corpo e me pôs de pé.
Saí mancando na direção de Weiner, mas ele me deu as costas em silêncio.
– Já redigimos um protesto. – Eu o ouvi dizer.
– As pessoas que eles vão matar... não são rebeldes. São todas democratas!
– Ouviu o que acabei de dizer, Vainberg? – disse Weiner, rangendo os dentes. – Nós redigimos um protesto.
Virei-me e saí ao encontro da luz do sol.
– Misha, não! – gritou Aliosha-Bob ao mesmo tempo que se atirava em cima de mim, mas o afastei do caminho com meu punho grande e fofo.
Despontei na rua em meio a um furioso vozerio masculino.
– No chão! – berravam os soldados para Sakha e seu grupo. Pude *sentir* os soldados. Senti o calor do sangue de sua etnia e sua lealdade de clã, a presunção adolescente, as psicoses congênitas e a heráldica feita de torta de carneiro e licor de ameixa, e a virgem peluda das festas de casamento.
– De joelhos! – gritaram os soldados.
Alguns homens pesados e outros brindados por uma acadêmica falta de graça física viam-se em dificuldades para se organizar nessa frágil posição. Muitos tombavam e tinham que ser arrastados pelo colarinho. Os soldados alinhavam-se atrás deles, um para cada homem, uma proporção que não cheirava bem.
Os olhos de Sakha se fixaram em mim. Havia lágrimas em seu rosto; não pude vê-las, mas sabia que estavam lá.
– Misha – ele gritou. – Mishen'ka, por favor. Peça pra que eles parem. Vão ouvir um homem como você. Por favor. Diga alguma coisa.
A mão de Aliosha-Bob puxou minha manga, seu pequeno corpo pressionado contra o meu.
– Golly Burton! – berrei. – KBR!
Os soldados olharam para o coronel Svyokla, que fez sinal afirmativo. Atiraram na nuca dos homens e, com a descarga, os corpos das vítimas entraram em convulsão ao mesmo tempo, caindo rapidamente no chão com uma nuvem de poeira rodopiando em torno deles.
Os cartuchos das balas rolaram pelo chão até os meus pés. Uma dúzia de corpos jazia ao solo.

19

Meu cinzento coração de réptil

Quarenta andares acima da guerra, a civilização à Hyatt nos envolvia. Os geradores zumbiam no arranha-céu, criando a ilusão de que estávamos numa espaçonave americana que flutuava por tanques e veículos blindados, bares imitando o estilo irlandês e plataformas de petróleo Royal Dutch Shell, rumo a um notável falso desfecho hollywoodiano. "Todo mundo na piscina! É hora da festa!"

Liguei e desliguei, e liguei de novo para o dr. Levine. Finalmente o bom doutor atendeu, tossiu, fungou (outra vez as alergias climáticas), pigarreou e me deu bom-dia.

– Dr. Levine, é uma emergência – falei. – Estou na República do Absurdsvanï. Estou correndo um grande perigo. Coisas terríveis. Por favor, me dê uma luz...

Com a imensa paciência e equilíbrio de analista, o dr. Levine rogou para que eu me acalmasse.

– Agora me diz, onde fica esse lugar? – ele perguntou.

– Tem visto os noticiários?

– Vi os de ontem à noite.

– Então deve ter ouvido a respeito da guerra civil.

– Que guerra civil?

– No Absurdsvanï. Na capital. Interditaram o aeroporto. Fuzilaram um amigo meu.

– Está bem, vamos começar do início. – O dr. Levine suspirou. – O que é esse tal de Absurdsvanï?

– O Absurdsvanï fica no mar Cáspio.

– Onde fica isso exatamente? Sou um pouco fraco em geografia.

– O mar Cáspio? Fica no Sul da Rússia, perto do Turcomenistão...

– *Onde?*

– Perto do Irã.

– Perto do Irã? Achei que você ainda estava em Moscou, na última vez que ligou.

– São Petersburgo.
– Mesmo assim, o Irã deve ser bem distante de Moscou. O que está fazendo aí?

Expliquei em detalhes que tinha viajado até o Absurdistão para comprar minha cidadania européia de um funcionário trambiqueiro do consulado belga depois de ter comido a jovem esposa do meu falecido pai. Seguiu-se um silêncio reprovador.

– E é uma maneira legal de se obter cidadania? – perguntou o dr. Levine.

– Bem – eu disse. – "Legal" é uma palavra relativa...

Seu filho-da-puta, pensei. *Como ousa sugerir que não devo aproveitar cada chance de sair da Rússia quando até mesmo seus bisavós devem ter subornado metade dos homens do czar no assentamento para depois fugirem escondidos em malotes de correspondência, e tudo para garantir que os descendentes pudessem se refestelar em cadeiras Eames de nogueira na esquina da Park Avenue com a 88 para distribuir declarações simplórias e reprovadoras aos sofredores e ganhando 350 dólares a hora pelo privilégio?* Mas em vez de dizer isso, eu comecei a chorar.

– Antes vamos ao que interessa – disse o dr. Levine. – Parece que um monte de gente morreu baleada e em explosões de minas terrestres no seu passado recente. Então, eu lhe pergunto: você está num lugar seguro? Sua vida corre perigo imediato? E na possibilidade de que possa ter sintomas de um estresse pós-traumático, como, por exemplo, sensação de isolamento, raiva e impotência, você acha que pode tomar decisões racionais para manter-se seguro no futuro?

– Não tenho certeza. – Engoli os soluços para me concentrar. – Meu amigo Aliosha-Bob está tentando nos tirar daqui. Ele sabe se virar.

– Bem, isso é bom – disse o dr. Levine. – Por ora, é melhor passar o tempo de maneira construtiva. Tente se ocupar como fez em Moscou. Saia para dar umas voltas ou faça exercícios, caso seja seguro fazer isso. Esse tipo de atividade junto com os três miligramas de Ativan por dia vai baixar o nível de sua ansiedade.

– Você acha realmente que posso...

– Ouça, por que não tenta relaxar? – interrompeu o dr. Levine. Podia ouvi-lo sorvendo o seu amado shake de frutas cítricas com vitaminas, o equivalente moderno do charuto do analista. – Procure não ficar tão tenso – ele acrescentou.

— *Tentar* relaxar? Como farei isso? É o mesmo que encher a cara para ficar sóbrio.

— Sabe o que faz um outro paciente meu quando se sente tenso? Ele sai para comprar roupas. Por que não sai e compra uma roupa, Misha?

— Estou triste demais para comprar roupas — murmurei.

— E o que mais lhe vem à mente a respeito disso? A respeito de sua tristeza?

— Ninguém se importa comigo, nem você, doutor. Vi um bom democrata ser morto na minha frente e tento lamentar por ele o melhor que posso, mas não consigo. E tento lamentar pelo meu pai, mas nada me "vem à mente sobre isso", como você diz. E tento ser bom. Tento ajudar os outros, mas por aqui não há como ser bom. E se há, desconheço. E estou com medo, estou me sentindo sozinho, estou infeliz, estou me punindo por estar com medo, sozinho e infeliz, e por estar vivo aos trinta anos sem ter ninguém, nenhuma alma, exceto Aliosha, que se importe comigo. Sei que existem pessoas em Nova York, Paris e Londres que passam pelos mesmos problemas, e que sabendo disso não devia me sentir uma exceção, mas tudo o que faço e aonde quer que eu vá está tudo errado, tudo errado. E não pode simplesmente ser eu o errado. Tenho que saber que não sou eu. Preciso ouvir que sou melhor do que isso. Acordo numa cama vazia e o meu coração está cinzento. Literalmente. Tiro a camisa, olho o peito e meu coração é uma couraça cinzenta como a de um réptil.

Eu podia ouvi-lo respirando. Agarrei o fone, na esperança de ouvir que não era eu o errado e que eu era melhor do que isso, e que não existe essa conversa de coração cinzento de réptil.

— Fale! — murmurei em russo, de modo quase inaudível. — Faça o seu trabalho! Me dê um pouco de felicidade!

Seguiu-se mais silêncio analítico.

— É verdade — assentiu o dr. Levine, relutante —, as circunstâncias vividas por você revelam um conjunto único de problemas.

— Sim — falei. Era verdade. Circunstâncias ruins trazem problemas únicos. Esperei por mais. Esperei por um minuto, e depois por outro, em vão. *Oh, vamos lá, doutor. Jogue um osso para o cachorro. Diga que sou melhor do que isso. Fale do meu coração.* Enfiei a cara na minha mão grande e fofa e chorei, exagerando os gemidos na esperança de que o doutor se apiedasse e me absolvesse dos meus pecados.

Mas ele não faria isso. Nem por 350 dólares a hora. Nem por todo o dinheiro das ilhas Cayman. Nem por todo o dinheiro deste meu mundo de coração cinzento.

Deitei na cama tão deprimido e imóvel quanto um Oblomov do século 21 para navegar pelos recantos mais obscuros da internet, o laptop vibrando e balindo em cima da minha barriga. Vi tudo quanto é tipo de mulher infeliz sendo degradada, humilhada, amarrada, espancada, forçada a engolir pênis gigantescos e senti vontade de secar aqueles rostos molhados e levá-las para algum lugar como Minneapolis ou Toronto, onde aprenderiam a sentir prazer pela vida simples e linear longe dos carrascos de pau grande.

Decidi mandar um e-mail para Rouenna:

Querida Rouenna,

Estou num pequeno país chamado Absurdsvanï, ao Sul da Rússia, perto do Irã. Eclodiu uma guerra civil e democratas inocentes estão sendo mortos na rua. Tento salvar o maior número de pessoas possível. O governo belga me concedeu cidadania em reconhecimento aos meus serviços, mas pode ser tarde demais para salvar minha própria vida. Reze por mim, Rouenna. Vá à igreja com sua abuela Maria e reze pela minha alma.

Não sei se o seu novo namorado já lhe ensinou a ler Freud, mas tive um sonho em que você me vendia uma maçã por oito dólares. Meu analista disse que isso significa que tudo o que você fazia por mim era condicionado pelo dinheiro. Desde o início, quando viu meu apartamento e disse "Caramba, grandão, até que enfim me dei bem", você me usava. (Está vendo?, não esqueço nada!) Meu analista também é médico e disse que é melhor você mudar, Rouenna, o que está fazendo comigo pode destruí-la por dentro. Você é que vai acabar se machucando pelos seus atos e essa é uma opinião médica. Pense nisso!

Se conseguir sobreviver aqui, serei sempre seu, você é a única coisa que faz minha vida valer a pena.

Seu Ursinho Russo que te ama, Misha.

Na verdade, não cheguei a mencionar o sonho da maçã ao dr. Levine, mas com Rouenna era sempre bom citar uma figura de autoridade. Assim que enviei a mensagem, apareceu uma resposta automática no monitor.

Alô, cowboys e cowgirls! Não posso responder a mensagem de vocês agora porque eu e meu namorado fomos passar a semana em CAPE COD para desanuviar o estresse que está nos matando!!!! Enquanto todo mundo ferve como bolinho chinês em NYC nós estaremos na casa de um famoso diretor de cinema em Hiyanissport (não posso dizer quem é, senão o professor Shteynfarb me mata!). Rá-rá! Brincadeira. Volto na próxima quarta-feira, então não fiquem com muitas saudades. Beijos, R.
Pensamento do dia: "A Terra está cheia de gente com quem não vale a pena conversar." – Voltaire, filósofo francês. Totalmente verdade!!!!!

Reli a mensagem, o laptop subindo e descendo na minha barriga a cada arfada. Uma frase grudou na minha cabeça. Não a de Voltaire. Reli a mensagem de Rouenna. "Diretor de cinema." Era isso. Não um diretor de um filme, mas um diretor de *cinema*. Cristo. Digitei no teclado com meu dedo indicador entorpecido e fiz o meu computador voltar ao fluxo da pornografia, vaginas raspadas se confrontavam com paus que rodopiavam. Adormeci em um redemoinho de raiva, um gemido frágil e falso de mulher ecoava nos alto-falantes do laptop.

A mão esfregava os meus ombros, mas não conseguia associá-la à voz familiar que me dizia "Acorde, Misha". Continuava a me massagear, levando ao meu ombro o cheiro de álcool e de suor masculino.

– Não me toque! – Acordei me sacudindo e bati com força na mão. Por um segundo me surpreendi com a presença de Aliosha-Bob ao meu lado, em vez do meu pai.

– Que porra é essa, Misha? – Ele esfregou a mão dolorida. – O que há com você?

– Não sei – murmurei. – Desculpe.

A cabeça de Aliosha-Bob pairava em cima de mim, veias azuladas formavam rios de preocupação, o nariz era um subcontinente vivo que respirava. Ele não vestia nada além de uma calça de moletom, com o peito nu exibindo uma típica cruz ortodoxa e um *c'hai* judeu. Meu amigo tinha falado recentemente que daria um sentido religioso à sua vida. E quis lhe perguntar: por que é que os americanos estão sempre à procura de alguma coisa quando claramente não há nada a ser encontrado?

Aliosha-Bob tirou o laptop da minha barriga.

– Ora, isso é bom, Snack – ele disse. – Stuffherass.com. Essa aqui na coleira é sua nova namorada?

– Desculpe por ter batido em você – falei. – Não queria que me tocassem agora.

– O que foi que seu analista disse?

– Estresse pós-traumático. Blablablá.

– O que mais ele disse?

– Que seria bom eu dar uma volta. Fazer exercícios. Comprar uma roupa.

– Brilhante, como sempre. – Ele riu. – Pedi asas de frango ao serviço de quarto. Estão na sala de estar. Tem Black Label no frigobar.

As asas de frango estavam ressecadas e artificiais, e precisei de quatro baldes, 48 asas, para me satisfazer. Chupei a gordura dos ossos como se eu fosse um aprendiz de pornografia, saboreando o suave "molho picante" de tomate que escorria pelo meu queixo até o roupão do Hyatt. Correntes invisíveis de ar-condicionado acariciavam a minha cara atarracada. Molho picante e ar-condicionado: eu juntava as duas coisas e quase me sentia seguro.

Aliosha-Bob digitava no seu laptop com uma das mãos e com a outra zapeava impacientemente os canais da televisão. Estava em busca de notícias do Absurdistão.

– CNN, nada. MSNBC, nada. BBC, quase nada. France 2, alguma coisa, mas *je ne comprends pas* o que é... É como se estivéssemos presos numa ORT.

Ele sintonizou uma das estações controladas pelo Kremlim, só Putin, o tempo todo. É bem verdade que o presidente da Rússia dava uma coletiva à imprensa. Mostrava o ar de sempre, de um cavalo ligeiramente infeliz que enfia a boca numa tigela de aveia.

– O Absurdsvaní é um parceiro importante da Rússia, tanto no sentido estratégico como no econômico e no cultural – declarou Putin com tristeza ao microfone. – Esperamos pelo fim da violência. Solicitamos ao governo sevo que respeite as leis internacionais.

Aliosha-Bob passou para outro canal do governo. Pensando bem, todos os canais eram do governo. Um jovem repórter de ar ocidental posicionava-se à frente de uma parede de mármore onde se liam as palavras PARK HYATT SVANÏ CITY.

– Olha, é nosso hotel – falei.

– O número de mortes até agora é reduzido – dizia o repórter. – Sessenta e cinco mortos no conflito; entre eles, doze conspiradores sevos armados que foram mortos pelas forças de segurança na frente do Hotel Hyatt.

– *Conspiradores* sevos? – falei. – *Armados?* Eram democratas com gravatas caras.

O repórter continuava:

– Com a mediação pessoal do presidente Putin, hoje mesmo assinou-se um cessar-fogo temporário em Svanï.

– É um bom sinal! – disse Aliosha-Bob. – Eles devem reabrir o aeroporto.

Resmunguei quase animado em assentimento. A idéia de sair do Hyatt me parecia irreal, para ser franco. O que eu queria era voltar para o quarto e olhar mais um pouco as pobres garotas na internet. Minha vontade era rasgar seus carrascos com as duas mãos.

O repórter seguia em frente:

– Hoje, o novo presidente da República, Debil Kanuk, filho do chefe de Estado assassinado, Georgi Kanuk, encontrou-se com os líderes do movimento sevo autodenominado Comitê Estatal pela Restauração da Ordem e da Democracia, ou SCROD, segundo a sigla inglesa.

– Isso é um peixe, não é? – perguntei. – O nome deles se baseia num peixe.

– E nem é um bom peixe – comentou Aliosha-Bob.

O líder svanï apertou a mão dos oponentes sevos mais velhos e mais bem vestidos. Todos sorriam como se acabassem de retornar de uma triunfante caçada de patos.

– De quem você gosta mais, dos svanïs ou dos sevos? – perguntei ao meu amigo.

– É tudo a mesma merda – ele respondeu. – Larry Zartarian disse que toda essa guerra é por causa de um oleoduto que a KBR está construindo do Cáspio até a Turquia. Todo mundo quer que o negócio passe pelo seu próprio território para tirarem um lucro com as propinas.

Ao ver que os orgulhosos e bem vestidos sevos cumprimentavam o grosseirão do Debil Kanuk, com sua testa oleosa derretendo pancake sob os holofotes, resolvi apoiar o povo sevo. Mesmo que somente em memória de Sakha.

E reconheci então um dos homens que ladeavam Debil Kanuk. Uniforme amarrotado cor de oliva, olhos turvos que sondavam fixamente o horizonte, punhos rubros que pendiam como romãs acima dos quadris. Parecia que o coronel Svyokla sorria diretamente para mim, desafiando-me a salvar a vida de Sakha.

Falou calmamente ao microfone. Depois dos rompantes suínos emitidos por Debil Kanuk, até que o coronel parecia um bom orador.

– Enquanto não prendermos os conspiradores sevos, os homicidas que abateram o avião de Georgi Kanuk – ele disse –, as fronteiras da República continuarão interditadas e fechadas ao tráfego aéreo. Será feita justiça ao povo svanï.

– Droga! – disse Aliosha-Bob. – Que porra é essa, Misha? Não deixarão os estrangeiros saírem daqui? O que querem de nós? Que sacanagem! – Ele se deteve para me olhar. – Está chorando, Snack?

Passei a mão no rosto. Era verdade. Minhas bochechas estavam ensopadas e as narinas impregnadas pela brisa marítima do meu corpo salgado; ao mesmo tempo, às minhas costas, a corcunda tóxica vibrava notas já conhecidas: *de-ses-pe-ro, de-ses-pe-ro, de-ses-pe-ro*. Tudo se repetia. O estacionamento. Os cartuchos de balas. A nuvem crescente de poeira. Os corpos caindo. E as últimas palavras de Sakha: *Mishen'ka, por favor. Peça pra que eles parem. Vão ouvir um homem como você.*

Aliosha-Bob desligou a TV e foi para perto de mim.

– Não fique assim... – Ele abriu os braços para um abraço.

Inclinei-me aos soluços em sua direção. Ele sentou-se e aconchegou minha cabeça em seu ombro quente e nu. As lágrimas rolavam descontroladas e sem se importar com nada se mesclavam ao sal do corpo do meu amigo, e se acumulavam em seu umbigo cavernoso.

– Vamos levar um rap – ele disse. – Misha, quer cantar um rap? Lembra de quem somos? Os Cavalheiros que Gostam de Rap!

– Lembro – falei. Sorri o suficiente para que Aliosha-Bob soubesse que ainda restava salvação para mim.

– E que tal um pouco de *ghetto tech*? Um pouco de "Dick Work"?

– Leva aí. – Eu olhei timidamente entre minhas pernas.

– *Lemme see yoah dick work/Lemme see yoah dick work* – cantou Aliosha-Bob em um microfone imaginário, imitando a voz de uma garota promíscua do gueto de Detroit. – *Lemme see yoah dick work...*

Estendeu o microfone para mim. Fingindo ser o amante dessa mulher imaginária do gueto, cantei no falso barítono de um cafetão do gueto:

– *Let me see dat* pussy *work.*

Nós dois rimos.

– É isso aí, garoto – disse Aliosha-Bob. – É assim que se faz. É assim que a gente *manda ver, caralho*. Direto de Detroit. Ação e reação. Tu é o meu negão.

– E tu é o meu. – Beijei a bochecha dele. E uma coisa intensa irradiou em minha barriga. Será que o rap é revigorante? Será que quem não tem nada é mais feliz do que as outras pessoas?

Nosso abraço foi interrompido pelo rugido monótono e constante de um avião. Aliosha-Bob foi à janela e abriu as cortinas.

– Vem aqui, Misha! – ele falou.

– Preciso?

– Olhe!

Um helicóptero Chinook parecido com uma vaca mecânica aérea bojuda e sem graça debaixo de duas hélices voava sobre os campos de petróleo na direção do território internacional. Pude ler a inscrição na sua lateral em letras brancas inglesas camufladas.

– Pegue seu criado e o laptop. E seu passaporte belga também.

– Por quê?

– Queda de Saigon, 1975.

– *Je ne comprends pas.*

– Aperte aqui, Snack. Vamos pra embaixada.

O exército americano chegava em Svanï.

20

A jogada americana

A embaixada americana situava-se à sombra do arranha-céu da ExxonMobil, um retângulo de vidro cor de salmão com vigas de cromo *art déco* recém-construído para evocar permanência e uma história transparente. A embaixada fora alojada em uma antiga academia de cor pastel onde outrora se educavam os filhos da nobreza czarista local. Com os ataques às embaixadas americanas na África, o posto americano no Absurdistão foi cercado por um fosso de trincheiras e arame farpado. Mas a multidão amontoada e equipada com cortadores de arame e coisas do gênero avançava ameaçadoramente recinto adentro, como se convencida pela aproximação dos helicópteros de que todos ali eram extras em algum épico de Hollywood.

Alguns eram mais velhos, mas a maioria aparentava idade universitária, vestidos da forma menos ameaçadora e mais americana possível. Portavam cartazes que listavam as razões pelas quais deveriam ser aceitos para embarcar nos Chinooks americanos, entre outras: GAROTA DE 21 ANOS, NÃO-PROSTITUTKA, TENHO VISTO DE ESTUDANTE PARA UNIVERSIDADE DA CALIFÓRNIA EM NORTHBRIDGE + FAMÍLIA COM PETRÓLEO. E mais: POR FAVOR ME LEVEM COM VOCÊS – POLÍCIA SECRETA VAI ME MATAR, PORQUE FAÇO OPOSIÇÃO POLÍTICA AO DITADOR DEBIL KANUK. E mais: NÓS ♥ HALLIBURTON, KBR1, VAMOS LÁ HOUSTON ROCKETS! E mais: AMÉRICA: SE NÃO ESTÁ NEM AÍ PRA GENTE, SALVE NOSSO PETRÓLEO. Meu cartaz favorito, hasteado por um velho grisalho que pela aparência era um simples trabalhador aposentado, escrito com um inglês impecável: NÃO SOMOS PIORES QUE VOCÊS. SOMOS SÓ MAIS POBRES.

– Os cidadãos americanos e da UE estão chegando – gritou Aliosha-Bob enquanto empurrava os absurdistaneses baixinhos e morenos a nossa volta. Acompanhei o grito de guerra, e até Timofey se pôs a berrar:

— Americanos e UE chegando!

Estendemos nossos passaportes americanos e belgas e fomos rapidamente transferidos para uma fila VIP, onde os aspirantes em potencial eram mais altos, mais brancos e mais gordos – gente mais próxima do meu nível. O mais moreno por perto era Larry Zartarian, o gerente do Hyatt, que empurrava a mãe para os braços de um oficial do consulado enquanto gritava:

— Tumores! Tumores malignos! Ela precisa de tratamento médico urgente no Cedars-Sinai. Minha mãe é sua mãe! Leve-a!

Vestida de preto (quase uma réplica do filho, só que com os bigodes aparados com mais precisão), a mãe por sua vez gritava:

— Não, não, não vou! Ele não vai conseguir viver sem mim! Ele não sabe se virar! É um idiota!

Avistamos Josh Weiner apressado atrás de vários guardas da marinha. Cuspia saliva no celular e sacudia uma prancheta.

— Weiner! – gritou Aliosha-Bob. – Turma de 94!

Weiner lançou um sorriso de escárnio, acenou com a prancheta e depois apontou o seu relógio para mostrar que estava ocupado.

— Ah, qual é! – berrou Aliosha-Bob. – Não me faça escrever para o jornal dos ex-alunos!

O diplomata suspirou, fechou bruscamente o celular e veio em nossa direção.

— Diga, qual é o problema aqui, Joshie? – disse Aliosha-Bob, segurando amigavelmente o cotovelo de Weiner. – Será que podemos entrar naquele helicóptero?

— Que tipo de cidadania ele tem? – perguntou Weiner apontando para mim, mas sem olhar na minha cara. O Departamento de Estado sempre lida comigo na terceira pessoa.

— Misha é um cidadão da UE – respondeu Aliosha-Bob. – Ele é belga.

— Por enquanto, só estão permitindo a entrada de americanos – disse Weiner.

— Tá bem – eu disse. – Não esquenta, Joshie. Vou simplesmente morrer aqui, como o seu amigo Sakha.

— Pega leve, Misha – retrucou Aliosha-Bob.

— Não é justo – disse Weiner.

— E aí, Joshie, redigiu o protesto? – perguntei.

— Que protesto?

– Você me disse que faria um protesto. Lembra? Um pouco antes de atirarem no Sakha. Como é que está se saindo com o tal protesto? Já tem alguma resposta?

– Ah, *porra*, Snack – disse Weiner. – Você continua achando que é tudo culpa minha. Sou apenas um funcionário de baixo escalão do Departamento de Estado. Acha que posso realmente salvar vidas? Acha que sou a *porra* do Oskar Schindler? Fiz tudo que estava ao meu alcance pelo Sakha. Ele nos sacaneou. Aquela gravata Zegna era só a ponta do iceberg. Ele "pegava emprestado" papinha de neném no entreposto oficial e fez uso de meios impróprios para conseguir uma bolsa de estudos para a sobrinha na Penn State. E isso é só até onde *sabemos*. Esse tipo de gente sabe operar. Não se engane.

Dei um passo na direção de Weiner, um passo agressivo, mas o corpo de Aliosha-Bob se interpôs entre nós.

– Quer saber, Snack Daddy? – disse Weiner, recuando rapidamente. – Vá em frente. Suma daqui. Na verdade, não me importo mais. Vá se empanturrar de Cheetos e dar a barriga pros calouros esfregarem. Só não me considere seu amigo, tá bem? Porque você nunca foi.

Ele saiu nos empurrando pela fila dos americanos credenciados que esperavam embaixo do edifício da ExxonMobil, famílias ligadas à embaixada que carregavam preciosas sacolas com ar desnorteado e funcionários das petrolíferas que tagarelavam e compartilhavam a alegria da evacuação com tapinhas amigáveis nas costas uns dos outros falando das prostitutas peitudas do Hyatt.

– Ei, garotão – um tipo desses gritou para mim. – Ei, saco de merda.

Garotão? Saco de merda? Pus as mãos no peito para me mostrar ofendido. Na minha frente estava um orangotango de pernas tortas com short listrado e um boné da marinha americana.

– Roger Daltrey – ele gritou.

– Quem? – falei. Parecia o nome de um integrante de alguma banda de rock famosa, americana ou inglesa, mas todas as minhas referências musicais eram modernas e concentravam-se no hip-hop e no multiculturalismo. – Quem é Roger Daltrey?

– Nem sabe, não é? – disse o meu adversário enquanto tirava o boné, com uma auréola de cabelo vermelho ralo que flutuava em cima dele para combinar com suas palavras furiosas. – Seus russos de merda, nem se lembram de quem matam. Seus animais de merda.

— Ai, porra — interpôs-se Aliosha-Bob outra vez com seu pequeno corpo entre mim e meu agressor.
— O quê? — falei.
— Ai, porra — repetiu Aliosha-Bob, e a repetição entediava meus ouvidos, embora fizesse sentido.
— O seu pai matou o meu tio — explicou o americano. — Por nada. Por migalha.
— Ahn? — A confusão e a baixa da taxa de açúcar no meu sangue me deixaram atordoado. Do que estava falando? Do executivo de Oklahoma? Aquele que papai supostamente teria assassinado em São Petersburgo? — Mas você não é de Oklahoma — falei. — Seu sotaque é do proletariado de Nova Jersey. Tem certeza que vocês são parentes? O cara de Oklahoma era instruído.
— O que você disse, babaca? — gritou o suposto parente de Roger Daltrey, o cara de Oklahoma que foi morto. — O que foi que acabou de dizer na minha cara? *Não sou instruído?*
— Cale a boca, Misha — Aliosha-Bob rosnou para mim. — Cale a boca, acalme-se.
— Eu pesquisei sobre o seu pai no Google — disse o parente de Daltrey. — Era um completo idiota. Imbecis como ele é que arruinaram o seu país e também arruinaram este aqui. Vocês todos deviam ser mandados para Haia, para serem condenados por crimes de guerra.
Um grito emergiu de algum ponto entre meu tórax e minha virilha, de um ponto molhado, solitário, órfão. E me vi escorregando para o inglês com sotaque carregado dos meus primeiros anos nos Estados Unidos quando soltei um grito:
— MEU AMADO PAPAI NÃO ERA UM COMPLETO IDIOTA!
E com essas palavras passei por Aliosha-Bob e acertei com a garra fofa de um urso feroz a cabeça do americano, num lugar relativamente macio e inquebrável, não muito longe da pequena massa de cérebro que fazia seus órgãos vitais funcionarem.
Meu oponente nocauteado de imprevisto rugia de vergonha e dor. Por um momento Josh Weiner apareceu na cena junto com seus superiores de camisas estampadas e gravatas sóbrias para conter a violência momentânea que irrompera de mim.
— O Amado Papai não era um completo idiota — eu disse baixinho, acenando em afirmação. — Ele era um dissidente judeu. Um homem de consciência.

— Meu tio deixou três filhos — rosnou o americano. — Três crianças órfãs, seu gordo inútil de merda.

— Sentimos muito por tudo isso — suplicou Aliosha-Bob para a equipe diplomática e os guardas que se aproximavam. — Meu amigo perdeu a cabeça. Ele é belga, só isso.

— Senhor — dirigiu-me a palavra o diplomata mais alto e acinzentado —, temos que lhe pedir para se retirar do solo da embaixada.

Olhei aquele semblante cerimonioso; suave e duro como o de um ator ou de um político.

— Aqui é solo da Exxon — falei com sofreguidão.

— Você é filho de Boris Vainberg — disse o diplomata mais velho. — Sei tudo a seu respeito. Não deixarei você subir num avião americano de jeito nenhum.

— Ele é diferente do pai dele — replicou Aliosha-Bob. — Não é assassino. Estudou multiculturalismo na Accidental College. Weiner, diga pra eles. — Ele olhou ao redor em busca do nosso ex-colega de classe, mas Josh Weiner tinha desaparecido.

— Pode ir sem mim — falei para Aliosha-Bob. — Não há razão pra você ficar. Vá. Vou encontrar um jeito de sair daqui.

— Você vai acabar morrendo aqui — ele retrucou. — Você não entende nada.

Eu o encarei, decidindo se devia ficar bravo pelo comentário. Será que eu não entendia mesmo nada? Meu entendimento tinha lá seus limites, isso era certo, mas minha amizade com Aliosha-Bob, não. Meu amigo manteve-se à minha frente, apequenado e sofredor — um homem de 31 anos de idade que aparentava vinte anos mais, como se cada ano passado na Rússia tivesse lhe custado mais três anos. Por que tinha ido comigo para lá? Por que decidiu se tornar meu irmão e protetor?

— Sinto falta de Svetlana — disse Aliosha-Bob. — Você nunca entendeu o quanto a amo. Acha que no fim tudo se reduz a economia política, mas não é assim. Pra você ela não passa de uma vadia atrás de passaporte, mas ela me ama mais do que você imagina, mais do que qualquer mulher jamais o amou.

— Senhor. — Um guarda pousava as mãos em mim, como se me impelindo para um ritual sagrado violento.

— Vá logo — insisti. — Não sou tão indefeso quanto pensa. Volte para a sua Svetlana. Você está certo em tudo que disse. Um dia nos encontraremos em Bruxelas.

Aliosha-Bob esticou os braços para me abraçar, pensou melhor, virou-se de modo que eu não pudesse ver suas lágrimas e caminhou na direção da envidraçada ExxonMobil que vibrava com a chegada de outro Chinook enorme. Saí mancando, quase caindo por cima do guarda (que pestanas bonitas que esse soldado latino-americano tinha) enquanto outras mãos americanas completavam a cena e me guiavam até a saída, até um buraco no arame farpado grande o bastante para eu passar.

21

A escola da suave persuasão

Conheci Aliosha-Bob na Accidental, no último dia do semestre. Eu mal acreditava que ultrapassara os cem dias de universidade americana com ótimas notas (uma média de 3,94 no máximo de quatro pontos) e que uma garota branca e gaga de mãos oleosas me tocara uma punheta furtiva (embora monocultural) atrás de um caminhão de cerveja.

Era meados de dezembro e o campus do Meio-Oeste estava mais preso na neve do que coberto por ela. A maior parte do corpo discente já tinha ido embora para a Costa Leste ou Chicago, a fim de se juntar às famílias para as férias em Kwanzaa; os poucos que ainda restavam perambulavam bêbados e chapados pelo campus em busca de calor humano. Naquela época os bolsos do meu casaco estavam sempre cheios de sanduíches de presunto (com muita maionese) e pacotes de biscoitos salgados, e meus dedos congelados apertavam um baseado que eu tragava com força e avidez. Naquele ano tive a minha primeira experiência com a maconha, e já me sentia bastante viciado.

Era noite. Duas da manhã. Em algum lugar uma confortável cama americana esperava por mim, mas ainda não estava pronto para retornar à minha casa. O orgulho daquele campus era uma magnífica capela construída em singelo estilo mouro, e eu passaria a noite na frente dela fumando um baseado atrás do outro, imaginando que talvez nos aguardasse uma vida melhor após a morte (era o ano de 1990, época da Perestroika, e muitos russos generosos nutriam a esperança de que Deus existisse). Mas naquela noite a capela se recusou a me revelar seus tão guardados segredos presbiterianos, o quinhão de boas ações que me daria um lugar na parte do paraíso reservada aos que possuem passaporte americano. Naquela noite eu estava sozinho e convicto de que nenhum fiapo da personalidade humana sobrevive após a morte, de que no fim tudo o que fora Misha

Vainberg se dissiparia junto com os estilos e ilusões de sua época, sem deixar para trás nem mesmo um tremular do seu triste e profundo brilho, nem mesmo um pontinho onde os descendentes pudessem se reunir para celebrar a vida e a época dele.

Tremi de raiva e medo, e me abracei com pesar, eu gostava tanto da minha personalidade que mataria qualquer um no caminho para garantir sua sobrevivência. *Muito bem*, pensei, *se a fé não me conforta, me voltarei para o progresso*. Esgueirei-me até o outro lado do campus e me vi na frente de um prédio quadrangular recém-construído, onde os modernos e festivos verdes e amarelos dos dormitórios estremeciam entre vidraças incrustadas de neve. Sentei-me num montículo de neve, abri um pacote de biscoitos e engoli todos de uma só vez. Depois acendi a bagana e me dei conta de que devia ter fumado a maconha antes e comido os biscoitos depois. Quando é que aprenderia?

Havia risadas e um feixe de luz em algum ponto mais acima quando um retângulo preto e sólido, um caixão, voou pelo ar e aterrissou suavemente num monte de neve perto de mim, alojando-se com o ângulo de uma lápide. Assustado, ergui o traseiro da neve, arranquei o celofane de um sanduíche de presunto congelado e comecei a comer compulsivamente. A morte estava à minha volta. Morte gélida americana.

Um segundo caixão foi arremessado. Após um rápido salto-mortal no ar gelado, ele despencou direto aos meus pés. As risadas aumentaram, cobri o rosto com as mãos e gritei de terror. Quem estaria fazendo aquilo comigo? Quem seria cruel a ponto de impressionar tanto um estrangeiro? Abri outro sanduíche e quase o engoli inteiro de tanto medo.

Depois, um terceiro objeto, um pedaço de papelão cortado, caiu aos meus pés. Deixei a comida de lado e olhei melhor. Era parte de um tabuleiro de *Scrabble*, um curioso jogo americano que recompensa o conhecimento do jogador em lexicografia e ortografia inglesas. Arrastei-me na direção de um dos caixões, meus monstruosos dedos soviéticos se cobriam de neve, até que distingui a palavra BOSE brilhando na base. Como a maioria das crianças russas, eu passei a juventude babando pela tecnologia ocidental, de modo que soube imediatamente que aquele objeto era um aparelho de som caro. Mas por que alguém arremessaria um tesouro daquele da janela de um dormitório? Resolvi investigar.

O interior do dormitório parecia um submarino montado às pressas com pequenas janelas em forma de vigia, tubulações expostas no teto e um zumbido ininterrupto de uma propulsão distante, como se estivesse enterrado em uma tundra do Meio-Oeste na esperança de emergir ao sol da Califórnia ou no elevado que dava na Grand Street. Iluminado de maneira lúgubre, o saguão era dominado por uma longa fileira de máquinas expressas onde peguei uma dúzia de deliciosas MoonPies banhadas de marshmallow artificial macio e branco, a camada de chocolate derretia debaixo de minha língua.

– *O-kay* – falei para os corredores vazios, onde se alinhavam painéis com avisos convocando uma ação lésbica urgente contra gordos masturbados pelas oprimidas irmãs atrás de caminhões de cerveja.

– Buito bem – eu disse, torcendo o meu nariz gordo. – Essas bulheres precisam de broteção.

Atravessei os corredores sem vida saboreando as MoonPies, com meus ouvidos sendo alfinetados pelo som da música rastafári e meu nariz gordo tentando seguir a trilha suspeita de uma bruma púrpura que se esgueirava por baixo do umbral de uma porta iluminada de amarelo. Finalmente, encontrei o lugar no andar de cima, sem Bob Marley, mas entupido de altas vozes masculinas que tentavam se sobrepujar, como se para impressionar uma mulher.

Levantei minha mão grande e fofa e bati na porta.

– Vai se foder! – gritou uma voz familiar com um quê de russo. Abaixei a mão, sentindo-me insultado. Por que ninguém gostava de mim? Mas, ao me afastar da porta, a mesma voz gritou: – Ah, deixa pra lá. Pode entrar.

Deleitado com a mudança de opinião, abri a porta e me deparei com o nanico do Vladimir Girshkin, emigrante russo, um calouro sem grandes distinções que mesmo assim me tratava com ar de superioridade por ter há nove anos um passaporte americano e por sua pronúncia perfeita do inglês americano. Girshkin estava mais bêbado e chapado que eu, e sua cara vermelha de cavanhaque me deu nojo. Ao lado de Girshkin, Jerry Shteynfarb, o futuro romancista, escondido dentro de um poncho hippie salvadorenho com um button cravado no peito que dizia GIVE PEACE A CHANCE.

Um grande ventilador industrial girava sua poderosa hélice ao lado da janela, produzindo uma brisa artificial que temperava o calor sufocante do quarto. Espalhava pedaços de papel e papelão para longe, como porções de salada de batata tentando escapar da minha boca num piquenique. Nu, exceto pela sua cueca samba-canção de algodão, Aliosha-Bob jogava um livro de capa dura no gigantesco ventilador e os pedacinhos de papel voavam pela janela até o pátio coberto de neve.

– Morra, Pasternak, morra! – ele gritava.

– Ei, Bob – disse casualmente Jerry Shteynfarb –, o que faço com a torradeira?

– Jogue fora! – gritou Aliosha-Bob. – Usarei essa merda pra quê? Nunca mais vou comer. Ei, olhem isso aqui, gente. A merda do *Ada*. Tome isso, Nabokov! Você é um tédio de quinta categoria!

– É isso aí – disse Shteynfarb. Sem qualquer arrependimento, com seu frágil braço fazendo força debaixo do peso metálico, ele arremessou a torradeira.

– Ei, caras – eu disse, assoando o nariz na manga do casaco. – Por que estão jogando tudo pela janela?

– Porque *tudo isso é lixovski* – rebateu Shteynfarb, ironizando os rumos.

– Nós tomamos três ácidos cada um – disse Vladimir Girshkin com seus olhos escuros e vazios debaixo dos óculos de aro de tartaruga da vovó. – E agora Bob está se livrando de todos os pertences dele.

– Oh! – exclamei. – Talvez ele seja budista.

– Oh! – rebateu Shteynfarb. – Talvez não seja. Talvez só queira dizer foda-se pra tudo sem nenhuma razão. Tudo tem que ser sistematizado pra você, Misha?

Aliosha-Bob virou as pupilas dilatadas para mim e desafiou-me com um dedo indicador magro e vermelho.

– Você é o Snack Daddy. – Ele usou o apelido que acabei ganhando por minhas excursões ao refeitório. Fiquei estupefato com o esplendor de sua seminudez, o jeito com que se mostrava perfeitamente são e competente até mesmo quando presidia a abdicação de todas as coisas bonitas que os pais deviam ter comprado para ele. Tratava-se de um novo tipo de judeu, um superjudeu, divorciado do mundo material.

– Você é o Queasy Bob – falei. – Já o vi na biblioteca.

– Sei quem é você – disse Aliosha-Bob. – É filho de Boris Vainberg, Boris Perestroika. Você é o cara. É como uma parte da história.

Sorri com as três designações.

– Não, não sou essa pessoa tão grande que você pensa – retruquei. – Sou só... – Parei para consultar o meu vocabulário. – Sou só... sou só...

– Vocês ouviram, ele é só – disse Vladimir Girshkin.

– Micha, o Só – disse Jerry Shteynfarb.

– Snack Daddy, o Magnífico – acrescentou Girshkin.

Olhei com tristeza para os meus compatriotas. Três russos de Leningrado. Lutando pela atenção de um solitário judeu-americano. Por que não podíamos nos tratar melhor? Por que não podíamos nos unir para aliviar a nossa solidão? Um dia ofereci a Girshkin e a Shteynfarb um pouco de salada caseira de beterraba e um pedaço do autêntico pão de centeio da padaria lituana local, mas eles se limitaram a rir de minha nostalgia.

– Sou só um estudante de história – eu disse para Aliosha-Bob.

– Diga, Bob, o que cê quer fazer com isso? – perguntou Vladimir Girshkin enquanto pegava uma foto emoldurada de um doce Aliosha-Bob com covinhas no rosto, aconchegado à sombra da mãe incrivelmente bela, uma princesa assíria com brincos de argola e cabelos lustrosos presos por pauzinhos, junto ao pai, um professor ianque à deriva dentro de um terno da cor de canela maior do que ele. Mais tarde, eu acabaria passando os meus verões com os Lipshitz numa fazenda no interior de Nova York, vendo-os administrar a Local Color, uma empresa excepcionalmente lucrativa. Forneciam serviços para nova-iorquinos e bostonianos ricos atraídos pelos seus anúncios de casamento. Durante a cerimônia juntavam-se aos nativos da região, a cor local, como chamavam – famílias pobres de negros e brancos articulados que se apresentavam como se fossem amigos de longa data da noiva ou do noivo, falando em seus dialetos *bebop* sobre os ciclos da colheita e o fim da poluição. Aprendi muito sobre a infeliz condição da família americana em meus verões com os Lipshitz, principalmente sobre o uso do silêncio como um corretivo.

– Quebre o vidro – Aliosha-Bob referia-se à foto emoldurada – e depois jogue a foto no ventilador e a moldura pela janela.

– Sim, sim, capitão – disse Vladimir Girshkin. Pegou um peso de papel da Catedral de São Basílio que jazia pacificamente em cima da bagunça na mesa de Aliosha-Bob e começou a esmigalhar o retrato de família, os ruídos desagradáveis abafados pelo som do ventilador industrial.

– Posso rasgar as roupas antes de jogá-las fora? – sussurrou Jerry Shteynfarb em meio a uma pilha de roupas esfarrapadas.

– Me dê o meu casaco – disse Aliosha-Bob.

Ele vestiu uma calça jeans baggy e um moletom com capuz, uma evocação presciente do fenômeno gangsta-rap que acabara de irromper em South Central, enquanto Shteynfarb lhe cravava um olhar malicioso e autoritário. E me perguntei se Shteynfarb também tinha tomado ácido, talvez estivesse ali apenas para observar Aliosha-Bob, a fim de recolher material para os seus contos sem graça que narravam as diferenças entre os russos e os americanos.

– Seu casaco? – perguntou Shteynfarb. – Pra que diabos o quer?

– Quero dar uma volta com Misha.

– Mas estamos jogando fora todas as suas coisas! – gritou Girshkin. – Você nos prometeu.

– Continuem sem a gente, rapazes – disse Aliosha-Bob. – Voltaremos antes do amanhecer. E depois vamos ao Pen and Pencil para o café-da-manhã. Que tal?

Antes que os desapontados russos pudessem responder, Aliosha-Bob já me conduzia para a rua, agora coberta por uma pilha de livros rasgados e discos quebrados que formavam uma colagem com as peças retorcidas do seu aparelho de musculação e os restos do aparelho de som. Girshkin e Shteynfarb ainda seguiam as ordens jogando obedientemente pela janela a carcaça esmagada de um Macintosh e uma adorável almofadinha rasgada.

Eu e Aliosha-Bob andávamos sem rumo, perambulando ritmadamente pela neve com felizes olhares eventuais roubados um do outro.

– Se me permite perguntar, por que está se livrando de todos os seus objetos pessoais? Você é mesmo budista?

– Não sou nada. – Ele respirava com dificuldade no frio. – Mas quero ser russo. Um russo de verdade. Não como Shteynfarb e Girshkin.

Suspirei de prazer com o elogio implícito.

– Mas os russos de verdade adoram todas essas coisas que você jogou fora – repliquei. – Eu, por exemplo, acabei de pedir dinheiro ao meu pai para comprar um Macintosh. E também gostaria de ter um Bose e *subwoofer* Harman Kardon.

– Você realmente quer toda essa merda? – Aliosha-Bob parou de andar e fitou-me. Sob a luz invernal pude ver seu rosto frio ligeira-

mente esburacado pelos efeitos colaterais de uma catapora tardia refletindo a lua acima de nós, aquela rica lua americana industrializada.
— Quero sim — respondi.
— Interessante — ele disse. — Sempre associei a vida russa à espiritualidade.
— Bem, alguns de nós são espiritualistas — eu disse. — Mas a maioria simplesmente deseja ter coisas.
— Ora — ele disse. — Puxa, acho que Girshkin e Shteynfarb acabaram me desvirtuando.
Continuamos a caminhada, esculpindo com a neve do chão pequenos monumentos abstratos à nossa futura amizade, seguindo os luminosos sinais de aviso de nossa própria respiração.
— A partir de agora vamos falar em russo — ele sugeriu. — Só sei algumas palavras. *Shto eto?* — Ele apontou para um prédio que mais parecia um inseto retorcido cujas chaminés projetavam eflúvios pela noite. — O que é isso?
— Fábrica de incineração de lixo — respondi em russo.
— Humm.
Notei que as botas dele estavam desamarradas, mas achei que não devia falar nada para preservar a mágica do momento. A paisagem do campus vazio se desdobrava à nossa frente com a inércia agourenta de uma ruína deserta. Quase todos os dias eu tinha a sensação de que era desafiado ao máximo pela imposição daquela arquitetura acadêmica neogótica, mas naquela noite eu sentia o vazio duro e profundo do ensino na Accidental College, como se tudo que eu precisasse saber jazesse numa poça de sangue de alguma rua de Vilnius ou Tbilisi. Talvez o mais importante dos meus tempos de faculdade tenha sido ensinar Aliosha-Bob a forjar o seu peculiar destino ligado aos russos.
— *A shto eto?* — perguntou Aliosha-Bob apontando para o que aparentava ser uma espaçonave quebrada.
— Clínica de estudos de psiquiatria — falei em russo.
— *A shto eto?*
— Centro de Libertação de Gays e Lésbicas.
— *A shto eto?*
— Organização das Irmãs da Nicarágua.
— *A shto eto?*
— Laboratório de Pesquisa sobre a Floresta Tropical Amazônica.
As palavras em russo se tornavam progressivamente mais com-

plexas e soavam vazias, de modo que me senti particularmente feliz quando chegamos ao final do campus e nos vimos na área pobre que circundava a Accidental.

– Milharal – eu disse. – Boiada. Trator. Depósito de grãos. Galinheiro. Chiqueiro.

Vagamos por quilômetros de campos cultivados, até darmos na estrada que seguia para a cidade grande vizinha. O sol se erguia sobre uma alameda próxima quando resolvemos parar e voltar. Uma frota de viaturas da polícia local passou por nós com as sirenes ligadas rumo ao campus. Presumimos acertadamente que se dirigiam ao dormitório de Aliosha-Bob para prender Girshkin e Shteynfarb por vandalismo e destruição do patrimônio da faculdade. Animados com a hipótese, rimos e gritamos no ar matinal abaixo de zero até que nossas gargantas congeladas titubearam. Abracei o corpo trêmulo de Aliosha-Bob e o protegi com minhas dobras para mostrar o que a amizade verdadeira significava em russo.

Pensei que jamais nos separaríamos.

22

Minha Nana

Eu estava errado.
De volta ao Absurdistão, assustado e sozinho, eu me arrastei para debaixo da cama e chorei.

Quando o Amado Papai descobriu que o pai dele tinha sido morto na guerra com os alemães em um campo de batalha perto de Leningrado, ele se escondeu debaixo da cama e chorou por quatro dias, recusava pão e *kasha* e se nutria apenas de suas próprias lágrimas e das lembranças do carinho de seu falecido pai. Resolvi fazer o mesmo, com as óbvias diferenças das circunstâncias vividas por nós. Papai tinha três anos de idade e eu, trinta. Papai não tinha participado da guerra, ficou com parentes distantes em algum vilarejo horrível nos montes Urais, ao passo que eu era o único ocupante de um apartamento num hotel ocidental no Absurdistão. Papai só dispunha de suas lágrimas, enquanto eu tinha o meu Ativan. E mesmo assim não deixei de sentir uma afinidade. Eu tinha perdido mãe, pai e, agora, com a partida de Aliosha-Bob, um irmão. Outra vez órfão. Confuso, jogado sem pára-quedas num mundo sem valor para mim.

Pior ainda, alguma coisa estava errada com o meu *mobilnik*. Os absurdistaneses devem ter suspendido a cobertura em uma manobra equivocada para controlar as informações que saíam do país. Toda vez que ligava para Aliosha-Bob, eu ouvia uma mensagem gravada: "Prezado usuário", dizia uma voz rouca de mulher russa, "a ligação para o número desejado não foi possível. Por favor, tente mais tarde."

Minha tentativa de telefonar tinha falhado. Mas, a bem da verdade, o que mais se podia dizer?

Não fiquei quatro dias debaixo da cama, como fez o Amado Papai em 1943. A fome falou mais alto em questão de horas e me arrastei para fora, a fim de solicitar asas de frango e uma garrafa de Laphroaig ao serviço de quarto. O mundo caiu vazio e silencioso à minha volta. Liguei o meu laptop, mas ao que parecia a internet também tinha sido bloqueada pelas autoridades. Não me restou outra coisa senão a TV. Os canais dos noticiários estrangeiros decidiram que o drama da República do Absurdisvanï devia ser feio e incompreensível demais para o telespectador comum e passaram para as águas tépidas de Gênova, no Mediterrâneo, onde a reunião do G8 e os sensuais agitadores italianos atirando coquetéis molotov nos *carabinieri* brutamontes mostravam-se muito mais fotogênicos. Até mesmo as estações russas resolveram dar um descanso ao Absurdistão. Correspondentes dos três maiores canais estatais quase dormiam ao lado da piscina do Hyatt, despencando em cima de fileiras de garrafas de cerveja turca às dez da manhã. Eles também gostariam de estar em Gênova para nadar com os golfinhos e admirar a compacta compleição atlética do presidente Putin e a alegre impertinência de Bush, seu equivalente americano.

Fui até a janela. O brilho matinal de espuma e poluição erguia-se do resto de mar e cobria a cidade com o tom de rosa das carnes cruas. Com o cessar-fogo os cidadãos sevos e svanïs voltavam aos seus afazeres, entocando-se na Perfumaria 718 ou amontoando-se em volta de táxis e de decrépitos microônibus para beberem café turco e cuspir sementes de gergelim ao sol. Veículos blindados reluziam com armamentos e antenas, estacionados com apatia ao lado dos cafés, como se fossem carcaças vazias de insetos mortos.

Encontrei um cartão escrito por Larry Zartarian:

Prezado hóspede,

Peço por favor sua atenção. Tropas federais e da SCROD tomaram a cidade. O aeroporto está fechado. Enquanto não se resolve a Situação política em nosso país, Você pode desfrutar da beleza histórica de Svanï (cidade que o francês Alexander Dumas chamava de "Pérola do Cáspio" – Ulá lá!). A American Express Tour Company fica ao lado do Hotel. Somente para Você.

Uma vez perguntei a Zartarian por que ele escrevia esses curiosos bilhetes aos hóspedes do hotel, e ele confessou que tentava se mostrar como um sujeito safo da região e não como um moleque de classe média de San Fernando Valley. Pobre Zartarian. Quando fecho os olhos quase vejo o seu corpo jazendo ao lado de sua mãe, pronto para ser repatriado para Glendale.

Olhei o bilhete e me perguntei: *O que Aliosha-Bob faria nessa situação? Ele sempre faz* alguma coisa. Coloquei os enormes óculos escuros e quadrados e me enfiei no moletom mais velho e mais largo que eu tinha, o que deixava a minha barriga em evidência e a mantinha proeminente no lugar, parecendo o famoso playboy norte-coreano Kim Jong II.

Como diria o dr. Levine, era hora de dar uma volta.

No escritório da American Express, duas funcionárias, uma branquela e loira e outra nativa, bem morena, lixavam as unhas e conversavam baixinho em inglês e russo, suas línguas estalando quando pronunciavam os termos corretamente (*chick lit, chill-out-room, Charing Cross station*).

Afeiçoei-me imediatamente a essas doces criaturas de mente ocidental. Por um instante até consegui esquecer a ausência de Aliosha-Bob.

– Hey – falei *en anglais* para as garotas. – E aí?

– Boa-tarde – disse a loira. – *Bienvenue.* Bem-vindo ao American Express. – Ela sorriu com sinceridade; a outra, a morena, baixou os olhos e abriu um sorriso de boca vermelha. A loira era visivelmente de etnia russa; o crachá mostrava que seu nome era Anna Ivanovna ou algo assim. Não sei dizer se gostei dela ou não. O jeito como se inclinava sobre os seios fartos sinalizava que não desconhecia a arte de fazer um jovem rapaz sofrer.

Mas ao olhar para a morena os meus pensamentos logo começaram a vagar para baixo. Vestia uma camiseta marrom e uma calça de brim justa demais para os seus quadris sulistas. Quando desejo uma mulher, geralmente minhas fantasias disparam não com o brilho do seu sorriso ou quando ela joga o cabelo para trás, e sim com o "grande desconhecido" – a visão do seu aparelho reprodutor quando ela veste a calcinha pela manhã e alguns pêlos ficam de fora. Isso tudo atribuo à leitura que fiz das obras de Henry Miller durante o meu internato na Accidental College que coincidiu com a minha introdução no aveludado multiculturalismo americano.

– Sou um belga interessado na história do seu país. – Essas minhas palavras soariam especialmente sinceras se em vez de "belga" eu dissesse "russo" e em vez de "país", "vagina".

A loira começou a tagarelar sobre os vários tipos de passeio disponíveis. Artes, artesanato, igrejas, mesquitas, praias, vulcões, cavernas, hábitats de cegonhas, campos de petróleo, templos de fogo, "o mundialmente famoso Museu de Carpetes" – eram poucas as cidades que rivalizavam com a capital absurdistanesa na quantidade de lixo inútil a ser oferecido.

– O único problema de fazer um *tour* – disse a loira – é que minha avó é svanï e então não posso ir ao território sevo, e Nana é sevo, não pode ir ao território svanï.

– O quê? – falei.

– O cessar-fogo impõe restrições nas viagens dos cidadãos sevos e svanïs – explicou a loira. – É claro que como estrangeiro isso não se aplica a você.

Vi a foto num cartaz de uma grande locomotiva com o logotipo da American Express onde alguém tinha escrito: *Todos os luxuosos trens da American Express que saem da República do Absurdsvanï estão cancelados por ordem do Governo Federal e do SCROD*. Pelo que parecia, ao meu abandono nada restava senão os hábitos de cegonhas e os gracejos de duas mulheres bonitas.

Virei-me para a morena Nana Nanabragovna (descobri o nome no crachá em seu peito), que me esquadrinhava com seus olhos castanhos e uma boquinha retorcida. Imaginei que era dotada de um forte senso de humor ou que pelo menos gostasse de dar risadas, e que se estivéssemos na cama eu poderia lhe provocar risadinhas com algumas cócegas. Eu podia me ver beijando o seu nariz redondo e achatado e dizendo: "Sua engraçadinha! Quem é a minha engraçadinha agora?" Era o que eu costumava fazer com Rouenna quando estava no clima.

Na condição de poder optar entre as duas mulheres da American Express, ou pelo menos entre as etnias respectivas, tive que proceder diplomaticamente para não ferir sentimentos.

– Onde fica a igreja que parece um polvo? – falei, sabendo muito bem que ficava em território sevo.

– É a Catedral de São Sevo, o Libertador – disse Nana. Notei que o inglês dela tinha autoridade e era inteiramente americano, lembrando o sotaque do Brooklyn.

Expressei minhas desculpas à loira com um bolo de dinheiro. Nana pegou as chaves do seu carro.

Assim que se levantou da cadeira, percebi que minha nova amiga era grandona. Não como Misha Vainberg, é claro, mas em torno de setenta quilos distribuídos num corpo de 1,70m aproximadamente.

Apesar do corpo saudável de garota do campo, a moda urbana não passava em branco para ela. Usava uma calça de cintura mais baixa do que a de uma *garota* do Lower East Side, com o mesmo efeito devastador. A camiseta marrom justa imprimia malícia aos seios. No espaço entre a calça de cintura baixa e a camiseta curtinha, uma camada de pele bronzeada pontilhada aqui e ali de pêlos negros eriçados lembrava os ciprestes importados ao longo do Bulevar da Unidade Nacional. Por incrível que pareça, o intervalo entre a coluna e as nádegas não apresentava muitas gradações de cor – o dorso inteiro tinha mais ou menos a cor dos braços, uma sólida tonalidade dourada. A calça se bifurcava no seu grande e belo traseiro. Seu rosto largo e expressivo acomodava amores e perdas de uma dúzia de mulheres da aristocracia persa, de onde ela parecia originar-se. Tinha aquela penugem feminina sobre os lábios que, quando coberta de creme ou espuma, fazia lembrar de mim mesmo com doze anos de idade. O calor, que me sufocava fazendo uma sopa amarga nos meus genitais, mantinha-se distante dela, como se fosse leve carícia em seus seios. Ela dirigia um Lincoln Navigator preto metálico que exibia uma bandeira azul e branca da American Express, o que a certa distância lembrava a bandeira menos poderosa das Nações Unidas.

Dentro do carro viramos um para o outro e sorrimos. Lá estávamos nós, duas pessoas – uma, continente de carne, a outra, puro Madagascar – se ajeitando nos bancos de couro, se escondendo enquanto diziam coisas no inglês do Meio-Atlântico, ruminando e suspirando como um velho casal. Ao menos para mim, parecíamos *inevitáveis*.

Recitei de cor o último e-mail que Rouenna me mandou antes de a internet sair do ar:

Querido Misha, sinto muito por você estar nesse lugar perigoso e pelas pessoas que estão morrendo, mas 1) de novo no seu e-mail você só fala de você, você, você (que tal perguntar sobre a MINHA vida, pra variar?) e 2) quando é que você NÃO está em lugares perigosos onde as pessoas morrem? Enfim, tenho certeza de que vai sair dessa situação muito bem, você é um sobrevivente.

PS: Você realmente não devia odiar o professor Shteynfarb, que gosta muito de você e sempre fala bem de você.

PS 2: Eu devia ter dito antes, mas acho que o seu psiquiatra é um verdadeiro idiota.

Em outras palavras, cheguei à conclusão de que estava pronto para um novo amor. Estava pronto para me sentir seguro outra vez nos braços de alguém. Estava pronto para esquecer a minha Rouenna, pelo menos por um tempo.

O carro nos levou até o Bulevar da Unidade Nacional, eu e Nana observávamos o comércio ao redor e roubávamos olhares um do outro. Havia meia dúzia de caminhões vazios da KBR estacionados no meio da via pública, com algum propósito misterioso do qual só podíamos fazer suposições.

– Achei que a estrada entre os dois territórios fosse bloqueada – comentei.

– Você é uma pessoa importante, sr. Vainberg – disse Nana, sorrindo e exibindo os dentes incisivos manchados de batom –, e somos gente hospitaleira. Minha mãe será sua mãe e sempre haverá muita água no meu poço para você beber.

– Se você diz, srta. Nanabragovna – retruquei. Mas tão logo nos aproximamos de uma barreira de jipes e veículos blindados na estrada, eu levei a mão à carteira e apalpei o volume de várias notas de cem dólares, pronto para ser achacado por algum adolescente armado.

Os soldados que tomavam conta da barreira tiravam uma sesta vespertina debaixo de uma lona que haviam montado entre dois tanques militares. Pensei que minha guia turística inclinaria os seios para mostrar uma cruz seva, de modo que os soldados pudessem inspecionar, uma imagem que me deixara tonto de excitação, mas em vez disso Nana apertou a poderosa buzina do Navigator até que alguns jovens amarrotados emergiram languidamente da lona.

Nana abriu a janela e se debruçou o máximo que pôde, deixando-me apreciar atentamente o começo do rego de sua bunda e suas coxas de caramelo na calça justa. A etiqueta do jeans dizia MISS SIXTY, uma marca nova que certamente vingaria na classe média.

– Rapazes, me deixem passar – gritou Nana em russo, a palavra "rapazes" soando sedutora e imperiosa.

– Sim, senhora! – Os soldados saudaram e mantiveram-se atentos. Recuaram e começaram a retirar a lona e os veículos enquanto gritavam entre si para se apressarem.

As saudações e as cerimônias repetiram-se no posto de controle do território svaní. E eu me perguntei em voz alta por que os soldados svanïs respeitavam uma mulher seva.

– É porque estamos com a bandeira da American Express – respondeu Nana, mas o tom maduro de sua voz jovem soou impessoal e falso. Virou-se para o volante, colocou os óculos escuros e praguejou quando a armação prendeu alguns pêlos do seu braço.

– Já estamos quase lá – ela disse para afastar a dor.

O Navigator seguiu pela estrada tortuosa e logo me vi no fim do mundo.

23

O Vaticano sevo

Se os svanïs são conhecidos pelo seu mercado de controles remotos e por sua associação com Alexandre Dumas, os sevos se vangloriam pelo seu domínio do mar. O mar vagueia cinzento e silencioso em suas proximidades, despontando por trás das mansões decadentes da aristocracia do petróleo que se instalou ali um século antes, quando o Cáspio foi anunciado pela primeira vez como uma fonte aparentemente inesgotável de combustível e antagonismo.

Em vez de procurar um lugar para estacionar, Nana simplesmente abandonou o veículo numa esquina movimentada. Um velho policial saudou-a e apressou-se em manter-se ao lado, atento. Apitou para um soldado que passava, que tirou a camisa, mergulhou-a numa fonte perto e começou a lavar o Navigator coberto pela areia deixada pelo vento.

– Você parece ser muito popular – falei para a minha nova amiga, que se limitou a dar de ombros. Que diabos estava havendo ali? O que eu queria é que Aliosha-Bob aparecesse e explicasse as coisas com seu jeito pedante. Sentia-me vulnerável, suscetível, a tudo sem ele.

Nana saiu andando na minha frente, falando das peculiaridades da arquitetura local patrocinada pelos barões do petróleo do fim do século dezenove.

– Sério? – perguntei quando ela fez comentários a respeito do proprietário original de uma grande edificação neogótica. – Isso foi construído por Lorde Rothschild? O judeu?

– Há muitos judeus na Bélgica, sr. Vainberg? – minha guia turística quis saber.

– Há, sim – eu disse. – Eu, particularmente, vivo em Bruxelas, mas se algum dia você for à Antuérpia, verá os *hassidim* locais andando de bicicleta com seus casacos pretos farfalhando. A sociedade belga é bem aberta.

– E por isso você se tornou um balão? – ela comentou.

Senti uma pontada no estômago pela franqueza, pelo fato de que uma mulher tão amável pudesse ser uma gozadora de gordos.

– Tenho realmente uma queda por comida – admiti –, e talvez aos seus olhos isso me faça parecer um balão.

– Não! – Ela riu. – Não um balão. Ah, pobre homem. Um valão. Um belga francês.

– *Ah, oui* – eu disse. – *Un Wallon. C'est moi.*

– *Parce que nous parlons français.*

– Humm, não – balbuciei, já que nunca me incomodara em aprender essa língua complicada. – Sem francês, por favor. Agora estou tentando praticar o meu inglês. Infelizmente, é o idioma do mundo.

Nana se deteve e me propiciou uma boa visão do seu corpo e rosto resplandecentes. Se ela se aprumasse um pouco mais, poderia ser uma atleta, uma nadadora, digamos, pois ouvi dizer que elas se valem dos peitos grandes para flutuar melhor.

– Como já deve ter ouvido – disse Nana com timidez –, os judeus têm uma história longa e pacífica em nosso país.

– Já entendi. – Usei o tom de voz mais sedutor e menos repreensível que eu tinha. – Pois eles são seus irmãos, e seja lá quem for o inimigo *deles*, também é *seu* inimigo.

– "Eles"?

– Eu quis dizer "nós" – corrigi.

– É claro, monsieur Vainberg – disse Nana. – Tenho uma colega de quarto na faculdade que é judia.

– Aqui?

– Não, na NYU.

Devo ter ficado com o rosto completamente inexpressivo, uma vez que Nana sentiu necessidade de dar mais explicações.

– Universidade de Nova York – ela disse.

– Sim – sussurrei. – É claro. Conheço muito bem. Você estuda na NYU?

– Eu me formo no próximo outono – ela disse.

Respirei fundo e abracei minha própria barriga, meu *balão*, se preferir. Ela se virou e saiu andando na minha frente. Segui o seu traseiro, aturdido e nauseado com a idéia de estar tão perto de Nova York, a cidade dos meus sonhos. Então, era assim! Outra americana cruelmente presa em um corpo estrangeiro. Talvez pudesse seguir com ela para a NYU em setembro (se até lá a guerra já tivesse acabado). Talvez em sua suprema sabedoria os generais da Imigração abrissem uma exceção para *dois* ursos pós-soviéticos famintos e consumistas.

Por fim chegamos à esplanada do assentamento sevo que se estendia por um bom quilômetro na direção do polvo reluzente chamado Vaticano Sevo. Era um dia útil e estava quase na hora do almoço, mas a esplanada estava cheia de sevos, que passeavam respirando vapor de petróleo na tentativa de recriar a velha nostalgia soviética pelo "mar", o que ali eram filetes cinzentos de água salgada que batiam nas bases cobertas de mariscos das torres petrolíferas.

A esplanada parecia abastecer as necessidades de uma fértil demografia de quinze para 29, mas ultimamente as crianças também amadureciam com rapidez. Vi uma menina de cinco anos com laço e vestido de bolinhas que dançava como uma puta velha americana ao som do acordeão, enquanto os pais se posicionavam para tirar fotografias gritando para que o acordeonista tocasse alguma coisa mais animada.

A minha Nana parecia muito diferente das mulheres do seu país. Não se podia tomá-la por outra coisa, a não ser uma veterana da faculdade, com 21 anos de idade, vivaz, determinada e despreocupada, seu corpo uma prova cabal dos prazeres mundanos procurados e achados, enquanto à sua volta garotas recém-adolescentes já se entregavam a uma meia-idade brutal e enfeitada nas mãos de parentes ansiosos e de jovens maridos pouco inteligentes e controladores. Nana era uma privilegiada por ter deixado a antiga União Soviética na hora certa do seu desenvolvimento psicossexual. Suas expectativas eram tão grandes quanto a minha circunferência.

No final da esplanada o Vaticano Sevo projetava os seus oito tentáculos como se para abocanhar os crédulos, a cruz seva de três metros de altura brilhava de sua abóbada encapuzada como um receptor no alto de uma antena parabólica.

– Você tem que admitir, isso parece mesmo um polvo – falei para Nana.

– Acho que parece mais um ovo – ela disse. – Como aquele ovo que vem dentro de um negocinho que a gente costuma pedir. Ovo *poché*.

– Como aquele que se pede num jantar – eu disse.

– É, como aquele que se pede num jantar grego – ela acrescentou.

– É, como aquele que se pede num jantar grego em Nova York – completei.

Sorrimos um para o outro, ambos unidos pelo uso das associações, e estendi minhas mãos grandes e fofas esperando que ela correspondesse. Mas não correspondeu.

– Enfim – ela disse –, gostando ou não, sou seva, por isso apresentarei a linha oficial dos sevos. Lá vai...

Assim, na meia hora seguinte, enquanto eu percorria o corpo de Nana de cima a baixo com a cupidez do meu olhar masculino, ela fazia uma dissertação interminável dos fatos a respeito da Catedral de São Sevo, o Libertador. Tentarei relatar ao leitor alguns dos pontos principais (já mencionei as luzes douradas do cabelo castanho de Nana?), mas o leitor deve recorrer à internet para uma apreciação mais detalhada dessa estranha igreja que parece um polvo.

A catedral foi construída em 1475, 1575 ou 1675; seguramente tem 75 em algum lugar aí. À época, o Absurdistão sofria sob o jugo dos vizinhos, persas (ou eram os otomanos?), de modo que naturalmente os svanï afirmaram que a catedral em sua origem era uma mesquita e não uma igreja, pois tinha sido construída com tijolos e não com pedras, o material preferido dos nefandos maometanos. Mas não era assim! De acordo com Nana (cujo traseiro se empinava instintivamente toda vez que ela exclamava alguma coisa), sempre foi uma igreja, e, de qualquer forma, quem eram os svanï para falar? O fato é que fizeram todo tipo de negociação com os senhores feudais persas (ou otomanos) durante a Guerra dos Trezentos Anos de Secessão da Cruz e passaram a colocar pedras em torno das igrejas dos sevos para reivindicá-las para si. Não sei ao certo que importância isso tem, mas Nana narrava essas coisas ridículas com tanta seriedade que só me deixava mais a fim dela; quando falava essas bobagens ela parecia uma atriz em busca de reconhecimento, uma legítima estrela americana com rosto de lua cheia e o mais preparado dos lábios.

Entramos na catedral que nos oferecia uma boa trégua ao calor. Apesar disso, a igreja estava quase vazia, exceto pelas mulheres idosas que se irritavam freneticamente com seus maços de velas, murmurando com furor para um deus ausente. Sem dúvida alguma, a igreja era um adereço. A verdadeira ação concentrava-se na esplanada, onde imperavam o comércio e as questões relativas a sexo.

A cabeça de polvo da catedral era envolvida por uma abóbada colossal, contornada por um círculo de clarabóias que por sua vez iluminavam um encantador afresco nela embutido.

– Esse era o emblema original do potentado sevo – disse Nana. – Um leão com uma espada cavalgando um peixe. Isso é para mostrar que todo poder é efêmero e que até mesmo o maior dos governantes pode perder sua influência nos assuntos de Estado.

– Até que isso é interessante – concordei.

– É o meu símbolo favorito – continuou Nana. – Odeio todo esse negócio de cruz, prefiro esse aqui.

Retirou do meio dos seios um pingente com a imagem de um leão surfando num peixe. Aproximei-me para tocá-lo. O calor úmido do pingente, produto do calor natural de Nana, me deixou trêmulo e úmido. E também tive vontade de enfiar meu nariz entre os peitos dela.

– Diga-me, por favor. *Qual é* a diferença entre os sevos e os svanïs? Todas vocês são tão bonitas. Por que não podemos todos nos entender?

24

A razão de os sevos e svanïs não se entenderem

Sevos e svanïs no passado eram um único povo vilipendiado sempre à sombra dos persas, turcos, eslavos e mongóis que surgiam em diferentes épocas para pilhá-los e submetê-los com extrema violência. Em dado momento apareceu São Sevo (o Libertador, lembre-se!) e ele teve uma visão, como na honorável tradição de tantos outros personagens religiosos. O que tornou a visão deste Libertador particularmente engraçada, para não dizer estranhamente contemporânea, é que ele teve a visão quando estava chapado de uma erva local chamada *lanza*. Um afresco em um dos nichos da igreja do polvo mostra um camponês magro curvado sobre um cântaro, inalando três fileiras de pasta, ou melhor, o vapor da erva *lanza*, que o transportou temporariamente ao outro mundo (até hoje a cerimônia de inalação da *lanza* é conduzida por monges sevos), onde ele encontrou, é claro, Jesus.

Exibido no afresco como uma figura espectral de olhos vítreos, quase tão chapado quanto o próprio São Sevo, Jesus disse ao nosso visionário que estava tudo errado com o povo dele, sobretudo com os sacerdotes, que um ano antes haviam excomungado o santo porque ele dormiu com as filhas adolescentes deles, forçando-o a viver na faixa de terra árida e corroída pela água salgada que um dia seria conhecida como assentamento sevo.

– Olhe – disse Jesus. – Sou um cara legal, não é? Mas tudo tem limite. Depois que passar o efeito da *lanza*, quero que reúna o seu povo e transpasse os seus inimigos com os utensílios mais pontiagudos. E, quando acabar, quero que trepe com cada belezinha menor de idade da cidade. Estou falando de *sodomia*. Bem no traseiro. *Capiche?*

– Hã-hã – respondeu São Sevo. – Assim disse o Senhor. E entendi, acredite. Mas, Jesus, pode me dar um sinal? Alguma coisa que eu possa mostrar ao meu povo para que eles saibam que eu não sou uma fraude.

– E Jesus disse: Vá até o ponto mais alto do terraço mais baixo de sua cidade. E depois cave. Cave e cave, dia e noite, manhãs e tardes, pule a hora do almoço, e aí você vai descobrir o que procura.

Assim, na manhã seguinte, Sevo, o Libertador, emergiu de sua rebordosa, dirigiu-se ao ponto mais alto do terraço mais baixo – onde, aliás, o polvo do Vaticano Sevo se localiza atualmente – e começou a cavar. Depois de muitos dias estafantes: nada. E em seguida, puta merda! Um pequeno pedaço de madeira ou algo assim. Mas sem dúvida sagrado. O futuro santo retornou à sua choupana miserável, colheu um estoque de duas semanas de *lanza* no jardim e, com o pedaço de madeira sagrada à frente, ficou totalmente doidão. *Oy vei,* quantas visões ele teve! Dezoito, para ser exato, cada qual representada por um afresco primitivo na catedral (onde é que esse povo pobre seguidamente pilhado encontrou tempo para afrescos?). A visão mais importante de todas, a que daria origem a toda a nação sevo, revelava um Cristo ensangüentado na cruz, sussurrando para que São Sevo se ajoelhasse como um cachorrinho e lambesse o sangue derramado que se acumulava aos pés da cruz. Nosso garoto fez isso com prazer, mas enquanto lambia os corpúsculos sagrados e tirava as farpas da língua, um armênio sujo e ardiloso aproximou-se sorrateiramente da cruz, arrancou um bom pedaço da haste onde Cristo apoiava os pés e colocou-o na posição que depois passou a ser vista na cruz dos sevos.

Ora, Cristo está crucificado com os dois ditos ladrões – o Bom Ladrão, que defende o Filho e que Dele tem a promessa de salvação eterna, e o Mau Ladrão, que vai direto para o inferno. Como na cruz ortodoxa padrão, a haste inferior da cruz svanï apóia o lado direito de Cristo, fazendo Jesus virar-se na direção do Bom Ladrão. Mas na mitologia sevo, depois que o armênio sujo arrancou um pedaço da haste, Cristo virou-se na direção oposta, ou seja, para o Mau Ladrão. Isso *tem inúmeras implicações teológicas cruciais,* mas não consigo me lembrar de nenhuma.

Enfim, de volta à história. Então, com o pedaço dos pés da cruz na mão, o armênio voltou rapidamente à sua terra natal, na expectativa de abençoar os compatriotas com a glória dos Pés do Senhor. Mas Deus detestava os armênios por serem uns safados muito espertos, de modo que deixou à vista um rastro de moedas de ouro que obviamente o ganancioso seguiu até dar naquilo que hoje é o território sevo. Perdido naquele clima árido e hostil, o armênio ofereceu todo o seu ouro a Jeová em troca da piedade divina, mas em vez disso o sempre vingativo Deus judaico-cristão o derrubou (pegando todo o Seu dinheiro de volta). O pedaço de cruz ficou enterrado em algum lugar na areia do Cáspio, à espera do dia em que surgiria um certo Libertador doidão para pegar a madeira sagrada, reunir seu povo e transpassar metade da população. Esses compatriotas eleitos, acompanhados de seus consortes recém-violentados, se tornariam os sevos atuais.

Contei a história do cisma entre sevos e svanïs no estilo divertido do hip-hop, mas a minha Nana contou para mim de um jeito menos descontraído. Empregou termos complexos para descrever diferenças religiosas, como "diofisismo" e "monofisismo", juntamente com freqüentes alusões a certo Conselho Sagrado do Aardvark, que sacudiu a região no ano de 518, sem mencionar toda a confusão do Bom Ladrão e Mau Ladrão. Não quero desmerecer o considerável conhecimento dela a respeito dos preconceitos da região, nem a fé à qual ela se diz pertencer. Acho que não devemos rir quando confrontados com o irracional, mesmo quando as risadas são bem merecidas.

Saímos da igreja e seguimos pelos inúmeros degraus que ligavam a Catedral de São Sevo, o Libertador, à esplanada à frente.

– Olhe em volta – disse Nana. – Esqueça essa bobajada religiosa. Olhe a geografia. Nós, sevos, vivemos no litoral, e os svanïs, nas montanhas, nos vales e desertos. Por mil anos os svanïs têm sido agricultores e pastores, enquanto nós formamos a tradicional classe dos comerciantes. Por isso a história do armênio que roubou um pedaço da cruz de Cristo, porque os armênios, não os svanïs, é que são nossos rivais tradicionais. Somos cosmopolitas tentando nos adaptar ao Ocidente, enquanto os svanïs trepam com ovelhas e rezam pela salvação. Por isso as nossas igrejas estão vazias e as deles, cheias. Por isso, desde que o comércio tornou-se mais importante do que o trabalho no campo, nós somos os que têm a grana.

– Bom pra vocês – falei. – Tenho orgulho do seu povo. Comerciantes são mais evoluídos do que agricultores. Isso é fato.

Ela ignorou o meu comentário, contemplava os campos de petróleo que faziam o leito do mar fluir silenciosamente da beira da esplanada até a linha escura do horizonte. Olhava tão longe, como se para os corredores manchados da Universidade de Nova York, e, com a minha mão grande e fofa protegendo meus olhos azuis da luz do sol, olhei com ela as salas de aula e cafeterias, os espetáculos de dança africana moderna e recitais de poesia, cruzei o alvoroço da Broadway e da Lafayette Street até me ver no triângulo de aço de Astor Place.

– Agora, sr. Vainberg, como parte do seu *tour* – disse Nana –, vou levá-lo para um típico almoço sevo. Tem alguma restrição de dieta?

– Está me gozando? – eu disse, apontando para a minha barriga.

25

Esturjão para Misha

Caminhamos pela esplanada e passamos por uma pista barulhenta de carrinhos bate-bate importados da Turquia e decorados com advertências indecifráveis em turco sob um desenho de uma jovem morena sendo perseguida por um lobo cinzento que babava e brandia um garfo e uma faca. E pensar no quanto se desconhece neste mundo. Passamos por ali dando de ombros. Mas se um turco aparecesse na rua e me explicasse por que aquele desenho era considerado engraçado, por que se associava a carrinhos bate-bate para crianças e por quê, só Deus sabe, aquela pista em particular viera parar em pleno Absurdistão e não em algum parque de diversões provinciano e poeirento da Turquia – bem, imagine apenas no muito que eu teria que aprender ainda sobre os turcos e sua nação, e no pouco propenso que ficaria para me desfazer dos seus espetos de *kebab*, de sua adoração a Atatürk, dos seus costumes repressivos. Talvez fosse instrutivo para o Crianças de Misha passar o verão numa colônia de férias turca ao lado do mar Negro, tomando sol e aprendendo sobre os seus primos muçulmanos de pele escura. Fiz uma anotação mental para ligar para Svetlana em Petersburgo e pedir que ela providenciasse isso.

Pensativos e deprimidos depois da lição de história, eu e Nana passamos por um píer encalhado entre duas torres na orla e na direção de uma imensa concha rosada. Utilizada como anfiteatro em certa época, a concha encontrara utilidade mais lucrativa como um restaurante da orla chamado A Dama e o Vagabundo. Apesar de ser hora de almoço, éramos os únicos clientes, a equipe de garçons dormia em torno de uma mesa circular, a maioria homens de meia-idade com camisetas brancas transparentes e a cabeça enterrada nos braços. Eles nos olharam fatigados, incomodados com a interrupção do meio-dia. Pedimos salada de tomate banhada em azeite. Fazia tempo que não via verduras e legumes tão coloridos. Segurei meu

estômago, dei as costas para Nana e comecei a me balançar para a frente e para trás, como se imitando os meus inimigos jurados, os *hassidim*.
– Humm – murmurou Nana. – Fresca, fresquíssima.
Serviu-se de uma cerveja turca e fiz o mesmo, acrescentando uma dose de Black Label à equação. Uma garçonete velha com uma minissaia imunda e meia-calça fluorescente aproximou-se, equilibrando em cada braço um prato com oito *kebabs* de esturjão perfeitamente quadrados. Olhei para Nana e ela mal me notava, ocupada em espetar o seu primeiro *kebab* com um garfo comprido.

Minha mente desabou, minha corcunda tóxica arqueou, mas eu não sabia ao certo que tipo de toxina seria liberado – ou a melancolia gélida ou o aroma urbano do Bronx. Os *kebabs* de esturjão tinham a cor da galinha *tikka* indiana, as bordas eram tão escuras quanto o vazio, mas a sua consistência era farinhenta e tenra.

– Caralho, caralho – sussurrei, admirado. O sumo do peixe pingava do meu queixo e caía em oleosas gotas amarelas no prato, na toalha de mesa, na minha calça de moletom, no piso de cerâmica do restaurante, no mar Cáspio que mal respirava, nos desertos famintos e no colo de minha amada Nana, sentada à frente em silêncio, comendo.

Chegou mais peixe. Comi tudo. Sentia as mãos do meu pai em mim. Nós dois. Juntos novamente. Papai, bêbado. Eu, tímido, mas curioso. Ficaríamos acordados a noite inteira. Ignoraríamos as ameaças de mamãe. Como pensar na escola de manhã quando você podia arriar as calças e mijar no cachorro anti-semita do vizinho? Sentia o bafo de vodca do meu pai na minha boca, no meu nariz, nas minhas orelhas, meu corpo pálido pressionado no seu, espinhoso, e ambos suávamos no calor de gueto daquele apartamento de Leningrado no auge do inverno, mergulhados naquela estranha agitação atávica, com vergonha e excitação na mesma medida.

Pedi uma porção de um pão da Ásia Central chamado *lipioshka* para raspar o caldinho do esturjão que brilhava no meu prato. A cerveja e o Black Label tinham acabado; foram substituídos por cantalupo fresco. A fruta era tão alaranjada e brilhante quanto os *kebabs* de peixe, só que transbordavam de açúcar e não de sal. Deixei que as fatias de cantalupo esfriassem minhas gengivas inflamadas, o seu aroma envolvesse minha garganta e se dissipasse pelo meu corpo, acabando para sempre, como tudo o mais que já comi.

Olhei para Nana. Ela tremia de prazer. Seus lábios fartos, duros e rachados de garota do interior estavam arroxeados e manchados

com os sumos disponíveis, exceto o meu. Nada ali era mais vivo do que ela, sua vivacidade distorcia as torres de perfuração atrás dela, o polvo sevo, a lúgubre esplanada e os bate-bates turcos, fazendo com que tudo se tornasse real, adorável e verdadeiro.
– Tem um novo restaurante de frutos do mar – ela disse.
– Na Tenth Avenue – eu disse.
– Não tão longe...
– ... daquela nova butique do hotel...
– ... que vão construir.
– Aquele com portinholas...
– ... perto da área belga.
– Uma coisa que não se consegue achar...
– ... em Nova York?
– É...
– ... é uma boa *paella*.
– Precisa de uma frigideira bem grande...
– ... o bar espanhol.
– Aquele em Crosby...
– ... com as cerejas.
– Os *boquerones*...
– ... as azeitonas.
– Avaliação Zagat...
– ... vinte e três pela comida.
– Fui com um cara...
– ... lá?
– Todo mundo vai.
– Até você?
– Eu?
– Eu gostaria.
– Eu gostaria agora.
– Eu gostaria de ter...
– Eu também.

Pousei os cotovelos na mesa manchada de peixe, deitei minha cabeça nos braços e soltei a tristeza. Nana tocou os meus cabelos macios e ondulados lenta e metodicamente. Sem se preocupar com os garçons furtivos, ela se mostrava calma e de olhos secos, uma guia turística profissional que confortava alguém que teve a carteira e o passaporte roubados.
– Desculpe – falei.

– Desculpe por nada – ela empregou o que provavelmente não era o seu melhor inglês, mas entendi o que quis dizer.
– Estou bêbado – acrescentei, o que em parte era verdade.
Ela pediu a conta e por fim saímos de mãos dadas, caminhando de forma lenta e irregular pelo píer rumo à movimentada esplanada. Um cartaz do SCROD típico da era comunista pendia ao longo do píer exibindo três nativos de meia-idade debaixo de um slogan chamativo no idioma local. Todos os três tinham longas pálpebras cinzentas, o que lembrava um desfile de tartarugas correndo na direção do mar. Um deles parecia um intelectual cansado. Ele e um outro se distinguiam pela dentadura de fabricação barata, e o terceiro, pela boca tesa e feminina e uma expressão desafiadora juvenil. Um alto-falante embaixo deles berrava uma música techno de cinco anos atrás interrompida por fragmentos de um furioso discurso sevo.
– O que diz o cartaz? – perguntei.
– A Independência do Povo Logo Será Alcançada!
– Gosto daquele cara engraçado com boca de mulher – eu disse.
– Parece um cantor de Odessa. Ele deve ser o ditador júnior do grupo. "Não me odeie. Não sou Stalin. Só estou treinando!"
– É o meu pai – disse Nana.
A princípio não me dei conta do que tinha dito; como de costume, estava perdido, pensando em algum aspecto de mim mesmo.
– Oh – reagi por fim. Examinei as palmas de minhas mãos, as proeminentes veias esverdeadas que desesperadamente tentavam levar sangue aos dedos.
– Tenho algo para lhe dizer, Misha – disse Nana em russo, descartando o que restava da minha identidade belga. – O meu pai conhecia o seu. Fizeram negócios juntos. Era um homem muito querido. Quando vinha à nossa casa, em Svanï, ele me trazia cubinhos de açúcar e tangerinas. Como se ainda estivessem em falta, como na era soviética. Como se eu precisasse de vitaminas e açúcar.
– Oh – repeti em inglês.
Fechei os olhos e tentei pensar em papai, mas o que aconteceu depois apagou essa lembrança. O cheiro de mamão verde amadurecendo sob aquele perfume, a leve porém intensa sensação de braços roçando as minhas coxas, o beijo suave de lábios com penugem na minha testa. Minha Nana me abraçava forte sob a foto do pai incitando o povo à revolta.

26

Comida, decoração e serviço

Passei a semana seguinte apaixonado – por ela, pela distante cidade americana que tínhamos em comum e por mim mesmo, por ter sido capaz de me recuperar com tanta rapidez do estresse pós-traumático pelo assassinato de Sakha e pela partida de Aliosha-Bob. Fizemos sexo praticamente no mesmo dia em que nos conhecemos: o mito da garota oriental conservadora quebrou-se com algumas poses vulgares ao lado da garrafa de vodca Flagman que bebemos no Beluga Bar do Hyatt, seguidas por uma subida pelo elevador envidraçado, uns cinco minutos de felação com lábios vermelhos e depois o uso de uma camisinha lubrificada da Coréia do Sul. Tudo isso acabou sendo uma atividade divertida e minha ereção manteve-se por um bom tempo, embora as camisinhas sejam repugnantes para mim, uma outra tentativa de reprimir e depreciar o meu *khui*, agora pelas mãos dos barões das camisinhas da Coréia do Sul.

Ela aproximou-se da maneira sedutora e própria de uma mulher grande (e quero dizer *grande*, não gorda), com senso de dever e equidade e a completa alegria que as mulheres pequenas com cara de fuinha não possuem. Ela deu risinhos e brincou. Empurrou-me para a cama e fingi que caí, de fato exatamente o que aconteceu, e quase parti minha boa cama do Hyatt em duas.

– Vem cá, meu bem – eu disse com um ar extremamente americano. – Vem pro papai.

– Que cê tem pra mim, papai? – Ela pôs as mãos na cintura, seu rosto jovem brilhando de suor e os olhos castanho-escuros cheios de embriaguez sensual. – Me mostre o que cê tem.

– É, você quer ver, meu docinho? – falei. – Quer ver o que tenho? – E pela primeira vez desde que os *hassidim* me retalharam não tive medo de botar o pau pra fora: a longa cicatriz, os remendos de pele grampeados na extensão, a aparência geral de um foguete impedido de decolar. Nana não estava interessada nessas particularidades. Deu de ombros, sorriu e pouco a pouco se precipitou no meu pau, introduzindo-o na boca, girando-o, retirando-o com um estalido e algumas risadas, limpando a boca com o cotovelo e depois voltando a enfiá-lo no calor de sua cavidade oral.

– Ah, como isso é bom – eu disse, perturbado com seu jeito tranqüilo de classe média ocidental: um contraste agradável com a seriedade das garotas russas que se acercavam do meu *khui* com a gravidade de um Leonid Brejnev pisando no pódio na 23ª Convenção do Partido em Moscou. – Ah, não pare, querida – falei. – Não me faça implorar. Humm. Ah, gostosa.

– Você quer me melar? – ela disse. Fiquei sem entender exatamente o que significava "melar". Talvez uma gíria nova.

– Quero gozar dentro de você, menina – eu disse. – Quero vê-la suando, gata. Vamos trepar.

Eu gostaria de dizer que ela tirou o jeans na mesma hora, mas levou algum tempo a manobra de retirar suas duas grandes nádegas curvilíneas e a vagina saliente da concha estreita de sua calça Miss Sixty. Estávamos com pressa e suados. Coloquei-a na beira da cama enquanto puxava as bainhas do seu jeans e quase tive uma distensão no músculo da virilha quando a despi, e mesmo assim a minha ereção se manteve, uma prova do meu desejo por ela. Ela continuou de camiseta no início da trepada, do jeito que gosto de fazer sexo, estimulado por um pouco de mistério. Deslizei as mãos por baixo da camiseta de algodão e senti a curva dos seios, guardando a imagem daqueles globos marrons e lustrosos para mais tarde. A vagina de Nana era *tudo de bom*, como se diz na gíria urbana – um poderoso músculo étnico cheirando a melão amargo, brisa do mar local e desejos suados de uma pequena nação que tenta criar um futuro para si. Era especialmente cabeluda? Por Deus, era sim. Uma montanha negra como as noites do Serengeti, com pitadas de páprica nas extremidades – só os pentelhos deviam pesar meio quilo, abrindo duas trilhas discerníveis de pêlos, uma até o umbigo e a outra até a base da espinha.

Obviamente, devido ao meu tamanho, ela ficou por cima. Mas levando em conta a impressionante massa corporal e a elasticidade natural que ela possuía, vislumbrei o dia em que poderíamos tentar o papai-e-mamãe, não que eu tenha algum atrativo especial em atacar uma pobre mulher desse jeito. A princípio, nos atrapalhamos com a camisinha e fui brincar no seu púbis, mas ela me afastou. Não se interessava por essas preliminares. Em vez disso, simplesmente montou em cima do meu corpo, agarrou meus peitos para equilibrar-se e encaixou-se em mim sem esforço; dois lábios vaginais trabalharam para me conduzir à sua estreiteza. Acho clichê quando os casais insistem em dizer que "se encaixam" perfeitamente, mas entre o ziguezague meio *boogie-woogie* do meu *khui* xucro e roxo e a natureza toda inclusiva da *pizda* do Cáspio de Nana alcançamos uma terceira via, como se viu.

Ela me cavalgou, para ser mais exato. Foi tudo muito classudo e contemporâneo, como um curso de arte moderna na NYU. Eu queria que ela tivesse estampado em sua camiseta a frase CAVALGUEI MISHA VAINBERG.

– Isso, me come – ela disse depois de alguns grunhidos tão masculinos e afirmativos que me surpreendi com um ligeiro temor homossexual, um temor exacerbado de que uma de suas unhas afiadas se cravasse no meu reto apertado. – Me come, paizinho – ela repetiu de olhos fechados, suas coxas batendo nos pneus da minha barriga, meus peitos suados fazendo ruídos. – Assim, assim... – Ela me olhou rapidamente e virou a cabeça de lado para que eu pudesse lamber sua orelha e mergulhar no seu pescoço. – Assim... assim.

– Vou te comer todinha, gata – eu disse, mas as palavras não me convenciam. – *I'm busting my nut tonight* – cantei.

– *My pussy fills so tight* – ela cantou em contraponto com um perfeito inglês de gueto.

– Ai. – Ela estava esmagando o osso da minha pelve, triturando-o. – Ai – repeti. – Querida... ai.

– Só um minuto – ela disse. – Me dê só um minuto. Me come direito. Assim, assim.

– Um pouco pra cima – falei. – Chegue pra cima. Está doendo. Meu osso.

– Assim... assim – ela disse.

– Meu osso está doendo – eu disse. – Estou perdendo o clima.

– AH – ela gritou. – ME FODE. – E curvou-se para trás. Deslizei para fora. Suas coxas tremiam à minha frente e um líquido morno e abundante espalhou-se em minhas coxas, sem que eu soubesse ao certo qual de nós o tinha liberado. Minha cama ficou impregnada do cheiro de aspargo e outros legumes.

– Ah – ela disse de novo. – Me fode.

– Você está bem? – perguntei. – Será que eu...
– Será que você o quê? – Ela riu. A boca de Nana era larga e eqüina, com espinhas nos cantos. Vista de perfil, os dentes projetavam uma sombra. E ela me pareceu então dois terços boba e um terço perigosa, como uma colegial americana de classe média metendo-se na luxúria de um quarto de hotel em Cancún. – É isso – ela disse. – Você conseguiu.
– Consegui?
– Isso mesmo.
– Oh! – exclamei. – Então, você gozou?
Ela me abraçou e me ative à sua camiseta suada, traçando círculos em volta de seus ombros surpreendentemente estreitos.
– É isso aí – ela disse. – Você não?
– Lógico – menti. – Gozei até demais. – As palavras deixaram um gosto tão rançoso na minha boca que peguei uma pastilha de menta na cabeceira. Tirei a camisinha vazia e joguei-a debaixo da cama. Eu me sentia estranho e feliz, violado e possivelmente mijado. Sem dúvida o buraco do meu traseiro brilhava avermelhado; meu peito e barriga estavam escorregadios com a mistura de nossas salivas.
– Me abrace – ela disse, mas já estávamos abraçados.
– Docinho – eu disse. – Minha doce menina. – Essas palavras me deixaram triste, e com desejo, mas por alguma coisa que não eu sabia dizer. Pela sobremesa, talvez.
– Converse comigo – ela sussurrou.
– Sobre o quê? – também sussurrei. Os sussurros me inspiraram a diminuir a luz ambiente. No escuro, as constelações distantes das torres de perfuração iluminavam o panorama lá embaixo, e quanto mais nos livrávamos da visão um do outro, mais entendíamos o mundo à nossa volta, os arranha-céus bombeando petróleo que se estendiam em correntes até a Turquia, a Rússia, o Irã e a todos os lugares que não nos serviam de nada.
– Me conte alguma coisa – ela sussurrou, seu hálito úmido do meu *khui*, cheirando a sal do esturjão da tarde e a menta da pastilha que se desmanchava em sua boca.
Não era hora de falar do meu amor por ela, não antes de uma confirmação com o dr. Levine. Além disso, havia coisas mais impalpáveis, simbólicas e de algum modo mais importantes para compartilhar com ela. Pensei que coisas seriam essas. Pensei naquela ilha distante entre dois grandes rios e em como isso nos tornara o que

éramos: duas boas pessoas que tentavam superar os problemas (nós *vamos* superar, amiga). Cogitei um possível futuro onde estaria trepando, amando e comendo, lado a lado com ela. Lembrei de um livrinho vermelho, não exatamente o de Mao, mas um outro bem mais importante, um livro que resolvi citar de memória para ela.

– "Esse não é o Lower East Side do seu avô", dizem os devotos do templo "do tamanho de um banheiro" da *new cuisine* americana, onde o chef Rolland Du Plexis controla uma imensa clientela de admiradores ponto-com, *hipsters* locais e ocasionais "visigodos urbanos". Embora alguns afirmem que a cozinha deve ter "escorregado na banana", pois só se vêem "limusines com placas de Garden State", cartas de vinhos razoavelmente caros e excesso de celebridades. Comida: 26; Decoração: 16; Serviço: 18.

Eu sentia a respiração profunda de Nana em mim. Ela agarrou a minha corcunda tóxica e friccionou-a para cima e para baixo.

– Esse é aquele lugar na Clinton Street – ela disse. – Eu estive lá.

– Hum-humm – grunhi. As mãos que massageavam a rocha escura e amolecida da minha corcunda eram tão naturais quanto a vagina em volta do meu *khui*. Não me vinha à mente a palavra certa, mas quando isso aconteceu, quase chorei por reconhecê-la. *Alívio.* Ela me deixava aliviado.

– Continue – ela disse. – Conte mais um pouco.

– O que você quer ouvir? – falei.

– Siga para o norte – ela sussurrou.

Caminhei com ela pela Rivington e dobrei na Essex Street. Suas mãos esfregavam minha corcunda, seus peitos empinados atraíam os olhares dos passantes latinos, homens e mulheres, *papi* e *mami,* com o frescor irrestrito de menininha, a simplicidade franca de um "eu sou apenas a Nana do bairro".

Cores sórdidas brilhavam na avenida. Um deslocamento de placas tectônicas, um influxo de eurolixo e dinheiro de computador tomaram conta do lugar nas últimas duas décadas, transformando-o num vulcão de contemporaneidade em erupção, sob o qual os cidadãos multiculturais do Lower East Side acovardavam-se como a população da Pompéia de outrora. Em breve o desastre se consumaria e toda a Lower Manhattan estaria coberta de lava escorrendo laptops e cafés expressos, não se verão mais os *khuis* e as *pizdas* que um dia mantiveram essa área viva e as noites pontuadas pelo choro de recém-nascidos ávidos por mamilos do tamanho de caramelos.

Perambulei com minha Nana pela Sixth Street, passando pela First Avenue e subindo um lance de escadas.
– Conte – ela disse.
– É sempre Natal no confiável Curry Row, caloroso como o "estômago depois de uma pimenta". Embora alguns achem a culinária "pouco inspirada" e a atmosfera decadente como nos "tempos de guerra", os preços baixos e o sorvete de manga grátis garantem que "a festa nunca termine". Comida: 18; Decoração: 14; Serviço: 11.
– Conte mais. – Ela me abraçou apertado. Uma das minhas rótulas, um ponto solitário de osso cercado de carne, metia-se maliciosamente entre suas coxas. Resolvi seguir com ela para o lado oeste, introduzindo o meu joelho em sua umidade enquanto entoava minha cantiga:
– "Filas dolorosamente longas" empanam o "zen" desse restaurante, mas o sushi é tão fresco que "derrete na língua" e a seleção de saquês é "comprida como o Japão", e assim até o "mais cansado dos samurais urbanos" gritaria "Banzai!". Comida: 26; Decoração: 9; Serviço: 15.
– Mais – disse Nana. Esfreguei o meu joelho dentro dela, mas ela não encorajava o meu desejo que crescia. – Mais – ela repetiu. Segui com ela pela cidade até o limite da West Side Highway; dei-lhe tudo o que eu conhecia (Comida, Decoração e Serviço); recitei de memória e, quando a memória falhou, recorri à imaginação, inventando restaurantes que não existiam, mas que deviam existir, falando de lugares onde as toalhas de mesa eram um pouco sujas, os garçons, um pouco relapsos, mas a comida era boa e barata, eu a empanturrava cada vez mais. E então, quando viesse a conta, quando a necessidade de um banheiro e um bidê pressionasse por todos os lados, você pegaria um táxi de volta ao seu apartamento lá no alto do céu, adormeceria nos braços da mulher amada antes mesmo que o elevador soasse a campainha, anunciando sua chegada aos corredores cinzentos e vazios, aos latões de lixo, à porta sólida e anônima com o número do apartamento que orgulhosamente você escreveria com rudimentares cirílicos no verso de envelopes destinados a terras menos afortunadas.

A maçaneta giraria, as luzes acenderiam e a TV a cabo ligaria com um rugido. E você saberia, Nana, minha doce morena, que estávamos em casa.

27

Os homens do SCROD

Eu lixava as unhas febrilmente quando bateram na porta. *Alguém bate na minha porta!* As últimas duas semanas na cidade com Nana tinham me convencido de que eu estava num *thriller* extremamente sexy, mas tudo o que me esperava do outro lado da porta era a cabeça careca de Larry Zartarian e aquela mãe dele espiando atrás de uma máquina de gelo alguns passos atrás.
– Temos que conversar – ele disse.
Ofereci um balde de asas de frango, que ele recusou.
– Você está comendo Nana Nanabragovna? – perguntou Larry.
– Ela já é bem grandinha – disse em minha defesa. – Vou jantar com a família dela hoje à noite. Todos os figurões do SCROD estarão lá.
O gerente do hotel caminhou até a janela e puxou a cortina para o lado.
– Está acontecendo alguma coisa – ele disse.
– O que é agora?
– Aqueles Chinooks que pousaram na Exxon. Achei que evacuariam todo mundo, mas eles também estavam *trazendo* gente. Oitenta e cinco estrangeiros, a maioria do Reino Unido e dos Estados Unidos.
– Não entendo – eu disse. – Até Josh Weiner tratou de se mandar daqui.
– Eles despacharam a equipe da embaixada e grande parte das companhias petrolíferas: Exxon, Shell, BP, Chevron – continuou Zartarian –, mas agora tenho 85 *novos* hóspedes. E todos eles são... – Ele fez sinal para que eu me aproximasse. Inclinou-se e sussurrou ao meu ouvido: – da KBR.
Ergui os ombros e deixei escapar um suspiro profundo para mostrar que eu não estava informado ou interessado nos assuntos da ubíqua Golly Burton. Uma guerra civil estava em andamento, ou um

cessar-fogo, ou algo assim; *nisso* eu estava interessado, na luta entre etnias e na matança, e no meu próprio e possível papel de melhorar as coisas para o doce povo absurdistanês de Nana.

– Planejaram um luau no terraço da KBR para a semana que vem – disse Zartarian, assentindo de forma expressiva.

– Um luau parece divertido – eu disse.

– É para comemorar os campos petrolíferos Figa-6 Chevron/BP que vão começar a operar.

– Até as putas do saguão têm comentado sobre o Figa-6 – rebati.

O gerente do hotel meteu um grosso polegar na vidraça fumê.

– Ali é o Figa-6. – Zartarian me chamou para olhar no orifício marcado pelo polegar dele. Esquadrinhei o horizonte distante até distinguir outro inevitável horizonte de estruturas petrolíferas. – É o futuro do setor petrolífero absurdistanês – ele disse.

– Me parece bom – falei.

– Não, não parece bom de jeito nenhum – ele retrucou. – Aquelas estruturas estão inativas há meses. É uma concessão da Chevron/BP, mas a maior parte dos bate-estacas petrolíferos da Chevron e da BP já se foi pela ponte aérea. E agora está cheio de caminhões vazios da KBR por todo canto. A KBR está comprando caminhões de tudo que é lugar, até mesmo os modelos dos Kamaz russos mais vagabundos. E eles só ficam *sentados* lá.

– O cessar-fogo está vigorando – argumentei. – Daqui a pouco eles abrem o aeroporto e vão continuar com essa coisa de Figa-6. Esse luau é um bom sinal, Larry. Não se preocupe tanto. Você está deixando a sua mãe afetar o seu humor. Sei como isso é, ter pais. Não é fácil. – Dei um tapinha amigável no ombro dele.

– Você me faz um favor? – disse Zartarian. – O pai da Nana é um coordenador importante do SCROD. Veja o que ele acha disso tudo. Tente dar um jeitinho de saber.

– Está bem, Larry – eu o animei. – Vou tentar *dar um jeitinho*. E você tente descansar. Está trabalhando demais.

– Ei, se eu sobreviver a essa guerra, eles vão me transferir para algum lugar grande.

– *Se* – repliquei com malícia.

O celular de Zartarian tocou e o armênio grunhiu alguma coisa no idioma nativo.

– Os homens do SCROD estão aqui para levá-lo – ele falou. – Lembre-se, Misha, estamos nisso juntos.

— Ei — eu disse. — Como é que você faz para o seu telefone funcionar?

— Ainda podem ser feitas ligações para dentro do país — ele explicou. — Para fora é que está bloqueado.

— Ah, então estamos de volta à União Soviética.

Os homens do SCROD eram na realidade dois garotos adolescentes com uniformes militares. Eles estavam perto do elevador envidraçado e brincavam com duas submetralhadoras; fingiam que matavam um ao outro e depois tombavam no chão, apertando a barriga e gemendo em inglês.

— Rapazes, não atirem em nada — Zartarian os advertiu. — Temos hóspedes importantes aqui.

Eu esperava um veículo blindado BTR-70, mas os garotos dirigiam um furgão Volvo enferrujado nas laterais. Sentia-me como um estudante secundarista americano que parte para a festa de formatura e acenei em despedida para Zartarian e sua mãe, que olhava austera para o relógio, seu bigode me sugerindo que eu devia voltar numa hora decente e manter o nariz limpo.

O carro seguiu com uma velocidade impiedosa pelo Bulevar da Unidade Nacional — apinhado de corpos suados de uma noite de sexta-feira de verão — e depois desceu rápido na direção do assentamento sevo. Sentados na frente, os garotos conversavam em seu idioma e às vezes abaixavam o vidro das janelas do Volvo para soltar disparos no ar noturno inerte, um ratatá assustador que quase me fez mergulhar no meu estoque de Ativan.

— Rapazes — eu disse. — Vocês poderiam se comportar de maneira um pouco mais civilizada?

— Desculpe, chefe — murmurou um dos garotos com um russo grotesco. — Só estamos felizes porque é noite de sexta-feira. Todo mundo sai pra dançar. Você não gostaria de dançar com uma garota seva? — O outro garoto o acertou de leve com a submetralhadora e disse que se calasse.

— Não sei como é no seu idioma, mas, quando a gente fala com os mais velhos em russo, deve-se usar o *vy*, uma forma de tratamento mais polida — eu os instruí. — Ou pelo menos perguntar se pode usar o familiar *ty*.

— Podemos usar o familiar *ty*, chefe?

— Não — retruquei.

Os garotos caíram numa tristeza silenciosa por alguns minutos e depois retornaram à sua conversa bárbara. Não me senti infeliz por ter sido deixado de lado. Uma brisa agradável entrava pela janela do Volvo, graciosamente contornava os garotos com seus odores de couro e sêmen e roçava as minhas narinas com o cheiro do mar e das árvores tropicais – o gosto do jacarandá, digamos. Puxei meu passaporte belga e, como geralmente fazia nesses dias, deixei-o pressionado contra o mamilo duro que se mantinha em guarda sobre o meu coração. Eu estava feliz com a oportunidade de ver Nana na casa dos pais. Por alguma razão muito complexa e obscura, a idéia de ver crianças junto com seus pais me animava.

A esplanada do assentamento sevo iluminava-se com o espocar dos fogos de artifício caseiros apontados para as águas do Cáspio. A maioria desses projéteis não conseguia atingir o alvo e caía em cima da multidão de sevos reunida à beira-mar. Eles corriam amedrontados diante do ataque aéreo, crianças e velhos agarrando-se nas costas dos mais fortes.

– Uma guerra está em curso – eu disse – e essas pessoas se reúnem para serem bombardeadas pelos fogos de artifício. Inacreditável!

– Elas só querem se divertir, chefe – disse um dos meus acompanhantes. – Nós, sevos, gostamos de assar carneiros e nos divertir.

– Existem várias maneiras de passar uma noite agradável sem ficar mutilado – retruquei. – Na minha época bebíamos vinho do Porto e passávamos a noite inteira conversando sobre nossos sonhos e esperanças.

– Só temos *sonhos* e *esperanças* de um dia partir para Los Angeles, chefe. Então, o que há para conversar?

– Sim, humm – murmurei, mas não me veio à mente uma réplica decente.

Contornamos o polvo iluminado do Vaticano Sevo e entramos por uma rua estreita que dava embaixo da chamada Muralha dos Fundadores e na parte mais velha da cidade. Cada assentamento tinha sua própria Cidade Velha construída na época da ocupação persa ou da invasão otomana. Não lembro qual. Os assentamentos sevo e internacional foram estabelecidos pelos primeiros muçulmanos cujas casas de banho e minaretes terminaram formando duas cidades de Istambul em miniatura, discretamente afastadas do resto da cidade.

Mas na Cidade Velha dos sevos não havia muçulmanos. Erguida num pequeno cume e cruzada por um conjunto de estradas tortuosas, cada uma formando uma rota entre a montanha e o mar, cada uma acabando por desembocar num penhasco sem saída em cujo topo se via uma magnífica casa antiga acachapada em pernas de galinha de madeira que repreendia o motorista por perturbar a sua solidão. As casas mais procuradas ficavam no cume e exibiam a afetação e ostentação de dois séculos antes. Na parte externa, tinham cores suaves, amarelo-claro, verde e um azul fantasmagórico que algum dia deve ter refletido o mar lá embaixo agora acinzentado. Eram adornadas com longas sacadas de madeira, aberturas intricadas que quase sempre pendiam dos três lados, esculpidas com os leões e os peixes da mitologia sevo. Eram tão belas quanto tudo o que eu tinha visto desde que chegara ao país.

Nós nos aproximamos de uma casa que em escala deixava as outras eclipsadas, uma grande estrutura branca riscada pela luz ocasional do céu, enquanto algumas casas vizinhas estavam de tal forma dilapidadas que faltavam janelas e telhas. À medida que nos avizinhávamos da mansão Nanabragov, tornava-se claro que ela fora construída de concreto armado. Tratava-se simplesmente de uma paródia mais dispendiosa da casa sevo tradicional, uma concha de concreto onde edificaram sacadas e escadarias tortuosas com a mesma determinação fria com que alinharam antenas parabólicas no telhado.

Meus acompanhantes ficaram calados e lerdos quando estacionamos na casa. Eles tocaram nas armas e passaram a respirar lentamente pelo nariz. Esticaram o pescoço para ter uma visão melhor das antenas parabólicas no telhado. Um após o outro, eles sonhavam com o destino que teriam em Los Angeles, uma sina que não podia ser articulada em palavras, somente em tiros e no abraço aconchegante de mulheres nuas.

Um caminho circular de carros cercava uma réplica da *Fontana del Moro*, de Bernini, tendo ao centro o corpulento deus marítimo dos mouros feito de mármore reluzente. Avistei minha Nana saindo da casa, vestida no seu estilo habitual – justo e jovem, carne apertada e brincos de argola, a testa do clitóris claramente visível dentro da calça preta de moletom.

– Oi – ela disse.

Tremi em resposta.

– Oi, oi.

– Não é que você está bonito? – ela disse. Eu vestia minha camisa pólo GGG e as pantalonas cáqui que comprara aconselhado pelo dr. Levine. – Hummm – ela continuou. – Dê aqui essa cara bonitinha. – Beijou-me intensa e demoradamente e, quando apertou o meu traseiro insignificante, as pregas da minha calça subiram como dois zepelins. Olhei de relance para os meus atordoados acompanhantes como se para dizer "Olhem, é isso que acontece com pessoas civilizadas que tratam os outros por *vy*".

– Entre – disse Nana. – Meu pai está louco para conhecê-lo. O jantar está pronto. Mataram três carneiros. – Pegou-me pela mão e levou-me com ela; os ombros de Nana emanavam o leve odor de hortelã que os corpos das mulheres jovens costumam emanar para dificultar a minha vida.

Entramos num vestíbulo do tamanho de um estábulo, quatro espelhos dourados refletindo o vazio do recinto, criando uma espécie de infinito vazio que sempre associei com a vida após a morte. Seguiu-se um outro recinto idêntico e depois um terceiro e um quarto. Por fim, entramos por uma câmara onde se viam um divã de couro e uma TV de tela plana frente a ele. Aquilo me fez lembrar dos apartamentos dos meus antigos vizinhos, os jovens banqueiros de investimentos que eu havia conhecido em Nova York e cujos "lofts" (uma palavra que se pronuncia com orgulho) no centro da cidade tinham uma atmosfera de acampamento de guerra abandonado às pressas.

– Olhe ao redor – Nana repetia seu trabalho de guia turística na American Express. – Esta é uma residência sevo tradicional. O desenho é igual ao de uma casa camponesa, só um pouco maior. Antigamente os cômodos seguiam um padrão retangular em torno da abertura da chaminé. Como não somos tão primitivos, em vez de um buraco para a chaminé temos um pequeno pátio. – Entramos no pequeno pátio que podia ser chamado apropriadamente de floresta nacional, na verdade florestas de diversas nações, uma combinação de aprumadas palmeiras e amoreiras entre as quais pintassilgos-verdes e pardais cantavam um para o outro, tagarelando nervosa e freneticamente como os vendedores que competem por um único cliente.

O pátio era tão grande que às vezes se perdia de vista a casa propriamente dita. O conjunto de recintos dourados vazios que víramos não passava de fachada, a vida da casa acontecia apenas neste cálido centro verde, o qual obviamente contava com uma ampla mesa com vinho tinto e os mais variados alimentos aromáticos que me apunhalavam em todos os meus pontos carentes.

O pai de Nana, o dono da casa, estava rodeado de inúmeros convidados cujos gorjeios tentavam sobrepujar os dos pássaros que ali sobrevoavam. Assim que fui avistado, ele gritou "Quietos!" e pegou uma coisa que aparentava ser um chifre de carneiro, como os que são usados pelos judeus em suas elaboradas cerimônias. Na mesma hora um criado idoso colocou um desses chifres com vinho na minha mão, enquanto os convidados, tentando descobrir as proporções escondidas pelas minhas roupas largas, tagarelavam.

– Quietos, oh, que sevos tagarelas! – gritou o dono da casa com uma contração impressionante de todo o seu pequeno corpo, como se ele tivesse acabado de tomar um choque elétrico ou de ser marcado a ferro. – Esta noite um grande homem está entre nós! Brindaremos ao filho de Boris Vainberg, o nosso jovem Misha, ex-morador de São Petersburgo, em breve de Bruxelas e sempre de Jerusalém. Ora, todos sabem que os Vainberg têm uma história longa e pacífica em nossa terra. Eles são nossos irmãos e, seja lá quem for o inimigo deles, também é nosso inimigo. Misha, ouça e entenda minhas palavras! Enquanto você estiver aqui entre os sevos, minha mãe será sua mãe, minha mulher será sua irmã, meu sobrinho será seu tio, *minha filha será sua esposa*, e sempre haverá água no meu poço para você beber.

– Verdade! Verdade! – gritou a multidão erguendo os chifres, como fiz com o meu. Uma bebida apimentada inundou minha boca e escorreu pelo meu queixo. Olhei para o homenzinho fornecedor da semente que gerara Nana com uma incompreensão úmida e alcoólica, e agora ele olhava nos meus olhos com a mesma possessividade feroz que eu nutria por minhas salsichas matinais. Quando o sr. Nanabragov estendeu os braços na vã tentativa de me abraçar, seu corpo de menino se contraiu de novo, quase saltando da camisa de linho semi-aberta. Ele riu e limpou o nariz com o punho. Seguiu-se uma outra contração que expôs parte do seu peito bronzeado com pêlos crespos e grisalhos, embora macios. Depois, desabou em cima de mim, abraçou-me e beijou-me nas duas bochechas. Eu o sentia contorcendo-se e vibrando contra mim, como o barbeador elétrico que raspava o meu queixo toda manhã.

– Sr. Nanabragov – eu disse, apreciando o calor floreado do pai quase tanto quanto o da filha –, sua Nana tem me deixado muito feliz aqui. E quase desejo que a guerra nunca termine.

– Eu também, caro rapaz – sussurrou o sr. Nanabragov. – Eu também. – Ele me soltou e virou-se para a filha. – Nanachka, ajude as mulheres com os carneiros, meu tesouro. Diga à sua mãe que, se ela queimar os *kebabs*, vou entregá-la aos lobos. E precisamos de mais *lipioshka*, querida. Pela aparência, seu novo amigo gosta de comer. Como é que podemos deixá-lo com fome?

– Quero ficar, papai – disse Nana. Ela pôs as mãos na cintura e brilhou com obstinação adolescente. Parecia tão diferente do pai; ele era um floco de neve minúsculo e agitado, e ela, uma grande e ampla fonte de esperança e luxúria. Somente os lábios fartos e vermelhos se assemelhavam, os lábios borbulhantes do pai lhe davam um glamour amuado de drag queen.

– Esse jantar é só para homens, meu anjo – disse papai Nanabragov, e notei que o pátio estava realmente cheio de exemplares deste gênero sem graça. – Vá se divertir com suas amigas na cozinha. Vocês vão fazer um ótimo cordeiro. Só não deixe cozinhar demais. Você quer deixar o seu cavalheiro contente. Ele é um bom homem.

– Que coisa antiga – disse Nana em inglês para mim. – Isso é tão, sei lá, tipo, medieval.

– O que você disse, meu pequeno sol? – disse o pai. – Você sabe que não sou muito bom no inglês. Até o meu russo é vergonhoso. Agora vá. Corra. Mas, espere... Me dê um beijo antes de ir.

Até então eu nunca tinha visto minha Nana sufocada de raiva, talvez porque nunca sentira raiva de mim (como é que alguém pode ficar com raiva de um homem com tão poucas qualidades?). Ela respirou fundo, sua beleza visível nos olhos cor de avelã até as pernas ligeiramente arqueadas, e achei que ela fosse chorar a qualquer momento. Em vez disso, ela foi até o pai, envolveu-o com os braços e obedientemente beijou-o seis vezes, uma em cada bochecha vermelha, uma em cada têmpora careca e duas no nariz carnudo e curvado para baixo como uma vírgula. Ele fez cócegas nela. Ela riu. E ele repetiu a estranha contração do corpo enquanto dava um tapa e um beliscão na bunda dela.

– Sabe, senhor – eu disse –, seria muito bom ter Nana e as amigas dela à mesa. As mulheres são belas.

– Lamento discordar – replicou o sr. Nanabragov. – Há um tempo para a beleza e um tempo para a seriedade. Vamos comer!

28

Democratas mortos

Meus convivas de jantar foram uma inspiração. Eles comiam com fervor. Comiam com as mãos. As mãos estavam sempre cheias. Ocupei uma parte ampla da mesa e eles se debruçavam em mim, em volta de mim, passavam pelo meu nariz e por baixo do meu queixo para pegar uma torta de queijo gosmenta, ou um naco quente de faisão, ou uma folha de uva recheada do tamanho de um braço. Ingeriam o alimento com um lado da boca e com o outro contavam anedotas armênias. A comida era boa, a carne, gordurosa e tostada, o queijo, levemente defumado, e os bolinhos da sopa cobertos de pimenta preta, o bastante para fazer qualquer um tossir, lacrimejar e agradecer a terra por todos os seus produtos apimentados. Fiquei agitado e discretamente coloquei alguns comprimidos de Ativan no meu chifre de carneiro, deixando-os dissolver no forte vinho sevo. Mas nem com todo o Ativan do mundo eu conseguia controlar minha ansiedade. E comecei a balançar para a frente e para trás como sempre faço diante de refeições desse mesmo calibre. O sr. Nanabragov interpretou isso como um sinal de hassidismo e se pôs a brindar a Israel.

– Nós, sevos, compreendemos os problemas do seu país – ele disse, confundindo Israel com o meu país. – Nós também somos vítimas da nossa geografia. Caramba, é só olhar para os nossos vizinhos. Ao sul, os persas, no meio, os turcos, mais para o norte, os russos. E dentro do nosso país, os primatas svanïs. Quantos problemas nós temos. Imagine, Misha, o que aconteceria se, em vez de ocupar e subjugar os palestinos, os israelenses se vissem subjugados pelos muçulmanos. Eu comparo o meu povo e o seu a uma bela égua branca selada por um preto estúpido e bruto que enterra as esporas em nossos flancos delicados. Desde o dia em que São Sevo, o Libertador, encontrou o pedaço do Verdadeiro Pé da Cruz de Cristo (tenho certeza de que Nana lhe contou a história), que o armênio ladrão nos entregou, somos uma nação separada dos nossos vizinhos, abençoados pela educação e pela prosperidade, mas amaldiçoados pelo número reduzido de nossa gente e pela chibata dos senhores svanïs. – Ele fingiu erguer um chicote acima da cabeça e soltou um silvo.

– Israel tem de nos apoiar, Misha, você não acha? Diga a Israel que devíamos nos tornar um só. Diga a eles que nossas duas nações são a última esperança da democracia ocidental. Se Boris Vainberg, o seu pai, estivesse vivo hoje, que Deus o tenha, ele seria o primeiro a correr até a embaixada israelense para implorar por ajuda em nosso favor. E sei que falo por todos aqui desta mesa quando afirmo que cada um de nós também morreria por Israel.

– A Israel! – brindou o grupo.

– À amizade entre judeus e sevos.

– Morte aos nossos inimigos!

– Isso mesmo!

– Jesus era judeu – comentou Bubi, o irmão caçula de Nana, o mais jovem da mesa.

– Claro que era – assentiu o pai, segurando o queixo protuberante do jovem com uma das mãos e afagando os cabelos com a outra. Eles se pareciam. Bubi também era pequeno, com uma beleza feminina ardilosamente agradável de perfil, uma vítima da boa vida sulista. Não contraía o corpo como seu pai, evidentemente satisfeito dentro da sua camiseta de algodão com a imagem do guitarrista Carlos Santana estampada. – Sim, Jesus era judeu – o pai confirmou com ar de sabedoria.

– Infelizmente, se você ler Castañeda, vai descobrir que ele não era não – alguém replicou.

– Quieto, Volodia! – gritou um outro.

– Não destrate os judeus – um outro disse.

Larguei por um momento a colher de sopa que me ajudava a levar o caviar à boca e olhei para o tal do Volodia. Era o único russo à mesa, um homem inchado, de cara vermelha, com olhos tristes e límpidos e as orelhas caídas de Vladimir Putin. Mais tarde, fiquei sabendo que Volodia era um ex-agente da KGB, como Putin. Afastado do serviço depois de ter roubado muitos jipes anfíbios e armamentos acima da quota permitida, ele agora trabalhava como consultor de segurança para o SCROD. Achei melhor ignorá-lo.

– Não estou interessado nesse homem – eu disse com desdém enquanto batia a colher do caviar no chifre de carneiro.

Mas o tal Volodia insistia com os seus ataques veladamente declarados aos judeus. Cada vez que os meus anfitriões brindavam à sabedoria e ao poder econômico dos judeus, ele dizia:

– Sou um bom amigo de Jörg Haider, o nacionalista austríaco. Ou:

– Por acaso alguns dos meus melhores amigos são neonazistas. Bons sujeitos, trabalham com as mãos.

Ou, mais sutilmente:

– É claro que só existe um Deus. Mas isso não apaga nossas diferenças.

O pai se contraiu e quase tirou a camisa, ajeitando-a de novo em seguida. Bubi e os demais comensais repreenderam o russo em voz alta e ameaçaram retirá-lo da mesa. E não seria eu que me deixaria enraivecer por Volodia.

– Não tenho muita intimidade com o judaísmo – anunciei. – Sou multiculturalista. – Como eu não dispunha de uma palavra russa para "multiculturalista", tive que dizer: – Sou um homem que gosta dos outros.

Continuaram os brindes. Fizemos um brinde pela saúde do piloto que um dia me levaria para a Bélgica.

– Mas você devia ficar conosco para sempre! – protestou o sr. Nanabragov. – Não o deixaremos ir.

Fizemos um brinde a Boris Vainberg, o Amado Papai, que Deus o tenha, e ao famoso parafuso de oitocentos quilos que ele vendeu para uma companhia americana de petróleo.

Finalmente, era hora de brindar às mulheres. Ordenou-se ao criado corcunda muçulmano do sr. Nanabragov, que atendia pelo nome de Faik, que fosse à cozinha para chamar as mulheres. Elas despontaram, gordurosas, suadas, na meia-idade e limpavam as sobrancelhas no avental. Somente a minha Nana e uma de suas colegas de escola mostravam-se cintilantes e frescas, como se não tivessem passado a noite no trabalho da cozinha. (Na verdade, tinham fumado maconha no quarto de Nana enquanto experimentavam sutiãs acolchoados.)

– A abelha apareceu porque sentiu cheiro de mel – disse o sr. Nanabragov, contorcendo-se e mexendo os quadris. – Mulheres, vocês são como abelhas...

– Anda logo, Timur – interrompeu uma mulher pálida mais velha, seus cabelos ralos cobertos de farinha. – Vocês vão conversar até o sol raiar e nós estamos aqui com o carneiro para assar.

– Pessoal, essa é a minha esposa! – gritou o sr. Nanabragov, apontando para a mulher. – A mãe dos meus filhos. Olhem para ela com atenção, talvez pela última vez, porque se queimar os *kebabs*, acho que vou matá-la esta noite mesmo. – Risadas e brindes. As mulheres olharam para a cozinha de relance, com impaciência. Nana girou os olhos, mas continuou parada até que o dono da casa berrou: – Mulheres, vão logo! Voem... Esperem. Primeiro, a minha querida esposa vai me dar um beijo.

A sra. Nanabragovna suspirou e aproximou-se do marido. Beijou-o seis vezes, nas bochechas, nas têmporas e no nariz. Ela fez menção de sair, mas ele levantou-se, atirou-se sobre ela e beijou-a ruidosamente nos lábios, com um abraço apertado que a deixou choramingando e balançando os braços.

– Papai – disse Nana –, você está deixando a mamãe constrangida. – Nana olhou-me com seus olhos castanhos desesperados, como se quisesse que eu separasse os pais ou fizesse a mesma coisa com ela. E eu era incapaz de fazer as duas coisas. Enquanto isso, o estupro da sra. Nanabragovna seguia adiante.

– O-ho! – exclamou o grupo. – Amor verdadeiro! Esses dois são inseparáveis. Parece até cena de cinema. Fred e Ginger.

O sr. Nanabragov largou a esposa, que caiu no chão e teve que ser ajudada pelas amigas. Ela sacudiu a poeira da saia, acenou para os homens reunidos à mesa com timidez e correu para a cozinha, limpando a boca na manga. Nana pegou a amiga pelo braço com um gesto exageradamente masculino e seguiu as mulheres mais velhas lá para dentro.

A excitação provocada pela presença das mulheres arrefeceu. O carneiro apareceu e sua consistência cartilaginosa e gordurosa fez nossas bocas trabalharem exaustivamente. Faik, o criado, um gnomo maometano parcialmente visível, surgiu atrás dos nossos cotovelos para cortar mais pedaços de um *kebab* gigantesco.

– Comam, comam, senhores – ele disse. – Se vocês cuspirem os ossos, talvez o Faik também prepare um jantar para ele. É isso mesmo, senhores, cuspam os ossos para mim. Afinal, sou homem ou não? Pelo que parece, não.

Eu não podia acreditar que um criado pudesse falar de maneira tão debochada com seus patrões, e quase expressei minha indignação em defesa do anfitrião. Mas o sr. Nanabragov tomou a palavra:

– Faik, estamos ao seu dispor, meu irmão. Pode comer o que quiser e beber o que a sua fé permitir. – E assim Faik cortou alguns pedaços para si, pegou o chifre com vinho de alguém e foi se esconder.

Pouco a pouco os homens começaram a recuperar a voz. Terminada a mastigação do carneiro e os gargarejos do vinho doce com a sobremesa, cada qual pegou seu *mobilnik* e começou a vociferar ordens para toda a cidade e a conversar gentilmente com a amante. Um grupo de homens mais velhos que a olhos vistos macaqueavam o sr. Nanabragov, com as mesmas camisas de linho abertas até o peito e os mesmos tiques nervosos, discutia as mesmas coisas que se debatiam nos salões de Moscou e de São Petersburgo naquele verão: se o Mercedes 600S (o chamado *shestyorka*) era melhor do que o BMW 375i. Eu pouco tinha a acrescentar a esse debate, além da minha preferência pelo Land Rover cujos bancos gemiam com prazer debaixo de mim. Os demais homens, inclusive Volodia, o anti-semita taciturno, conversavam sobre a indústria do petróleo com um jargão que eu não conseguia acompanhar: fino, cru, padrão OPEP, coisas desse tipo.

– Sabe – falei para o sr. Nanabragov –, um amigo meu, americano, muito engraçado, diz que toda essa guerra é por causa do petróleo. Se o oleoduto até a Europa deve passar pelo território sevo ou svanï e quem vai lucrar com as propinas.

O sr. Nanabragov estremeceu.

– Você chama seu amigo de engraçado? – ele retrucou. – Bem, o que eu posso dizer é que há uma diferença entre humor e cinismo. Você acha que Lermontov, o poeta russo, era engraçado? Bom, talvez ele achasse que sim. Mas o fato é que ele humilhou publicamente um camarada da velha guarda que o desafiou para um duelo, e depois matou o homem com um tiro! Não é nem um pouco engraçado... – Ele se contorceu em silêncio, olhando-me.

– Um outro amigo meu, engraçado – pressionei –, diz que o campo petrolífero Figa-6 nunca vai se concretizar. Ele afirma que a evacuação foi só uma jogada americana e que agora tem todo um pessoal novo da Halliburton zanzando por Svanï sem nenhuma razão. O que está havendo, sr. Nanabragov?

– Você sabe – disse o pai de Nana – que Alexandre Dumas chamou o povo sevo de Pérola do Cáspio. Ele, sim, é um escritor que nós respeitamos. Um francês. Muito melhor que o Lermontov. Este, sim, era engraçado, não cínico. Viu a diferença?

Eu estava confuso. Não tinham sido os *svanïs* que foram chamados de Pérola do Cáspio? E por que o sr. Nanabragov atacava o pobre e melancólico Lermontov e exaltava o antiquado Dumas? De qualquer forma, quem se importa com literatura? Petróleo e hip-hop são os temas da minha geração.

– Bem – disse o sr. Nanabragov –, talvez alguns membros do SCROD estejam chateados porque eram os svanïs que controlavam o oleoduto, quando nós é que somos tradicionalmente o povo do mar, enquanto eles não passam de comedores de ovelhas provincianos. Mas não queremos roubar o petróleo como o ditador Georgi Kanuk e seu filho, Debil. Não queremos dilapidar o patrimônio nacional nos cassinos de Monte Carlo. O que queremos é usar o dinheiro do petróleo para construir uma democracia. Essa é a palavra de cooperação que todos nós amamos aqui. Democracia. Como é que nos autodenominamos? Comitê Estatal pela Restauração da Ordem e da *Democracia*.

– Eu também amo a democracia – afirmei. – É ótimo quando se tem democracia, sem dúvida...

– E democracia significa Israel – interferiu Bubi, ganhando outro tapinha do pai.

– Até o primo Levi admitiu que houve exagero nas imagens do Holocausto – replicou Volodia.

– Algumas semanas atrás – ignorei o ex-agente da KGB –, testemunhei o terrível genocídio de um grupo de democratas praticado pelo coronel Svyokla e as tropas svanïs. Um deles se tornara um bom amigo meu. Sakha era como se chamava.

Quando mencionei o nome Sakha, fez-se silêncio no pátio. Os homens abriam e fechavam o *mobilnik*. Bubi cantarolava baixinho "Black Magic Woman". Um pintassilgo pousou numa pilha de carne de carneiro e pôs-se a cantar sua vida dourada para todos.

– E você – disse o sr. Nanabragov – *gostava* desse Sakha?

– Ah, claro – respondi. – Ele tinha acabado de voltar de Nova York, do Century 21, e o assassinaram. Bem na frente do Hyatt. A sangue-frio, como dizem.

O sr. Nanabragov bateu palmas e se contorceu três vezes, circundando a mesa com nervosismo, como se enviando um sinal codificado para um satélite.

– Nós também admirávamos Sakha – ele afirmou. – Não é?

– Verdade! Verdade! – exclamou o grupo, com as mãos em concha.

– Veja, Misha, os comedores de ovelhas, os svanïs, acham que podem silenciar nossas aspirações matando os democratas sevos. Oh, onde está Israel e a América quando precisamos deles?
– Mas não eram só democratas sevos – repliquei. – Eram sevos *e* svanïs. Um pouco de cada. Um coquetel democrático.
– Sabe com quem você deveria falar? – disse o sr. Nanabragov. – Com o nosso estimado Parka. Ei, Parka! Manifeste-se.
O grupo afastou as cadeiras para um lado de modo que eu pudesse avistar um pequeno senhor de ar inteligente com uma camisa amarrotada que se agarrava a uma perna de galinha. Ele girou as narinas na minha direção e farejou o ar com tristeza.
– Esse é o Parka Mook – anunciou o sr. Nanabragov. – Ele passou muitos anos numa prisão soviética pelas opiniões dissidentes que tinha, como o seu querido pai. É o nosso mais célebre dramaturgo, o homem que escreveu *Quando o leopardo se levanta*, o que de fato fez o povo sevo levantar-se e brandir os punhos no ar. Pode-se dizer que ele é a consciência moral do nosso movimento de independência. Agora está trabalhando num dicionário sevo que vai demonstrar de forma conclusiva que o nosso idioma é muito mais autêntico que o dos svanïs, que não passa de uma degeneração da língua persa.
Parka Mook abriu a boca, revelando duas fileiras de dentadura de fabricação barata. Agora eu me lembrava de onde vira sua cara: ele estava ao lado do sr. Nanabragov no cartaz sevo da avenida. Ao vivo ele parecia ainda mais cansado e deprimido.
– Prazer em conhecê-lo – ele falou com um russo lento e ponderado que não ocultava o forte sotaque do Cáucaso.
– *Quando o leopardo se levanta* – eu disse. – Isso me parece familiar. A peça esteve recentemente em cartaz em Petersburgo?
– É possível – disse Parka Mook enquanto a muito custo largava a perna de galinha. – Mas não é muito boa. Quando se põe um Shakespeare ou um Beckett, ou até mesmo um Pinter perto de mim, pode-se ver como sou pequeno.
– Besteira, besteira! – gritou o grupo.
– Você é bastante modesto – falei para o dramaturgo.
Ele sorriu e acenou para mim.
– É bom fazer alguma coisa pelo país – ele disse. – Mas um dia morro e o meu trabalho desaparece para sempre. Ah, ora. A morte será uma libertação agradável para mim. Mal posso esperar para cair

morto. Quem sabe esse dia agradável seja amanhã. Mas o que foi mesmo que você perguntou?

– Sakha – lembrou o sr. Nanabragov.

– Ah, sim. Conheci o seu amigo Sakha. Era um camarada agitador, um anti-soviético. Não compartilhávamos as mesmas opiniões...

– Mas mesmo assim vocês eram grandes amigos – interrompeu o sr. Nanabragov.

– Não compartilhávamos as mesmas opiniões – resumiu Parka Mook –, mas quando vi o corpo dele na TV, jazendo na terra, tive que fechar os olhos. O dia estava tão claro. São esses meses infernais de verão. Em certas tardes, com uma claridade assim (como é que posso me expressar), até a luz do sol se torna falsa. Então, fechei as cortinas e me perdi na lembrança de dias melhores.

– E ele amaldiçoou aqueles monstros dos svanïs que tinham matado Sakha, o melhor amigo dele – o sr. Nanabragov atiçou o dramaturgo.

Parka Mook suspirou. Olhou demoradamente para a coxa de galinha deixada de lado.

– Isso mesmo... – ele murmurou – ... amaldiçoei... – Olhou-me com olhos cansados. – Amaldiçoei...

– Você amaldiçoou os monstros svanïs – repetiu o sr. Nanabragov, contorcendo-se com impaciência.

– Amaldiçoei os monstros...

– ... que mataram seu melhor amigo.

– ... que mataram Sakha, o meu melhor amigo. De fato.

Vimos o velho dramaturgo voltar à coxa de galinha, mordiscando-a com cuidado. Tive vontade de consolá-lo e, por extensão, consolar toda a raça dos sevos. Que Deus me ajude, mas achei aquela mentalidade feudal deles encantadora. Não se podia culpá-los pela ignorância, por serem um povo impressionável cercado de nações sem rigor intelectual. Eles eram jovens e com má formação, como adolescentes exibidas que tentam ganhar o afeto dos adultos fazendo charme e mostrando a carne de um tornozelo magro. Esqueçam a minha obra de caridade em Petersburgo. *Essas* é que eram as Crianças de Misha. Jurei fidelidade a suas causas pré-pubescentes e seus sonhos de liberdade e felicidade impossível.

– O mundo ouviu a súplica de vocês, em breve terão seu dicionário e seu oleoduto – declarei.

– Ah, quem dera. – Todos começaram a suspirar enquanto sopravam dentro dos chifres de vinho com tristeza.

– Ontem ocorreu uma tragédia – disse o sr. Nanabragov. – Uma tragédia que vai mudar tudo.

– É o fim, o fim – concordaram seus compatriotas.

– Um jovem italiano que protestava contra a globalização – continuou o sr. Nanabragov – foi morto em Gênova pela polícia italiana, na reunião do G8.

– Que tristeza – falei. – Se uma boa pessoa do Mediterrâneo pode perder a vida, que chance tem o resto de nós?

– Justamente quando a luta sevo pela democracia ganhava *espaço* na mídia global – disse o sr. Nanabragov –, somos banidos do *ciclo dos noticiários*.

– E só um italiano morto! – lamuriou-se Bubi, remexendo-se em sua camiseta como se quisesse juntar-se ao pai no tique nervoso. – Tivemos 65 pessoas mortas na semana passada...

– Inclusive Sakha, o seu favorito – lembrou-me o sr. Nanabragov.

– ... e ninguém se importou – completou Bubi.

– Ao contrário destes italianos ricos e mimados, estamos inteiramente sintonizados com a globalização – disse o sr. Nanabragov. – Somos a favor do capitalismo e da América.

– E de Israel – acrescentou Bubi.

– Estávamos com chamadas ao vivo na BBC One, France 2, Deutsche Welle, Rai Due, CNN, e agora, depois desse europeu morto, você gira os canais e todo mundo está chorando pelo valentão genovês.

– Quantos valentões como esse *teremos* que matar? – disse Bubi.

– Shhh, filho, nós somos uma nação pacífica – retrucou o sr. Nanabragov.

Todos se viraram para mim e ajeitaram as camisas ao mesmo tempo. Parka Mook largou a coxa de galinha e arrotou educadamente atrás da mão.

– É difícil definir o conflito de vocês – comentei. – Ninguém sabe muito bem do que se trata.

– Trata-se de independência! – explicou o sr. Nanabragov.

– E de Israel – acrescentou Bubi.

– São Sevo, o Libertador – gritou um dos homens mais velhos.

– A Verdadeira Cruz de Cristo.

– O armênio ladrão.

– *Quando o leopardo se levanta.*
– E não se esqueça do novo dicionário de Parka.
– Todas essas coisas são boas – eu disse. – Mas ninguém sabe onde fica o país de vocês ou quem são. Aqui não tem uma culinária típica conhecida. A diáspora do seu país, pelo que sei, encontra-se em grande parte no sul da Califórnia, a três fusos horários da mídia nova-iorquina. Vocês não têm um conflito reconhecido e histórico como o dos israelenses e palestinos, um conflito do qual o público das nações mais ricas possa tomar partido e discutir nas mesas de jantar. O melhor que podem fazer é envolver as Nações Unidas, como fez o Timor Leste. Talvez eles mandem tropas.
– Não queremos as Nações Unidas – disse o sr. Nanabragov. – Não queremos tropas do Sri Lanka patrulhando as nossas ruas. Somos melhores que isso. Nós queremos a América.
– Queremos a fatia gorda – acrescentou Bubi em inglês.
– Por favor, converse com Israel – disse o sr. Nanabragov. – Talvez eles possam interceder a nosso favor com os Estados Unidos.
– Conversar com Israel de que jeito? – retruquei. – O que poderei dizer a eles? Sou apenas um cidadão belga civil.
– O seu *pai* saberia o que dizer – rebateu o sr. Nanabragov.
Ficamos sentados ali em silêncio, ruminando o fato. Os pintassilgos cantavam para os pardais, e os pardais respondiam. Houve uma queda de energia. A casa escureceu, a luz da lua iluminou por um momento as varandas envidraçadas. Por fim os geradores voltaram à vida. As mulheres cantavam com tristeza na cozinha, a voz de minha Nana nitidamente ausente. Um cachorro acompanhava o lamento das mulheres de algum lugar distante.
O sr. Nanabragov estava certo. Meu pai saberia o que dizer.

29

O criado muçulmano

As frituras escasseavam. Serviam-se jarras de plástico de vinho doce e os homens começavam a se embebedar. Eu nunca tinha visto gente do Cáucaso bebendo tanto.

– Nos tempos da Rússia soviética costumávamos beber por amor e prazer. Agora bebemos por necessidade. – O sr. Nanabragov fez este último brinde sintomático da noite. Os homens enfileiraram-se para me beijar nas duas bochechas, as caras embriagadas e brilhosas me roçavam de um jeito que não era desagradável.

– Cuide de nós – alguns imploraram. – O nosso destino está em suas mãos.

– Minha mãe será sua mãe – outros garantiram. – Sempre haverá água no meu poço para você beber.

– É verdade – sussurrou-me Volodia, o ex-agente da KGB – que a maior parte da indústria de pornografia é controlada pelos judeus?

– Ah, claro – respondi. – Até *eu* de vez em quando faço uma ponta em filmes proibidos. Se souber de alguma russa largada, me conte. Ou menininhas, por falar nisso.

O sr. Nanabragov me beijou seis vezes, nas bochechas, nas têmporas e no nariz, da mesma forma que a esposa e a filha haviam feito com ele.

– Bom Misha – ele pronunciou suas palavras de maneira indistinta. – Bom rapaz. Não nos troque pela Bélgica, filho. Nós simplesmente não deixaremos que isso aconteça.

Nana saiu da sacada e me levou para o seu quarto refrigerado, onde me empurrou para cima de uma de duas pequenas camas.

– Ah, graças a Deus – ela disse. – Por favor, trepe comigo.

– Agora? – perguntei. – Aqui?

– Ah, por favor, por favor, por favor – ela insistiu. – Me come, paizinho.

— Quer trepar?
— Isso mesmo.
Posicionei-me nos lençóis frios e brancos. Não tive ereção na mesma hora, as escadas tinham me deixado sem fôlego. Mas o doce aroma da maconha aliado à lassidão geral meio NYU deixaram-me excitado. Ela tirou a saia e soltou o sutiã, os seios colocaram-se em posição. Na escuridão relativa do quarto, de onde se viam as plataformas e torres do território internacional, os recursos naturais – a lua e as estrelas – iluminavam os seios de Nana de maneira a fazê-los brilhar no cume e escurecer no sopé. Eu os apertei, juntando-os, e os coloquei na boca.
— Vamos nessa – falei.
Ela se pôs em cima de mim e enfiou-me dentro dela com um movimento lubrificado, sem a típica seqüência de gemidos suaves das mulheres quando estão sendo penetradas. Fechei os olhos e tratei de aproveitar a dor. Imaginei Nana e depois uma outra Nana e depois uma terceira, todas elas de quatro, com a bunda de lua cheia apontada na minha direção enquanto eu me preparava para meter por trás.
— Assim mesmo, Snack Daddy – ela disse o meu apelido de faculdade que aprendera recentemente. Curvou-se e começou a remexer nas minhas carnes traseiras como se estivesse experimentando peças de uma elegante loja de roupas usadas. E acabou encontrando o que procurava.
— Por favor – eu disse –, esta noite estou indisposto. Comi demais. Eu devia...
— Devagarzinho – ela disse. – Olhe só como faço com cuidado. Até cortei as unhas. – Ela meteu o dedo no olho musgoso do meu traseiro e investigou cada vez mais fundo.
— Ai – reagi nem tanto pela dor, mas para enfatizar quem eu era e como vivia a minha vida. Aos poucos os meus olhos adaptaram-se à escuridão do quarto e pude identificar os pôsteres nas paredes, em um dos cantos, o anúncio do Centro de Graduação da CUNY, orientado por Edward Said, um orientalista palestino muito bonito e famoso; em outro, a foto de uma banda de rock adolescente, os garotos com um bronzeado dourado perfeito como a minha Nana, com lábios tão grossos e amuados como os de Bubi, o irmão dela, ou, ainda mais, como os do pai dela. Enquanto ela me cavalgava, eu apreciava as fotos correndo o olhar de um seio para outro, até que atribuí um valor a

cada um: seio esquerdo, professor Said; seio direito, roqueiros. Como a minha doce Nana era eclética, com preferências tão contraditórias e típicas dos muito jovens.

Ouvi um gemido superficial, o ruído de uma barriga empanturrada.

Pestanejei. Era na segunda cama do quarto. Uma garota se mexia em cima dela. Devia ser a colega de escola que eu tinha visto rapidamente no jantar, antes que o sr. Nanabragov mandasse as garotas para a cozinha. Ao notar a minha confusão, Nana curvou-se sobre mim.

– Está tudo bem – ela sussurrou no meu ouvido. – A Sissey gosta de olhar quando fica muito chapada.

– Ak, ak, ak! – exclamei. Cobri os meus peitos, minha parte mais humilhante (junto com os meus flácidos braços, formavam quatro sacos largos de farinha). Virei o traseiro até que o dedo de Nana saiu. Tentei puxar os lençóis para cima de nós, mas eles não eram o bastante.

– Não tenha medo, Snack – disse Nana, rindo. – Só estamos entediadas e chapadas, querido.

Tentei tirar Nana de cima de mim, mas ela resistiu. A presença de sua amiga ao mesmo tempo me envergonhava e me despertava. Agarrei-me no colchão, ergui o traseiro e comecei a estocar dentro de Nana, ativamente, como dizem.

– Ah, merda – ela gritou. – Faz, Misha. Isso...

A amiga gemeu e se roçou na outra cama. Gostei de ouvir o meu nome em voz alta. Ergui um joelho e desloquei Nana para o lado de modo que Sissey pudesse ver o que eu fazia com o aparelho reprodutor cabeludo de sua amiga, socando as duas nádegas e fazendo com que se entrechocassem. Eu queria que a amiga de Nana gritasse e se dirigisse a mim com o educado *vy* do russo. Eu queria engravidar as duas e depois, não sei por quê, abandoná-las e cair fora.

– Faik! – gritou Nana, rastejando rapidamente para longe do meu corpo, jogando um roupão em cima de suas curvas. Ela apontou para a janela. O rosto do criado do sr. Nanabragov colocado no vidro, a lua crescente do seu bigode flutuando acima da estrela cadente dos lábios. Nana mostrou o punho e ele prontamente desapareceu, deixando apenas um rastro de umidade e desejo. – Esse muçulmano filho de uma puta – ela disse.

Massageei o meu *khui* molhado, esperando que Nana o engolisse com uma segunda abocanhada. Virei-me para Sissey, a amiga, que

colocara o seu abundante cabelo para o lado, revelando dois belos olhos cinzentos e pupilas dilatadas do tamanho do sol absurdistanês.
— Agora você vai ter que pagar pra ele — disse Nana.
— Como é?
— Faik pede cem dólares toda vez que me pega com um cara.
— Mas... — Eu não sabia se ficava mais humilhado pelo dinheiro ou pelo fato de que havia outros caras.
— Ele está no pátio. Vai lá! — disse Nana enquanto abraçava a amiga. E logo sussurravam em francês e davam suas grandes risadas eqüinas, uma trançando o cabelo da outra.

Faik estava sentado no pátio, entre pratos sujos com manchas de tomate e filetes de azeite. Ele fumava um cachimbo por acaso e o ar impregnava-se do tabaco sabor maçã. Joguei uma nota de cem dólares em seu colo. Ele pegou, inspecionou-a contra o luar e em seguida dobrou-a no bolso de sua camisa xadrez.

— Gostaria de mais cinqüenta dólares — ele disse —, eu vi que Sissey observava enquanto Nana cavalgava em cima de você.

Cavalgava em cima de mim.

— Se eu pegasse um empregado meu fazendo o que você fez, eu o mandaria pessoalmente para o outro mundo — falei e joguei uma quantia menor nas mãos ansiosas de Faik. — Eu o teria estrangulado com minhas próprias mãos, juro.

— O outro mundo? — disse Faik, coçando o seu cabelo à escovinha de marinheiro. — Sabe, algumas pessoas mal podem esperar pelo outro mundo, mas não Faik. No outro mundo eles vão me perguntar "O que você fez no mundo anterior?" E vou responder "Trabalhei como um cão para alimentar a minha família". E eles vão dizer "Bom, aqui você também pode trabalhar como um cão para alimentar a sua família".

— Você tem sorte de ser empregado de uma família tão proeminente — retruquei. — As crianças passam fome no Tajiquistão.

— Uma família proeminente — disse Faik. — Hoje à noite, todos à mesa eram ex-agentes da KGB. Até Parka Mook, o dramaturgo, no fim tornou-se colaborador. Nacionalismo sevo! Eles são os mesmos imbecis que antes comandavam tudo. Levam dois segundos para passar da foice e martelo para a Verdadeira Cruz de Cristo. E aquele filho cretino que é o Bubi. Com seu Porsche e suas prostitutas. Que desgraça.

Eu sabia que Faik tinha razão a respeito dos Nanabragov. Sabia que eu estava me metendo em alguma coisa feia, ou pelo menos moralmente escorregadia, mas não fiz nada. Deixei acontecer. Lentamente, e depois nem tão lentamente assim, eu era puxado na direção do SCROD. E começava a acreditar em Nana e na família dela. Eu estava me apaixonando pelo pai dela e por suas crenças distorcidas. Fui pego desprevenido por Parka Mook e seu glorioso dicionário sevo. *Quando o leopardo se levanta.*

Na Accidental College nós aprendemos que todos os sonhos e crenças importavam e que possivelmente o mundo se curvaria à nossa vontade, se prostaria diante de nossa generosidade, desfaleceria em nossos braços brancos e delicados. Todas aquelas aulas de Introdução ao Striptease (aparentemente, cada um de nossos corpos ridículos é perfeito à sua maneira), todos aqueles seminários da Memória Avançada, todos aqueles simpósios sobre Como Superar a Timidez e Facilitar a Auto-expressão. E não era apenas na Accidental College. Por toda a América a fina membrana entre a maturidade e a infância se corroía, o fantástico e o pessoal fundiam-se, as preocupações adultas recuavam à rósea bruma da infância. Freqüentei festas no Brooklyn onde homens e mulheres de mais de trinta anos discutiam apaixonadamente os pontos positivos de *A pequena sereia* ou as agonias do seu super-herói favorito. Bem no fundo, todos nós desejamos comungar com aquela piranhazinha ruiva do fundo do mar. Todos nós queremos pairar muito acima da cidade, tomar os poderes mundanos lá de baixo e conquistar os direitos de alguém, *de qualquer um*. O povo sevo estava muito bem, obrigado. A democracia, como se vê, tinha os efeitos do melhor desenho animado da Disney já produzido.

– Você prefere viver sob o governo de Georgi Kanuk? – gritei para Faik. – Apostando em Monte Carlo a fortuna petrolífera do país? E sem liberdade de expressão?

– Liberdade de quê? – replicou o criado muçulmano. Ele soprou uma cortina de fumaça na cabeça de carneiro que servia como centro de mesa e que já estava sendo feita em pedaços por um esquadrão de moscas. – Eles recrutaram metade dos rapazes de Gorbigrado para a última guerra. Puseram meu filho num APC que explodiu sem qualquer explicação e o queimou da cintura para baixo. Agora ele está com 23 anos, a idade do Bubi. Como é que eu vou fazer para casar um aleijado? Você faz idéia de quanto dinheiro eu preciso para conseguir uma jovem pelo menos um pouco decente para ele? Quem é que vai pagar por todos aqueles ungüentos alemães que usei no corpo dele? Meu filho parece um sanduíche de maionese, meu filho único. Mas quem se importa com mais um garoto muçulmano mutilado? Nós todos não passamos de bucha de canhão para a família Kanuk ou para os comerciantes sevos. Talvez eu pudesse tentar me mudar para Oslo, como o meu primo Adem. Mas para quê? Os europeus cagam na cabeça dele. Ou talvez pudesse dirigir um táxi em algum país do golfo, como o meu irmão Rafiq. Mas por lá esses árabes instáveis também nos tratam como negros. E não se consegue nem tomar um drinque em paz. Por causa daqueles *mulás* wahabitas loucos. Onde quer que nós, muçulmanos, vamos, é sempre o mesmo *khui*. Que sentido há em viver?

– Você devia agradecer aos seus patrões por tentarem lhe dar uma democracia – argumentei. – A liberdade vai mudar a vida do seu filho. E se não a vida dele, ao menos a vida dos filhos dele. E se não a vida dos filhos dele, ao menos a vida dos *filhos* dele. A propósito, eu tenho uma instituição de caridade em Petersburgo chamada Crianças de Misha...

Faik me repeliu com um aceno.

– Por favor – ele disse. – Todo mundo sabe que você é sofisticado e melancólico, e que dormiu com sua madrasta. Então, o que se pode dizer de você?

Não acredito.

30

Não mais sofisticado e melancólico

Vou contar mais uma coisa. Quando eu tinha quatro ou cinco anos de idade, meus pais costumavam alugar uma cabana de madeira no verão. Ela ficava cerca de cem quilômetros ao norte de Leningrado, nas proximidades da fronteira com a Finlândia. Construída sobre uma colina amarelada, tinha uma vegetação decrépita e uma árvore podre que assumia forma humana e me perseguia em sonhos. No pé da colina um riacho fazia o som característico que acho que todos os riachos fazem (na realidade, não é bem o som de borbulhar), e se você o seguisse ao longo de intermináveis declives e cataratas, terminaria em um vilarejo socialista acinzentado – o qual na verdade não era mais um vilarejo, e sim uma espécie de depósito para caminhões que transportavam benzeno ou querosene ou algum outro combustível altamente inflamável.

Ah, meu Deus. Onde quero chegar com isso? Tudo bem. É que eu e o Amado Papai começamos a gostar de temas náuticos. Ele pegava sapatos velhos e gastos, arrancava a parte de cima para deixar apenas a sola de borracha, fazia algumas adaptações nos sapatos – tipo um barco improvisado com papel e gravetos – e depois levávamos esses barcos-sapatos para navegar no riacho. Se me lembro bem, corríamos ao lado desses sapatos marítimos, animando-os, cantando musiquinhas de formigas e lagartas e de mamãe com seu avental de assar bolos de papoula, o rosto do meu pai era uma combinação vívida de olhos negros cintilantes e um abundante cavanhaque açoitado pelo vento. E se eu fizer um esforço de memória, posso atribuir alguma forma de heroísmo cotidiano ou gentileza ou ainda amor filial a essa cena de pai e filho acompanhando a regata de solas de borracha pela correnteza até o antigo vilarejo, que agora servia de base para caminhões de benzeno em cujas laterais se lia o aviso: MANTENHA DISTÂNCIA – O CAMINHÃO PODE EXPLODIR.

Agora, por que falar disso tudo? O que estou tentando fazer aqui? *Por que é tão difícil lidar com um bloco sólido de luto pelo pai falecido?* Por que não posso reabilitar o meu pai do mesmo jeito que Gorbatchov reabilitou as vítimas de Stalin? O que estou tentando fazer é uma espécie de história totalitária de triunfo-sobre-as-adversidades onde o Amado Papai desempenha o papel de um pai de classe média sábio, engraçado e amável. Estou me esforçando, papai. Estou fazendo o que posso. Mas a verdade parece sempre refrear os meus melhores instintos.

A verdade é que aqueles malditos barcos-sapatos nunca conseguiam descer o riacho, afundavam em dez segundos porque se enchiam de água ou porque eram devorados por algum castor soviético faminto. A verdade é que depois de um tempo acabamos ficando sem sapatos e o Amado Papai passou a fazer barcos com cascas de nogueira (com o mesmo conceito, mas os barcos eram muito menores) e os colocávamos em nossa banheira rústica, mas estes também se enchiam de água e afundavam com muita rapidez. A verdade é que o Amado Papai tinha um conhecimento bem rudimentar de flutuação, um conhecimento muito falho de como os objetos físicos podem se manter na superfície da água, apesar de ser engenheiro mecânico formado, como qualquer judeu-soviético.

A verdade é que de certa forma o Amado Papai não conseguia pôr na cabeça que também tinha culpa no cartório pelo nascimento de uma criatura viva, peidorreira e sensível como eu, e ele me agarrava com tanta ferocidade que deixava marcas em meus braços, e olhava em meus olhos com uma fúria impotente, o amor que brotava dele por mim era cercado pelos quatro lados de medo. E autoconhecimento.

Não é que ele quisesse me bater. Ele não queria socar o meu *khui*. Não tão cedo. Mas espancar garotinhos era a coisa certa a se fazer ("Se você não bate é porque não ama", os parentes idiotas costumavam dizer), senão eles crescem e viram uns cretinos que não conseguem nem se formar na escola. Papai apanhou do padrasto com um vergalhão quando tinha sete anos, e quando fez treze quase matou o padrasto de porrada com o mesmo vergalhão para celebrar sua própria masculinidade. E em seguida agrediu alguns parentes com extrema violência e também desfigurou um bêbado suspeito de estuprar crianças na região. Ele realmente enlouqueceu com aquele vergalhão.

Apesar de ter dado um belo fim nisso, o Amado Papai teve que passar um tempo no sanatório alguns anos depois.

A verdade é que o Amado Papai não fazia idéia de que diabo fazer comigo. Ele vivia num mundo abstrato, onde a forma mais elevada de bondade não era a educação das crianças, mas o Estado de Israel. Mudar-se para lá, cultivar laranjas, preparar banhos ritualísticos para mulheres menstruadas e atirar nos árabes – era o único objetivo dele. É claro que depois que ruiu o socialismo e ele finalmente teve a chance de se embebedar e se esbaldar numa praia de Tel Aviv, acabou descobrindo que era um pequeno país tolo, nada sentimental, cuja principal missão era quase tão banal e desgastada quanto a nossa. Acredito então que a lição seja a seguinte: a liberdade é um anátema a sonhos alimentados no cativeiro.

De volta ao Park Hyatt Svanï City, eu continuava tão livre quanto sempre fui. Tomava os meus próprios banhos ritualísticos de manhã, de tarde e de noite para liberar os degradantes odores de gordo do meu corpo. E não conseguia lembrar da última vez que estivera tão asseado. O tamanho da banheira do Hyatt (um artefato de proporções romanas) encorajava-me a entrar na água. *Splish, splash,* diz uma canção americana. E não lembro do resto.

Eu era um homem mudado. Não mais sofisticado e melancólico, e pouco importava o que Faik dizia. Adorava o meu físico e queria dividi-lo com o mundo, ou pelo menos com as jovens empregadas ignorantes que trombavam comigo gritando *blehlebhlebhhebhhhhheh!*. Ou alguma outra expressão nativa enquanto erguiam os braços magros em protesto e saíam em disparada para a porta.

– Voltem, pequenas – eu gritava, atirando uma esponja molhada nelas. – Tudo está perdoado!

O vapor subia dos meus flancos como se competisse com a fumaça liberada pelo Vaticano Sevo. A água se responsabilizava pelos meus pecados. Absorvia toda a pele morta, livrando-se dela como se fosse pele de répteis; miraculosamente, o acúmulo de pele não obstruía o dreno, mas evaporava e formava um arco-íris no teto do banheiro. Eu via boiando partes minhas que desprezara por muito tempo, meu pescoço, meu peito, que depois flutuavam brilhantes e sagradas na luz tênue e nebulosa. Minhas pernas flutuavam até assumirem naturalmente a posição da Virgem grávida, até eu conseguir sentir os suaves chutes subaquáticos do Filho em minha barriga. Acima de tudo, eu me sentia ao mesmo tempo belo e abençoado. Os espelhos acima da banheira mostravam-me como de fato eu era – um homem alto de cara redonda e larga; pequenos e fundos olhos azuis, nariz de ave predatória, um tufo de cabelos que se tornavam elegantemente grisalhos e que me faziam aparentar a idade de uma maturidade há muito negada.

– O que você acha do seu filho, hein? – perguntei ao Amado Papai, em uma mesa de café imaginária colocada bem ao lado da minha banheira.

Papai mastigava uma fatia de *kielbasa* defumada com pão e manteiga, uma refeição matinal que os médicos suíços diagnosticaram erroneamente como possível causa de sua morte. Com a mão que não segurava o sanduíche ele pegou o *mobilnik* e o levou à boca carnuda como se também quisesse engoli-lo.

– Não – ele disse, os olhos sondando a quase infinitude de sua carteira e a boca ressecada de alcoólatra franzindo a cada palavra mais pesada. – Não, nada disso. Se ele se atrever... Vou acabar com ele. Já estamos com todo mundo: Sukharchik, na alfândega, Sashen'ka, na agricultura, Mirski, em Moscou, o capitão Beluga, no distrito policial. Quem ele tem? Da próxima vez que ele vier de mãos vazias, eu jogo a mãe dele debaixo do bonde!

– Papai! Olhe pra mim! Veja como cresci! Olhe só como a água me deixa tão jovem e bonito.

Papai agarrou uma xícara e ingeriu o líquido quente apenas com um resmungo de dor. Ele gostava de pensar que era forte como os touros de cabeça raspada e infância infeliz que reunira ao seu redor. Gostava de pensar em si mesmo como um homem para todas as estações, desde que fossem poeirentas e secas.

– Espere um minuto, Misha – ele disse. – Estou no telefone, está bem?

Ele via pouca utilidade em mim. Mas por que então você exigiu isso de mim, papai? Por que interrompeu a minha vida? Por que me fez passar por isso? Por que mandou que cortassem o meu *khui*? Eu também tenho uma religião, papai, só que ela celebra o que é real.

– Aspargos – disse papai no *mobilnik*. – Se forem da Alemanha, aqueles brancos, eles vão vender. Dessa vez faça apenas o que tem que ser feito, ou vai tomar na *pizda*.

— Tomar na *pizda*, papai? Isso não é muito bom. As crianças têm ouvidos, você sabe.

Ele fechou o *mobilnik* com o clique exagerado que tinha visto nos programas de TV. Limpou a *kielbasa* e a manteiga dos dedos com uma das echarpes Hermès de Liuba. Foi até a banheira e se pôs diante de mim, fazendo-me tremer e experimentar a minha nudez na frente dele. É por isso mesmo que Isaac está sempre nu nas pinturas enquanto Abraão mantém-se seguro e aquecido em seu manto?

— Lembra de como costumava me dar banho, papai? — eu disse. — Você me deu banho até os meus doze anos. Até eu crescer, não é, papai? E depois parou. Muito trabalho, você dizia. Muito a se lavar.

— Agora eu sou um homem ocupado, Misha — ele replicou. — Os tempos mudaram. Agora todo mundo tem trabalho a fazer. Todo mundo menos você, ao que parece.

— Fiz um curso de arte em Nova York — lembrei a ele. — E tive um bom apartamento. E tinha a minha Rouenna para lavar a minha roupa. Por que você me raptou, papai? Por que matou o pobre Roger Daltrey de Oklahoma?

— Ótimo — disse papai. — Você quer que eu lhe dê banho? Onde está a esponja?

Levou a mão ao meu pescoço. Era áspera e quente. Ele tinha um cheiro tranqüilizador de alho. Enquanto envolvia um dos meus peitos, eu tentava flagrar asco em seu semblante, mas seus olhos estavam fechados. Ele levantou o meu peito e passou a esponja embaixo. Você tem que manter todas as dobras limpas, ele me ensinava. E esfregou. Cada vez mais forte. Foi até a minha barriga, segurou uma dobra e passou a esponja com tanta força que a deixou esfolada, depois seguiu para a próxima dobra.

— Você ainda me ama, papai? — perguntei.

— Sempre o amarei — ele respondeu, movendo-se e abaixando-se.

— Também quero acreditar em alguma coisa, papai — eu disse. — Da mesma forma que você acredita em Israel. Eu quero ajudar o povo sevo. Não sou burro. Sei que eles não são flor que se cheire. Mas são melhores que os vizinhos deles. Quero vingar a morte de Sakha. Você me amaria mais se eu fizesse alguma coisa importante na vida?

— Se quer ajudar alguém, ajude o seu próprio povo — ele retrucou enquanto tirava pó e areia das minhas coxas.

— O sr. Nanabragov sugeriu que eu devia conversar com Israel. Como posso fazer isso, papai? Qual é o segredo?

Mas papai se limitava a me esfregar, seu corpo se movimentando para a frente e para trás, a mandíbula travada e a cabeça de lêmure firme.

– Você acha que uma pessoa pode mudar o mundo, Misha? – ele disse por fim.

– Acho – retruquei. – Acho mesmo. E você?

Papai tirou o sapato. Pegou um canivete e separou a sola com alguns movimentos frenéticos, fazendo um contorno preliminar daquele barco-sapato que construía para mim na infância. Colocou a sola na banheira. Ela flutuou e seguiu com as marolas causadas pela minha respiração pesada. Depois ergueu a proa na direção do teto e afundou.

Olhei para o banheiro vazio. Tudo estaria em silêncio não fosse o bipe insistente de alguma engenhoca high-tech do Hyatt. O meu pai estava morto. Aliosha-Bob se fora.

Eu tinha trabalho a fazer.

31

O luau da KBR

Agosto chegou à república. Um vento quente e desagradável, vindo do Sul do Irã, suponho eu, fechava Svanï em um retângulo de ar abafado. O clima era tão implacável que Timofey tinha que me acompanhar pela cidade para colocar cubos de gelo entre os meus peitos na desesperada tentativa de me resfriar. Agora que eu era um belga, compreendia o que meus compatriotas tiveram que suportar no Congo sem refrigeração do rei Leopoldo.

O principal evento social da estação era o luau da Kellog, Brown & Root, que celebrava os campos petrolíferos Figa-6 da Chevron/BP. Todo mundo só falava nisso – os homens brancos à beira da piscina do Hyatt, os soldados adolescentes que faziam os bloqueios da estrada, as jovens empregadas que Timofey contratara para esfregar os meus pés à tarde. A KBR era famosa por conceder generosas "sacolas de mercadorias" e todos se perguntavam o que ganhariam no luau (deixe-me estragar um pouco a diversão: era uma lata de caviar de beluga acompanhada de uma colher de madrepérola gravada com o logotipo da Halliburton; uma seleção de fragrâncias da perfumaria 718, incluindo a nova loção pós-barba Ghettomän e brincos dourados no formato de pequenas plataformas petrolíferas, um bom presente para a nova namorada de Timofey, uma das empregadas mais velhas do Hyatt). O luau da KBR era sem dúvida o evento mais badalado da cidade e vi meu convite como um sinal de que eu tinha de fato chegado. Se eu queria ajudar o pai de Nana e o SCROD na busca pela Ordem e pela Democracia, era importante manter a minha bússola sempre apontada para o norte, e no Absurdistão isso sempre significava Golly Burton.

Eu soube que o pessoal da KBR tinha o jeitão tranqüilo do Texas (a empresa fica sediada em Houston), e então vesti um short xadrez e um par de sandálias barulhentas que escorregavam nos meus pés suados apesar de suas tiras serem apertadas. Mas Nana estava supersensual em suas flamejantes botas de caubói e uma camiseta do Houston Astros que realçava suas curvas, fazendo-me finalmente apreciar o beisebol.

No dia especial da Halliburton eu e Nana fizemos amor às pressas na frente da televisão sintonizada na CNN, tomamos juntos um banho de espuma aromático e depois pegamos o elevador para subir até o terraço.

Fomos recebidos por um soldado americano alto de óculos escuros Oakley e capacete de Kevlar armado com um enorme rifle de assalto, uma visão incomum devido ao cessar-fogo. Uma recepcionista civil pôs colares perfumados de orquídeas e rosas em nossos pescoços, enfiou um boné de beisebol cáqui na minha cabeça e um chapéu de praia da Halliburton na de Nana, alertando-nos sobre os efeitos do sol.

– As sacolas de mercadorias estão lá dentro? – perguntou Nana, esticando o pescoço com ansiedade.

Eu sentia o cheiro de mil hambúrgueres americanos na brasa, alguns transpiravam pura carne vermelha e carvão, outros se cobriam de suculentas camadas de queijo fundido. O terraço estava apinhado de halliburtonianos e de nativos bem relacionados. Os homens absurdistaneses vestiam as tradicionais calças de lã e sapatos marrons enquanto as esposas ostentavam grossos colares de ouro e braceletes de âmbar que podiam enfeitar uma árvore. O pessoal da KBR dividia-se em dois grupos: funcionários britânicos (a maioria escoceses), com camisas brancas e calças bem passadas, e sua contraparte mais relaxada do Texas e da Louisiana, com camisas havaianas e meias de cano alto pretas. Os cozinheiros locais serviam tigelas fumegantes de sopa de camarão e *étouffée* de lagostim, enquanto degustadores mais exigentes faziam um cerco aos sashimis da Svanï City Sashimi Company. A vista do terraço ao ar livre era magnífica e abrangente, um assento na primeira fila do anfiteatro que era a capital absurdistanesa, embora um outdoor enorme encobrisse as melhores partes do horizonte com as palavras KELLOGG, BROWN & ROOT + CHEVRON/BP = LUZ, ENERGIA, PROGRESSO.

E embaixo disso, em letras menores: AVANTE, FIGA-6!!! É O SEU ANIVERSÁRIO!!!

Mandei um hambúrguer caprichado para dentro da boca, sentindo o aroma do tempero, e pedi a uma garota do Hyatt com saia havaiana para borrifar um perfume em minhas mãos e me apontar onde ficava o banheiro. No caminho passei por uma dúzia de totens elétricos de dois metros de altura, esculpidos com inúmeras bizarrices do Pacífico e preparados para oferecer uma espécie de fundo sonoro de guerra com percussão havaiana (*halla walla halla walla halla walla*) e por uma palmeira crivada de gaiolas de papagaios. Os papagaios eram adestrados e tagarelavam "*Kwaaak!* Kellogg, Brown! *Kwaak!* Halliburton!", entremeado com frases que eu mal conseguia entender, como: "LOGCAP! *Kwaaak!* LOGCAP! *Kwaak!* Contrato cost-plus! Contrato cost-plus!"

O fato de os papagaios saberem mais dos negócios da Gollly Burton do que eu era angustiante. Resolvi que deveria me inteirar.

A KBR disponibilizou um elegante banheiro externo com um mictório de mármore para os homens. Como na faculdade, formaram-se grupinhos entre os que queriam mijar. De um lado, sevos e svanïs resmungavam para que suas próstatas cooperassem; do outro, engenheiros escoceses rabiscavam as iniciais dos seus nomes no mármore bege. Mas eu não precisava da ajuda de um papagaio inteligente da Halliburton para saber que o real poder estava entre os texanos e sua claque, e então esperei que vagasse um lugar e coloquei-me entre dois americanos corpulentos com bigodes da cor de pão de fôrma.

Timidamente, tirei o meu *khui* e fiz uma poça enquanto assoviava a famosa canção americana "Dixie", esperando que isso atestasse minha legitimidade. Todos os homens conversavam simultaneamente com um inglês ao mesmo tempo idiomático e idiota. Tive que me concentrar.

– Acabou que jogamos um osso para Bechtel – disse um dos texanos perto de mim.

– Me ligaram de lá, queriam saber quando é que ia começar a farra. Quando é que os ucranianos iam detonar a *infra*estrutura. E eu disse: "Num se preocupe com a mula, filho, vai enchendo o vagão."

– Essa é a Bechtel. O chapéu é grande, mas boi que é bom, nada.

– É só esperar a cavalaria chegar – gritou alguém por cima dos mictórios. – Vamos sair dessa mais finos que pêlo de sapo. Lembram da palavra que começa com L?

– Tá falano outra vez daquelas putas lésbicas, Cliffey? Mantenham esse cabra *longe* da Radisson.

– Tô falano do L-O-G-C-A-P. É assim que se fala?

Os homens começaram a rir, o cara ao meu lado fazia xixi na minha sandália.
– *Cost-plus!* – alguém gritou.
– *Cost-plus!* – os outros repetiram.
– Cheque em branco!
– Entrega indefinida!
– Quantia indefinida!
– *Qualidade* indefinida!
– Circule pra parecer ocupado!
– Lá vem o almoço das quatro horas!
– Lá vem o boquete de quatro dólares!
– Lá vem a irmã do Cliffey!
– Desculpe aí, amigão – disse o cara ao meu lado, a boca cheirando a álcool e menta, como se ele fosse uma garrafa de licor tamanho humano. – Acho que acabei de *mijar* no teu pé.
– Não se preocupe. – Sacudi a sandália. – Meu criado resolve isso.
– Ocês ouviram isso? – gritou o tal de Cliffey, um homem baixinho e apreensivo que apesar disso parecia no controle. – O *"criado"* dele vai limpar tudo. Parece que temos um gerente sênior da Bechtel aqui!
– Todo o pessoal da Bechtel fica em San Francisco. E os criados são os *amantes*!
– Eu não sou dessa tal de Bechtel – retruquei com timidez. – E não sou homossexual. Sou belga. Represento o sr. Nanabragov e o SCROD.
– Nanabragov? – disse o meu companheiro de mijada. – Tá falano do Tortinho? Como anda aquele *cabra*? Ele tem cara de que é o cachorro que prende *ele* na coleira.
– Não, o cabra é bom – disse Cliffey. – Tá por dentro do LOGCAP. Fizemos bons negócios com ele. E o pessoal do DdD gosta dele.
– O que é DdD? – perguntei.
– Departamento de Defesa. De que planeta ocê é, filho?
– Será que não te vi com a filha do Nanabragov? – perguntou um outro que mijava. – Aquela cabritinha dele, a tal da Nana. Ocês tavam passeando no Bulevar da Unidade Nacional e tua mão tava no bolso traseiro dela! Ocês tão juntos?
Sacudi a cabeça.
– Não, ainda não somos casados, senhor.

– Que garoto! Tá comendo o jantar antes mesmo de rezar.
– Qual é o teu nome, filho? – perguntou Cliffey.
– Misha Vainberg – respondi.
– Não foi o teu pai que nos vendeu aquele parafuso de oitocentos quilos?
– Humm, talvez – eu disse.
– Rapaaaz, quem consegue *nos* enganar desse jeito merece ser o governador. Teu pai era mais raro que dente de galinha, filho. Ocê deve se orgulhar dele.

A turma toda do mictório gritou sinais de aprovação ao meu Amado Papai.

– Eu *me orgulho* do meu pai – concluí os elogios. – Com licença, senhores. Acho que terminei de mijar.

Saí do banheiro, aliviado em todos os sentidos. O pessoal da KBR estava numa boa comigo. É verdade que a Halliburton costumava ser criticada por uma parcela de americanos, mas talvez esses liberais da Costa Leste ou Oeste não entendessem o relativismo cultural do Texas.

Restava apenas um termo que eu não entendia: LOGCAP. Talvez eu pudesse obter mais informações com algum papagaio da Halliburton. Acabei encontrando um espécime particularmente falastrão, a plumagem de sua cauda tinha o verde do dinheiro americano.

– LOGCAP – eu disse para o papagaio.
– *Cost-plus! Cost-plus!* – ele gralhou em resposta.
– LOGCAP! LOGCAP! – gritei.

O pássaro ergueu as asas e fez uma exibição das garras.

– *Kwaak!* – ele papagueou. – DdD!
– Departamento de Defesa? – retruquei. – Não entendo, papagaio. As tropas americanas não estão no Absurdistão. Não estamos na mídia. Ninguém sequer sabe que esse lugar existe.

O papagaio começou a andar de um canto da gaiola a outro. Ergueu o bico de um jeito que o seu perfil parecia o meu.

– Pareça ocupado! Pareça ocupado! – ele disse. – *Cost-plus! Kwaak!*

Larry Zartarian esgueirou-se até onde eu estava. O pobre gerente de hotel parecia que havia passado a última semana escondido num *bunker* finlandês. Lembrei de uma letra do Ice Cube: "I ain't down with the pale-face..."

– Não é bom, Misha – ele disse, esfregando as mãos na calça com nervosismo. Sua mãe rosnava concordando atrás de um dos totens.
– O que não é bom, Larry?
– Recebi instruções do SCROD para liberar o terraço até amanhã.
– E?
– Uma equipe de mercenários ucranianos acabou de se registrar no hotel. E Volodia, aquele imbecil, ex-agente da KGB, anda bisbilhotando no terraço com um tipo de telescópio. Eles estão se preparando para alguma coisa grande.
Lembrei o que acabara de ouvir no banheiro: *os ucranianos iam detonar a* infra*strutura*.
– O papagaio falou de *cost-plus* – eu disse. – O que significa isso?
– "*Cost-plus*" é uma das estipulações do LOGCAP – respondeu Zartarian.
– E o que é LOGCAP?
Zartarian vasculhou os bolsos, até achar um pedaço de papel amassado. Era um impresso do site do governo americano, evidentemente do tempo em que a internet ainda era permitida no Absurdistão. Ele apontou para a parte importante.

LOGCAP – Programa de Aumento de Logística Civil – é uma iniciativa do exército americano para o planejamento em tempos de paz do uso de fornecedores civis em tempos de guerra e em outras contingências. Tais fornecedores executarão serviços selecionados para apoiar as tropas americanas que dão suporte às missões do Departamento de Defesa (DdD). O uso de fornecedores em um teatro de operações permite a liberação de unidades militares para outras missões ou para ocupar áreas carentes de apoio. Este programa propicia meios adicionais ao exército para apoiar adequadamente as forças correntes e programadas.

Planejamento em tempos de paz? Teatro de operações? Forças programadas?
– Que diabo isso significa, Larry? – perguntei. – E o que isso tem a ver com a KBR ou o Absurdistão?
– LOGCAP significa que a KBR é o fornecedor exclusivo dos serviços de apoio ao exército americano em tempos de guerra – ex-

plicou Larry. – Eles têm a mesma coisa na Somália e na Bósnia. "*Costplus*" significa que eles ganham uma porcentagem de qualquer dinheiro que gastam. Assim, quanto mais a KBR gasta, mais ganha. Eles podem ter banheiros de mármore, toalhas monogramadas, sessões de treinamento intermináveis, caminhões de carga parados e sem nenhuma função. É como um cheque em branco do Departamento de Defesa.

– Mas o exército americano não está aqui – repliquei. – E isso aqui não é a Somália nem a Bósnia. Aqui nós temos petróleo. Temos o Figa-6. Temos uma minoria de sevos que lutam contra a opressão svanï.

– Não é minha função interferir nos assuntos dos hóspedes do hotel – disse Zartarian, olhando rapidamente de esguelha para a mãe que ainda se escondia atrás do totem –, mas eu ficaria fora dessa coisa toda, Misha. Não se meta com o SCROD.

– Sim, você está certo – falei para o sufocante gerente do Hyatt. – Sua função não é interferir nos meus assuntos. Por favor, com licença, Larry.

Fui procurar Nana. E quando a encontrei ela disputava uma quebra de braço com o pai numa mesa reservada ao SCROD. Sob o rosto pesado e os seios redondos, seu braço tinha um tamanho considerável, todo músculos. Parecia que tinha dado uma chave no Tortinho, mas no último minuto o pai sobrepujou-a, batendo a mão morena e roliça de Nana contra a mesa.

– Você é um bruto! – Ela puxou a mão machucada e massageou-a.

– Seis beijos – o pai retrucou. – Você me deve seis beijos. Vamos lá, seja adulta. Você fez uma aposta, agora pague.

Nana suspirou, forçou um sorriso e obedientemente encostou a boca no rosto do pai.

– Olá, amigos – eu disse à minha nova família.

– Ah, é Misha Vainberg, o herói do nosso tempo! – disse o sr. Nanabragov, limpando a saliva da filha. Ele arrastou uma grande cadeira de plástico e me puxou paternalmente pelo pescoço. – Temos boas notícias para você, filhinho. Estou prestes a lhe proporcionar tanta alegria quanto minha filha lhe tem proporcionado. Você se importaria se eu e Parka Mook déssemos uma passada em sua suíte amanhã? Para bater um bom papo.

– Eu ficaria honrado, sr. Nanabragov – falei. – Sempre haverá água no meu poço para você beber.

– Ótimo – disse Nanabragov. – Oh, olhe! Lá vêm as piranhas! Acompanhadas de aplausos retumbantes, as prostitutas do Hyatt, quase vinte delas, dirigiam-se a um palco improvisado onde eram aguardadas pelos microfones. Para essa ocasião as mariposas não vestiam a sua habitual e furtiva ode às barrigas e braços flácidos. Algumas usavam terninhos e chapéus de caubói, outras, uniformes de camuflagem do exército americano e óculos escuros Oakley, e outras ainda apareceram com a cara pintada de preto, espadas de cartolina nas mãos e a palavra "somalianos" nos seios nus e pintados de piche.

– É como aquele teatro japonês – disse o sr. Nanabragov. – Onde as mulheres interpretam ambos os sexos.

Do palco as prostitutas sorriam timidamente para nós, afastando os cabelos de suas faces encovadas e mandando beijos para os clientes, reconhecidos pelos aplausos mais veementes e pelos gritos de "Fátima, aqui! Ei, Natasha, quem é o seu paizinho?".

Nana ria do espetáculo de suas compatriotas perdidas, e eu estava com vontade de me juntar à diversão quando notei um homem em uma mesa próxima que olhava solenemente para uma tigela de chili, as mãos crispadas em seu colo. Reconheci imediatamente aquela cabeça bronzeada da cor de pêssego.

– É o coronel Sviokla! – gritei para o sr. Nanabragov. – O assassino de Sakha! Quem o convidou? Por que ele está aqui?

– Shhh, garoto – murmurou o sr. Nanabragov, encostando um dedo nos lábios. – É uma festa da Halliburton. Temos que manter o respeito. Mais tarde falamos nisso.

– Adoro vê-lo irritado – disse Nana, fazendo um círculo em minha orelha com o dedo. – Você fica tão sexy quando briga por alguma coisa, Misha.

Uma das prostitutas bonitas e esguias do Hyatt com cachos loiros naturais e olhos da cor de estanho tentava chamar nossa atenção.

– Senhoras e senhores, com licença! – ela gritou. – Com licença, por favor! – Ela esperou até que o barulho diminuísse e depois olhou para uma anotação e ruborizou por completo. – Em nome do Mulheres Auxiliares da KBR – ela apontou para as colegas de profissão – e das diversas etnias da República do Absurdsvaní, eu gostaria de agradecer a Golly Burton por ter vindo para o nosso país!

Aplausos frenéticos de todas as mesas. O sr. Nanabragov se contorceu. Bubi, o irmão de Nana, enfiou os dedos na boca e assoviou. Acenei para um garçom que passava e pedi lagostim.

— A Golly Burton é uma empresa famosa — continuou a prostituta. — Todo mundo conhece. E a KBR se orgulha de ser subsidiária da Golly Burton. Muitas vezes nós do Absurdsvanï não somos merecedores dos serviços prestados pela KBR. Lutamos uns contra os outros. Usamos da violência. Que estupidez! Agora, graças à Golly Burton, o campo petrolífero Figa-6 será inaugurado. E agora os nossos filhos terão muito petróleo para tornar o futuro deles... — Ela olhou para a anotação e tentou pronunciar a palavra: — Próspero...
— Despropositado! — alguém a corrigiu.
— Tire a roupa, meu bem! — outro gritou.
A prostituta instintivamente abaixou o vestido, deixando à mostra ombros jovens e perfeitos.
— E agora — ela disse — apresento a vocês o histórico tributo do Mulheres Auxiliares à KBR!
As garotas contaram a história da Kellogg, Brown & Root através de diversos números musicais. O primeiro, "Temos Amigos do Alto Escalão", uma homenagem ao notório tráfico de influência da Brown & Root, desde a primeira viga comprada por um secretário de Obras texano até as décadas de flerte com Lyndon B. Johnson. Depois, as garotas celebraram os contratos da Brown & Root para o serviço militar no exterior, desde o Vietnã ("Oh, mim tão excitado!") até a Somália ("Oh, isso tão complicado!") e a Bósnia, onde elas cantaram uma versão afinada de "Bohemian Rhapsody", do Queen (*"I see a little silhouetto of a Serb/Golly Burt! Golly Burt! Will you do the fandango?"*).
Mas o melhor número da noite acabou sendo o "Vou Ser o seu Paizinho", um dueto de *rhythm-and-blues* entre um "operário da KBR" obcecado pela produtividade nos campos petrolíferos Figa-6 e sua mui sofredora namorada, uma prostituta absurdistanesa.

Prostituta: *Chevron, Texaco, BP*
Você me trata como uma puta por quê?
Operário da KBR: *Fico fora, perfurando.*
Volto pra casa, aqui ficando.

Prostituta: *Não me importo com suas regrinhas.*
Por que não perfura entre as pernas minhas?

Operário da KBR: *Os meus dedos estão cheios de petróleo,*
A noite inteira vaza o seu óleo.

Prostituta: *Posso fazer um morto renascer,*
Entre as pernas tenho um poço, você não vê.

Operário da KBR: *Estou muito cansado, estou todo acabado.*

Prostituta: *Me compre um perfume, quero meu aluguel quitado.*

Por fim, o operário da KBR (interpretado por uma prostituta mais velha que usava um bigode falso) deu as costas à amada para se dirigir à platéia em voz de barítono:
– Houston, nós temos um problema...
Uma voz americana de fora do palco:
– Entendido, operário da KBR. Qual o seu problema?
– Eu... acho que estou apaixonado.
Nosso herói se derreteu e prometeu casamento à prostituta, prometeu "honrá-la" e financiar um certificado da Microsoft numa universidade comunitária de Houston.

Todos dizem que é só o passaporte que você quer,
Mas eles não conhecem tua beleza de mulher.

Eu não sabia, mas agora estou prontinho.
Vou ser o seu "paizinho".

O final tirou algumas lágrimas das senhoras absurdistanesas, que gotejaram em suas sobremesas de cheesecake e *baklava*, e até Nana virou-se para mim e disse:
– Ah, é tão bonitinho.
A prostituta protagonista agradeceu a todos pelos aplausos calorosos e convidou os homens da KBR a irem para uma suíte especial no quarto andar, onde poderiam "nos perfurar pra valer". Cem texanos e escoceses subiram ao palco com os rugidos de um Boeing deixando a gravidade.
Eu e Nana saímos para pegar as sacolas de mercadorias.

32

O ministro de Assuntos Multiculturais

No dia seguinte acordei cedo e me meti em um robe do Hyatt. A princípio foi difícil (era muito pequeno), mas no fim pelo menos metade do meu corpo cobriu-se com a suavidade fofa do robe. Eu me senti inteiro e poderoso, como o *Reichstag* deve ter se sentido quando estava sendo acortinado por Christo. Pedi pratos abundantes de frutas e tortas e bules fumegantes de café e chá.

Era hora do meu encontro com o sr. Nanabragov e Parka Mook.

Na hora marcada (acrescentada de uma hora extra) eles entraram marchando pelo recinto e alojaram-se em seus lugares, em sofás opostos, o dramaturgo aconchegou-se ao meu lado, olhando sem jeito para suas mãos crispadas, e o sr. Nanabragov esparramou-se, contorcendo-se cintilantemente ao sol da manhã.

– Trazemos ótimas notícias – disse o sr. Nanabragov. Enfiou a mão na camisa e se mexeu com vivacidade. – Acabamos de voltar de uma reunião no plenário do Comitê Estatal pela Restauração da Ordem e da Democracia. Ficamos todos muito impressionados com você no jantar da semana passada. Você é tão cosmopolita quanto o seu pai. Em alguns aspectos é ainda mais moderno do que ele, e olha que ele era um pensador bastante original. Além disso, um dia você se casará com minha filha e ela será a mãe dos seus filhos. Assim, por unanimidade de votos, decidimos lhe oferecer um cargo executivo. Você gostaria de ser o ministro de Assuntos Sevo-israelenses do SCROD?

– Ahn... – murmurei. – Meus amigos, eu sou apenas um belga tentando se virar. O que entendo de conduzir um governo? Meus negócios estão nas mãos de outros.

– Que negócios? – disse o sr. Nanabragov. – O nosso negócio é a democracia, assim como o seu. Já se esqueceu do seu martirizado amigo democrata, Sakha? Isso seria a vontade do falecido Sakha. Não acha, Parka?

O dramaturgo olhava para o teto, limpava metodicamente o ouvido com o dedo mindinho.
— Parka!
— Qual é o problema? — perguntou Parka Mook, esfregando a cera do ouvido na costura da calça. — Senhores, ainda é de manhã cedo. Estou cansado e doente.
— O amigo dele. O democrata assassinado...
— Sinceramente, ele não era bem um amigo — afirmou Parka. — Eu o conheci ligeiramente num casamento, e depois ele foi morto por alguém. Estive com ele por umas duas horas.
— Nós vamos erigir uma estátua de Sakha, o Democrata — disse o sr. Nanabragov. — E usaremos a imagem dele em nosso material promocional. Sabe, Misha, você já nos deu muitas idéias de marketing. Você é realmente uma inspiração. E existe um outro aspecto de você se tornar ministro do SCROD. Todo mundo sabe o quanto você ama Nova York. Depois que garantirmos o controle completo sobre o país, talvez possamos indicá-lo como nosso embaixador das Nações Unidas em Nova York. E você poderá viver lá com Nana. O que acha disso?
Abri a boca. O ar frio do Hyatt roçou minha garganta e secou minha língua.
— Vocês fariam isso por mim? — perguntei.
O sr. Nanabragov sorriu. De olhos fechados Parka Mook começou a assoviar "New York, New York". O assovio virou um sorriso e o dramaturgo inclinou-se graciosamente para o lado, descansando a cabeça morna e grisalha na ponta do meu ombro.
— Ele gosta de você — sussurrou o sr. Nanabragov. — Devemos sempre honrar os mais velhos.
Curvei a cabeça para que o meu queixo barbado não arranhasse Parka Mook. Um cargo de embaixador das Nações Unidas? Será que os sevos dominariam realmente o país inteiro? Eles pareciam muito mais adequados para a liderança do que aqueles svanïs que trepavam com ovelhas. Ou tudo não passara de propaganda naquela mesa de jantar?
— Vocês sabem que os americanos proibiram vistos para toda a família Vainberg — eu disse. — Eles não vão me deixar entrar.
— Podemos conseguir imunidade diplomática para você — retrucou o sr. Nanabragov. — E depois que falar com Israel em seu novo cargo de ministro de Assuntos Sevo-israelenses, você será como ouro para os americanos. Eles fazem qualquer coisa por Israel.

Eu ainda estava confuso com esse negócio de "falar com Israel"! Como é que poderia falar com alguém se o meu *mobilnik* não conseguia nem ligar para fora do Absurdistão?
– Sabe, sr. Nanabragov – eu disse –, Israel não é propriamente o meu país. Nova York, sim. Tenho muito orgulho de ser judeu, mas sou um judeu *secular*, como Baruch Spinoza, Albert Einstein e Sigmund Freud. Na verdade, os melhores judeus sempre foram livres-pensadores. Aqueles judeus barbados que se vêem no Muro das Lamentações, balançando para a frente e para trás, curvando-se diante do seu Deus, esses definitivamente são judeus de segunda categoria.
O sr. Nanabragov aceitou esse fato com serenidade adulta.
– Ótimo – ele rebateu. – Você se orgulha de não ter um Deus. Mas diga-me então, Misha, *quem* você gostaria de ser?
Quem eu gostaria de ser quando crescesse? Eis uma pergunta que atormentava a minha geração até os quarenta anos. Por um momento pensei na filha do sr. Nanabragov, em seus seios morenos roçando no meu nariz.
– Que tal ministro de Assuntos Multiculturais? – respondi.
– O que é isso? – ele perguntou.
– Eu seria encarregado das relações das minorias. Aglutinaria todas as etnias que vivem no Absurdsvanï. E juntos realizaríamos festivais e conferências quase todo dia. Celebraríamos nossas identidades. Ficaria muito bem aos olhos do mundo. *Eu seria um aglutinador.*
– Ei, Parka, acorde! – disse o sr. Nanabragov. – Estamos falando a respeito do futuro aqui.
Parka remexeu-se, limpando a boca. Olhou as superfícies acinzentadas e polidas ao redor e encolheu-se no couro tortuoso do sofá.
– Onde estou? – ele perguntou.
– Você está na terra dos jovens e dos elegantes – respondeu o sr. Nanabragov. – Agora, ouça o que nosso Misha será. Ele vai ser o comissário das questões de nacionalidade.
– Ministro de Assuntos Multiculturais – eu o corrigi, com sutileza.
– Mul-ti-cul-tu-ral. Que palavra interessante, Parka, você devia introduzi-la no seu novo dicionário sevo.
– Só introduzo palavras reais – retrucou Parka, esfregando o nariz.

– Quieto, velhote – disse o sr. Nanabragov. – Não seja inútil. Misha, por falar em jovens e elegantes, você sabia que nós, sevos, temos a nossa própria banda de rap? O rap poderia ajudá-lo em seu novo trabalho?

– O rap fortalece a todos em que toca – eu disse em inglês. – Fale-me a respeito desse grupo.

– Eles se chamam o Exército da Verdadeira Cruz. Até eu gosto das letras deles. Ei, talvez eu também seja multicultural!

– É fácil ser... – comecei a falar, mas a frase ficou inacabada. Um estrondo estranhamente familiar, um disparo de rifle, passou pela minha cabeça e fez o apartamento estremecer, e depois outro, outro, outro, outro, outro, outro, outro e outro. As janelas reverberaram, a televisão de tela plana bateu contra a parede e o próprio sol foi encoberto por dez rastros sucessivos de fumaça, seguidos por dez estrondos de trovão ao longe. Nosso frágil arranha-céu registrou um tênue sinal de exasperação quando um pesado véu de fumaça alojou-se nas janelas de vidro fumê com a grandiosidade de uma bruma que passa.

Na mesma hora o alarme contra incêndios disparou e os sprinklers entraram em ação. A água jorrava de algum lugar, possivelmente em cima de nós. Um bom sinal. No fim a civilização triunfa, pensei.

– Ora, o que acha disso? – disse o sr. Nanabragov, sorrindo e balançando a cabeça. – Os mísseis GRAD funcionam. Os ucranianos estão bombardeando Gorbigrado!

– Mísseis GRAD? – repeti. – São mísseis GRAD? Disparados do terraço? Estamos bombardeando nossa própria cidade?

Atordoados, embora excitados, passamos pelo apartamento vizinho de um diplomata da Malásia que soltava gritos guturais em seu próprio idioma. Chamamos o elevador e apertamos o botão para o terraço. Tudo funcionava da maneira típica do Hyatt, as campainhas soavam para indicar que a porta fechava e um monitor LCD registrava a nossa subida do 40° AO TERRAÇO.

Emergimos em meio à umidade. Os rastros de fumaça tinham se dissipado e nada nos restava senão admirar um perfeito e sufocante dia de verão. Os sprinklers nos refrescavam com duchas frias contínuas que lembravam parques de diversão e entretenimento barato. Todos os resquícios do divertido luau da Halliburton haviam desaparecido. Uma fileira de antenas parabólicas chamuscadas apontava acusadoramente na direção de uma Meca distante. Exalavam o odor acre de borracha queimada que eu logo aprenderia a aceitar. Por outro lado, o cheiro do combustível dos mísseis era doce, enjoativo e masculino como o de qualquer outro combustível. O lança-mísseis GRAD era um pequeno contêiner assentado numa superfície improvisada de metal que parecia a armação de uma cama barata. Havia meia dúzia de mísseis espalhados perto do lança-mísseis, como se fossem lápis de cera largados em algum jardim-de-infância americano. Avistamos ao longe uma fumaça em forma de "F" que se elevava sobre Gorbigrado. Era difícil distinguir o fogaréu que assolava a vizinhança devastada; o próprio sol pintava diversas tonalidades incendiárias com alaranjados e avermelhados sobre Gorbigrado.

Três rapazes altos e bonitos com uniformes de camuflagem mexiam num gerador portátil. Alguma coisa gananciosa e infantil irrompeu dentro de mim. Apesar da violência circundante, eu queria conversar com aqueles jovens mercenários ucranianos para que eles me conhecessem e me admirassem. Todos nós que crescemos à sombra do Exército Vermelho acabamos nos tornando aficionados pela destruição, fascinados por tudo que possa ocasionar a rápida ruína do inimigo. Como qualquer império em declínio, o nosso estava ficando ainda mais competente na destruição das coisas, nas nuvens de fumaça sobre escolas bombardeadas e mercados carbonizados.

– O que vocês têm aqui? – me dirigi aos rapazes. – Por que não está montado em cima de um chassi Ural, se é um sistema de mísseis GRAD BM-21?

Um sujeito de olhos azuis e aparência saudável com um peito quase tão largo quanto o meu, embora coberto de músculos jovens e não de gordura, baixou a chave inglesa e olhou-me com uma surpresa comedida.

– É o nosso próprio GRAD modificado – ele respondeu. – Não é exatamente um BM-21. É claro que não seria possível trazer um caminhão Ural para o terraço, por isso remontamos o chassi básico com dois macacos estabilizadores. Em vez de quatro fileiras de dez mísseis, armamos duas fileiras. Mas a capacidade básica de disparo é a mesma... um intervalo fixo de meio segundo. E só precisamos de uma equipe de três homens, em vez de cinco.

– Vocês trouxeram tudo isso sozinhos para o terraço? – perguntei, pulando dentro das calças com excitação viril. – Em um dia? – Os rapazes eram muito competentes! Eles se viravam muito bem, tanto na tentativa de sustentar a família com quatro ou oito dólares por mês como nos disparos de mísseis GRAD do terraço do Hyatt. – Muito inteligente, vocês são mesmo bons nisso – afirmei. – E já que não têm um Ural, de onde operam o sistema? Contem-me tudo!

O sujeito coçou as axilas sensualmente e deu um tapa no boné cáqui da KBR.

– Temos um sistema de disparo por controle remoto fixado num cabo de 64 metros – ele disse. – Podemos disparar lá de baixo, do 39º andar. E para recarregar levamos menos de cinco minutos, mesmo com três pessoas trabalhando. Como é que você sabe tanto a respeito de lança-mísseis GRAD? Já serviu no exército?

– Ah, não – eu disse. Toquei o meu nariz judeu por instinto para demonstrar que não tinha intimidade alguma com o exército. – Infelizmente, não é o meu caso. Sou apenas um aficionado.

– O nosso Misha sabe de tudo – disse o sr. Nanabragov. – É uma inteligência em ebulição.

– Eu me chamo Viacheslav – disse o mercenário. Trocamos um aperto de mãos. Ele tinha um pulso rijo e estreito como um alho-poró.

– É muito bom trabalhar com esses rapazes – disse o sr. Nanabragov enquanto o soldado voltava para o gerador. – Olhe só a fumaça sobre Gorbigrado! Agora temos uma guerra em andamento de verdade. Fumaça sobre a cidade! Engula isso, Gênova!

Protegi os olhos para visualizar melhor a fumaça que lentamente se transformava de uma letra F em uma série de "Os" e rumava para o interior absurdistanês. Além disso, uma seqüência espontânea de letras formava-se em meu cérebro, iniciava com a letra C e continuava com U, L, P e A.

– Oh, Deus – eu disse. – Não me diga que você está bombardeando Gorbigrado porque lhe falei que sua guerra não era excitante o bastante?

– Não. – O sr. Nanabragov riu e se contorceu diante de minha tolice. – Ora, isso mesmo, sim – ele emendou a resposta. – Mas é um procedimento inofensivo. Estamos evacuando as áreas que serão bombardeadas, e assim só estão bombardeando casas vazias. Se é que essas coisas podem ser chamadas de casas. Você sabe como tudo é horrível por lá. Todo os cantos são um desastre. Em algumas partes não se tem nem água corrente.

– Sim. Mas...

– Ninguém devia ser obrigado a viver dessa maneira – argumentou o sr. Nanabragov. – Então, explodimos alguns bairros, atraímos um pouco de atenção para nossa guerra e depois pedimos à USAID ou ao Banco Europeu para a Reconstrução e Desenvolvimento, ou talvez até aos japoneses, para pagar pela nova Gorbigrado. Já temos o apoio de todas as firmas de engenharia necessárias, todas as Bechtels e tudo o mais. Todo mundo sai ganhando. Você devia falar com Israel a respeito disso.

– Mas isso faz os sevos parecerem terríveis – afirmei. – Como se vocês é que fossem os agressores.

– Você acha que temos titica na cabeça? – disse o sr. Nanabragov. – Tudo funciona através das tropas federais. Pela manhã os nossos amigos ucranianos bombardeiam as áreas svanïs de Gorbigrado, e de tarde eles vão para os distritos sevos. Nós revezamos, entendeu? Mas para quem vê de fora, a guerra parece de verdade. Como se nos destruíssemos uns aos outros. Socorro, socorro, Estados Unidos. Salvem nossas almas.

– Entendi – eu disse. – Mas o que acontece com todas as pessoas cujas casas estão sendo destruídas? Para onde vão até que os americanos reconstruam suas casas?

O sr. Nanabragov deu de ombros.

– Estamos no Cáucaso – ele falou. – Todo mundo tem uma família numerosa no campo. Eles podem morar com os parentes.

Eu me virei para Parka Mook, que se mantinha impassível com as mãos entrelaçadas sobre as pernas, o rosto ressecado e o bigode ralo que se transformara na letra D do alfabeto russo.

– Isso é verdade? – perguntei.

– O que sei eu? – ele disse. – Sou um intelectual, não um planejador urbano.

Fui até a beira do terraço e examinei as planícies vermelhas de Gorbigrado que se estendiam até o mar cercadas pelas incômodas usinas petrolíferas, lembrando-me um mamute morto rodeado de homens das cavernas com lanças. A vida só pode melhorar para essa gente, pensei. Como poderia piorar? Uma pérola da sabedoria americana resumia isso bem: *No pain, no gain*. Suspirei, sentindo de repente a falta da televisão americana. Quanta nostalgia!

– E então, Mishen'ka? – O sr. Nanabragov sorria e acariciava a minha corcunda. – O que você acha? Quer se juntar ao SCROD, garoto? Já preparamos um escritório só para você. E uma secretária que se rasteja de quatro.

— Vou pensar — respondi, bocejando com vontade.
Era hora do meu cochilo da tarde.

Eu estava tendo um sonho agradável com as pirâmides egípcias (e por alguma razão eu as nivelava com uma marreta) quando Larry Zartarian me acordou. Ele estava na minha frente, me sacudindo pelo ombro e deixando cair fiapos de veludo no meu rosto.

Apontou para as janelas de vidro fumê com sua pequena mão masculina. Lá fora o território internacional se estendia à frente, os arranha-céus em silêncio refletiam as montanhas e o mar.

— O que houve? — perguntei. — Seja o que for, como você entrou aqui? E minha privacidade?

— Dê uma olhada em Gorbigrado.

Deixei meu olhar cair sobre a baía.

— É — eu disse. — Gorbigrado está com muitos problemas.

— Olhe mais de perto. Aquela é a Ponte Azul, que liga Gorbigrado ao território internacional. Os soldados estão em pontos estratégicos e assim ninguém pode passar.

— É justo — retruquei. — Precisamos de pontos estratégicos. Estamos em guerra.

— Está vendo aquela montanha cinzenta de pedra? Ali ao lado fica o Desfiladeiro Alexandre Dumas. E está vendo aquelas figuras pretas que descem lentamente pelo desfiladeiro? Aquelas que parecem formigas? São pessoas. Tentando sair de Gorbigrado. Estão tentando chegar até os nossos assentamentos. Sem dúvida, muitas despencam e morrem.

Esquadrinhei as formigas mencionadas por ele, porém mal conseguia distingui-las com minha visão ofuscada pelo sol. Do que ele estava falando? Dumas foi um escritor francês ruim. Um desfiladeiro é um desfiladeiro. Os sevos e os svanïs não eram formigas. E Gorbigrado seria destruída, e depois reconstruída.

— Por que é que as pessoas despencariam e morreriam na tentativa de sair de Gorbigrado? — perguntei.

— Porque Nanabragov e Debil Kanuk estão disparando mísseis GRAD em cima delas. Do terraço da porra do meu hotel. *Você faz idéia do que isso pode causar à imagem do Hyatt?*

— Pelo que sei, as pessoas bombardeadas vão morar com os amigos no campo.

– O campo está completamente sitiado. As tropas federais e o SCROD bloquearam as fronteiras. Essas pessoas que você está chamando de bombardeadas vão passar fome.

– Como é que sabe disso tudo? – perguntei.

Zartarian me deu as costas. Fixei os olhos em tudo o que havia de errado nele – a calvície precoce, as calças justas que revelavam sua bunda de macaco e as pequenas curvas de suas coxas. Ali, curvado e de ombros estreitos, ele parecia bem menos adequado para a vida física do que eu.

– Aliosha-Bob falou de você, Misha – ele disse. – Ele falou da sua infância. Do seu pai.

Rosnei.

– Tive uma boa infância. Meu pai fazia barcos de sapatos. Nós fizemos xixi em cima de um cachorro. Deixe a minha infância em paz.

– Você tem que parar com isso, Misha – ele afirmou. – Tem que parar de tentar melhorar as coisas aqui. Tem que esquecer o SCROD.

– Saia daqui, Zartarian – eu disse. E peguei o meu *mobilnik* e o apontei para o alto depois que ele saiu. Eu tinha que falar com Aliosha-Bob. Tinha que ouvir coisas da minha infância. Um farol girou na tela do telefone, na busca desesperada por um sinal. Por fim, o farol parou.

"A ligação para o número desejado não foi possível", disse uma voz rouca de mulher russa. "Por favor, tente mais tarde." Tremi e solucei. O mundo particular do Park Hyatt Svanï City flutuava à minha volta... asas de frango entrechocavam-se com garrafas de uísque, edredons floridos banhavam-se no brilho lunar da CNN e ao longe o povo esfarrapado e assolado pelo calor representava seus dramas imponderáveis.

Eu queria que Aliosha-Bob voltasse. Eu queria ficar de mãos dadas com ele à maneira dos homens árabes, passeando pelo Bulevar da Unidade Nacional e passando por perfumarias, pubs irlandeses, caminhões vazios da KBR e veículos blindados.

Mas aquela russa rouca estava errada. Definitivamente eu não poderia deixar para mais tarde.

33

Idéias em ebulição

No dia seguinte acordei às dez da manhã com a barulheira do lançamento dos mísseis GRAD bem em cima de minha cabeça sonolenta. *Ei!*, pensei, *que maneira de começar o meu primeiro dia como ministro de Assuntos Multiculturais do SCROD*. Vesti o meu melhor moletom, comi um delicioso esturjão com ovos fritos no Beluga Bar e depois limpei os dentes com fio dental.

Os mesmos rapazes do SCROD com quem fui à residência Nanabragov me esperavam no meu furgão Volvo oficial. Se não me engano eles se chamavam Tafa e Rafa, mas isso soa mais a coisa inventada. Eram uns débeis mentais, isso eu posso afirmar. Durante toda a viagem até o assentamento sevo eles se dirigiam a mim com intimidade, como se eu fosse um amigo sebento deles, e conversaram o tempo todo sobre como certa pop star adolescente americana pareceria com picles dentro da vagina. Eu estava prestes a pegar o meu chicote.

O Comitê Estatal pela Restauração da Ordem e da Democracia reunia-se numa antiga casa no alto de um penhasco deserto com vista para o polvo escarrapachado do Vaticano Sevo. O prédio era bastante semelhante a um castelo do vale do Reno, e na verdade fora construído por prisioneiros de guerra alemães nos anos 1940. A arte deles se evidenciava. Era a única construção da era soviética que não parecia ter sido continuamente cagada por um bando de gaivotas ao longo das últimas cinco décadas. Na rua poeirenta em frente ao prédio alguns trabalhadores esculpiam uma estátua de Sakha, o Democrata, que segurava uma tocha com uma das mãos e uma cruz sevo com a outra. Sua barba de intelectual estava bem aparada e sua expressão de expectativa cintilava, como se ele tivesse acabado de fazer uma farra consumista no Century 21.

– Ora, pelo menos está com uma tocha na mão – murmurei para mim mesmo. – Isso é democrático.

O sr. Nanabragov mostrou meu escritório, uma sala do tamanho de um celeiro forrada de madeira escura e armários de vidro com estoque de uísque armênio, típicos privilégios de um líder de partido soviético. O título "Ministro de Assuntos Sevo-israelenses" estava escrito em minha porta, e alguém acrescentou em inglês: "Ministro de Multiculti." O sr. Nanabragov enfatizou que eu dispunha de doze telefones em minha mesa, completamente desnecessários, mais do que todo mundo, com exceção dele próprio, e quase tantos quanto os que Brejnev tinha em sua época (presumo que ele trabalhasse). Argumentei com Nanabragov que o que eu precisava mesmo era de um computador conectado à internet que funcionasse. Ele suspirou e zanzou um pouco por ali.

– O que há, amigo? – falei.

– Estou brigando com a minha Nana – ele disse. – Eu quero que ela largue o emprego na American Express para que possa se tornar mãe dos seus filhos.

Fui informado a respeito dessa discussão quando Nana montou em cima de mim na noite anterior *sans* camisinha (a vagina dela estava muito úmida; meu *khui* estava muito excitado), protestando contra a natureza simplória das opiniões cretinas do pai.

– As crianças são como rolhas de champanhe – eu disse para o sr. Nanabragov enquanto dava tapinhas em suas costas. – Devemos apontá-las para longe e soltar.

– Não entendi – disse o meu provável sogro. – Por que as crianças são como rolhas de champanhe?

– Apenas consiga a internet para mim – repliquei.

A nossa reunião se deu em um salão de conferências abafado decorado com uma série de painéis de nogueira empenados e uma gigantesca bandeira dos sevos, onde um esturjão saltava sobre uma torre de petróleo em meio a um fundo vermelho e verde – vermelho pelo sangue dos mártires sevos, verde pela cor dos dólares americanos. Os homens em volta da mesa de conferências eram os mesmos que estavam presentes no jantar do sr. Nanabragov, Bubi era o único ausente, devido a uma ressaca. Sentados ali com suas camisas brancas de manga curta e calças largas cor de cinza, cada um tendo ao lado um *mobilnik*, um prato de salada e um copo de água mineral com gás, eles fofocavam alto no seu próprio idioma. Eu estaria em um almoço de senhoras no Lions Club de algum lugar da terra de Sinclair Lewis não fossem a bandeira sangrenta pendurada acima de nós, as torres que reluziam lá fora e o ocasional balbucio da palavra americana "LOGCAP".

A reunião começou com a leitura em voz alta de um resumo das notícias saídas na imprensa. De acordo com o sr. Nanabragov, 34 reportagens foram veiculadas sobre o Absurdisvanï desde que teve início o bombardeio de Gorbigrado, e cerca da metade era implicitamente a favor do povo sevo.

– CNN, confere – entoou o sr. Nanabragov enquanto dava o visto com seu braço retorcido. – BBC One, confere; BBC Two, confere; MSNBC, confere; Rai Due, confere; Deutsche Welle, confere...

– E quanto àquela gente que pulou no Desfiladeiro Alexandre Dumas? – perguntei. – Isso não pega mal?

– Eles não estão pulando, estão escorregando – afirmou o sr. Nanabragov. – Por falar nisso, você já falou com Israel? Porque temos boas notícias do *front*. Conte-nos as boas notícias, Parka.

Com expressão sonolenta e os pêlos do nariz à vista, o ministro da Cultura contemplava as correntes desbotadas do Cáspio pela janela.

– Acorde, vovô – disse o sr. Nanabragov. – Fale dos judeus montanheses para Misha.

Parka Mook emergiu do estupor matinal e virou para mim seus olhos amarelados. Farejou na minha direção como se estivesse avaliando o meu gênero e a minha espécie.

– Sr. Vainberg – ele disse –, bom-dia. Como está? Descansado? Ótimo. Agora, permita-me bancar o bobo da corte, falando-lhe de nossa última idéia brilhante. O senhor sabe quem são os judeus montanheses? Não? Não sabe? Que homem encantador o senhor é! Como deve ser bom não saber de nada nem se importar com seu próprio povo. Bem, resumindo, os judeus montanheses vivem entre nós provavelmente desde a época do exílio babilônico. Nas montanhas, como o nome diz. As mães desses judeus sempre foram nossas mães e eles sempre tiveram água em nosso poço para beber. E, acredite, eles beberam e muito. Beberam até as nossas fontes secarem.

– Parka! – alertou o sr. Nanabragov.

– Em 1943 as tropas fascistas rumaram diretamente para a cidade de Svanï com o objetivo de dominar o petróleo e o porto estratégico. Os judeus montanheses então procuraram os sevos locais e os líderes svanïs, pedindo para se esconderem entre nós caso os alemães chegassem ou pelo menos para que garantíssemos a passagem do grupo pelo Cáspio. Encontrei evidências, apenas o testemunho

de vários líderes de vilarejos, de que as lideranças svanïs se mostraram indiferentes à idéia de salvar os judeus, ao passo que os sevos se mostraram de certa forma entusiasmados. Então, é essa a questão. Faça com que a verdade seja conhecida.
— Mas os alemães nunca chegaram no Absurdisvanï — repliquei.
— Infelizmente, não — disse Parka Mook, seco.
— Então, quem se importa com o fato de que os sevos *podiam* ter ajudado os judeus? Na verdade, eles não ajudaram.
— Mesmo assim, é uma bela história — disse o sr. Nanabragov. — Uma minoria disposta a morrer por outra. Você devia gritar isso lá do terraço, sr. ministro de Assuntos Multiculturais.
Enquanto isso, o ministro do Turismo e Lazer surrupiava a minha salada na maior cara-de-pau. Olhei para ele de um jeito que ele quase se apunhalou com o próprio garfo. Estendi uma de minhas mãos grandes e fofas e peguei uma fatia de um tomate maduro e cheio de sumo.
— O Holocausto é um assunto sério — argumentei. — Requer uma estratégia bem preparada ou vamos parecer idiotas.
— Não sei nada de estratégias — rebateu o sr. Nanabragov. — Mas com certeza podemos erguer uma estátua em prol da amizade sevo-judaica. Imagine uma versão de cem metros de Misha e do falecido democrata Sakha curvado sobre uma Torá. E dessa Torá saindo uma chama sempre acesa.
— Ótima idéia! Vamos construir um Misha! — gritou o grupo.
— Será necessário metade do granito do Desfiladeiro Dumas só pra fazer a cabeça dele — disse um cara sábio.
Juntei-me aos meus colegas ministros, rindo polidamente de minha gulodice.
— Mas, falando sério — eu disse —, se vocês querem ficar bem com o Holocausto, têm que fazer alguma coisa original. Ou, se não for original, pelo menos educativa. Como um museu. E tem que ser moderno, tipo toda vez que uma criança tocar o dedo numa tela de computador, aparece algum fato tocante sobre a amizade sevo-judaica. Tap, tap, tap, fato, fato, fato.
— Nós podemos fazer alguma coisa assim? — O sr. Nanabragov virou-se para o ministro das Finanças.
O ministro era quase do meu tamanho e também vivia entre cabelos revoltos e partículas de comida.
— Rapazes — ele grunhiu enquanto limpava o suor da testa e tamborilava na mesa de mogno lascada à frente —, se me permitem, farei

uma explanação da nossa situação econômica. – Ele começou a listar a perda acelerada de uma dúzia de contas estrangeiras e de algumas instituições financeiras informais com denominações tais como "A Grande Quantia de Sasha" e o "Banquinho de Boris".
– E todo esse petróleo que vocês têm? – perguntei. – E o Figa-6? Fez-se silêncio no recinto. À minha direita, o ministro de Turismo e Lazer deixou escapar uma seqüência de suspiros curtos e sofridos.
– Que acha disso, Misha? – perguntou o sr. Nanabragov. – Por que você não pede algum dinheiro à comunidade judaico-americana?
– Não entendo – eu disse. – Vocês querem que eu peça dinheiro aos judeus-americanos e que agrade o Departamento de Estado americano fazendo uma proposta para Israel?
– Isso mesmo – respondeu o sr. Nanabragov. – O que diz aquele ditado americano? "O que vale é a intenção." Se tudo correr bem, eles apreciarão a nossa iniciativa.

Pensei no que eu sabia sobre os judeus-americanos. Eles parecem estar sempre se sentindo sozinhos e mal-amados, quando na realidade a maioria do povo americano só quer beijar seus narigões lustrosos, preparar-lhes um ensopado, contar piadas para eles na mesa do jantar e quem sabe até convertê-los ao Segundo Advento. Será que esses judeus reagiriam favoravelmente a uma carta de amor de um pequeno povo oprimido de um lugar remoto entre a Rússia e o Irã? E que tipo de carta de amor teria que ser?

– Acho que posso redigir algumas *propostas de doação* – eu disse.
– Não sabemos quais são essas propostas, mas tudo o que você fizer será abençoado por Deus – disse o sr. Nanabragov para o aplauso geral.

Saquei a caneta e o meu bloquinho do Hyatt e anotei com letras úmidas e excitadas:

LISTA DE ATIVIDADES DE MISHA
1) Conseguir que se instale internet no escritório.
2) Redigir propostas de doação para a construção de um Museu do Holocausto.
3) Encorajar o multiculturalismo em tudo o que fizer.

– Vocês verão como Misha se dedica ao trabalho – disse o sr. Nanabragov. – Verão como ele é organizado. É porque ele tem uma educação americana, como minha Nana e meu Bubi. Nós, velhos cretinos soviéticos, nunca sabemos que diabos estamos fazendo.

À minha volta os homens bocejavam e se espreguiçavam. A hora do almoço estava próxima e eles tinham amantes para espalhar pelo Hyatt e bifes para despachar para a nova Tuscan Steak & Bean. Acenderam-se os charutos, seguidos de tosses discretas e arrotos sonolentos. Que esses bons homens ficassem com suas ambições preguiçosas. De minha parte, eu voltaria ao meu escritório para trabalhar pelo futuro do país deles. Como o aluno de média 3,94 da Accidental College de outrora, eu seria novamente posto à prova.

34

A situação me preocupa

Caro Hóspede,
Peço por favor a sua atenção. Lamentamos informar que devido ao estado crítico da situação política, diversos itens no menu de Sushi/Sashimi não estarão mais à sua disposição. (Estamos particularmente em falta de cavala.) Nossas humildes desculpas.
Seu fiel criado, Larry Zartarian, gerente geral, Park Hyatt Svanï City.

Eu não queria admitir, mas Zartarian estava certo. E não apenas a respeito da cavala. A situação política estava "crítica". Eu não conseguia ir de um assentamento a outro no Navigator de Nana sem ficar preso em um engarrafamento de refugiados de Gorbigrado. Semblantes de desvalidos se esfregavam em nossas janelas – tentei distinguir pessoas cultas entre eles, talvez para oferecer uma carona, mas todos estavam cobertos pela sujeira de vários dias de viagem e as janelas escuras do Navigator apagavam os vestígios discerníveis de inteligência. Tanto os homens como as mulheres e crianças à minha frente eram prisioneiros uns dos outros pelas cordas invisíveis das tribos e dos parentescos; estóicos no exílio e na perda, mas seguiam em frente de mãos dadas como se tivessem um destino prefixado, os idosos apoiavam-se nas costas dos filhos, os filhos embalavam as filhinhas, e os veteranos de guerra e insanos curvavam-se como selvagens dentro de carrinhos de mão.

– É apenas uma situação temporária – eu sussurrava para eles. – A comunidade internacional intervirá em breve.

Mas isso não era bem verdade. Aos poucos o pânico tomava conta do Bulevar da Unidade Nacional. Caixas de loção pós-barba Ghettomän da Perfumaria 718 e de Muppets de olhos americanos arregalados e estúpidos da Toys "R" Us eram saqueadas por todos os lados e espremiam-se em veículos blindados e jipes à espera. Pela primeira vez desde a minha chegada ao Absurdistão, as forças armadas pareciam realmente operantes; os oficiais coordenavam a pilhagem com toda a calma, prendiam notas de dólar em pranchetas e gritavam com os inferiores para apressarem seus traseiros pretos e encherem as porras dos veículos de uma vez. Aparentemente, desenrolava-se uma retirada militar em câmera lenta junto com o rugido ocasional dos mísseis GRAD disparados do terraço do Hyatt, seguidos pelas manchas da fumaça cinzenta que se elevava até a linha do horizonte. Somente os caminhões da KBR permaneciam vazios e em silêncio ao longo do bulevar.

Mas a atividade das gangues era o que mais me preocupava. Autodenominavam-se Exército da Verdadeira Cruz e pareciam pipocar em cada esquina; alguns zanzavam armados com fuzis AK-47 e pistolas Makarov da grossura de uma salsicha e outros, com lança-granadas e morteiros leves que carregavam com desânimo nas costas, como se fosse uma enfadonha tarefa de limpeza imposta pelos pais. Todos garotos, poucos acima da maioridade; bronzeados, deprimidos e desnutridos, vestiam camisas de malha e calças de moletom com o logotipo da Associação Nacional de Basquete. Um deles estava com uma bandana azul do Crips em torno do pescoço, um outro suava terrivelmente debaixo da máscara de esqui e um terceiro tinha quase todos os dentes encapados em ouro e sangrava nas gengivas. A maioria tinha bigodes incipientes e usava sandálias cor-de-rosa desbotadas parecendo fabricadas para um terceiro sexo inexistente; os cortes de cabelo revelavam seu nacionalismo ou retardo mental. De vez em quando cantavam algum rap em inglês falando da vida de violência e sexo que sonhavam ter em Los Angeles e do que fariam com seus rivais svanïs ou sevos quando estes fossem desarmados e rendidos. Uma canção popular que ouvi no assentamento sevo dizia assim:

Descendo pela Sunset
O que estou notando?
Um bando de piranhas
Que estão me olhando.
Todas usando a Cruz errada
Rebolando bundas svanïs na parada.
Eu disse "Qual é, piranha?"
E ela, "Meu nome é Lani".
Um nome americano,

Porque orgulho ela não tem não.
As piranhas svanïs só vivem de ilusão
Alinho todas elas
Na frente dos irmãos
Revólver na cabeça, a ponto de explosão.
Piranha svanï, cê vai me dar a bunda
Ou eu mato teus irmãos.
Os irmãos estão chorando
E as irmãs eu vou traçando
Eu metendo e metendo
Eles tremendo e tremendo.

Toda essa conversa de sexo anal forçado me preocupava. *Não é* assim que se ganha o *market share* na MSNBC ou mesmo na FOX, e certamente não era assim que se ganhava o amor do mundo. Era hora de agir. Era hora de "falar com Israel".

E ocorreu então um milagre. Finalmente, os homens de Nanabragov instalaram uma conexão de banda larga no meu escritório. Peguei meu laptop, liguei na tomada e acessei a Grande Rede.

As informações flutuavam aos montes pelo monitor. Vários sites enfadonhos demonstravam com clareza o que era uma proposta de doação. Aprendi sobre as intensas expedições dos judeus-americanos contemporâneos desde as margens do Vístula, na Polônia, até as *shtetls* já extintas da Bessarábia. Aprendi sobre a típica curiosidade dos judeus-americanos, do seu interesse equivocado por algo chamado "cabala". Quanto ao Holocausto, poucos genocídios foram tão bem documentados. Bebi alguns goles de café e dei início às minhas obrigações como ministro de Assuntos Multiculturais.

35

Uma proposta modesta

Nome do Projeto
Instituto de Estudos do Holocausto do Cáspio, também chamado Museu da Amizade Sevo-Judaica.

Sinopse do Projeto
A maior ameaça ao judeu-americano é a possível assimilação do modelo americano por parte do nosso povo e sua subseqüente extinção como comunidade organizada. Em virtude da superabundância de parceiros não-judeus atraentes em um país tão sedutoramente diversificado e seminu como a América, *torna-se cada vez mais difícil, se não impossível, convencer os jovens judeus a optarem pelo sexo reprodutivo entre si.* Os esforços para unir judeus em idade reprodutiva através de redes sociais profissionais e "mercados de carne" abastecidos a álcool têm tido um sucesso limitado. Israel, antiga fonte de orgulho e inspiração, agora está amplamente povoado pelo povo agressivo do Oriente Médio, cujo estilo de vida bizarro é totalmente incompatível com o nosso (cf. Greenblatt, Roger, "Por que o *Hummus* Deixa um Gosto Amargo na Minha Boca?", *Annals of Modern Jewry,* Indiana University Press). É hora de usar a flecha mais eficaz e mais testada pelo tempo, a flecha de alvo mais específico de nossa aljava – o Holocausto.

Até mesmo os jovens judeus menos ortodoxos reconhecem de imediato o Holocausto. Quando, em uma pesquisa, perguntaram a trinta judeus bêbados em uma boate de Maryland que apontassem o que mais caracterizava a identidade judaica dentre os seguintes oito componentes – Torá, Mishná, Talmude, Holocausto, Mikvá, Salmão, Israel, Cabala –, somente o salmão pontuou mais do que o Holocausto (cf. Greennblatt, Roger, "Ah! Que Sensação, Eu Sou Judeu", *Annals of Modern Jewry*, Indiana University Press). Se utilizado adequadamente como fonte de culpa, vergonha e vitimização, o Holocausto pode tornar-se uma formidável ferramenta para a Continuidade dos Judeus. O problema é a saturação do Holocausto promovido pela mídia e pelo meio acadêmico; isso acarreta a necessidade de um novo tipo de abordagem mais vibrante e sensual (sim, *sensual* – vamos ficar de olho nisso) à mãe de todos os genocídios.

A República Sevo é um Estado-nação pequeno e atraente às margens do mar Cáspio que alcançou sua independência recentemente, sob os auspícios democráticos e simpáticos a Israel do Comitê Estatal pela Restauração da Ordem e da Democracia (SCROD). A história da amizade sevo-judaica é tão profunda quanto as águas do Cáspio. Ambos os povos são educados e empreendedores, de gente vilipendiada que luta com seus vizinhos mais poderosos por uma cota de amor, reconhecimento e espaço adequado para viver. Enquanto a Operação Barbarossa de Hitler atingia as pacíficas reservas petrolíferas do Cáspio em 1943, o povo sevo iniciava uma campanha voluntária para transferir a população nativa judaica da República para a segurança da Sibéria de Stalin. Certamente, o país continua sendo o lugar mais tolerante aos judeus da face da Terra, com exceção de Brookline, em Massachusetts. Esse filo-semitismo combinado com a localização exótica e a oportunidade de desfrutar a hospitalidade de um povo honesto (finalmente, uma nação inteira de *tzadikim*) e uma paisagem tropical com muitas praias, como a de Cancún, no México (só que mais baratas, muito mais baratas), propiciam o ambiente perfeito para uma iniciativa baseada na educação radicalmente distinta das marchas da morte de Auschwitz-Birkenau e Yad Vashem.

Metodologia
Um Projeto Arquitetônico de Impacto

Muito da mais extraordinária arquitetura mundial construiu-se em comemoração ao Holocausto, mas grande parte desse trabalho é abstrata e cerebral demais para inspirar a Continuidade imediata no ventre de judias frígidas de trinta anos de idade. O Instituto de Estudos do Holocausto do Cáspio terá a forma de um gigantesco matzá *partido,* em alusão à tragédia ocorrida com nosso povo e à sua Páscoa, que entre todos os traumas da educação judaica insere-se de maneira consistente como o "menos marcante" (cf. Greenblatt, Roger, "Por que, Entre Todas as Noites, Justo Nesta Noite Eu Só Tomo *Um Miligrama de Lorazepam?*", *Annals of Modern Jewry,* Indiana

University Press). Ao lado do matzá partido será exposta uma perna de cordeiro revestida de titânio (dica: Frank Gehry), como uma representação do braço do Todo-poderoso e também da nossa força bruta recém-descoberta.

O Novo Tribalismo
A política de identidade favorece a nossa busca pela Continuidade. A identidade nasce quase que exclusivamente das labutas de uma nação. Para nós – um povo próspero e sossegado aninhado em segurança nos braços da última superpotência mundial (pelo menos até agora) – isso significa Holocausto, Holocausto, Holocausto. As duas metades do matzá partido estarão incutidas com o espírito do Novo Tribalismo que vem cativando jovens por todo o mundo ocidental como uma reação furiosa à homogeneização global. A primeira metade mostrará as velhas labutas do povo judeu (uma série paralela mostrará o mesmo dos sevos), e a segunda metade mostrará a facilidade com que nos esquecemos do quanto somos odiados (o mesmo vale para os sevos). Resumindo: primeira metade, o impronunciável – Kristallnacht, Kindertransport, gueto da Cracóvia, Chernowitz, Wadowice, Drohobycz; segunda metade, indução de culpa –, vídeos violentos de universitários judeus espancando meninas coreanas tímidas em festas da fraternidade, enquanto lindas *maideleh* judias suburbanas fetichizam seus parceiros afro-americanos urbanos numa partida de softball na Smith Barney. Subtexto: *Morreram seis milhões e vocês ficam bebendo em bares com alguns* hazzar?

Holocausto para Crianças
Os estudos comprovam que nunca é cedo demais para assustar uma criança com imagens de restos de esqueletos e de mulheres nuas perseguidas por cachorros na neve polonesa. O Holocausto para Crianças provocará um miasma cuidadosamente elaborado de medo, raiva, impotência e culpa em crianças de até dez anos de idade. Por meio da mais avançada tecnologia Animatronics e Claymation, as divagações vazias dos despreparados professores primários judeus americanos a respeito do tema do Holocausto serão condensadas em um banho de sangue de quarenta minutos. Os jovens participantes sairão da projeção sentindo-se alienados e profundamente deprimidos, sentimentos que serão ao mesmo tempo redimidos e frustrados pelo caminhão de sorvete ao final da exibição.

O Anexo "Você acha que Não Pode Acontecer de Novo?"
É, você acha mesmo? Ora, pense bem, amigo. Este ousado espaço conceitual mostrará dezenas de jovens franco-árabes apedrejando freqüentadores de museus e ameaçando "mais seis milhões" enquanto passivos intelectuais franceses ficam na sombra, fumando e bebendo, fumando e bebendo. Por questões de segurança, as "pedras" serão fabricadas com 100% de papel reciclado e os jovens franco-árabes estarão enjaulados.

A Perna de Cordeiro Revestida de Titânio
Terminamos o museu com uma nota alta, celebrando as conquistas dos modernos judeus-americanos através de exibições inspiradoras, como "David Copperfield: o Mito e a Magia" e "Para a Frente e Para o Lado: a Morte da Literatura e o Nascimento da *Sitcom*". Um ou dois espaços podem ser dedicados às conquistas culturais de Israel. Ou não.

A Tenda do Consentimento
Aqui é onde tudo se mistura, onde a Continuidade adquire um "C" maiúsculo. Os judeus em idade reprodutiva (de 34 a 51 anos) entram na Tenda do Consentimento e apresentam uma amostra sanguínea e um cartão de crédito, mostrando assim a Hitler e seus capangas onde é que podem enfiar a Solução Final deles. Aqui a palavra "não" não é optativa. Aqui não existem diafragmas. Nota: a tenda tem que ser resistente e verde para denotar a reprodução de verão. Nada de tendas circenses! Isso aqui é assunto sério.

E Agora uma Palavra para Nossos Patrocinadores...
Como uma oportunidade de alcançar a verdadeira boca do inferno do poder político americano, os cristãos evangélicos receberão sua própria tenda (muito menor), onde poderão converter os judeus reprodutores, que emergirão completamente suados e trêmulos da Tenda do Consentimento. Estimamos que somente um ou dois por cento do nosso estoque mais caro sucumbirá realmente a esse rudimentar canto de sereia *goyishe*. Um pequeno preço a ser pago e nossos lobistas nos agradecerão.

Resultados – Primeiro Ano de Operação

1) Duzentos mil judeus gerarão outros cem mil às margens do mar Cáspio.
2) Dois a quatro mil judeus sem perspectiva renascerão mórmons (ou seja lá que diabo for) e deixarão de colocar o resto de nós para baixo.
3) Vinte mil crianças judias aprenderão que de alguma forma a culpa é delas.

36

Comidas criollas

Uma mensagem eletrônica de rsales@hunter.cuny.edu na minha caixa de mensagens me deixou chocado assim que mandei o meu projeto sobre o Holocausto para os membros do novo servidor do SCROD:

Caro Misha,
Como é que tá, colega? Como tá indo por aí?
Sei que provavelmente não sou a sua favorita nesse momento, mas não sei a quem mais recorrer. O professor Shteynfarb me abandonou. Ele conseguiu uma bolsa de estudos no Sul da França e se mandou no meio do semestre. Mandei um e-mail pra ele, mas não tive resposta; então liguei pra editora dele e aquela piranha irritante me disse que não vão mais publicar a Antologia de Escritos Imigrantes.
Acho que posso estar grávida do professor Shteynfarb. Tenho certeza que estou porque vomitei. Mas o pior é que trabalhei muito naquele texto, que conta como tacaram fogo no nosso prédio em morrisania e agora ninguém vai ler nem se importar em como eu me sentia quando estava crescendo. Eu achava que era Diferente e que tinha uma História Especial pra contar, mas acho que não sou e que não tenho. Essa honestidade me machuca mais que o fogo e a gravidez porque por um segundo tive esperança de que minha vida viesse a ser diferente.
Você deve estar dizendo: Rá-rá, eu te avisei. Não negue! Mas sei que você também sempre teve esperança nas coisas. E sei que fui uma de suas esperanças e o decepcionei. Você já deve estar saindo com alguém agora e acho então que vou ter o troco.
De qualquer forma, não sei o que fazer com o bebê e acho que devo tê-lo porque a outra opção é pecado. Gostaria que você estivesse aqui, Misha. Gostaria que nada disso tivesse acontecido. Se você ain-

da me ama, mesmo que um pouquinho, por favor, me diga, porque agora significaria muito.

Abraços & Beijos

Rouenna

PS: Sei que você está a salvo porque você consegue superar tudo. Você é mais inteligente do que imagina.

PS 2: Recebi o último cheque pros estudos, obrigada. Vou estudar ainda com mais afinco agora pra me tornar uma ótima assistente administrativa.

PS 3: Vou lavar roupa em um minuto e não estou vestindo nada!

Geralmente não sinto repulsa (tudo no meu mundo é um tanto quanto repulsivo à sua maneira), mas a mensagem de Rouenna acabou sendo a gota d'água. Uma vida inteira nas ruas do Bronx e, depois de toda essa dor e essa merda, ela engravida da porra do Jerry Shteynfarb. Como pôde fazer sexo com um escritor russo sem usar camisinha? O que ela estava pensando? Mas no fim não pude evitar: fiquei com pena dela. Por estar grávida, sim, mas principalmente pelo tom alquebrado, pela forma com que ela perdeu todas as coisas vitais em apenas dois meses. O que eu podia dizer a ela? Eu ainda tinha o dever de confortá-la? Respondi com duas mensagens. Primeira:

Rouenna, acho que é hora de parar de chamar o Jerry de "professor Shteynfarb".

E depois:

A primeira coisa que você devia fazer de manhã é ir ao médico, e caso esteja grávida, fazer um aborto o mais rápido possível. Não me importo com o que a sua abuela *Maria diz, você não está pronta para ter um filho sem pai.*

Olhei pela janela do meu escritório. Chovia pela primeira vez em muitos dias. Com o odioso sol finalmente extinto, a cidade se mostrava quase tão glamourosa quanto Hong Kong, com a curta fileira de arranha-céus erguida acima de um formigueiro de prédios do governo e o porto salpicado de contêineres. Somente as plataformas de petróleo ocupavam a baía com sua luminosidade fantasmagórica peculiar, lembrando-me de onde eu estava.

Mas eu não estava ali.

Estava na East Tremont Avenue, no Bronx, no pedaço que começa no Restaurante El Batey, perto da Marmion Avenue, e segue até a franquia da Blimpie, na Hughes, onde em 1998 os policiais prenderam o primo favorito de Rouenna por algum delito complicado que não tinha a ver com sanduíche.

A East Tremont Avenue, uma sólida fornecedora de sonhos realizáveis, onde as lojas vendem *todo para 99 cents y menos, onde 79 cents* compram um frango inteiro no Fine Fare e por 79 dólares você compra um colchão florido com uma "garantia de cinco anos", onde um russo de 145 quilos tendo uma *mamita* quente nos braços é respeitado e aceito por todos, onde tipos que passam de bicicleta e jovens mães lânguidas comprando na She-She Junior & Ladies me fariam a mesma pergunta esbaforida: "Oi, Misha, *qué ongo, a-ai?*"

No Restaurante El Batey, especializado em *comidas criollas*, a jukebox fálica toca uma canção fálica e todo mundo se fixa na bunda um do outro enquanto Rouenna fofoca com uma amiga sobre qual seria a garçonete grávida e quem teria o namorado despachado para o interior por dez anos, mas tudo o que vejo à minha frente é um prato reluzente de limão-doce com uma pitadinha picante de molho de Tabasco e uma garrafa de cerveja Presidente. O gargalo está perfeitamente embrulhado em um guardanapo suado – os pequenos prazeres de um mundo sitiado. E espero, espero, espero pela tigela de metal cheia de *asopao de camarones* ou "ensopado de camarão", como é chamado no cardápio, e espero para me render ao *ajillo*, pois na tigela tem mais alho do que água ou arroz, ou até mesmo camarão. E logo me farto da Presidente gelada, do Tabasco quente e das reverberações profundas e baixas do alho no meu *estómago*. Levanto da cadeira, pego a fofoqueira da Rouenna e vamos à pista de dança improvisada nos fundos, embaixo do televisor que sintoniza permanentemente as investidas do time de beisebol local, os *Jankees*. Tentamos dançar a dança mais lenta da história, mas durante quase todo o tempo apenas nos entreolhamos emitindo pequenos ruídos animalescos, o ronronar de gatos que se roçam, o lamento contínuo de basset hounds, o que a jukebox quase abafa com sua pesada batida de salsa. E nos beijamos. Alho e suor e puro amor, nos beijamos.

Estou um pouco bêbado, Rouenna me ajuda a voltar para o seu apartamento na 173 com a Vyse, e passamos pelo coroa encrenqueiro vestido de Chicago Bulls que bate na esposa e sempre ameaça matar o Senhor Fresquinho, o inofensivo sorveteiro ambulante, e passamos pelo Salão das Testemunhas de Jeová, e agora somos reverentemente abordados por uma mulher com um prato de papel laminado de alpiste de pombo e arroz. Está havendo um casamento e Rouenna dá uma piscadela para mim, querendo dizer *Quando? Já?*, e sorri apenas com o suave traço de zombaria que sempre apreciei, que por si mesmo consegue me diminuir um pouco, consegue cortar o camarão e o arroz e ferver até os meus desejos essenciais – uma garota, uma cidade, um estilo de vida libertino, embora terno.

Eu achava que era Diferente e que tinha uma História Especial pra contar, mas acho que não sou e não tenho.

Oh, minha pobre criança.

37

O fim

Eu me vi numa festa na casa de Nana. Com nada menos que drogas. Um caldeirão infinitamente escuro cheirando a traseira de ônibus público. Isso era a *lanza*, a droga local que inspirara São Sevo, o Libertador, a ter visões de fraternidade pelos sevos e de aniquilação pelos svanïs, a viagem que acabou desencadeando outras mil, a maioria terminando na sepultura.

Estávamos sentados no quarto de Nana ao redor do caldeirão que ficava em cima de um recipiente quente, esperando a ebulição das pequenas ervas para que pudéssemos inalar a fumaça. Logo que surgiu uma névoa delgada, comecei a inalar com vontade. Eu tentava esquecer do e-mail que acabara de receber de Aliosha-Bob, me aconselhando a me afastar da família Nanabragov e a sair do Absurdistão *agora*. Segundo ele, o desastre era iminente. Achei melhor não me preocupar demais. Um dos jovens do Exército da Verdadeira Cruz tinha acabado de saquear o Emporio Armani. Como é que as coisas poderiam ficar piores?

Nana convidara Sissey, sua melhor amiga que nos vira fazendo amor, e Anna, a loira russa medíocre que trabalhava no escritório da American Express. As garotas estavam de ótimo humor. Com o melhor sotaque de Gorbigrado, fingiam que eram prostitutas tentando pegar os homens da KBR no Beluga Bar do Hyatt.

– Golly Burton! Golly Burton! – elas piavam. – Pague uma Coca pra mim! Você tem uma sortuda em casa? Eu melhor. Eu chicooote. A minha bunda quer chicote.

Tentei imitar um fanfarrão americano do petróleo:

– Na sua bunda? – eu disse. – Eu sei de uma coisa melhor que posso meter aí!

As garotas explodiram em gargalhadas. Ergueram as pernas para o ar como baratas se debatendo e riram em convulsões ritmadas. Elas estavam deitadas na mesma cama oposta à que me agüentava e eu podia ver *seus* traseiros jovens, todos de jeans, formando uma fila: neste panteão, o de Nana era o maior, saltando para fora da calça Miss Sixty, depois vinha o de Sissey, a amiga de cabelos pretos, com uma passável meia-lua, e em seguida o cantalupo pequeno e atrevido da bunda da russa.

– Tio gordo na cama – gritou Sissey para mim. – Tio gordo na cama! Chega mais, vem fazer uma visita, tio gordo!

Rolei para aqueles braços convidativos e elas me agarraram do jeito que as menininhas agarram um filhote.

– O tio gordo ama todas vocês – resmunguei e começamos a dar risinhos. Eu me larguei na massa de carne à minha volta; em seios, em um lóbulo de orelha, não eram de Nana. Inspiramos e expiramos a fumaça juntos. Os peitos eram quentes e o lóbulo pedia para ser chupado. De repente me bateu: estávamos já doidos.

O idílio foi interrompido por uma batida. Olhei. Faik, o criado, encostava sua cara feia na janela.

– Oh, dê logo um dinheiro pra ele – disse Nana.

Era uma imposição terrível, e ainda assim pouco me importava. Fazer uma coisa era tão bom quanto fazer outra. Decidi colocar minhas pernas, mas elas já estavam bem firmes e presas nas minhas coxas. Agora era hora dos meus pés. Lá estavam eles.

– Isso é que é sorte – eu disse. – Tenho dois pés e duas pernas. – As garotas soltaram risinhos mais uma vez, as risadas se transformando em ofegantes frases em francês que eu não conseguia entender.

Cara, eu estava chapado.

Lá fora Faik empoleirava-se num monociclo. Uma tuba prendia-se ao guidom no lugar de uma buzina e seu cabelo de marinheiro agora era um escalpo manchado de leopardo. Na verdade, ele devia ser um homem-leopardo, esse Faik. Vá entender os muçulmanos – eles realmente são diferentes de nós.

– Eu vi você, Nana, Sissey e a garota russa, e todos vocês estavam se tocando – ele disse.

– Ah, Deus – exclamei –, você está certo! *Estávamos* nos tocando. Orelhas e peitos. Foi tão gentil e terno. Eu gostaria que o resto dessa porra de país fosse mais assim. Essas garotas são maravilhosas. Você é maravilhoso, Faik. É sim. Um maravilhoso *leopardo*.

– Quero trezentos dólares – ele falou.

– Olhe, isso também é maravilhoso. – Saquei o dinheiro. – Outros teriam pedido quatrocentos.

– Você está bêbado? – perguntou Faik. – Você e as garotas fumaram *lanza*? Então eu quero mais cem dólares.
– Isso é mais do que justo – retruquei em inglês. – Eu posso fazer negócios com um homem-leopardo como você.
Percebi então, de um jeito meio torto, que eu estava perdendo a verticalidade.
– Você está me ouvindo? – ele disse. Olhei ao redor. Aparentemente, eu o tinha seguido pelas escadas até o pátio interno.
– Oh! – exclamei. No pátio havia uma palmeira e um plátano. Qual dessas árvores venceria uma corrida? Senti vontade de ser um ambientalista. – Ei, Faik – gritei, mas ele já pedalava rapidamente para longe no seu monociclo. – Onde estão as garotas? Quero voltar para as garotas. Onde é que você está indo, seu leopardo? Leve-me junto!
– Nossa – falei comigo mesmo. – O dia hoje está meio Sergeant Pepper's. – Assoviei alguns compassos de "Lovely Rita". Talvez eu já estivesse de volta aos Estados Unidos, mas desta vez munido de um visto de jornalista. Agora eu só precisava escrever tudo e entregar a matéria antes do fim do prazo. – Onde é que estão os adultos, afinal? – perguntei à palmeira. – Você pode conversar comigo. Não usarei seu nome verdadeiro.
A palmeira não dizia nada. Provavelmente protegia o plátano.
– Eu quero as garotas – eu disse e, com o sexo na cabeça, comecei a bater nas portas de madeira maciça ao redor do pátio. Ninguém atendeu. Entrei em um dos quartos e vi uma mulher moribunda de meia-idade esparramada num edredom dourado. Era a minha mãe. – Oh, pobre garota. Pobre garota. – Eu não podia acreditar que chamava a minha mãe de garota, mas lá estava a sensação de que ela era mais nova do que eu e precisava da minha ajuda. Afaguei seu rosto tentando identificar as feições da família, mas a sua cabeça estava coberta por uma enorme meia, com duas tiras azuis em cima de onde deveria estar a boca. – Bom. Você achou as meias americanas. A busca acabou. – Minha mãe pousou seus dedos frios e brancos entre as dobras do meu pescoço e emitiu um som inquiridor através da meia. – Os últimos dezoito anos? Aconteceram muitas coisas. Primeiro, o comunismo acabou. E papai ficou rico. Nós fomos aos Alpes. Infelizmente, fui circuncidado. Depois eles enterraram papai. Uma judia bonita levou gardênias. Então, terminei aqui. – A mão de alabastro tocou a minha boca e circulou a ponta do meu nariz solitá-

rio. Uma lufada de ar emergiu da meia no pescoço da minha mãe formando uma série de letras cirílicas invertidas, como fazem os americanos quando tentam aprender russo. – O quê? Claro, tenho uma garota, mas ela não é nada parecida com você, mamãe. Quer dizer, é como você sempre disse: a gente colhe o que planta.

Minha mãe riu, concordando. Tentei embalar sua cabeça em minhas mãos e lembrei da época em que eu tinha cinco anos e costumava trançar seus cabelos enquanto ela cochilava, tentando deixá-la parecida com uma garotinha que eu pudesse abraçar e beijar impunemente. Notei que os odores de mamãe tinham mudado, havia um aroma mais luxuriante e mais sujo nela: o cheiro de cozinha suja. E não era uma meia em sua cabeça, era mais uma pele de cebola sob a qual uma face alienígena ria e se contorcia. Ela começou a falar num linguajar vulgar do Sul. Um tênue fio de ódio atravessou meu coração. *Por que você não me protegeu dele? A frigideira!* Nada fazia sentido. *Por que você me deu tanta comida?* Tigelas de leite condensado no café-da-manhã, banha de porco com pão preto à meia-noite, vitela fria e saladas de maionese nas tardes quentes, bolos de papoula coroados de creme, rodelas de salsicha defumada e fatias de queijo em cima de nacos de manteiga tão grossos quanto os meus polegares. *Por que você me deixou ficar tão gordo, mamãe? Para que ele deixasse de me amar? Eu fiquei completamente sozinho depois que você morreu.*

Entristecido, deixei o misterioso Quarto Materno. O sol me queimava como uma formiga sob uma lente de aumento. Cansado de me esgueirar pela propriedade, eu deixei que a casa andasse – ela girou em torno de mim, dezenas de aposentos vazios e iluminados pelo sol passaram vertiginosamente até que fiquei de frente ao portão principal e o abri com duas mãos desencarnadas. Eu estava livre!

Caminhei pela rua. Tafa e Rafa, os dois garotos imbecis a meu serviço, estavam sentados no meu furgão Volvo sugando o precioso ar-condicionado. Bati numa das janelas.

– *Vy* ou *ty*? – gritei para os garotos. – Tratamento polido ou familiar? Ach, eu devia quebrar a cabeça de vocês uma na outra. – Para a minha surpresa, os meus ajudantes tinham cocos marrons peludos nos ombros. – Eu devia comprar um Hovercraft – comentei em alto e bom som. – Tecnologia nova. Vou investir nisso.

A estrada seguia por uma trilha cheia de curvas até o mar, passando pelas belas casas dos sevos com suas varandas trabalhadas e jardins de grama alta onde farfalhavam arbustos de uva-espim e copos-de-leite. Vi uma roseira quebrada que despontava de uma cerca e logo me vi livre de minhas preocupações mais fundamentais.
– É como estar de volta a Ialta – gritei. – Com minha *mamochka*!
– Os ventos daquela cidade de veraneio, com suas sonoridades tchekhovianas, batiam na minha bunda. Saltitei e corri estrada afora (não era possível, mas assim pareceu na hora) até chegar numa espécie de fronteira. Homens armados vestidos com grossos suéteres estampados onde se lia a palavra DYNCORP bloqueavam o caminho. Imaginei como seria tentar tomar os rifles de suas mãos, centenas de balas me atingiriam, *ai, ai, ai,* por cem vezes. – O que cês tão fazendo? – perguntei a eles.
– Protegendo a vizinhança – responderam com um sotaque sul-africano. – Dos saqueadores. Você mora aqui?
– Sou o namorado de Nana Nanabragovna.
– É mesmo? Como você se chama?
– Tio Gordo. Snack Daddy. Misha Vainberg. Podem me chamar do que quiserem, mas, por favor, me deixem passar.
– Tenha cuidado lá, senhor. As pessoas estão loucas.
– Vocês se merecem. – Segui por uma galeria de calor e som. Depois de alguns metros solitários, juntei-me a uma multidão de cerca de um milhão de pessoas espremidas no cinturão do pó do assentamento sevo. Mãos me invadiram; mãos pequenas, mãos grandes, mãos molhadas de água do mar, mãos ressecadas pelo sol. Todos procuravam a minha carteira, mas encontravam as minhas bolas. – Elas são quase iguais – eu disse aos meus amigáveis assaltantes. – Continuem procurando. Ooh, vocês são tão cordiais. Não, não, não. Não gosto de cócegas.
A multidão foi me empurrando com apertões e cutucadas. *Devia ser assim que Jesus se sentia em um bom dia.* Fui arrastado até os arcos em forma de tentáculo do Vaticano Sevo, próximo à melancólica vegetação da zona portuária. Acima de nós ouvia-se um alvoroço. Um som de gemidos profundos. E em seguida alguns *pop-pop-pops*. Disparos de pequenas armas. Olhei em torno, esperando avistar os mísseis GRAD, meus favoritos. Nada. Os adolescentes do Exército da Verdadeira Cruz subiam uma colina com morteiros e mísseis. *Boa sorte, rapazes!* Bati em alguma coisa dura e pétrea. Uma velha

estava deitada numa enorme concha de mármore, parte de alguma fonte *art nouveau* destruída. A família inteira chorava em cima dela, as crianças aos seus pés, os adultos em sua cabeça.

– Ela está morta? – perguntei.

– Jamais esqueceremos dela – prantearam os parentes.

– Não tenha tanta certeza – eu disse, tentando ser solidário. – O que hoje parece uma perda terrível, amanhã poderá ser apenas uma lembrança desagradável. Ela estava velha. Difícil de carregar. Aproveitem a oportunidade e se mudem para a América. – Mas, depois que acabei de falar, os soluços aumentaram ainda mais. Um punho brandiu no ar, seguido por algumas ofensas glandulares. Afastei-me, balançando a cabeça. As pessoas estavam loucas mesmo. Agora só restavam emoções selvagens. Mal podiam esperar para começar a prantear mais alguém. Elas só conheciam isso. Morte vinda de cima, morte vinda de dentro. Tiranos e ataques cardíacos. As três palavras mais populares da língua russa: *Stalin, Gitler, Infarkt*.

Que merda é essa? Agora todos gritavam comigo. Virei-me para um lado e para outro, na direção do mar, para longe do mar, e por todos os lados apareciam dentes de ouro brilhantes e amídalas infeccionadas ganindo de ódio e terror.

– Não fiz nada – eu disse, olhando para o chão. – Apenas me deixem em paz – acrescentei a todos. Mas os gritos tornaram-se ainda mais altos. E depois os gemidos profundos silenciaram e ouvi um som metálico retumbamte que ressoava de um megafone barato. *Pop*, alguém disse. *Pop-pop-pop. Shhhheeeeouuuuuuu!*

Olhei para cima. As pessoas tinham abaixado os punhos e encolhiam-se amedrontadas no chão. E então entendi. Elas não estavam furiosas comigo. O problema não era eu. Olhei nos olhos de todos. Aqueles olhos pareciam olhar Deus. Eu os segui até o assentamento svanï. Nada. E depois até o território internacional. Ainda nada. Não, espere. Alguma coisa. Alguma coisa incomum acontecia no território internacional. Alguma coisa errada, mas ainda assim bela.

Os arranha-céus dançavam.

Não uns com os outros, mas uns com os outros na mente, como pobres se encoxando em uma pista de dança equatorial. O Hyatt dançava. O Radisson dançava. Assim como o Bechtel. O BP praticamente fazia papel de bobo. Somente o ExxonMobil continuava à parte, sacudindo ligeiramente a cabeça e batendo os pés, mal conseguindo acompanhar o ritmo.

E o Hyatt então decidiu se soltar. Ela – pois havia uma certa feminilidade nele – baixou os olhos de avelã, ignorou o fio de espaguete que caíra promiscuamente do seu belo ombro e, com um movimento tão deslumbrante que fez o sol arrebatado transformar cada fibra cintilante do seu coração partido em arco-íris, pulou no mar.

38

Minha mãe será sua mãe

Alguém me acariciava e não gostei nada disso. Virei para o lado e uma matéria úmida e pegajosa se mexia debaixo de mim. Uma asquerosa boca masculina cheia de dentes podres resfolegava no meu nariz.
– Minha mão! – disse a boca. Abri os olhos e me deparei com um homem que só posso descrever como contaminado. E ele sentia dor.
– Desculpe, amigo – falei. Afastei aquela mão e ele apertou-a enquanto chorava e tentava desdobrar os dedos, os quais no meu estado atordoado pareceram tão verdes e torcidos quanto as pernas de um gafanhoto. – Uuufa. – Eu esfreguei os olhos com minhas mãos intactas, pálidas e fofas. Ainda estava no assentamento sevo? Que diabos acontecera? A *lanza,* para começar. E também... Algumas lembranças estranhas estalavam, enchendo a minha cabeça de rastros de vapor. Mas todos os rastros davam no mesmo lugar: nos tentáculos do Vaticano Sevo que se desenrolavam como para me abraçar, uma massa alaranjada de estuque ondulando na direção do meu rosto feliz e chapado. Levei a mão ao nariz e senti uma obscura e profunda dor nasal. Parte dele estava inchado, mas também havia um novo vazio por baixo, uma concavidade que fazia com que de certa forma eu me sentisse como um gentio. Deixei de mexer no nariz e olhei para a cidade à minha volta.

A cidade estava acabada.

Os arranha-céus do território internacional ainda se mantinham de pé, mas todos os vidros das fachadas tinham sido arrancados, restando apenas os esqueletos de vigas. Nessa nova configuração, os prédios se assemelhavam a showrooms de móveis ocidentais descartáveis. O Hyatt não era mais o destino mágico das prostitutas mais caras da cidade e sim um tabuleiro de xadrez com quinhentas casas, todas marcadas com camas de casal idênticas, armários de madeira e mesas de mármore. Por outro lado, os prédios comerciais formavam uma complexa geometria de estações de trabalho emaranhadas e de módulos arrebentados, uma estonteante ruína de colarinho-branco que lembrava os fluxogramas mais complexos do mundo. Mas por baixo dessa sofisticação jazia um fato simples e claro: o Ocidente, quando desnudado, não passa em essência de uma série de componentes de plástico baratos, cadeiras de rodinhas e cartazes motivacionais pobremente emoldurados. As torres que se elevavam acima da cidade como uma marca-d'água da civilização euro-americana eram antros de trabalho e nada mais. Da mesma forma que tinham sido dispostas juntas, podiam ser separadas. Nesse meio-tempo equipes de alpinistas urbanos locais escalavam as fachadas tosquiadas dos prédios e rebocavam televisores de tela plana e brilhantes acessórios de banheiro do Hyatt com um engenhoso sistema de roldanas que haviam preparado em questão de horas.

Embaixo do território internacional, o território svanï suportava o impacto dos entulhos que desabavam, o teatro de ópera em estilo mouro estava coberto de cacos de vidro verde e azul-escuro e uma infinidade de cartuchos explosivos. Seis igrejas svanïs incendiadas ardiam tranqüilamente ao longo do assentamento como carvão fumegante de uma indústria ainda por ser descoberta. A cúpula do Vaticano Sevo no assentamento sevo lembrava um ovo quebrado ao meio pela maior colher do mundo. As colunas-tentáculos tinham desmoronado por inteiro; a partir deste dia o formato de tentáculos da igreja só existiria nas páginas dos guias da era soviética e no avesso da nota de cem absurdes (US$.001).

Levantei e saí andando na direção da orla, pensando de forma inverossímil em lavar o sangue do meu rosto nos redemoinhos oleosos do Cáspio. Segui em frente com cautela, pois havia gente por todo lado com todo tipo de ferimento e sofrimento. Embora eu ainda não soubesse, o Hyatt e os prédios comerciais tinham sido totalmente evacuados antes da investida vespertina de granadas e bombas que lhes atingiu. A maioria das vítimas era de refugiados de Gorbigrado e do campo que tentavam abrigar-se nos assentametos abaixo. Eu evitava o olhar dos cidadãos que continuavam a se encolher, por instinto, no chão. A cena em torno de mim assumira uma proporção absolutamente abjeta, havia os que sangravam em silêncio até a morte e os que cambaleavam em busca de água e de algum traço de autoridade.

Vaguei pelas docas, o sol ora se escondia, ora brilhava por sobre os campos petrolíferos, era impossível saber qual. Uma mulher de uns quarenta anos de idade aproximou-se de mim. Tinha dentes de ouro e um acentuado sotaque russo.

– Como escaparemos desse círculo? – perguntou a mulher com um tom suave e ponderado, como os grandes seios que ela mantinha orgulhosamente suspensos. – Desse nosso carma?

– Boa pergunta – retruquei enquanto olhava os destroços do território internacional lá no alto. Eu não queria dizer que nunca acreditei realmente em carma e que considerava os acontecimentos simplesmente o resultado de ações distintas tomadas pelos próprios indivíduos, pelas entidades corporativas e pelos Estados-nações. Como é que se poderia dizer isso a uma pessoa comum sem parecer metido a sabichão?

A mulher acompanhou o meu olhar até os restos do Edifício Daewoo, destruído.

– Ah, eles – ela disse. – A verdade é que não me importo com o que acontece com os estrangeiros. A nossa vida será um inferno com eles ou sem eles. Quer ouvir a minha história?

– Humm – murmurei. O efeito da *lanza* estava passando e eu queria voltar aos eixos.

– Não se preocupe, é uma história curta. Dá pra ver que você é um homem importante e que é aguardado por toda a cidade. Resumindo, eu ganhava trinta dólares por mês trabalhando na ferrovia. Até que os trens pararam de funcionar. Aí o meu filho foi convocado pelo exército sevo antes de fazer as provas do *magistério*. E nossa etnia é russa. O que nos importa quem ganha, se sevos ou svanïs? E aí o meu marido me deixou. Se você conhecer um bom homem, por favor me diga.

Ela vistoriou minha figura bem alimentada de cima a baixo e ajeitou o seu esparso cabelo vermelho de forma bem sedutora. Será que me considerava um bom homem? Diante das circunstâncias, talvez eu fosse. Como uma cortesia de praxe, tentei imaginá-la com a saia levantada até a cintura enquanto eu metia nela por trás, mas não consegui visualizar. De todo modo, onde é que estava a minha Nana? Na segurança de sua casa, deduzi. Cercada de homens armados.

Uma garotinha veio correndo em nossa direção e agarrou a perna da mulher. Estava naquela idade em que toda criança parece radiante e confiante, o rosto bronzeado do verão e um coque de cabelo de palha preso pelo gorro, e ainda assim o sorriso dela tinha alguma coisa tímida e estranha. Notei que seus pés estavam sujos e descalços.

– Onde estão suas sandálias, querida? – perguntei. – Tem vidro quebrado por todo lado.

A mulher sussurrou no ouvido da menina:

– Tenha modos – ela disse. – Converse com inteligência com esse bom homem. Não seja estúpida. Não fique inventando coisas.

A menina me deu as costas e balançou a cabeça. Enterrou o rosto no cotovelo e fez uns ruídos indecentes.

– Que bonitinha – eu disse. – O que houve? Não quer falar com o Tio Gordo? Ora, não tenha medo. A guerra vai acabar logo e aí vamos pra casa e brincaremos com nossos gatinhos.

A mulher deu um empurrão na criança com o joelho.

– Iulia, fale com esse homem gentil! – ela ordenou. – As crianças são complicadas – acrescentou –, mas pelo menos você pode ensinar coisas para elas. É a minha caçula. Tem cinco anos. Ela é um pouco lerda. Mas os meus dois meninos são um verdadeiro tesouro. Um deles ganhou uma medalha de bronze na escola, e o outro é esperto como um oligarca.

– Eu conheço um conto de fadas – disse a menina com sua voz melosa de criança. – É sobre um peixe que é fisgado no mar e aí o pescador arranca os olhos do peixinho pra ele não nadar de novo, e depois abre o estômago dele pra tirar o caviar...

A mãe se abaixou e deu um tapa no pescoço macio da menina.

– Que história boba – disse a mãe. A menina não chorou. Apenas tocou o pescoço e murmurou:

– Não doeu.

– Escute – continuou a mãe. – Você é um bom homem. Bom demais pra ficar conversando com a gente ou pra ouvir essa menina boba contando essas histórias feias. Os meus meninos estão passando fome. Se você me der cinqüenta dólares, podemos ir lá pra baixo das docas, nós três. Conheço um lugarzinho onde ninguém pode nos ver. Você poderá fazer o que quiser.

– O quê? – eu disse.

Meu corpo flutuou como um balão, como um valão ou seja lá o que for. Já tinha ido embora daquele lugar; eu me encontrava com Nana lá em Nova York, no banco de um parque. O sol se punha. Mais um dia útil estava no fim. Eu sentia um cheiro de salsichas e dos sem-teto. Sentia o meu próprio cheiro na mão suave e morena de Nana.

– O quê? – perguntou a mulher, como se zombasse de mim.
– O que você está dizendo? – falei.
– Só estou dizendo que se você quiser – ela repetiu com tranqüilidade –, se tiver o dinheiro, podemos ir com você lá pra baixo das docas. Todos nós, ou então você e Iulia. Isso vai custar cinqüenta dólares e não faremos perguntas.

Parti pra cima dela. Embora não tivesse um plano de ataque, meu punho acertou a boca da mulher quase na mesma hora e quase arrancou aqueles odiosos incisivos de ouro. Sem resultado. Ela me mordeu, mas não tirou sangue. Nenhum de nós gritou. Eu cuspi a palavra "piranha", mas só pude ouvir sua falsidade aguda. Tremendo, ergui a outra mão no ar como se eu fosse um bom aluno tentando atrair a atenção do professor. Fechei o outro punho e golpeei a cabeça da mulher, usando toda a força de que dispunha. Ela perdeu o equilíbrio. Ficou estendida lá naquele concreto rachado e cheio de vidro com tremores febris, tentando pronunciar uma única palavra, que talvez tenha sido "polícia".

Como se tivesse sobrado alguma polícia.

Meu tornozelo latejava. Iulia, a menininha, me mordia e cravava as unhas em minha carne. A princípio, não a repeli. Mantive-me firme, deixando a dor acumular, eu queria que isso me levasse à ação, me trouxesse outra vez a determinação. Mas a menininha não podia fazer isso. Não tinha a força nem os dentes afiados capazes de provocar uma mudança em mim, de me fazer enxergar de forma diferente. Virei e comecei a me afastar, e a cada passo sofrido que dava, arrastando-a em silêncio por cima do concreto e do vidro estilhaçado, ela afrouxava o apertão em mim.

– Papai – eu a ouvi chorando depois que ela largou meu tornozelo. Não olhei para trás.

Eu queria voltar para minha cama no Hyatt. Queria tomar um demorado banho na banheira romana. Queria o meu travesseiro antialérgico e um bilhete preocupado de Larry Zartarian ao lado de minha cama. Quanto mais eu me afastava do píer, mais odiava aquela menininha. Uma parte minha – uma parte odiosa, para ser sincero – gostaria que eu tivesse batido nela e não na mãe. Gostaria que a tivesse matado. Um tijolo naquele sorriso tímido, em todos os nossos sorrisos tímidos. *Que todos nós morramos,* pensei. *Que esse pla-*

neta fique livre de nós. E que a terra que venha a ressurgir cem anos depois faça brotar belos dentes-de-leão, delicados hamsters e hotéis cinco estrelas. Nada de bom jamais sairá da raça humana. Nada de bom jamais sairá deste solo.

Eu caminhava, ou assim parecia, na direção do território internacional, na direção da Perfumaria 718 e na direção do Hyatt – mas essas três coisas só existiam no sentido bem abstrato. Eu caminhava na direção de um Hyatt idealizado. Na direção da lembrança do que fora a Perfumaria 718. Na direção de um tênue renascimento do território internacional incendiado. Na realidade, o que eu fazia era me afastar da menina cujos gritos de papai seguiam-me pela estrada manchada de sangue alheio.

– Amigo – chamou-me uma voz. – Amigo, aonde você está indo? – Um velho ágil, um palhaço afável, seguia perto de mim, seus pés mal acompanhavam meus longos e desesperados passos.

– Ao Hyatt – respondi.

– Já era – disse o velho. – Os svanïs o bombardearam. Diga, amigo, qual a sua etnia?

Respondi. E com o rabo do olho notei que o velho fazia o sinal-da-cruz.

– Algumas das melhores pessoas do mundo são judias – ele disse. – Minha mãe será sua mãe e sempre haverá água no meu poço para você beber.

Continuei olhando para a frente, caminhava apressado e tentava recapturar minha solidão. Todo mundo falava demais naquele lugar. Não se conseguia ficar em paz. E se eu não quisesse a mãe do homem? Que tipo de imposição estúpida era essa permuta ritualizada de mães?

Caminhamos durante algum tempo sem pronunciar uma única palavra. E depois o homem deu alguns passos decididos, que na realidade eram o prelúdio de uma pausa. Sem saber por quê, unicamente pelo poder da sugestão, eu também parei. Olhei o rosto dele. Não se tratava de um velho. As profundas rugas em forma de zíper que formavam um estranho paralelogramo em seu rosto eram os cortes de uma faca brandida com impunidade. Seu nariz levara tantos golpes que terminou arrebitado como o nariz de uma debutante da Nova Inglaterra. E seus olhos – os olhos não estavam presentes, em seu lugar apareciam pequenos cilindros negros que só conseguiam enxergar o alvo à frente, as pupilas só refletiam uma idéia assustadora presa num único cone de luz.

– Deixe-me apertar sua mão – disse o homem enquanto pegava o meu braço frouxo e o apertava. – Não, assim não. Do jeito que os irmãos de verdade se cumprimentam.

Fiz o que pude, mas eu estava sem ar. Os dedos dele eram cobertos de tatuagens de números, testemunho de uma vida passada em prisões soviéticas.

– Sim, estive na cadeia – ele percebeu o meu olhar –, mas não por roubo ou assassinato. Sou um homem honesto. Não acredita em mim?

– Acredito em você – sussurrei.

– Qualquer inimigo seu em Svanï também é meu inimigo – ele disse. – O que lhe falei a respeito da minha mãe?

– Que ela também será minha mãe – balbuciei. Eu sentia uma dor sangrenta e gorda na minha mão direita e o mundo inclinava-se para a esquerda como que para compensar. Caso viesse a morrer, eu gostaria que Rouenna estivesse perto de mim.

– Minha mãe... não, *nossa* mãe está no hospital – ele começou a falar.

– O que você quer? – sussurrei.

– Apenas me escute – ele rebateu. – Eu podia ter sido ruim com você. Podia ter chamado os meus amigos que estão esperando na esquina com seus *kinjals*. Como esse aqui. – Virou o peito para deixar à mostra um lampejo da adaga caucasiana que brilhava sombriamente em sua bainha de couro murcha. – Mas não fiz isso.

– Sou o ministro sevo de Assuntos Multiculturais – solucei e senti o peso da humilhação assentando-se em meus ombros, cobrindo-me como nunca fizera até então. – Eu tenho um projeto social infantil chamado Crianças de Misha. Poderia largar a minha mão, por favor?

– Nossa mãe está no hospital – repetiu o homem, apertando a minha mão grande e fofa enquanto a minha visão turvava com uma tonalidade nova de roxo. – Você será tão desalmado a ponto de não querer ajudá-la? Será que vou ter que puxar realmente o meu *kinjal* e abrir a sua barriga?

– Santo Deus, não! – exclamei. – Aqui! Aqui! Pegue o meu dinheiro! Pegue tudo o que precisar!

Assim que ele largou a minha mão para que eu pudesse pegar a carteira, o meu medo se foi e fez crescer a minha humilhação. Não era o dinheiro. Não era o dinheiro, não, de jeito nenhum.

Mas depois de trinta anos com a minha cabeça no cadafalso, depois de trinta anos reverenciando o algoz, depois de trinta anos vestindo o sufocante capuz preto dele, uma coisa era certa: eu não temia mais o machado.

– Foda-se a sua mãe! – eu disse. – Tomara que ela morra.

E depois saí correndo.

Corri tão rápido que as pessoas ou o que restara delas tombavam silenciosamente no chão durante a minha passagem, como se eu fosse esperado ao longo do caminho, como tiros de morteiros. Eu trombava com carros e mulas em chamas e sentia a fumaça se dissipando à minha volta, criando condições para a minha salvação. Mais que qualquer outra coisa, eu queria ser salvo. Para viver e também vingar a minha vida. Perder peso e nascer de novo.

Corri e corri, meu coração e meus pulmões mal conseguindo acompanhar a ridícula imposição de todo aquele movimento. Passei disparado por um tanque T-72 capotado e apoiado em seu próprio canhão e por uma escola de xadrez incendiada que exibia um mosaico de crianças de bochechas coradas brincando ao redor de um mestre veterano. A certa altura olhei para trás, a fim de ver se o homem da adaga ainda estava em meu encalço (não estava), e tropecei em alguma coisa, uma massa retorcida que parecia uma pata carbonizada projetada de um corpo, uma poça de sangue escorria em uma direção como uma seta mal desenhada.

– Pobre filhote – sussurrei, dando-me ao luxo de dar uma olhada mais atenta no animal.

Na mesma hora vomitei em cima da terra vermelha e do concreto quebrado.

Não era um filhote.

Afastei-me do corpinho. E depois notei o conhecido edifício socialista por trás daquilo que me fizera tropeçar.

Caminhei rumo ao bolorento templo do Hotel Intourist local, uma das monstruosidades de concreto nas quais os estrangeiros eram despojados de sua sólida moeda durante a era soviética. Uma pintura empoeirada exibia Lenin desembarcando satisfeito na Estação Finlândia, embaixo de um cartaz legendado em inglês: NÃO ACEITAMOS CARTÕES DE CRÉDITO. NÃO ACEITAMOS PROSTITUTAS DE FORA, SOMENTE AS PROSTITUTAS DO HOTEL. SEM EXCEÇÃO.

Na mesa da recepção uma *babushka* chorava em sua echarpe, alguma coisa a ver com seu pobre Grisha morto.

– Eu quero um quarto – falei.

A mulher limpou os olhos.

– Duzentos dólares pela suíte presidencial – ela disse. – E terá uma prostituta esperando pelo senhor.

– Não quero prostituta nenhuma – resmunguei. – Só quero ficar sozinho.

– Então são trezentos dólares.

– É mais caro *sem* a prostituta?

– Claro – disse a velha. – Terei que achar um lugar para ela dormir.

39

Vivendo na merda

Nas duas semanas seguintes gastei 42.500 dólares no Hotel Intourist. A cada dia o preço da minha suíte presidencial aumentava 50% (só na última noite foram 14 mil dólares a mais), sem mencionar os dois refugiados adicionais que enfiaram no meu quarto úmido e apertado. O que se podia fazer? Fora do hotel a situação – como ainda chamavam – ficava a cada hora mais absurda; à noite eu roncava no ritmo dos tiros e disparos de morteiros, e o dia era dividido em horas com tiroteio e horas sem tiroteio, as últimas coincidiam com o jantar e o almoço. O Hotel Intourist continuava ileso (e insanamente caro) porque quase todos os atiradores tinham algum parente escondido no interior de suas grossas paredes de concreto.

Os primeiros a aparecer foram Larry Zartarian e sua mãe. A velha encarregada do nosso andar – meias pretas levantadas até a panturrilha acompanhadas de um buquê de varizes – instalara mãe e filho na sala de estar. Logo que chegou o inimigo histórico dos Zartarian, um executivo do petróleo perdido e com muito dinheiro, eles foram colocados debaixo da minha cama. À noite ouvia-se a mãe de Larry amaldiçoando a própria prole em um idioma complexo enquanto ele se embalava com lamentos para dormir, seu cabeção emitindo ondas de choque através das molas do colchão.

A segunda cama do quarto, com um travesseiro úmido e mofado e um lençol feito de papelão amassado, era de Timofey, mas ele logo se viu forçado a dividi-la com o diplomata belga que expediu o meu passaporte europeu, monsieur Lefèvre, e Misha, o seu amante do McDonald's. Os dois tentaram fazer sexo ao lado de Timofey, mas o meu criado moralista socou a cara de ambos e eles sangraram em silêncio na colcha. Ao ver o meu corpo esparramado na diminuta cama soviética, cada perna e cada braço pendurados como um pernil em um bar castelhano, Lefèvre se pôs a rir com todas as fibras de sua cara vermelha. Mas a piada voltou-se contra ele alguns dias depois, quando se suicidou no banheiro.

Enquanto isso, absurdistaneses bem relacionados e desprovidos de um abrigo seguro na capital instalavam-se na sala de estar e também ameaçavam invadir os nossos aposentos particulares. Ricos e sem cultura, vestidos como flamingos em desfile, eles me lembravam aqueles primeiros absurdistaneses que eu tinha visto se trombando no avião da Austrian Airlines, o que parecia ter ocorrido um século antes. Junto a eles inúmeras crianças de lábios roxos e agasalhadas batiam os dentes dia e noite, mas permaneciam estranhamente quietas e hipnotizadas pelos mísseis RPGs que esburacavam os prédios vizinhos com um rugido de trovão perfeitamente audível. Três vezes ao dia a prostituta feiosa do hotel – vestida de maneira tão picante quanto as outras hóspedes de nossa suíte – fazia suas investidas. Em respeito às crianças prendeu-se uma toalha entre duas áreas envidraçadas (cada qual com uma bacia prateada corroída exibindo o símbolo das Olimpíadas de Moscou de 1980), e nessa privacidade fabricada os interessados podiam se divertir com a prostituta. Mas os ruídos do sexo não eram nada fáceis aos ouvidos, como se os envolvidos estivessem fazendo um bebê de barro.

– Era dessa maneira que vivíamos em nosso apartamento comunitário quando Brejnev ainda estava no poder – Timofey observou com nostalgia.

A prostituta ia e vinha, mas eu não estava excitado. Nem com fome. Nem nada. Desde o primeiro dia – quando a torneira quente, em vez de água, expeliu em minha mão um jato de filhotes de barata assustados – eu me vi completamente alheio à minha própria existência. Tudo acontecia com os outros: com Timofey, com a prostituta, com Larry Zartarian e seu ego fodido e a bruxa da sua mãe.

– Os outros sofrem, mas será que Vainberg também sofre? – perguntei a Malik, a misteriosa aranha verde que vivia no canto do meu quarto e cujas oito patas lustrosas aterrorizavam a sra. Zartarian noite adentro. O aracnídeo tinha pouco a dizer.

Apesar do total colapso de tudo, ainda se tinha comida o bastante em Svanï para sobreviver. Um tímido rapazinho muçulmano apareceu com sementes de gergelim e pedaços de pão preto e nos ameaçou com uma faca, caso não pagássemos. Toda manhã Timofey se arrastava para fora do quarto, corria em meio ao tiroteio e voltava com ovos amarelos que tinham acabado de ser postos por alguma galinha contrabandeada e sorvetes russos cremosos com o logotipo da Noites Brancas, o que me deixava melancolicamente saudoso da minha São Petersburgo de cores pastéis, a cidade de onde fugira dois meses antes esperando jamais voltar.

Mas eu não conseguia comer. Se o fizesse, acabaria recorrendo ao banheiro, onde o mato crescia da rachadura no piso e a privada era o lar de bactérias valentes tentando sobreviver ao ataque de baratas famintas e ao golpe diário de centenas de bundas absurdistanesas. Como as bactérias do banheiro, eu também tinha os meus inimigos naturais. Tafa e Rafa, meus ex-motoristas do Volvo, me descobriram no Intourist e, num certo domingo em que todos os meus colegas de quarto tinham saído em busca de comida, acordaram-me com uma saraivada de pontapés na barriga e no rosto.

– *Vy* ou *ty*? – gritavam os adolescentes. – Tratamento polido ou familiar? Quem é sem educação agora, seu vagabundo?

Grunhi, mais porque estava sendo arrancado de um sono raro do que por alguma dor de fato. Minha barriga se contraiu, mas eu ainda era capaz de agüentar o ataque de dois pés escuros magricelas com sandálias baratas.

– Polido – eu disse em voz baixa. – Vocês sempre devem usar a forma polida para se dirigir aos seus superiores.

Como era de esperar, o chute seguinte atingiu em cheio a minha boca, que rapidamente se encheu do gosto de metal e de nutrientes.

– Baargh – cuspi. – Na boca não! Seus cretinos.

Eu teria acabado mal se Timofey não tivesse aparecido com uma impressora a jato de tinta Daewoo que roubara de algum lugar. Centímetro por centímetro o aparelho encaixava-se perfeitamente na cabeça de Tafa (ou de Rafa), que rachou (digo de maneira informal) debaixo dele. Depois que um dos comparsas fugiu, Timofey se abaixou para cuidar da minha pobre boca.

Enquanto meu criado me ajudava, eu acariciava a cabeça calva dele, a coisa mais gentil que até então fizera por ele.

– Você ainda gosta de mim, não é? – eu disse para Timofey através da fileira ligeiramente remodelada dos meus dentes da frente.

– Quando o meu patrão está caído, amo-o ainda mais – ele disse, afagando-me e fazendo curativos.

– Que boa alma russa você tem – falei. Pensei em Faik, o criado muçulmano dos Nanabragov. – Esses caras do Sul não valem nada – acrescentei. – Você é um bom homem, né, Tima?

– Tento viver como manda a Bíblia – respondeu o meu criado. – De qualquer outra maneira, não sei.

– Interessante – eu disse, me dando conta de que não sabia quase nada do meu criado, mesmo ele tendo me vestido e alimentado todos os dias durante dois anos. (Ele foi um presente de boas-vindas do Amado Papai.) O que estava errado comigo? De repente me vi tomado por uma onda de amor universal pelos homens. – Por que não me conta tudo a respeito de sua vida desde o início? – acrescentei. – Desde a época em que era só um garotinho.
Timofey ruborizou.
– Na verdade, não há nada para contar – ele disse. Sua jaqueta de poliéster polonesa estava sem metade da lapela e com manchas de sopa de tomate. Resolvi que na primeira oportunidade compraria um terno brilhante para ele.
– Oh, por favor – insisti. – Estou curioso.
– O que há para dizer? – ele começou a falar. – Nasci em 1943, na província de Briansk, em Zakabiakino. Meu pai, Matvei Petrovitch, morreu num tanque de guerra no mesmo ano, na luta contra os fascistas, em Kursk. Minha mãe, Aleluia Sergeievna, contraiu tuberculose em 1945 e logo veio a falecer. Eu me mudei para a casa de minha tia Ania. Ela era boa comigo, mas morreu em 1949 de um herpes-zóster incurável, e meu tio Serioja me surrou até 1954. Depois, ele morreu de tanto beber e me mandaram para um orfanato no centro de Briansk. Lá também batiam em mim. Em 1960 eu cometi o terrível pecado de matar um homem com minhas próprias mãos depois de ter bebido. Fui mandado para um campo de trabalhos forçados nas ilhas Solovki, onde fiquei de 1960 até 1972. Um guarda de lá foi bom pra mim e me arrumou um emprego na cafeteria do comitê central do Partido Comunista de uma cidade em Karelia. Minha vida foi boa até 1991. Tive o meu filho, Slava, e jogávamos futebol e *gorodki*. Continuei a beber e acabei sendo hospitalizado. Perdi o emprego depois do fim do comunismo, mas encontrei Deus. Parei de beber. Em 1992 a cafeteria virou uma academia de ginástica, mas eu tinha a chave de lá e dormia no porão. Seu pai me encontrou em 1997. Ele me disse que se sentia feliz por ver um rosto russo sóbrio. Em 1998 ele me levou para casa dele. E essa é a minha história.
Timofey estava visivelmente cansado após a longa narrativa de sua vida. Eu também me sentia tonto pela dor na boca e pelas pontadas agudas de um amor inacreditável. Ele baixou a cabeça no travesseiro enquanto eu repousei a minha na dura e fedorenta meia lapela de sua jaqueta polonesa, e assim nós adormecemos.

40

Falando com Israel

Setembro chegou e com ele a minha Nana pedindo desculpas.
– Por onde você andou? – ralhei com ela. – Morri de preocupação.
De acordo com Nana, a mansão Nanabragov estava abarrotada de parentes e companheiros de clã vindos do campo e não tinha mais quarto nem para mim nem para meu criado. O sr. Nanabragov garantiu que depois do nosso casamento eu teria autorização para morar com eles, mas enquanto isso a preferência era da verdadeira família Nanabragov.
– Oh, meu pobre Misha – ela choramingou, jogando as mãos em torno do meu pescoço. – Ai – murmurou. – Você está com cheiro de quem trabalha na fábrica de esmalte.
– Não há água quente e tem baratas dentro do chuveiro – expliquei, forçando a minha boca machucada.
– E você emagreceu tanto – ela disse, apalpando minhas novas bolsas sem gordura e os contornos recém-adquiridos das reais partes do corpo, um estômago, os compartimentos individuais dos pulmões e do coração e as costelas que se projetavam para fora. Apesar da escalada das hostilidades, Nana estava rija e brilhante como uma lontra.
– Gostou do meu novo visual esguio? – perguntei, alisando seus peitões, os dedos dos meus pés se dobrando de excitação enquanto fazia um registro mental para me masturbar tão logo ela se fosse. – Estou parecendo aquele ator famoso. Não-sei-o-quê-von.
– Para ser franca, preferia quando você era carne de primeira – disse Nana. – A gordura é o novo visual dos homens.
– Sem limites – acrescentei.
– Hã-hã. – Ela acercou-se e agarrou os meus genitais. Gritei de felicidade, mas um grunhido de velho me atingiu.

— Não podemos — falei. — O gerente do Hyatt e a mãe dele estão debaixo da minha cama.
— Oh — ela sussurrou. — Que nojento. Ouça, Misha, meu pai quer falar com você. Todo santo dia ele faz um almoço demorado no A Dama e o Vagabundo. Minha mãe diz que ele não nos ama mais.
— Sair é seguro pra ele? — perguntei. — E a guerra?
— Ele arrumou um grupo novo de seguranças. — Ela deu um peteleco nas minhas partes íntimas e girei tristemente os meus quadris na direção dela. — Mas ouça, Misha. Não importa o que ele diga, lembre-se que temos que sair deste lugar. Já estou perdendo um semestre inteiro da NYU. Como é que isso vai ficar no meu histórico? — Inclinou-se um pouco mais para que os Zartarian sonolentos não pudessem ouvir. Ela havia comido *kebabs* de carneiro no almoço, *kebabs* de carneiro com cartilagem, embebendo-os no prato de molho de iogurte aromático. — Sei como podemos sair do Absurdistão — sussurrou. — A American Express vai colocar em operação outra vez aquele elegante trem para a fronteira. Vá logo até o restaurante e converse com meu pai. Diga-lhe "adeus". Diga-lhe "estamos saindo fora daqui".

Por uma fresta no papelão que bloqueava a janela do meu quarto eu vi quando ela se agarrou ao volante do seu Navigator com bandeira da American Express (um homem bem vestido e carregando um fuzil Kalashnikov tinha arrancado o banco do carona) e saiu a toda em direção à parte do assentamento sevo que mais lembrava Santa Monica. Ela ficava muito bonita em movimento, rígida e enfeitada como uma pobre mulher do Mediterrâneo que acabara de ganhar dinheiro. Mesmo estando furioso com ela por ter sido abandonado, sempre que a via eu me apaixonava de novo. O ar em volta de mim estava leve e feminino, impregnado com as promessas de um hidratante de manga.

Sentei no sofá da sala de estar e deixei que um misterioso bebê se arrastasse para cima de minhas pernas, peidando profusamente de um lado e tossindo com desespero de outro. Antes ele do que as baratas que a noite inteira faziam do meu corpo um caravançarai. Servi-me de um copo de Hennessy contrabandeado por alguém e acendi um charuto contrabandeado. Minhas mãos tremiam e não era só pela fome.

Eu estava com um problema. Queria agir direito com Nana, mas não queria ir ao píer para ver o sr. Nanabragov. Não me entendam mal, não era pelo tiroteio e os bombardeios, e sim pela possibilidade de encontrar aquela menininha cuja mãe eu havia espancado, aquela pequena Iulia. Será que fiz bem em deixá-la com a mãe? Devia levá-la comigo? Seria melhor ficar com pais abusivos do que com pai nenhum? Só posso dizer uma coisa, há certos dias em que tudo o que quero é partir o mundo em dois.

O bebê engasgava baixinho no meu colo, começava a cheirar esquisito, e meu colo não estava ajudando em nada. Roubei um perfume de uma das mulheres absurdistanesas adormecidas e caminhei perfumado em direção ao sol.

Uma nuvem se assentara sobre a cidade. Olhando para o alto, via-se uma camada de partículas de poeira sobre as ruínas do território internacional. Essa poeira, que à primeira vista poderiam pensar que neutralizaria o sol, em vez disso retinha tanto calor que a atmosfera crepitava com combustão instantânea, manchas de óleo e as emissões dos prédios dos laboratórios químicos. O ar estava tão vivo e cheio de reações instantâneas que diante dele os sobreviventes da cidade pareciam abatidos e perdidos. Os homens mais ativos arrastavam-se pelos entulhos e me ofereciam maços de cigarro russos a dez dólares cada.

– Eu não fumo – decepcionei-os educadamente.

O resto da população estava cansado demais para atirar em mim, cansado demais para sequer reconhecer uma presença tão grande entre eles. Pela primeira vez desde a minha chegada em Svanï ninguém acompanhava a minha barriga com olhos vorazes e apreciativos, ninguém me parabenizava em voz baixa pela minha boa sorte. Caminhei tranqüilamente e logo me vi na esplanada da orla cuja parte central, gramada, era a imagem de um apelo urgente da Cruz Vermelha. Inúmeras tendas de lona azul do serviço de auxílio a refugiados das Nações Unidas alinhavam-se no solo pisoteado; a grama cinzenta e as palmeiras doentes tinham sido devoradas pelos homens e pelas mulas; os carrinhos bate-bate turcos foram estripados até o chassi, deixando exposta a sua crua essência mecânica.

Olhei ao redor com apreensão. Feliz por não ter visto Iulia e sua mãe covarde em nenhum lugar, atravessei o píer em direção à concha rosada do A Dama e o Vagabundo. O sr. Nanabragov e Parka Mook almoçavam debaixo de um cartaz desbotado do SCROD que mostrava seus rostos legendados com a frase ameaçadora: A INDEPENDÊNCIA DO POVO LOGO SERÁ ALCANÇADA! Naquela hora os dois amigos pareciam mais saciados do que suas próprias imagens sorridentes acima – o sr. Nanabragov concentrava-se em espetar um *kebab* de esturjão com um garfo e brandia uma pimenta verde com outro, enquanto o dramaturgo roçava o queixo numa compota de framboesa com seus olhos de cílios compridos quase fechados. Eles estavam rodeados de homens com camisetas pretas, bíceps riscados de veias azuis e tatuagens de prisões soviéticas nas mãos. Uma lancha com a bandeira da Rússia atracou no píer e do seu interior saíram caixas de cigarros suficientes para matar o restante da população.

O sr. Nanabragov deixou os picles de lado com uma contorção, aproximou-se e beijou-me três vezes nas bochechas. Ele exalava um novo odor náutico – ouriço-do-mar, limo do mar e água salgada – e seu narigão sulista atingiu todas as minhas partes macias.

– Querido, querido! – ele exclamou. – Você conversou com minha Nana. Não está chateado comigo por não tê-lo deixado ficar conosco? A família vem em primeiro lugar, não é? Se tivesse mais quartos na minha casa, não é? Ou se você já estivesse casado com nossa Nanachka, hein?

– Eu casaria com ela só para sair do Intourist – brinquei.

– Casaria? – disse o sr. Nanabragov, sério. – Podemos fazer uma pequena cerimônia privada. Acho que as circunstâncias políticas do momento não são as melhores. Mas como você pode ver, de certa forma já estamos nos reagrupando. – Apontou para os bandidos que mastigavam palitos em torno da figura quase em coma de Parka Mook. – Já estamos enchendo os cofres do SCROD com o bem-sucedido comércio de cigarros.

– Gostaria de comprar alguns? – perguntou-me um jovem pirata, brandindo uma caixa de alguma coisa chamada Elite da Classe Executiva que estampava um avião da Aeroflot mergulhando na direção do solo. – Oitenta dólares.

– Esse com quem você está falando é o meu futuro genro – interpôs-se o sr. Nanabragov. – Venda-lhe por quarenta.

– Eu não fumo – retruquei.

– Oh – suspiraram Nanabragov e seu novo amigo.

– Como vai indo o SCROD? – perguntei. – Algum interesse da mídia?

– Ainda está muito difícil transmitir nossa mensagem ao mundo – disse o sr. Nanabragov. – É claro, os russos estão à nossa volta.

Olhe só pra isso! – Ele pegou do colo de Parka Mook o exemplar de um popular jornal russo chamado *Argumenty i Fakty* da semana anterior. Ao lado de uma foto de Putin expressando desânimo diante do seu conselho de ministros acovardados, vi a imagem granulada de três mercenários ucranianos enforcados no terraço do Hyatt junto a Volodia, o ex-agente da KGB. Seus pescoços quebrados estavam amarrados nos restos carbonizados de quatro antenas parabólicas, os braços abertos em ângulos sutis como as asas retraídas de um avião. Era uma imagem terrível. Os pobres ucranianos pareciam ainda mais duros e ameaçadores do que quando vivos, e a foto, tirada a uma certa distância, não captava a serenidade azul e camponesa dos seus olhos.

– Jesus Cristo – eu disse, esgotando a última parcela de piedade que ainda me restava.

– Os russos estão ameaçando nos bombardear por causa disso – disse o sr. Nanabragov –, e os ucranianos também. Se pelo menos fossem os *americanos* que nos bombardeassem, aí chegaríamos realmente em algum lugar.

– E as Nações Unidas?

– Eles mandaram algumas barracas. Nada que a gente não possa roubar. Ouça, Misha, você tem que falar com Israel. Está na hora. Sabemos exatamente quem você deve procurar. Tem um agente do Mossad no Hotel Intourist. Ele está disfarçado de um executivo do petróleo chamado Jimbo Billings, um texano. Vá conversar com ele. Como seu futuro sogro, eu imploro de joelhos. – Apesar disso, ele continuava de pé.

– Eu faria qualquer coisa pelo senhor – repliquei. – Infelizmente, digitei meu projeto para o Museu da Amizade Sevo-Judaica no meu laptop. E tenho certeza de que ele foi destruído quando os svanïs bombardearam o Hyatt.

– Na verdade, o seu laptop está aqui conosco – ele disse enquanto puxava o aparelho cinzento e lustroso embaixo de sua cadeira. – Alguns dos nossos rapazes fizeram uma visitinha ao seu quarto depois do ataque. Só para pegar umas coisinhas.

– Farei o possível, sr. Nanabragov – eu disse. – Mas o senhor deve saber que Nana quer sair do país. Ela é jovem. Tem que voltar à universidade.

– Vá! Vá! – ele se contorceu. – Primeiro o SCROD, depois a nossa Nana.

Obediente, dirigi-me ao Intourist, onde fui informado de que havia realmente um Jimbo Billings hospedado no hotel. Subi até a cobertura, enrolei o atendente corpulento do andar e bati na porta de Jimbo. Na mesma hora uma voz perfeitamente russa me mandou para o *khui*.

— Sou Misha Vainberg — eu disse. — Venho em paz.

— Vainberg! — a voz gorjeou e depois passou para o inglês texano: — Ara, diabo, entre aí, homem!

Devia ser o quarto mais arrumado de todo o hotel, sem as gigantescas aranhas verdes e os petulantes absurdistaneses, exceto pela prostituta que ajeitava o seu buço no espelho. O sr. Jimbo Billings, um homem baixo e musculoso com calça de brim e camisa de manga curta, lembrava vagamente um levantino ou um grego, enrugado pelo sol e exangue, com perfeitos olhos, azul e verde (um de cada cor) e mãos ligeiras parecendo de couro fino. Era visível que o agente do Mossad conseguia se passar por um texano de meia-idade depois de uma imersão de cinquenta horas no legendário seriado americano *Dallas*.

— Boneca — disse Billings à prostituta. — Faça um favor, sim? Suma daqui. — A jovem amuou e, rebolando os quadris, logo nos deixou sozinhos.

— Bem — falei —, soube por minhas fontes que temos uma certa religião em comum. Embora eu seja moderno e não me interesse por isso. De todo modo, *shalom*.

— Fontes? — ele retrucou. — Sha-*lome*? Xô, xô! Você tem uma imaginação e tanto, rapaz. — O humor dele mudou rapidamente; balançou a cabeça grisalha e arrematou: — Caramba, o que vamos fazer com ocê, Vainberg?

— Nada, ué — rebati, caindo por alguma razão no sotaque ridículo dele. — Estou muito bem e satisfeito aqui.

— O que ocê quer? — ele perguntou.

— Eu tenho uma coisa pra você — eu disse. — É bom pra Israel, bom pros judeus. Um museu do Holocausto. Vai fazer ressurgir a antiga sinergia. Vai fazer com que as pessoas acreditem de novo. — Estendi o meu laptop para que ele examinasse.

— Instituto de Estudos do Holocausto do Cáspio — ele leu —, também chamado Museu da Amizade Sevo-Judaica. — Crispou seus grossos lábios queimados de sol e leu um pouco mais. — Sabe o que

não é bom pros judeus, Vainberg? – Depois de uma pausa, ele concluiu: – Ocê.
– Vai se foder – eu disse. – Só tô tentando ajudar.
– Tá tentando ajudar Nanabragov e a filha dele; ocê acha que eu sou bobo, moleque?
– E daí? – retruquei. – E daí se eu prefiro ajudar essas pessoas oprimidas em detrimento do meu próprio povo? Sou um novo tipo de homem. E pelo bem de todo mundo, é melhor torcer para que existam outros como eu.
– Um novo homem? E que tipo de homem seria esse?
– Um homem que não tem memória racial.
– É claro que ocê tem. É o mais judeu de todos nós. Não pode evitar. Não pode evitar o lugar de onde veio. Veja o teu pai. Ele permitiu que os *hassidim* te cortassem aos dezoito anos. *Caramba*, garoto.
– Meu pai amava Israel.
– Teu pai... – deteve-se. Ele olhou nos meus olhos; ergueu os ombros e em seguida abaixou-os, mostrando que era um homem de pequena estatura e de uma geração mais velha do que eu imaginava.
– Pode me chamar de Dror – disse em um sotaque do Meio-Atlântico com um toque de hebreu catarrento. – Embora não seja o meu nome.
– O que você estava dizendo do meu pai? – perguntei.
Jimbo-Dror balançou a cabeça.
– Olhe, Misha – ele disse. – Nos anos 1970 um desertor bêbado e charmoso era meio que comovente. *Sabá Shalom em Leningrado*, lembra? Mas nos anos 1990 o teu pai não passava de mais um mafioso russo... uma personalidade anti-social com um controle limitado dos impulsos. Estou citando o arquivo dele agora.
Não me deixei abalar pela caracterização do meu pai feita por aquele agente do Mossad. A ressecada trilha de pele de cobra da minha corcunda tóxica já tinha esgotado suas toxinas. A raiva terminara. Fazia muito tempo que o meu pai estava morto, relegado aos arquivos israelenses e ao noturno e desvanecido jogo de sombras de suas mãos sobre mim.
– Talvez ele fosse o que você diz – falei para Jimbo-Dror –, mas duvido que tenha amado Israel um *shekel* a menos que qualquer um de vocês, mossadniks. Ele deu três milhões de dólares a um rabino que queria mandar os árabes para o mar.
– Não queremos que ninguém *ame Israel* – disse Dror. – Apenas

que se saiba que existe. – Enfiou a mão no bolso da camisa e puxou os óculos, como um comerciante indiano extenuado carregando sem descanso o seu estoque de mercadorias pelos mares. E desdobrou um pedaço de papel. – Tem um trem da American Express que vai sair de Svanï no dia 7 de setembro e chegar na fronteira no dia 8. A AmEx subornou os guardas da fronteira para que os passageiros possam sair do país. Estarei nesse trem, se precisar de minha ajuda. O próximo trem sairá no dia 9 de setembro e chegará no dia 10. Sugiro que saia enquanto houver tempo, certamente antes que os russos iniciem os bombardeios na semana que vem. A sua Nana pode ajudá-lo com as passagens. Acho que custam cinqüenta mil por pessoa. Mas não vá junto com ela! O pai dela o matará se afastá-la dele. Sabe como são esses cretinos com as filhas.

– Você também está indo embora? – eu disse. – Porra, Dror. Ninguém dá a mínima para este país. E os sevos o apoiaram contra os palestinos, você sabe disso. Será que Israel não precisa de amigos?

– Isso requer uma resposta em duas etapas – disse Jimbo-Dror. – Sim, precisamos de amigos. E não, realmente não damos a mínima para este país.

– Tudo bem – falei. – Mas e o petróleo? Não se importam pelo menos com o petróleo?

– Petróleo? – Jimbo-Dror tirou os óculos e encarou-me com seus penetrantes olhos polimórficos. – Está de sacanagem comigo, Vainberg?

– Sacanagem por quê? – Apontei um dedo indicador na direção da janela, na direção de onde eu presumi que o leito marítimo do Cáspio trabalhava e borbulhava. – O petróleo – repeti. – Figa-6. O consórcio Chevron/BP. KBR. Golly Burton.

– Tá falando sério, não é? – disse Dror. – Filho-da-puta. E eu que pensei que Nanabragov tivesse lhe contado o segredo. Sabe, depois de todos esses anos bancando caubói do asfalto, às vezes ainda consigo me surpreender.

– Que segredo? Conte pra mim!

– Misha, seu pobre gordo. Não tem petróleo *nenhum*.

41

Aves de rapina

— Petróleo nenhum — eu disse. Para me certificar de que tinha entendido bem, repeti as palavras em russo. *"Nyefti nyetu."* Meu sentimento era de que alguma coisa querida fora arrancada de mim, como se uma flotilha dos barcos de sola de borracha do meu pai flutuasse para longe de mim, na direção do horizonte. Eu estava tão acostumado com o petróleo, podia-se até dizer que ficara íntimo dele. Todo lugar e todas as coisas eram *nyeft*. O mundo moderno era inteiramente composto de petróleo.

Afastei-me de Jimbo-Dror e fui até a janela para olhar as pernas cor de laranja das plataformas petrolíferas fincadas no mar e as torres esqueléticas sobre elas.

— Vazias — disse Jimbo-Dror.

— Mas e o Figa-6?

— Vou lhe contar a situação toda — disse o mossadnik. — Supõe-se que deviam existir cinqüenta bilhões de barris de petróleo nas reservas petrolíferas do setor absurdistanês no Cáspio. Na verdade, não sobrou nem 1% disso. O Figa-6 vai acabar até o fim do ano. Não faz sentido começar a bombeá-lo. Os absurdistaneses mentiram para os investidores desde o início. A maior parte de suas reservas de hidrocarboneto esgotou-se durante a era soviética.

— Mas como pode ser? — perguntei. — E o luau da KBR? E o oleoduto até a Europa? Não foi essa a razão para toda essa guerra sevo-svanï? Não foi por isso que eles abateram o avião de Georgi Kanuk?

— O avião de Georgi Kanuk nunca foi abatido — disse Dror. — O velho mora numa casa perto de Zurique e está muito bem pelo que ouvi dizer. A Kellogg, Brown & Root o subornou com 2,4 milhões de dólares e deram a mesma quantia para Nanabragov. E isso foi apenas um adiantamento. Parece que vai ter muito mais quando o contrato do LOGCAP começar a valer.

– Não entendo.
– Quando Kanuk e Nanabragov se deram conta de que o petróleo já estava quase acabando, eles precisaram de mais alguma coisa. O esturjão está quase extinto e a única coisa que este país cultiva é uva. Uvas *horríveis*. Então a Exxon, a Shell, a Chevron e a BP entenderam que tinham sido passadas para trás e começaram a cortar o que restava da produção, mas eles fizeram isso aos poucos, para não assustar os acionistas. É só você dar uma olhada em todos esses arranha-céus elegantes que eles construíram. – O israelense gesticulou na direção da extinta linha do horizonte. – Mas aí os absurdistaneses e seus amigos da Golly Burton tiveram uma idéia melhor: vamos botar o exército americano aqui na região. Vamos prestar serviços de apoio, construir banheiros de mármore, sobrecarregar pra caralho o Departamento de Defesa, fazer contatos *cost-plus* a rodo e tudo que temos que fazer é substituir nossa equipe dos serviços petrolíferos pela nossa equipe de apoio militar.
– Não entendo...
– Cale a boca e escute. Então, agora a KBR, o Kanuk e o Nanabragov só precisam de um pretexto para que o exército americano se instale aqui. Este lugar tem uma posição estratégica. O Irã está ali do lado. Que tal uma base para a força aérea? Bem, mas tem um problema. Os russos ainda vêem o Absurdistão como o quintal deles. Eles podem ficar putos. E de todo modo, quanto você pode tirar de uma basezinha como essa? Você precisa de alguma coisa maior. Precisa de uma baita presença do exército americano fazendo serviços humanitários e em prol da paz. Então a KBR foi acionada para conseguir um contrato de dez anos com o LOGCAP, a começar em 2002, mas de que adianta isso se não há um genocídio arrasador na esquina? "Pense na Bósnia" tornou-se o mote de todo mundo. "Como podemos fazer este lugar ficar mais parecido com a Bósnia?" Quer dizer, você tem que entregar para a Halliburton. Se Joseph Heller ainda estivesse vivo, provavelmente eles o convidariam para entrar nessa.

Respirei fundo. Vi uma garrafa de Hennessy no balcão e me servi sem cerimônia. Jimbo-Dror também pegou uma taça.
– E então – ele prosseguiu depois de um gole do conhaque – iniciou-se a chamada guerra civil. Só duas coisas saíram erradas. A guerra escapou completamente do controle. Esses cheiradores de cola que são os caras do Exército da Verdadeira Cruz começaram a ex-

plodir realmente o lugar todo, o que pode ser bom para uma empresa de construção civil como a Bechtel, mas assusta todos os trabalhadores ocidentais, e mais importante ainda, assusta o Departamento de Defesa. E aí uma coisa muito pior aconteceu. Ninguém deu a mínima.
– Você se refere à mídia ocidental.
– Eu me refiro ao povo americano. Veja, sabíamos que isso aconteceria. Fizemos um grupo de foco...
– O Mossad faz grupos de foco?
– Somos abertos a todo tipo de metodologia. E estamos muito interessados em saber como os genocídios são vistos pelo eleitorado americano. Fizemos então um grupo de foco em Maryland. Eu soube na mesma hora que a KBR estava encrencada. Vamos dar o exemplo de três países convulsionados: Congo, Indonésia e Absurdsvanï. Ok, primeira parte. Mostramos um mapa-múndi para esses *schmendricks* americanos e dissemos "Apontem para onde vocês acham que o Congo está localizado". E dezenove por cento apontam para o continente africano. Outros vinte e três por cento, para a Índia ou a América do Sul. Consideramos essas respostas corretas, uma vez que tanto a África como a Índia e a América do Sul são largas na parte de cima e se afinam na de baixo. Então, para todos os efeitos, quarenta e dois por cento dos entrevistados têm uma certa noção de onde fica o Congo.

Ele continuou:

– Então passamos para a Indonésia. E oito por cento apontam para o país propriamente dito. Outros oito por cento apontam para as Filipinas e quatorze por cento indicam a Nova Zelândia. Surpreendentes nove por cento apostam na costa canadense. Consideramos todas essas respostas corretas, uma vez que os entrevistados sabem que a Indonésia é basicamente um arquipélago ou que pelo menos existem ilhas envolvidas.

Ele prosseguiu:

– Finalmente, passamos para o Absurdistão. *Ninguém* acerta. Começamos a dar pistas. "É perto do Irã", dissemos. *Ahn?* "Fica no Cáspio." *Uhn?* "Alexandre Dumas escreveu sobre esse país depois de visitar a Rússia." *Quê?* Um desastre completo. Exibimos fotos de absurdistaneses, congoleses e indonésios brincando, colhendo frutas, fritando carne de cabra e por aí afora. Mais problema ainda. Os congoleses são visivelmente negros, e isso gera uma identificação que envolve todos os entrevistados. Gostando ou não, há muitos negros na América. Os indonésios têm olhos engraçados, então são asiáticos. Eles devem trabalhar muito e educar crianças obedientes. Bom para eles. E depois, os absurdistaneses. Eles são mais ou menos escuros, mas não exatamente negros. Parecem um pouco com os indonésios, mas têm olhos redondos. São árabes? Italianos? Persas? Até que optamos por defini-los como "mexicanos mais altos", e isso é uma outra forma de dizer que estamos fodidos.

Ele acrescentou:

— E aí tiramos o coelho da cartola. Falamos para eles: "Olhem, está havendo um genocídio e os Estados Unidos podem invadir um desses dez países." Mostramos uma lista de países reais e fictícios. Como, por exemplo, Djibuti, Yolanda, Costa Rica, Tuchuslândia do Leste, Absurdsvanï e por aí vai. Adivinhe qual aparece por último, até mesmo atrás da ultrajada Homoslávia? Isso mesmo. Veja a pronúncia de "Absurdisvanï". É impossível para um americano sentir alguma coisa por isso. Para chegar a algum lugar é preciso que o nome do país possa ser usado como o primeiro nome de uma criança. *Ruanda* Jones. *Somália* Cohen. *Timor* Jackson. *Bósnia* Lewis-Wrigth. E aí aparece essa *República do Absurdsvanï*. Sem chance.

E completou:

— Então, eu ligo pro meu amigo Dick Cheney (naquela época ele ainda era CEO da Halliburton) e digo: *"Hamoodi*, isso não vai funcionar. Esse país é um zero à esquerda. Talvez você possa fazer com o Iraque daqui a alguns anos, dependendo de quem ganhe a eleição americana, ou então explodir outra vez o Panamá, mas fique fora do Cáspio." Acontece que Cheney não escuta ninguém. É "LOGCAP isso" e "LOGCAP aquilo". Ora, olhe pela janela! Aí está LOGCAP pra você!

Eu tomei outro gole de conhaque. Olhei pela janela, na direção dos estéreis campos petrolíferos Figa-6 e do falso pôr-de-sol industrial que irrompia na água. Cocei onde não tinha coceira, um lugar entre a minha barriga e o infinito. E então entendi. *Eu fui passado para trás.* Totalmente. Eles me usaram. Eles se aproveitaram de mim. Eles me exploraram. Souberam na mesma hora que tinham encontrado o homem certo. Se é que "homem" é a palavra certa.

— Você acha... — comecei a falar. — Você acha que Nana Nanabragovna sabia disso tudo desde o início? — Mas antes que o israelense pudesse responder, saí pela porta e desci pela esplanada esburacada rumo ao A Dama e o Vagabundo.

* * *

– Você não devia ter conversado com esse Jimbo-Dror – disse o sr. Nanabragov, sacudindo-se vigorosamente, uma das mãos enfiada no tufo de pêlos grisalhos em seu peito ainda musculoso. Um carneiro morto que chegou de uma lancha recém-atracada foi colocado nos braços da equipe do restaurante. Já estava quase na hora do jantar e o menu oferecia carne de carneiro. – Parece que esse judeu faz propaganda para o outro lado.

– Que outro lado? – perguntei.

– Vai saber. – Nanabragov deu de ombros. – *Algum* outro lado. Todo mundo sempre foi contra nós. Os russos. Os armênios. Os iranianos. Os turcos. É só olhar quem está em volta de nós. Não temos amigos por aqui. Quem sabe Israel acabe gostando de nós e depois o povo americano venha a ser nosso amigo. Por isso procuramos você.

– Você mentiu para mim, seu desgraçado – sussurrei. – O petróleo... a porra do LOGCAP!

Nanabragov se contorceu ligeiramente a estibordo, como se ensaiando uma nova dança latina.

– Fiz alguma coisa errada, Misha? – ele perguntou. – Fiz alguma coisa que possa ferir o meu povo?

– O povo... – Olhei para os refugiados agrupados nas tendas azuis das Nações Unidas. Minha preocupação era que farejassem a carne de carneiro e o esturjão que grelhavam a alguns metros de distância do mar e acabassem invadindo o restaurante. Será que ainda lhes restava alguma força ou raiva? – Você os destruiu – eu disse. – O país está arrasado.

– Bem, o que se pode fazer? – Nanabragov deu de ombros.

– Acreditei em você – continuei. – Achei que podíamos construir alguma coisa melhor. O que o povo precisa realmente é apenas de um pouco de esperança e encorajamento. Eles são inteligentes e trabalhadores.

– Este país não é nada sem o petróleo – ele retrucou. – Sevo, svanï, não faz diferença. Somos uma nação feudal. Temos uma mentalidade feudal. Estava tudo muito bem durante a Guerra Fria. Éramos protegidos por Moscou. Mas agora o mundo se transforma com tanta rapidez que quando se fica para trás, mesmo que apenas um centímetro, fica-se para trás para sempre. Comparados com os chineses e indianos, não vamos conseguir nada nessa corrida. Temos que encontrar um novo patrono.

– Mas os jovens, eles não são assim – eu disse. – Meu amigo Aliosha-Bob disse que eles são capazes de gravar centenas de DVDs piratas em questão de segundos. Eles podem piratear qualquer coisa.

– Claro que eles podem – disse Nanabragov. – É só me dar uma tocha que eu taco fogo em tudo. Estou lhe dizendo, todo mundo que é pelo menos um pouquinho esperto por aqui fugiu para Orange County faz muito tempo.

– Então você destrói um país porque ele não é competitivo? Que tipo de lógica é essa?

– É a melhor lógica, Misha. Hoje em dia, se você não tem recursos naturais, você precisa da USAID. Precisa do Banco Europeu para a Reconstrução e Desenvolvimento. Precisa da Kellogg, Brown & Root. Se pelo menos pudéssemos entrar na lista dos dez mais da América e fazer bonito como a Jordânia ou o Egito. Ou Israel.

– Por que você matou Sakha, o Democrata! – gritei. – Ele não era um mero camponês de terceira classe! *Ele era um de nós.*

– As tropas federais é que mataram Sakha. Não foi o SCROD.

– Vocês planejaram isso junto com os svanïs. A primeira coisa que fizeram foi se livrar dos democratas.

– Eles eram mesmo muito bons. Intelectualidade podre. Não conseguiam nem amarrar os sapatos. O que está fazendo, Misha? Oh, pelo amor de Deus. Pare! Homens não choram! Você fica ridículo. Um homem desse tamanho chorando... O que Nana diria se o visse?

As partes mais ridículas de mim se sacudiram, lágrimas voando em todas as direções, menos para cima, como os poços de petróleo que não se materializaram. Eu ainda ouvia os balidos ternos de Sakha, as últimas palavras que ele me dirigiu: *Mishen'ka, por favor. Peça pra que eles parem. Vão ouvir um homem como você. Por favor. Diga alguma coisa.*

O sr. Nanabragov acercou-se de mim. Ergueu as mãos como se fosse me abraçar, mas elas se contorceram para fora da posição. E ele se manteve ali, sacudindo-se em silêncio.

– Misha – ele disse. – Não tire a minha Nana de mim.

– O quê?

Os olhos dele se encheram de água e arco-íris.

– Você não sabe como é ficar sem ela – ele fungou. – Quando ela estava na NYU e o meu Bubi estudava musicologia étnica na UCLA, não restava nada para mim... nada pelo que viver. Gente como seu pai e eu, nós somos de uma geração diferente. A família é tudo que conhecemos. Não conseguimos viver da maneira que se vive agora, um filho lá em San Diego, outro em Torrance, outro no Valley. – Ele limpou os olhos.

– Você não está querendo dizer que vai mantê-la *aqui* – eu disse.

– Vocês dois podem ficar. Casem-se. As coisas vão melhorar depois do bombardeio russo da semana que vem. Você vai ver. Posso lhe dar uma parte das ações das vendas de cigarros, não que você precise de uma parte de alguma coisa.

– Mas aqui nós acabaremos morrendo – retruquei enquanto limpava o meu rude nariz.

– Não necessariamente. Você não entende? Farei de tudo para mantê-la aqui. Você é filho do seu pai. Ele matou um americano só para garantir que você não se afastasse dele.

As gaivotas sobrevoavam as imediações do carneiro morto e os garçons do restaurante apontavam suas pistolas. Lembrei da gaivota que atacou o garoto inglês no vídeo do meu pai sendo decapitado. Para onde quer que eu fosse, as aves de rapina procuravam pela costa. Fitei o céu cinza de fumaça acima de nós, a fumaça negra da grelha do restaurante, a bruma que soprava pela cidade ainda em chamas.

– Misha – disse o sr. Nanabragov. – Como é que você pode me culpar, Misha? Seu pai matou um cara de Oklahoma só para que você não voltasse para Nova York.

– Eu sei.

– Ele queria você por perto. Sentia muita falta de você. Existe alguma coisa mais importante que o abraço de um pai?

– Nada – murmurei.

E o sr. Nanabragov agarrou-se então ao meu pescoço, chorava e se sacudia, empurrando a minha perna. Eles nunca perdiam aquele cheiro de suor rançoso, os nossos velhos. Mesmo com todas aquelas colônias francesas, aquele ranço fundamental continuava em suas axilas.

– Misha! – ele exclamou. – Você tem que me prometer que não vai tirar a minha Nana de mim.

Eu senti que ele se contraía à minha volta, contorcendo-se no ritmo da batida lenta do meu coração.

– Eu ficaria muito chateado se você fizesse isso, Misha – ele disse. – Por isso você tem que me prometer que ela não vai embora.

Senti a saliva amarga na minha nuca.

– Prometo – eu disse.

42

Baixando as persianas

Partimos alguns dias depois. Era 9 de setembro. O dia estava claro, fresco e livre do calor do verão. A estação ferroviária ficava no território svanï, mas não nos preocupamos em tomar precauções. O SCROD e as barreiras nas estradas tinham desaparecido por completo, e os cidadãos svanïs e sevos circulavam sem obstáculos, com direito a morrer no território que quisessem.

Ficamos na sala de espera, embaixo de uma foto desbotada do ditador svanï Georgi Kanuk, sobre cujo semblante grave e octogenário alguém escrevera TERRORISTA Nº 1, e um outro, PAI DA NAÇÃO. A mãe de Nana saíra às escondidas de casa para se despedir de nós. Longe do quintal e da cozinha, ela era uma criatura surpreendentemente diferente, determinada e emotiva. O sol da tarde tocava suas pálidas bochechas domésticas. Embora chorasse copiosamente pela partida da filha, ela o fazia com prazer quase reticente.

– Que Deus os abençoe – ela não parava de nos dizer. – Em Bruxelas, em Nova York, seja para onde forem, que Deus acompanhe seus passos com olhos paternais.

– Diga ao papai que o meu coração está em pedaços – disse Nana. – Diga que voltarei logo que a guerra acabar, então talvez seja melhor que eles acabem com isso até o Natal. Por falar nisso, tem algum dinheiro na conta do Citibank? Ainda não paguei a faculdade.

A sra. Nanabragovna limpou as lágrimas.

– Agora você está com Misha – ela disse, apontando para onde julgava estar a minha carteira. – Misha será o seu pai e sempre haverá água no poço dele para você beber. – Mãe e filha sorriram e se abraçaram.

Eu estava furioso e repugnado com os Nanabragov, mas não deixei de me comover com essa despedida.

– Cuide-se, mamãezinha – falei para a sra. Nanabragovna. – Os russos planejam bombardear a cidade na semana que vem. É melhor você se abrigar no seu porão.

– Oh, eles nunca bombardeariam a *nossa* casa – a sra. Nanabragovna descartou. – Eles só vão visar Gorbigrado.

Fomos escoltados até o trem por um exército de homens vestidos com uniformes de fabricação caseira que exibiam as palavras FORÇA DE REAÇÃO RÁPIDA DA AMERICAN EXPRESS. Esses nossos autoproclamados seguranças eram soldados e por isso nos revistaram com grosseria, batendo com nossos laptops no chão de cascalho e nos puxando pela manga. Xingávamos a mãe deles baixinho, mas estávamos felizes com a presença dos seus formidáveis armamentos, sobretudo um canhão antitanque que era arrastado à nossa frente.

As plataformas estavam desertas. Todas as linhas ferroviárias tinham sido bombardeadas e transformadas em elipses retorcidas do tipo que se popularizou com certo escultor americano, com exceção da linha onde a locomotiva da American Express e dois vagões estavam parados. Eram carros soviéticos antigos e espaçosos adaptados para lembrar o brilho do Ocidente. A locomotiva exibia o logotipo da AmEx estampado em silk-screen. Os vagões tinham sido pintados pelas crianças absurdistanesas com cenas de uma vida melhor que sonhavam para si, representações apaixonadas de meninos e meninas de cabelos pretos usando crucifixos svanï e sevo e passeando alegremente pela Torre Eiffel, as Casas do Parlamento de Londres e a Torre Inclinada de Pisa. TEM QUE JOGAR PARA GANHAR, lia-se em grandes letras verdes escritas em inglês pelas crianças debaixo de suas fantasias impossíveis. Os tetos dos vagões estavam ocupados por outros membros da Força de Reação Rápida da American Express com seus lança-mísseis RPG e pequenas armas do Colorado apontadas para o céu.

Um grupo relativamente agradável de ex-colegas de Nana da American Express aproximou-se de nós, dizendo na mesma hora que os soldados eram meros "voluntários", que não tinham nenhum vínculo com a American Express. Recebemos uma pilha de documentos para assinar, onde isentávamos a empresa da responsabilidade por nossa provável morte nas mãos daquela gente faminta e desesperada que costumava assaltar o trem.

Converteram um dos vagões em um luxuoso pub irlandês, chamado Molly Malloy's, e usaram uma de suas áreas para servir aos executivos das multinacionais do petróleo (falando nisso, a cerveja nesse vagão jorrou mais que os poços de petróleo). O revestimento de madeira fora artificialmente envelhecido e empenado; de autêntico só faltava o cheiro de xixi e de tortas de carne. Fomos convidados pelo barman, um tártaro com um alegre chapéu verde, a voltar para o happy hour às seis horas, quando o preço dos drinques mais caros seria baixado para vinte dólares.

Mandei Timofey para a cabine de segunda classe e depois fui para a nossa cabine particular. Os edredons e travesseiros eram macios e antialérgicos, e as prateleiras no alto tinham um aparelho de DVD embutido, uma tela de plasma e uma conexão para laptops, com acesso à internet que realmente funcionava.

– Isso aqui é melhor do que o Hyatt! – falei para Nana enquanto nos acariciávamos debaixo de uma boa foto da cidade de Svanï na virada do último século, um bonde de madeira passando por uma igreja com cúpula de cebola e homens de uniformes czaristas amarrotados trocando cumprimentos.

Eu já estava quase tirando o sutiã e soltando um mamilo de Nana quando o cobrador surgiu discretamente.

– Estou pagando por nós dois – eu disse ao velho que tremia em seu uniforme da AmEx com chapéu de viseira. – E pelo meu criado também.

– Três pessoas, então – ele disse, o condutor, dando-nos um banho de cuspe. Tratava-se de mais um aficionado do café-da-manhã predileto da região, cabeça e pé de carneiro embebidos em caldo de alho. – Ahn, são 150 mil dólares, por favor, senhor.

Estendi o meu cartão da American Express e o condutor pediu licença para passá-lo pelo sistema.

– Passe-o por baixo da porta quando terminar – falei e voltei a provar as gostosuras da minha Nana.

Ela abençoou a tripulação inteira do trem com os gemidos do seu tumultuoso orgasmo de nove partes quando a locomotiva assoviou e começou a andar. Nana apeou, lambeu os dedos e depois comprimiu seu nariz fofo contra a janela.

– Triste por deixar a terra natal, querida? – perguntei enquanto vestia a cueca e pelejava com o meu órgão ainda inchado.

– Não sobrou muito a ser deixado – respondeu Nana. E com o dedo mindinho traçou um contorno em volta do que ao longe tinha sido a Mesquita Central. A umidade da marca do dedo no vidro deixou um belo arabesco no lugar da extinta cúpula prateada do minarete. O trem passou por um túnel e saímos na extremidade da península de Gorbigrado. Daquele ângulo de visão os arranha-céus destruídos do território internacional alinhavam-se de tal maneira que era possível avistar claramente através dos seus interiores saqueados uma fortaleza otomana ao fundo que fora mais ou menos rachada em duas. Nana baixou as persianas.

– Eles vão reconstruir – eu disse. – Talvez no fim de tudo a USAID ou o Banco Europeu tome partido. Não farão isso, Nana? – Observei o rosto dela atentamente, tentando entrever o quanto ela sabia das explorações do pai.

– Misha, você é uma *gracinha* – ela disse de um jeito que não toleraria discordância. Pôs a cabeça no meu colo e bocejou. – Espero que o seu otimismo me ajude a suportar a vida, paizinho. Você quer brincar de Comida, Decoração e Serviço?

Fizemos isso por um tempo e depois me conectei à internet para conferir o clima em Bruxelas, meu futuro lar, e em Nova York, onde Nana começaria o semestre na NYU.

– Você vai encontrar um clima maravilhoso na cidade – disse-lhe. – Uau, entre o dia 10 e o dia 16, clima temperado, céu limpo. Você tem muita sorte.

– Algum dia os americanos permitirão a sua volta. – Ela bocejou outra vez. – Vão esquecer que o seu pai matou um cara de Oklahoma e irão recebê-lo pelo seu dinheiro. – Aninhou-se no edredom e começou a roncar dramaticamente. De certa forma eu fiz o mesmo, sacudindo o vagão com a minha apnéia do sono.

Acordei por volta das seis horas e saí para um drinque. O vagão do bar era decorado com vários provérbios irlandeses celebrando a sabedoria e o bom humor do alcoolismo desenfreado, o resto do ambiente exibia grandes cartazes onde se lia COLOQUE O SEU ANÚNCIO AQUI. Alguns homens da KBR em retirada, com bermudas pregueadas e camisetas GG, espreguiçavam-se em um sofá xadrez ao lado da janela enquanto o barman servia saborosos rolinhos de lagosta e batatinhas fritas americanas gordurosas e crocantes. Eles estavam estridentes e bêbados. Pelo que parecia, um dos escoceses tentava travar uma conversa literária com seu colega de Houston.

– Evelyn *o quê?* – gritou o texano. – Corta essa, homem! Isso num é nome de verdade!

O trem seguia com lentidão para que os nossos seguranças não caíssem do teto. Do lado de fora da janela, populares amontoavam-se perto dos trilhos tentando atrair nosso interesse para suas posses remanescentes – o que restara de suas mulas, os bordados prateados de suas esposas, canos hidráulicos que pareciam saxofones cobertos de lodo, retratos bem conservados de Georgi Kanuk da época feliz em que ele presenteou o babão do Leonid Brejnev com um diamante do tamanho de um punho.

Ao fundo o mar Cáspio lutava com um banco de sal invasivo enquanto em primeiro plano um lago cheio de detritos avançava pela grama desidratada; entre ambos, restos de uma indústria petrolífera que minuto a minuto era mais devastada e peças de velhas perfuradoras postas à venda pelos homens alinhados nos trilhos.

O cheiro de excremento fresco penetrava pelas paredes à prova de bala do nosso vagão e podíamos ouvir os membros da Força de Reação Rápida da AmEx andando no teto, ameaçando os moribundos lá fora com as miras a laser de seus rifles ou pegando os raros ferros de passar roupa Daewoo para trocar por pacotes de biscoitos salgados contrabandeados e latas de Fresca morna. O sol se punha, a improvisada movimentação das permutas diminuía e os homens alinhados nos trilhos do trem começavam a se decompor em cacos de argila e blocos de areia misturada com grama. Sua humanidade ia desaparecendo com tanta rapidez que num segundo eu podia distinguir o brilho sutil do branco de seus olhos contra o azul e preto do deserto e do mar para, no segundo seguinte, só conseguir ver amarelo no preto, cinza no preto, preto no preto... nada.

Meu *mobilnik* tocou. O código de área de São Petersburgo apareceu na tela. Aparentemente, as ligações internacionais eram possíveis àquela distância da capital. Havíamos saído do alcance dos censores absurdistaneses.

Um número familiar piscava com impaciência no meu telefone. Era Aliosha-Bob. Eu queria dizer que tinha sobrevivido e que estava deixando o país, mas sentia-me constrangido demais para entrar nos detalhes do ocorrido – a forma pela qual os Nanabragov haviam me desonrado e como o mais gentil e simpático deles roncava agora na minha cabine. Em vez disso, peguei um jornal russo e procurei me distrair com as notícias. A contagem dos corpos no conflito absurdistanês aproximava-se dos três mil e o eleitorado americano ainda não era capaz de achar o mar Cáspio no mapa, enquanto Putin, o presidente russo, prometia ao mesmo tempo bombardear as facções em guerra e servir de mediador entre elas. Deixei o jornal de lado. De repente eu sentira dor na barriga e na boca pela surra que levara de Tafa e Rafa. Ou simplesmente talvez estivesse somatizando o sofrimento da nação que estava abandonando.

Imaginei a vida que levaria em Bruxelas. Os dias passando arrastados com uma silenciosa indeterminação européia. O preço de se viver na civilização, longe do alvoroço e da traição tanto da América quanto do Absurdistão.

Os escoceses mais velhos tentavam ensinar o refrão de uma de suas canções folclóricas aos texanos, pontuada por frases melancólicas sobre a impossibilidade de se dizer adeus. Ao mesmo tempo que cuspiam batatas fritas e canecas de cerveja entrechocavam-se, o barman tártaro tentava acompanhar o ritmo com um par de descansos de copos:

Seja lá onde se encontrem os camaradas,
Seja lá onde os escoceses estejam,
Ergueremos nossos copos, gritaremos
Urra,
É Carnwath Mill para que todos vejam.

O sol se pôs completamente e os homens da AmEx focalizavam suas lanternas num corpo pálido correndo ao lado dos trilhos, as mãos dele acenando desvairadamente por um momento de atenção. Baixamos as persianas antes de os tiros começarem.

43

A fé dos meus pais

No dia seguinte eu estava com uma tremenda ressaca, o uísque é uma das bebidas alcoólicas mais problemáticas para mim. Alguma coisa bloqueava o movimento da via neural onde o meu pescoço colocara um posto da alfândega em minha cabeça.

– Oh, querida – gemi e beijei o rosto de Rouenna, ou, como percebi em seguida, o travesseiro macio onde ela deixara o seu cheiro. Eu disse Rouenna? Claro que quis dizer Nana. E então me dei conta de que estivera sonhando com Rouenna a noite inteira, na época em que eu, ela e sua priminha Mercedes fizemos um passeio pela Hunter College. Quando passávamos pela biblioteca, a espertinha Mercedes, de dez anos de idade, disse: "Ai, *mami*, olha só pra porra desses livros!" E Rouenna, que inadvertidamente se vestira com um terninho executivo para o *tour* informal pela faculdade, respondeu com solenidade: "Por que está falando palavrão num lugar culto, Mercedes?"

Seria o termo "culto" que arrasava o meu coração? O respeito pela cultura livresca vindo de uma mulher que até então achava que Dickens era uma estrela pornô? Ou seria aquele terninho barato que mal cabia na figura de Ro? Por que de repente eu sentia tanta saudade dela, da minha traiçoeira garota do Bronx de mãos ásperas e gengivas que sangravam?

– O café-da-manhã está aqui, playboy – disse Nana. – Coma enquanto está quente. – Algum funcionário arrumara uma mesinha em cima da qual uma pilha de croissants e *muffins* transpirava os aromas nauseantes de manteiga e *cranberries*. Fui para a mesa e quase esbarrei numa bandeja prateada onde um cartão exibia o logo da AmEx. Um trem apitando de felicidade enquanto passava por um sol indiferente; embaixo, uma mensagem escrita pela mão caprichosa e experiente de uma mulher:

Bom-dia, prezados passageiros!
Hoje é segunda-feira, 10 de setembro de 2001. Estamos atravessando o Norte de Absurdsvanï, onde a temperatura máxima de hoje será de 28 graus Celsius, com o sol predominando ao longo do vale Staraushanski e nas montanhas Griboedov.
Para o almoço no vagão-restaurante teremos caviar, blinis e alhoporó recém-colhido do campo, acompanhados de rosbife defumado com sabugo (uma especialidade do Norte absurdistanês), batatinhas e cavalo nero.
Chegaremos à estação da fronteira às 15 horas. Por favor, estejam com os passaportes em mãos.
Meu nome é Oksana Petrovna, me orgulho de trabalhar neste trem e estou aqui só para servi-los!

– Que garota simpática essa Oksana – eu disse para Nana. – Ela é bem mais profissional que o pobre do Larry Zartarian. – Estremeci ao lembrar do gerente do Hyatt e sua mãe ainda presos embaixo da minha cama no Hotel Intourist.

– Ela é uma piranha – Nana me corrigiu e pôs três porções de creme no meu café, do jeito que eu gosto.

Levantei as persianas. Que diferença uma noite fazia! O deserto de um mar oleoso fora substituído por uma paisagem quase alpina. A vegetação amarelecida (ou será que era feno disfarçado?) do fim do verão caía pelas colinas. Regatos alimentavam córregos que nutriam lagos distantes, que por sua vez bebiam de montanhas nevadas que se escarranchavam no horizonte. Um pássaro que podia ser uma águia ou um pombo (minha vista não é muito boa) sobrevoava a linha do horizonte. Mas faltava alguma coisa nesse desfraldar de verde, azul e branco da natureza, alguma coisa maltratada e ferida, arrasada e rude, vulgar e enegrecida de podridão.

– Onde é que estão as pessoas? – perguntei a Nana. – Por que não vêm comer essas águias e todo esse feno em vez de morrer no deserto?

– As pessoas saíram das montanhas há décadas – respondeu Nana. – Elas foram atrás do petróleo.

– Mas não sobrou nenhum petróleo – retruquei. – Não é, Nana? Toda essa guerra foi tramada pelo seu pai e a Golly Burton porque eles ficaram sem petróleo. Não é verdade?

Nana deu de ombros.

— O que sei eu? — ela disse. — Sou apenas uma veterana da NYU. Você tem que experimentar esse mel maravilhoso! É tãããããão bom. E não é muito doce. Sente a diferença?

Experimentei, então.

— É ótimo mesmo — eu disse. — De onde vem isso? — Viramos o pote de mel para ler o rótulo. — Ah, é da Turquia!

Eu acabava com os croissants quando o trem chegou numa parada.

— Humm, que delícia — murmurei, olhando pela janela. Alguns vendedores amontoavam-se debaixo da janela e os soldados da AmEx pulavam do teto para negociar com eles. Os nativos da região arrumaram um banco de madeira com pilhas de papelão da Newport Lights, folhas de espinafre e cerejas frescas.

— O cardápio do almoço não faz referência à sobremesa — disse Nana. — Talvez seja melhor comprar umas cerejas.

A sonoridade de um dialeto local atingia a janela com áspera insistência. As vozes elevavam-se furiosas até mesmo quando os dólares americanos trocavam de mãos junto com cigarros e molhos de espinafre. De repente, notei um estranho fenômeno — os vendedores tinham pequenos círculos azuis e brancos presos no alto de seus cabelos escuros. *Solidéus?*

— Nana, esses são os judeus mont...

A porta da cabine abriu-se ruidosamente. Uma presença quase tão grande quanto a minha interpôs-se entre mim e Nana, virando imediatamente a mesa do nosso café-da-manhã.

— Vainberg! — berrou a criatura. — Oh, graças a Deus que o encontrei! Você tem que sair deste trem agora! Eu sou amigo do seu falecido pai. Avram.

Recuei até um canto e ergui as mãos em protesto. Avram? Meu pai? De novo não!

— O que significa isso? — eu disse, hesitante.

Aquele homem de chapéu de couro no fim da meia-idade vestia uma camisa sob medida e uma calça que a esposa ajustara de forma adequada às proporções dele. Tinha um semblante preocupado, mas o resto de sua aparência era forte, suado e imponente. Ele era visivelmente um judeu. E que judeu! Um judeu pré-histórico, como já disse, um *Haimosaurus rex* com mãozinhas frouxas, voz tonitruante, pernas longas e musculosas, e traseiro sensual. *Então foi assim que todos nós começamos,* pensei comigo mesmo.

– Sr. Vainberg – disse o judeu jurássico –, eles vão matá-lo na fronteira. Levarão a srta. Nana de volta para o pai. Não temos tempo. O senhor precisa sair do trem agora mesmo.
– Oh, merda – disse Nana. – Meu pai deve ter descoberto que fui embora com você. É bem provável que por vingança tenha dado ordens aos guardas da fronteira para matá-lo.
– *Bem provável* não. Com certeza! – exclamou o intruso. – Eu sou um judeu montanhês, sr. Vainberg. Um sujeito do Mossad, um tal de Dror, ou Jimmy, chegou aqui três dias atrás e nos alertou que o senhor viria e que haveria encrenca se a filha de Nanabragov estivesse com o senhor. Armamos uma forma de distrair lá fora os homens da American Express. Temos que tirá-lo do trem. Logo esses soldados se cansarão de pechinchar cerejas, e eles têm permissão para atirar em qualquer um aqui.
– O pessoal do trem da American Express trabalha para o pai de Nana? – perguntei.
– No fim das contas, todo mundo trabalha para o pai de Nana.
Os detalhes começavam a assentar-se em meus ombros largos. Caramba. Outro ataque. Fim do caviar para o almoço. Nada de sexo antialérgico.
– Espere! – disse para Avram. – Meu criado está na segunda classe. Tenho que levá-lo, senão *ele* vai ser fuzilado na fronteira.
O dinossauro tamborilou no seu relógio.
– Não temos tempo.
– Ele é judeu – menti.
– Seu *criado*? Judeu?
Eu corria pelo corredor vazio e as pequenas portas francesas oscilavam em antecipação à minha chegada. Até que trombei com uma linda garota judia que passava ruge em suas bochechas proeminentes. Devia ser a própria Oksana Petrovna que nos deixara aquele atencioso cartão. Como disse Nana, havia alguma coisa vulgar no jeito daquela garota.
– Senhorita – eu disse em inglês. – Preciso que o meu criado me ajude no banheiro. Acorde-o. E rápido!
A garota fechou rapidamente o estojo, deixando uma bochecha sardenta sem maquiagem.
– Estou aqui só para servi-lo! – ela disse, correndo para uma cabine próxima, e logo trouxe o meu embriagado Timofey pela ore-

lha. Agradeci, agarrei Timofey pela orelha e o puxei para o vagão dos passageiros.

Avram tinha destrancado uma porta lateral e já se apressava com a minha bagagem. Quando Nana se aproximou com as sacolas de cosméticos da 718, o judeu montanhês abriu a mão na frente do peito dela.

– Eu sei que ela é sua namorada – ele me disse –, mas se ela sair deste trem, a nossa comunidade terá problemas. O que ainda resta do SCROD pode atacar o nosso vilarejo. Isso pode não ser bom para os judeus.

– Ela é a minha Nana e vai comigo – repliquei, afastando com força a mão de Avram. Ele suspirou de cansaço e nos seguiu até lá fora. Descemos correndo uma colina próxima e nos afastamos dos trilhos do trem, nossos pés urbanos lutando para fazer sentido naquele terreno acidentado. – Ai! – exclamei quando um pedaço de terra fofa quase torceu meu tornozelo em uma direção oposta ao resto do corpo. Timofey agarrou-me antes que ocorresse a fatalidade e começou a me empurrar com uma vitalidade grosseira e campestre. – Muito bem, Tima – eu disse, arfando. – Na natureza, eu é que serei o *seu* criado. Bom garoto.

– Depois desses arbustos – instruiu o judeu montanhês. Nana gritou ao ser arranhada por alguns galhos e agarrei-a por trás, na tentativa de me proteger da pior parte do ataque das moitas. Tendo vencido esta câmara de horrores, emergimos numa trilha fria de terra sob um céu de carvalhos. Um pequeno sedã Daewoo nos aguardava. O motorista era um jovem alto e magricela encimado por um capacete de cabelos oleosos. – Meu filho, Yitzhak – disse o judeu montanhês. – Filho único. Anda, dirija, seu idiota!

Yitzhak saiu estrepitosamente pela estrada de terra com o descontrole adolescente. Nana tentava estancar um corte ensangüentado na testa, Timofey tirava amoras e framboesas do meu cabelo e todos nós ofegávamos de exaustão e confusão. Olhei para trás, para os quase imperceptíveis trilhos em cima dos quais o trem da AmEx se detivera, desejando que o mundo fosse um lugar melhor.

Caímos num silêncio desanimado, nossos olhos na estrada, sem nos entreolharmos.

– Vocês vão para Israel? – perguntou Yitzhak com o mesmo sotaque russo quase incompreensível do pai.

– Vou para Bruxelas – respondi. – Nana vai para Nova York.

– Nova York! – disse Yitzhak. – É a cidade dos meus sonhos.

– Sério? – eu disse. – Que bom garoto você é.
– Esqueça isso – disse Avram. – Temos parentes em Haifa. Você quer ir para algum lugar? Faça uma visita a eles. Terá cama de graça.
– Você vai adorar Nova York – falei. – É como ter o mundo inteiro numa pequena ilha.
– Ouvi dizer que dá pra jogar basquete na rua com os negros – disse Yitzhak.
– Verdade – eu disse. – Gostei da sua mentalidade, meu jovem.
– Não encoraje os sonhos estúpidos dele – disse o judeu montanhês. – Já aconteceu muitas vezes com a gente... os jovens vão para Los Angeles ou para o Brooklyn, se casam com alguém de fora, os anos se passam e eles não voltam para casa nem para o *Pessach*. E não voltam nem mesmo para mijar no túmulo dos avós. Mas quando as coisas vão mal com suas esposas gentias ou com seus filhos mal-educados, eles voltam correndo para nós. "Papai, *papochka*, o que eu fiz? Esqueci o meu povo." E nós os recebemos, os beijamos e os amamos como se não tivessem apunhalado o nosso coração. Porque para nós é simples. Se você é judeu, mesmo que sofisticado e melancólico, sempre encontrará um lar aqui.
– Obrigada por nos salvar – disse Nana, pondo a mão no ombro de Avram. – Colocaram suas vidas em risco. Não vamos esquecer da bondade de vocês.
Avram deu de ombros.
– Ora, quem mais faria isso? – ele disse. – O sujeito do Mossad veio e disse: "Tem um judeu em perigo." Sabíamos exatamente o que fazer. Um judeu em perigo, então vamos salvá-lo. É assim que funciona a nossa mente.
Suspirei desanimado. Uma raiva crescia dentro de mim, a raiva de um homem com uma dívida crescente. Olhei para o espelho retrovisor, a fim de dar um sorriso de encorajamento para Yitzhak. Seu rosto curioso e moreno sorriu de volta para mim. Cruzávamos um vilarejo decrépito povoado apenas por cachorros vadios e galinhas encardidas ao redor de crianças pequenas, e por um barbeiro que sentava sem vida ao lado do seu barraco, onde o vocábulo "Barbeiro" estava escrito de maneira errada em inglês e russo, e possivelmente em um terceiro idioma. Vimos as cúpulas de três mesquitas similares e as baionetas pontudas dos seus minaretes que apontavam para um céu inocente.

– Vocês se dão bem com os muçulmanos? – perguntou Nana com sua nova voz suplicante. – Vivem tão próximos uns dos outros.

– Vivemos em paz com eles – disse Avram, tirando o chapéu de couro e se endireitando no banco. – Eles não nos incomodam e nós não os incomodamos. Não são muito inteligentes, isso é certo. Olhe só como eles vivem. Essas casas não são pintadas há décadas. Aquilo é para ser um mercado? Somente nabos, rabanetes e nada importado? Espere só para ver o *nosso* vilarejo.

– Mas, Avram... – comecei a falar com um tom ferino, mas Nana tratou de me dar uma cotovelada.

– Não ouse, Misha – ela sussurrou em inglês. – Não percebe o que ele fez por nós?

– O que ele fez por *mim* – sussurrei em resposta. – O judeu sou eu.

– Não importa o motivo. Eu seria mandada de volta para o meu pai. E perderia outro semestre na NYU. Então, cale-se, está bem?

Atravessávamos uma trilha íngreme de cascalho, ladeada de estátuas soviéticas douradas de elásticas jogadoras de vôlei e impetuosos deuses do *badminton* em pleno movimento.

– Eles iam construir um centro de treinamento olímpico aqui – disse Yitzhak. – Mas alguém roubou todo o dinheiro.

– É, alguém – murmurei para mim mesmo. A trilha de cascalho dava em um rio lamacento de proveniência desconhecida. Além desse rio avistava-se um grupo de torres recém-construídas coroadas com pináculos prateados e antenas parabólicas junto a mansões de tijolos vermelhos, algumas circundadas pelo vôo alto das garças ou pelo brilho das clarabóias que as cobriam. Era uma espécie de vilarejo de contos de fadas com o reflexo inexorável de microondas.

– Davidovo, nossa humilde aldeia – disse Avram. – O nosso pequeno paraíso.

Após a desolação da cidade muçulmana nos vimos em meio a uma via pública moderna cheia de lojas movimentadas cujos nomes eram CASA DA MODA, PALÁCIO DA FELICIDADE e LAN HOUSE 24 HORAS, com estacionamentos entupidos de Toyotas e Land Rovers. Na área residencial próxima, idosos murchos, de aparência oriental, sentados impassivelmente em varandas de madeira, aqueciam o corpo letárgico sob o sol enquanto crianças de todas as idades zanzavam entre eles com suas pernas bronzeadas e fivelas de cinto Versace reluzentes.

– Onde estão os adultos? – perguntou Nana.
– Fazendo comércio – respondeu Avram. – Em Israel ou Moscou. Todo tipo de mercadorias e de artigos domésticos. Importamos metade das coisas que você encontra lá em Svanï. Temos inclusive a nossa própria Perfumaria 718.
– Então são um povo de comerciantes – disse com palavras amargas de desaprovação.

Já nos aproximávamos da praça do vilarejo e a essa altura fechei os olhos com descrença. Uma réplica do Muro das Lamentações de Jerusalém iluminada pelo sol ocupava uma calçada inteira da praça, uma grama verde genuína crescia entre as rachaduras dos tijolos igualmente genuínos e um conjunto de tamareiras israelenses dispunha-se à frente.

– E que diabo é aquilo? – disse Nana. Ela apontava para duas estátuas confeccionadas com algum tipo de fibra de vidro, uma delas era uma estranha mistura de três homens dançando em cima de alguma coisa que parecia ser um avião quebrado, e a outra, um homem com uma tocha perto da barriga, como se estivesse com gases.

– Aquele é o Sakha, o Democrata, segurando a tocha da liberdade depois de ter sido morto no Hyatt – explicou Yitzhak. – E o outro é Georgi Kanuk, indo para o céu depois que teve o avião abatido, com seu filho Debil e Alexandre Dumas segurando suas pernas, tentando mantê-lo aqui na Terra. Veja, se algum bando de sevos ou de svanïs renegados nos atacar, estaremos bem tanto com um quanto com outro.

– E aí vem o comitê de boas-vindas – disse Avram. Fomos cercados por um bando de crianças brincalhonas. Um garotinho com um solidéu grande demais e uma camiseta onde se lia ETERNAMENTE SAPECA correu até o carro e começou a bater na minha porta.

– Vainberg! Vainberg! Vainberg! – ele gritou.

– Ajude-me a sair do carro, meu jovem – eu disse. – Tem um dólar aqui pra você. – Enquanto os compatriotas pré-adolescentes do garoto me cercavam como dervixes, gritando o nome de minha família, eu me dirigia até um grupo de homens que fumavam com avidez na sombra do Muro das Lamentações. Observando-os melhor, metade deles era de adolescentes, suas cabeças cobertas com solidéus brancos de seda, os cabelos pretos despenteados caindo nos olhos, os corpos desajeitados na inércia da vida provinciana.

– É a sua namorada? – perguntou um deles, apontando para Nana que caminhava com hesitação ao nosso encontro. – É judia?

– O quê? Você está doido?! – exclamei. – Ela é Nana Nanabragovna!

– Podemos conseguir uma boa garota daqui pra você – sugeriu um outro. – Uma judia montanhesa. Tão bonita quanto a rainha Ester, tão sexy quanto a Madonna. Depois que se casar, ela fará todo tipo de coisa pra você. Metade de joelhos.

– Seus indecentes. – Funguei. – O que me importa a religião? Todas as mulheres são boas de joelhos.

– Fique à vontade – disseram os adolescentes, caminhando com deferência até um velho que se debruçava em Avram, o rosto escuro do velho afogado no emaranhado branco de uma barba torta; um dos seus olhos estava permanentemente fechado para o mundo e o outro piscava de um modo um pouco insistente demais, a boca esguichando baba e felicidade na velocidade de uma máquina de refrigerantes.

– Vaaaainberg – ele entoou.

– Esse é o nosso rabino – disse Avram. – Ele quer lhe dizer uma coisa.

Por alguns segundos o rabino cuspiu gentilmente em mim em algum jargão nativo incompreensível.

– Fale em russo, vovô – disse Avram. – Ele não conhece o nosso idioma.

– Hum – reagiu o rabino, confuso. Esfregou a esponja amarelecida que lhe cobria a cabeça e se esforçou com o idioma russo: – Zeu pai erra uma grande pessoas – ele disse. – Uma grande pessoas. Ajudou a zente a construir esse muro. Olha que grande.

– Meu pai ajudou a construir esse muro?

– Dá dinheiros pra zente pros tijolos. Compra palmeira de Askhelon. Sem problema. Ele odeia árabes. Então, a zente faz placa.

Um dos homens que fumavam diante do muro se virou para o lado e tamborilou o dedo indicador numa bela placa marrom, onde imediatamente reconheci o perfil de águia do meu pai, os infelizes hieróglifos gravados pelo artista em seu olho esquerdo e uma hachura que descrevia a alegria e o sarcasmo do seu grosso lábio inferior. PARA BORIS ISAAKOVITCH VAINBERG, anunciava a placa. REI DE SÃO PETERSBURGO, DEFENSOR DE ISRAEL, AMIGO DOS JUDEUS MONTANHESES. E abaixo uma citação do meu pai em inglês: POR TODOS OS MEIOS NECESSÁRIOS.

O fumante estendeu a mão. Notei que seus dedos cobriam-se de tatuagens desbotadas azuis e verdes, sinal de que passara por prisões soviéticas.

– Sou Moshe – ele disse. – Passei muitos anos com seu pai na Casa Grande. Para nós, judeus lá de dentro, ele também era nosso pai. Ele sempre o amou, Misha. Ele só falava de você. Ele foi o seu primeiro amor. E ninguém o amará assim nunca mais.

Suspirei. Eu me sentia trêmulo e lacrimejante. Encontrar o rosto do meu pai me olhando do alto daquele posto avançado antediluviano do judaísmo... *Olhe, papai. Olhe só quanto peso eu perdi nas últimas semanas! Olhe como nos parecemos de perfil agora. Não há mais nada da mamãe em mim. Agora sou inteiramente você, papai.* Eu queria seguir o contorno de seu rosto com meu dedo, mas fui interrompido por alguns judeus de meia-idade que também queriam apertar a minha mão e falar em seu russo ruim dos tempos felizes que eles passaram com meu Amado Papai, tanto dentro quanto fora da prisão, e de como haviam trabalhado juntos para ganhar "mais e mais dinheiro" depois que a União Soviética ruíra.

Ouvimos um estranho som de chaleira vindo do rabino, o ronco da expectoração tentava passar por um nariz curvado pela idade.

– Ele está chorando – explicou Avram. – Está chorando porque se sente honrado por ver um judeu importante aqui em nosso vilarejo. Pronto, vovô. Está tudo bem agora. Logo tudo passa. Não chore.

– O rabino está ficando um pouco ruim da cabeça – disse um dos amigos do meu pai. – Mandamos buscar um novo no Canadá. Vinte e oito anos. Fresco como um rabanete.

– Vaaaainberg – entoou o rabino mais uma vez, tocando no meu rosto com a mão, uma massa de terra e alho.

– Esse pobre homem passou por Stalin e Hitler – referiu-se Avram ao rabino. – Os sevos o mandaram para um campo de trabalhos forçados em Kamchatka quando ele tinha vinte anos. Sete dos seus oito filhos foram mortos.

– Eu achava que os sevos tinham tentado salvar os judeus – retruquei. – Parka Mook me disse...

– Você vai dar ouvidos àquele fascista? – disse Avram. – Depois da guerra os sevos tentaram mandar todos os nossos homens para os *gulags* para poderem tomar nossas vilas. Nossas vacas eram mais gordas e nossas mulheres eram sardentas e tinham coxas firmes.

Nana pôs as mãos em torno do corpo enrugado do velho rabino e, interessada, perguntou-lhe em russo:

– É verdade, senhor, que os judeus montanheses descendem dos primeiros exilados da Babilônia?

– Nós?

– Bem, é uma teoria. O senhor não tem um registro escrito, rabino?

– Um quê?

– Vocês, judeus, não são o Povo do Livro?

– Quem?

– Não incomode o velho – disse Avram. – Nós, judeus montanheses, não somos conhecidos por nossa erudição. Originalmente criávamos gado e agora fazemos comércio de mercadorias.

O rabino parou de fungar, os criminosos fumavam seus Newport Lights, os adolescentes fofocavam a respeito das judias mais sensuais do mundo. Olhei para o perfil do meu pai. Olhei para os seus ex-companheiros de cela (*Ele foi o seu primeiro amor*), para o bondoso e confuso velho grudado no meu cotovelo, para o sagrado muro de tijolos à nossa frente e para a última citação que o meu Amado Papai deixara para os judeus montanheses: POR TODOS OS MEIOS NECESSÁRIOS.

Será que meu pai sabia que estava plagiando Malcolm X? O racismo de papai era algo a ser estudado, impenetrável, subliminar, envolvente, um poema épico. Será que ele, de forma independente, chegou à mesma conclusão de um líder negro da nação islâmica? Pensei no que tinha ouvido do meu pai quando voltei de São Leninsburgo. "Você tem que mentir, trapacear e roubar para se dar bem neste mundo, Misha", ele proclamou. "E até que você aprenda isso na prática, até que esqueça tudo o que lhe ensinaram na sua Accidental College, eu terei que trabalhar o máximo possível." Pensei na minha Rouenna depositando todas as suas esperanças no meu corpo gordo e quente, e, depois que me vi preso na Rússia, tentando construir uma vida com Jerry Shteynfarb. Pensei nos judeus montanheses e nas suas estátuas, uma ao lado da outra, a de Georgi Kanuk e a de Sakha, o Democrata, o assassino e o assassinado. Pensei em tudo o que vira e fizera em meus últimos dois meses no Absurdistão.

Um cristal quebrou-se em mim. Ajoelhei-me e me atirei em um dos tornozelos pré-históricos de Avram. Os judeus se viraram para olhar os meus olhos azuis inertes e os meus olhos azuis inertes os olharam de volta.

– Obrigado – eu tentava dizer, mas não saía nada. E então, com níveis crescentes de súplica e impotência... – Oh,
obrigado.

Oh,

obrigado.

Oh,

obrigado!

EPÍLOGO

Esquina da 173 com a Vyse

Nossos anfitriões nos hospedaram em uma mansão inacabada que lembrava um canil com ameias e uma antena parabólica no telhado. Nosso quarto era cavernoso e vazio, como uma estação ferroviária instantes antes do amanhecer. O rosto de Nana descansava no meu ombro – apesar de sua juventude ela já sofria dos estágios amenos da apnéia do sono, os músculos de sua garganta travavam e o seu lindo rosto mordia inutilmente o frio ar da montanha.

Num canto do quarto um inseto musical verde dava início à Sinfonia em Dó de Stravinsky. Afora isso, tudo era silêncio. Fiquei de bruços, depois de joelhos e depois de pé. Saí de casa. As vielas de paralelepípedos esvaziadas de todas as criaturas. As luzes da sinagoga modernista estavam apagadas e a bandeira da Perfumaria 718 tremulava tranqüilamente na desgastada fachada da loja. A rua principal também não tinha vida, exceto pela lan house 24 horas. Tal como acontece em estabelecimentos semelhantes em Helsinque, Hong Kong ou São Paulo, uma dúzia de nerds adolescentes obesos digitava em seus teclados dentro da lan house, uma das mãos segurando um refrigerante ou uma torta de carne, os óculos de lentes grandes e grossas eram aquários de cinza, verde e azul. Cumprimentei meus perdidos irmãos com um *shalom*, mas eles mal grunhiram, não querendo interromper suas aventuras eletrônicas. Comprei um crepe aromático, recheado com repolho, salsa e alho-poró, e o fiz em pedaços com meus dentes.

Querida Rouenna, eu digitei quando chegou a minha vez.
Estou voltando pra você, meu bem. Não sei como vou fazer isso, não sei que coisas terríveis terei que fazer com os outros para atingir meu objetivo, mas voltarei para Nova York, casarei com você e ficaremos "2gether 4ever", como eles dizem.
Você me tratou mal, Rouenna. Tudo bem. Também a tratarei mal. Não posso mudar o mundo, e muito menos a mim mesmo. Mas sei

que não fomos feitos para viver separados. Sei que você foi feita pra mim. Sei que a única hora em que me sinto seguro é quando meu meio khui roxo está dentro de sua boca suave e gostosa.
Você deve estar acariciando a barriga enquanto lê isso. Se o seu desejo é ter o filho de Shteynfarb, vá nessa. Ele também será meu filho. Todos eles são meus filhos, até onde sei.
O que mais posso dizer, benzinho? Estude bastante. Trabalhe até tarde. Não se desespere. Escove os dentes e não esqueça de ir ao ginecologista regularmente. Seja lá o que aconteça com você agora, querida, tendo o filho ou não, você jamais estará sozinha.
Seu Porquinho Russo,

Misha

De volta à mansão, tentei acordar Timofey, mas ele se recusava a deixar o seu precioso sono. Dei uma batidinha leve nele. Ele me olhou com olhos cheios de sono. Seu hálito roçava o meu nariz.
– Ao seu dispor, *batyushka* – ele disse.
– Vamos deixar Nana pra trás – falei. – Ela pode cruzar a fronteira no dia seguinte. Sairemos daqui sem ela.
– Não entendo, senhor – ele disse.
– Mudei de idéia – eu disse. – Eu não a quero. Assim como não quero o povo dela. Não iremos para a Bélgica, Timofey. Vamos para Nova York. Por todos os meios necessários.
– Sim, *batyushka* – disse Timofey. – Como quiser. – Fomos até o quarto para buscar meu laptop e meus moletons. Fitei o rosto contorcido de Nana, a língua gorducha enrolada para dentro da garganta, os braços abertos como o Bom Ladrão em sua cruz. Eu ainda a amava muito. Mas não me curvaria para beijá-la.

Uma hora depois atravessamos com dificuldade um rio cinzento entupido de lodo, agora com a derrotada nação do Absurdistão inteiramente às nossas costas. Ao longe, sob uma fatia de lua nova, uma lua crescente muçulmana tremula na torre fronteiriça de uma república vizinha. Carrego o meu laptop na cabeça. Timofey está suando debaixo da minha bagagem pesada. Yitzhak, o bom rapaz cujo sonho é jogar basquete com os negros em Nova York, acena uma bandeira branca e grita alguma coisa no dialeto nativo, uma seqüência de consoantes que disputa com ocasionais vogais desgarradas. Ao chegar em terra firme, começamos a correr na direção da torre fronteiriça, acenando a nossa bandeira branca, o meu passaporte belga e o inconfundível quadrado cinzento do meu laptop.

Rouenna. A cada passo estou mais próximo de você. A cada passo eu me apresso na direção do seu amor e me distancio desta terra irredimível.

Sejamos honestos. Os verões de Nova York não são tão românticos como se imagina. O ar é parado e fede alternadamente a mar, creme coalhado e cachorro molhado. Mas o início de setembro ainda é quente e suculento em seus braços. Andei pensando, Ro. Devíamos comprar uma das poucas casas remanescentes na Vyse ou na Hoe Avenue, algo grandioso e decrépito, vitoriano ou quem sabe gótico americano, com uma varanda ampla que possa atrair as crianças dos conjuntos habitacionais das redondezas.

Olhe só à nossa volta. Os velhos jogando dominó a dinheiro; as crianças chutando uma bola poeirenta; seus primos mais velhos pulando corda; mães e pais adolescentes falando de sexo nos degraus da varanda, chamando os filhos de *tiguerito*, "pivete"; tênis pendurados em fios telefônicos; incrementados Mitsubishis Montero tocando salsa pelas ruas; mães lendo folhetos de anúncios como se fossem jornais; lojas sem nome, mas dizendo LOTERIA AQUI; rosas se projetando das grades de ferro das janelas dos conjuntos habitacionais.

Em nosso porão as máquinas de lavar e as secadoras estão girando. Você me passa um bolo de meias de neném, mornas ao toque. Nossa família é grande. Haverá muitos ciclos. Oh, minha doce e eterna Rouenna. Tenha fé em mim. Nessas ruas cruéis e perfumadas haveremos de terminar a vida difícil que nos foi dada.

AGRADECIMENTOS

Quero agradecer aos seguintes nova-iorquinos: Akhil Sharma, meu amigo, pelas inúmeras chamadas ao dever e pela atenciosa análise do manuscrito; Daniel Menaker, meu brilhante editor, um ser humano sem par, por ter me conduzido por pastos mais verdes; Matt Kellogg, um jovem que conhece suas próprias palavras, por ter auxiliado o pastoreio de Dan; e Denise Shannon, minha agente, pelo seu aguçado olho crítico e por me manter solvente por todos esses anos.

À Ledig House International Writers Residency de Nova York, que está sempre presente quando preciso de um lugar verdejante para escrever e pensar.

As melhores partes deste livro foram escritas sob os cuidados de Beatrice von Rezzori e da Fundação Santa Madalena, seu maravilhoso refúgio para escritores nas proximidades de Donnini, Itália.

SOBRE O AUTOR

GARY SHTEYNGART nasceu em 1972, em Leningrado, e sete anos depois foi para os Estados Unidos. *The Russian Debutante's Handbook*, seu primeiro romance, ganhou o prêmio Stephen Crane para romancistas estreantes e o National Jewish Book Award for Fiction. Foi também destacado como Livro Notável pelo *New York Times*, como melhor livro do ano pelo *Washington Post* e pela *Entertainment Weekly*, e como uma das melhores estréias do ano pelo *The Guardian*. Sua ficção e seus ensaios já foram publicados por *The New Yorker, Granta, GQ, Esquire* e *The New York Times Magazine*. Shteyngart reside em Nova York.

Este livro foi impresso na Editora JPA Ltda.,
Av. Brasil, 10.600 – Rio de Janeiro – RJ,
para a Editora Rocco Ltda.